Vi Keeland
JUST BUSINESS

AF217770

GOLDMANN

Vi Keeland

Just Business

Roman

Übersetzt von
Babette Schröder

GOLDMANN

Die amerikanische Originalausgabe erschien 2019 unter dem Titel
»We Shouldn't«.

Sollte diese Publikation Links auf Webseiten Dritter enthalten,
so übernehmen wir für deren Inhalte keine Haftung,
da wir uns diese nicht zu eigen machen, sondern lediglich auf
deren Stand zum Zeitpunkt der Erstveröffentlichung verweisen.

Penguin Random House Verlagsgruppe FSC® N001967

1. Auflage
Deutsche Erstveröffentlichung Juli 2023
Copyright © 2019 by Vi Keeland
Copyright © der deutschsprachigen Ausgabe 2023
by Wilhelm Goldmann Verlag, München,
in der Penguin Random House Verlagsgruppe GmbH,
Neumarkter Str. 28, 81673 München
Umschlaggestaltung: UNO Werbeagentur, München
Umschlagmotive: FinePic®, München
Redaktion: Antje Steinhäuser
tk · Herstellung: ik
Satz: KCFG – Medienagentur, Neuss
Druck und Bindung: CPI books GmbH, Leck
Printed in the EU
ISBN: 978-3-442-49454-5

www.goldmann-verlag.de

Der Grat zwischen Liebe und Hass mag schmal sein …
… aber es kann so viel Spaß machen, auf ihm zu wandeln.

1. Kapitel

Bennett

»Was zum Teufel macht sie da?«

Als die Ampel auf Grün schaltete, joggte ich auf der Stelle, anstatt die Straße zu überqueren. Die Szene, die sich auf der anderen Straßenseite abspielte, war einfach zu unterhaltsam. Mein Auto war vor dem Büro geparkt, und eine Blondine mit einer üppigen Mähne und umwerfenden Beinen lehnte über der Windschutzscheibe – ihr Haar hatte sich offenbar irgendwie in einem meiner Scheibenwischerblätter verfangen.

Aber warum? Ich hatte keine Ahnung. Aber sie schien ziemlich genervt zu sein, und es war ein lustiger Anblick, also hielt ich Abstand und wartete neugierig, wie sich das Ganze entwickelte.

Es war ein typisch windiger Tag in der Bay Area von San Francisco, und eine Bö wehte ihr langes Haar in alle Richtungen, während sie weiter mit meinem Scheibenwischer kämpfte. Das schien sie nur noch mehr zu verärgern. Frustriert zog sie an ihren Haaren, aber die Strähne, die sich um den Scheibenwischer gewickelt hatte, war zu dick und ließ sich dadurch nicht einfach lösen. Anstatt sie behutsam zu befreien, zog sie immer fester daran, wobei sie sich nun aufrichtete, während sie mit beiden Händen an ihrem Haar zerrte.

Das funktionierte. Ihr Haar war frei. Leider hing jedoch mein Scheibenwischerblatt nun an der Strähne und baumelte in der Luft. Sie grummelte etwas vor sich hin, vermutlich eine Reihe Flüche, und unternahm dann einen letzten vergeblichen Versuch, das Wirrwarr zu lösen. Die Leute, die die Straße überquert hatten, als ich es eigentlich auch hätte tun sollen, kamen nun in ihre Nähe, und Blondie schien plötzlich zu bemerken, dass sie jemand beobachten könnte.

Anstatt mich darüber zu ärgern, dass diese Verrückte meinen eine Woche alten Audi beschädigt hatte, musste ich lachen, als sie sich umschaute, dann ihren Regenmantel öffnete und den herunterhängenden Scheibenwischer hineinsteckte. Sie strich sich die Haare glatt, zog den Gürtel fest und wandte sich zum Gehen, als wäre nichts gewesen.

Ich dachte, das sei das Ende der Vorstellung, doch anscheinend überlegte sie noch mal, was sie getan hatte. *Zumindest schien es so.* Sie drehte sich um und kehrte zu meinem Auto zurück. Dann kramte sie in ihrer Tasche nach etwas und steckte es unter den verbliebenen Scheibenwischer, bevor sie davoneilte.

Als die Ampel wieder auf Grün sprang, überquerte ich die Straße und joggte zu meinem Auto, denn ich war neugierig, was auf ihrem Zettel stand. Sie musste schon eine Weile dort gewesen sein und ihn vorher geschrieben haben, denn solange ich sie beobachtet hatte, hatte sie keinen Stift gezückt.

Ich hob den verbliebenen Scheibenwischer an, holte den Zettel hervor und drehte ihn um, nur um festzustellen, dass mir die Blondine keine Entschuldigung geschrieben, sondern mir einen verdammten alten Strafzettel hinterlassen hatte.

Was für ein Morgen. Mein Auto mutwillig beschädigt, im Fitnessstudio neben dem Büro gab es kein heißes Wasser, und jetzt war auch noch erneut einer der Aufzüge ausgefallen. Der morgendliche Ansturm drängte sich in der einzigen funktionierenden Kabine zusammen wie Sardinen in einer Dose. Ich blickte auf meine Armbanduhr. *Verdammt.* Mein Meeting mit Jonas hätte vor fünf Minuten beginnen sollen.

Und wir hielten auf jeder verdammten Etage.

Die Türen öffneten sich im siebten Stock, ein Stockwerk unter meinem.

»Entschuldigung«, sagte eine Frau hinter mir.

Ich trat zur Seite, um Leute hinauszulassen, und als die Frau an mir vorüberging, erregte sie meine Aufmerksamkeit. Sie roch gut, nach Sonnencreme und Strand. Ich beobachtete, wie sie ausstieg. Gerade als die Fahrstuhltüren sich wieder zu schließen begannen, drehte sie sich noch einmal um, und unsere Blicke trafen sich für einen Sekundenbruchteil.

Wunderschöne blaue Augen lächelten mich an.

Ich lächelte zurück... und hielt dann inne, blinzelte und betrachtete das ganze Gesicht – und ihr *Haar –,* doch in dem Moment schlossen sich die Türen.

Heilige Scheiße. Die Frau von heute Morgen.

Ich versuchte, die Person, die auf der anderen Seite der Kabine vor der Bedientafel stand, dazu zu bringen, die Tür wieder zu öffnen, aber bevor sie überhaupt merkte, dass ich mit ihr sprach, hatten wir uns schon wieder in Bewegung gesetzt.

Perfekt. Einfach perfekt. Passte zum Rest des verdammten Tages.

Mit fast zehn Minuten Verspätung traf ich in Jonas' Büro ein.

»Tut mir leid, dass ich zu spät bin. Bescheuerter Morgen.«

»Kein Problem. Wegen des Umzugs ist es hier heute ein bisschen hektisch.«

Ich setzte mich auf einen der Besucherstühle dem Chef gegenüber und atmete tief durch.

»Wie kommt dein Team mit dem heutigen Trubel zurecht?«, fragte er.

»So gut wie erwartet. Sie würden noch deutlich besser damit zurechtkommen, wenn ich allen sagen könnte, dass ihre Arbeitsplätze sicher sind.«

»Niemand verliert derzeit seinen Arbeitsplatz.«

»Wenn du das Wort *derzeit* streichen könntest, wäre das großartig.«

Jonas lehnte sich in seinem Stuhl zurück und seufzte. »Ich weiß, es ist nicht einfach. Aber am Ende ist diese Fusion gut für das Unternehmen. Wren mag zwar der kleinere Anbieter sein, aber sie haben ein schönes Portfolio an Kunden.«

Vor zwei Wochen hatte das Unternehmen, für das ich seit meinem Studienabschluss arbeitete, mit einer anderen großen Werbeagentur fusioniert. Seitdem waren alle nervös, weil sie nicht wussten, was die Übernahme von Wren Media für ihre Position bei Foster Burnett bedeutete. In den letzten zwei Wochen hatte ich halbe Vormittage damit verbracht, mein Team zu beruhigen, obwohl ich nicht die geringste Ahnung hatte, wie die Zukunft nach der Fusion zweier großer Werbeagenturen wohl aussehen mochte.

Wir waren das größere Unternehmen, das hatte ich den Leuten immer wieder vor Augen geführt. Heute fand die physische Zusammenlegung im Büro in San Francisco statt, wo ich arbeitete. Leute mit Kartons auf den Armen strömten in unsere Räumlichkeiten, und wir sollten lächeln und sie willkommen heißen. Das war verdammt schwer – vor allem, da mein eigener Job auf dem Spiel stand. Dieses Unternehmen brauchte keine zwei Kreativdirektoren, und Wren hatte sein eigenes Marketingteam, das genau in diesem Moment in unsere Räume einzog.

Jonas hatte mir zwar versichert, dass mein Arbeitsplatz in der Firma sicher sei, aber er hatte noch nicht gesagt, dass keiner von uns versetzt werden würde. Das Büro in Dallas war größer, und seit Kurzem machte das Gerücht die Runde, dass weitere Versetzungen anstanden.

Ich hatte nicht vor umzuziehen.

»Also, erzähl mir von der Frau, die ich verdrängen werde. Ich habe mich umgehört. Jim Falcon hat ein paar Jahre bei Wren gearbeitet und sagte, sie sei sowieso kurz vor der Rente. Ich hoffe, ich bringe nicht irgendeine ältere Dame mit bläulich gefärbten Haaren zum Weinen.«

Jonas zog die Augenbrauen zusammen. »Ruhestand? Annalise?«

»Jim hat mir erzählt, dass sie manchmal eine Gehhilfe benutzt, weil sie Probleme mit den Knien hat oder so einen Shit. Ich musste die Verwaltung auffordern, den Gang zwischen einzelnen Arbeitsplätzen zu verbreitern, damit sie hindurchkommt. Aber ich weigere mich, mich schuldig zu fühlen, weil ich diese Frau aus dem Rennen schlage, nur weil sie älter ist und gesundheitliche Probleme hat. Ich schicke sie nach Texas, wenn es sein muss.«

»Bennett ... vielleicht ist Jim etwas verwirrt. Annalise hat keine Gehhilfe.«

Ich schüttelte den Kopf. »Machst du Witze? Erzähl mir das bloß nicht. Es hat mich eine Flasche Johnny Walker Blue Label gekostet, damit mein Arbeitsauftrag bei der Verwaltung ganz oben auf der Liste landet.«

Jonas schüttelte den Kopf. »Annalise ist nicht ...« Er brach mitten im Satz ab und sah über meinen Kopf hinweg zur Tür.

11

»Gutes Timing. Da ist sie ja. Komm rein, Annalise. Ich möchte dir Bennett Fox vorstellen.«

Ich drehte mich in meinem Stuhl um, um meine neue Konkurrentin in Augenschein zu nehmen – die alte Schachtel, die ich gleich vernichten würde – und wäre fast umgefallen. Ich fuhr wieder zu Jonas herum.

»Wer ist das?«

»Das ist Annalise O'Neil, dein Gegenstück bei Wren. Jim Falcon hat sie wohl mit jemandem verwechselt.«

Ich wandte mich wieder der Frau zu, die auf mich zukam. Annalise O'Neil war ganz sicher nicht die alte Frau, die ich mir vorgestellt hatte. *Nicht im Geringsten.* Sie war bestenfalls Ende zwanzig. Und hinreißend – absolut hinreißend. Umwerfende lange, gebräunte Beine, Kurven, die einen Mann dazu bringen könnten, sich von einer Klippe zu stürzen, und eine wilde Mähne blonder Locken, die ein modelähnliches Gesicht umrahmten. Ohne Vorwarnung reagierte mein Körper – mein Schwanz, der sich im letzten Monat, seit die Nachricht von der Fusion bekannt geworden war, desinteressiert gegeben hatte, wurde plötzlich munter. Testosteron ließ mich die Schultern straffen und das Kinn anheben. Wäre ich ein Pfau, hätte ich mein buntes Gefieder weit aufgefächert.

Meine Wettbewerberin war eine verdammte Wucht.

Ich schüttelte den Kopf und lachte. Jim Falcon hatte sich nicht geirrt. Der Wichser hatte mich verarscht. Der Typ war ein Klugscheißer. Ich hätte es wissen müssen. Er musste sich ins Fäustchen gelacht haben, als ich die Jungs vom Hausmeisterservice die Arbeitskabinen auseinander- und wieder zusammenbauen ließ, um Platz für ihre Gehhilfe zu schaffen.

Was für ein Mistkerl. Es war allerdings ziemlich lustig. Ich war ihm auf den Leim gegangen, so viel stand fest.

Aber das war es nicht, was mich von einem Ohr zum anderen lächeln ließ.

Nope. Ganz und gar nicht.

Allmählich wurde die Sache interessant, und das hatte nichts damit zu tun, dass ich gegen eine Frau antreten würde, die keinerlei Gehprobleme hatte.

Meine Konkurrentin – Annalise O'Neil, die schöne Frau, die im Büro meines Chefs direkt vor mir stand, die Frau, mit der ich mich messen würde ...

... war die Frau von heute Morgen, die mein Wischerblatt abgerissen und mir einen verdammten Strafzettel hinterlassen hatte – die lächelnde Frau aus dem Aufzug.

»Annalise, nicht wahr?« Ich stand auf, richtete meine Krawatte und nickte. »Bennett Fox.«

»Freut mich sehr, Bennett.«

»Oh, glaub mir, die Freude ist ganz meinerseits.«

2. Kapitel

Annalise

Das war ja klar. Es war der umwerfende Typ, den ich vorhin im Aufzug gesehen hatte. Und ich dachte schon, zwischen uns hätte es gefunkt.

Bennett Fox grinste, als wäre er bereits zu meinem Chef ernannt worden, und reichte mir die Hand. »Willkommen bei Foster Burnett.«

Bah. Er sah nicht nur gut aus, er wusste es auch.

»Es heißt seit ein paar Wochen Foster Burnett und *Wren*, richtig?« Ich überzuckerte meine subtile Erinnerung daran, dass dies nun *unser Arbeitsplatz* war, mit einem Lächeln und war plötzlich dankbar, dass meine Eltern mir eine Zahnspange verpasst hatten, bis ich fast sechzehn war.

»Natürlich.« Mein neuer Erzfeind lächelte ebenso strahlend. Offenbar hatten seine Eltern auch eine kieferorthopädische Behandlung finanziert.

Bennett Fox war zudem groß. Ich hatte einmal in einem Artikel gelesen, dass die Durchschnittsgröße eines US-Amerikaners ein Meter einundachtzig betrage. Weniger als fünfzehn Prozent der Männer waren größer. Aber über achtundsechzig Prozent der Fortune-500-CEOs lagen über dieser Durchschnittsgröße. Unterbewusst setzten wir Größe mit Macht in Verbindung, und zwar nicht nur in Bezug auf Muskelkraft. Andrew war einen Meter achtundachtzig groß. Dieser Typ hatte schätzungsweise seine Größe.

Bennett zog den Besucherstuhl neben sich. »Bitte, setz dich.« Er war groß und hatte gute Umgangsformen. Ich mochte ihn bereits jetzt nicht.

Während der anschließenden zwanzigminütigen aufmunternden Rede von Jonas Stern, in der er versuchte, uns davon zu überzeugen, dass wir nicht um dieselbe Position konkurrierten, sondern stattdessen als Führungskräfte den Weg prägen würden, den die jetzt größte Werbeagentur der Vereinigten Staaten einschlug, warf ich einen Blick auf Bennett Fox. Schuhe: eindeutig teuer. Konservativ, im Oxford-Stil, aber mit einem modernen gesteppten Rand. Ich würde auf Ferragamo tippen. *Auch große Füße.*

Anzug: dunkles Marineblau, maßgeschneidert für seine große, breite Statur. Die Art von unaufdringlichem Luxus, die sagte, dass er Geld hatte, aber es nicht zur Schau stellen musste, um andere zu beeindrucken.

Er hatte ein langes Bein lässig über das andere Knie gelegt, als würden wir über das Wetter reden und nicht darüber, dass alles, wofür wir zwölf Stunden am Tag und sechs Tage die Woche gearbeitet hatten, plötzlich drohte, umsonst gewesen zu sein.

Irgendwann hatte Jonas etwas gesagt, dem wir beide zustimmten, und wir sahen uns an und nickten. Als ich die Gelegenheit hatte, ihn näher zu betrachten, wanderte mein Blick über sein attraktives Gesicht. Kräftiger Kiefer, gerade perfekte Nase – die Art von Knochenbau, die von Generation zu Generation weitergegeben wurde und die besser und nützlicher war als jedes finanzielle Erbe. Aber seine Augen waren der absolute

Hit: ein tiefes durchdringendes Grün, das aus seiner glatten, gebräunten Haut hervorstach. Aus diesen starrte er mich gerade an.

Ich wandte den Blick ab und richtete meine Aufmerksamkeit wieder auf Jonas. »Und was passiert am Ende der neunzigtägigen Integrationsphase? Wird es dann *zwei* Kreativdirektoren an der Westküste geben?«

Jonas sah zwischen uns hin und her und seufzte. »Nein. Aber keiner verliert seinen Job. Ich wollte Bennett gerade die Nachricht überbringen. Rob Gatts hat angekündigt, dass er in ein paar Monaten in den Ruhestand geht. Es wird also eine Stelle für einen Kreativdirektor frei.«

Ich hatte keine Ahnung, was das bedeutete. Aber anscheinend wusste Bennett es.

»Einer von uns wird also nach Dallas geschickt, um Rob im Südwesten zu ersetzen?«, fragte er.

Jonas' Gesicht verriet, dass Bennett über die Aussicht, nach Texas zu gehen, nicht glücklich sein würde. »Ja.«

Das ließen wir alle drei einen Moment lang auf uns wirken. Die Aussicht, nach Texas umziehen zu müssen, setzte mein Gehirn jedoch wieder in Gang.

»Wer entscheidet darüber?«, fragte ich. »Denn offensichtlich habt ihr, du und Bennett, zusammengearbeitet …«

Jonas schüttelte den Kopf und winkte ab, bevor ich die Frage gestellt hatte. »Entscheidungen wie diese, bei denen zwei Führungspositionen zusammengelegt werden, werden vom Vorstand getroffen. Er bestimmt, wer am Ende die Wahl hat.«

Bennett war genauso verwirrt wie ich. »Die Vorstandsmitglieder arbeiten doch nicht täglich mit uns zusammen.«

»Nein, das stimmt. Darum haben sie sich eine Methode zur Entscheidungsfindung überlegt.«

»Und zwar?«

»Sie basiert auf drei großen Kunden-Pitches. Ihr werdet jeweils beide Kampagnen entwerfen und präsentieren. Die Kunden wählen dann aus, welche ihnen am besten gefällt.«

Bennett wirkte zum ersten Mal verunsichert. Seine Gelassenheit und sein Selbstvertrauen verloren etwas, als er sich nach vorn beugte und mit langen Fingern durch sein Haar fuhr.

»Das soll wohl ein Scherz sein. Mehr als zehn Jahre, und mein Job hier hängt von drei Pitches ab? Ich habe eine halbe Milliarde Dollar an Werbekunden für diese Agentur an Land gezogen.«

»Es tut mir leid, Bennett. Ehrlich. Aber eine der Bedingungen für die Fusion mit Wren war, dass die Wren-Mitarbeiter auf Positionen, die aufgrund von Doppelbesetzungen entfallen können, sorgfältig geprüft werden. Der Deal wäre beinahe nicht zustande gekommen, weil Mrs Wren die Firma ihres Mannes auf gar keinen Fall verkaufen wollte, nur damit das neue Unternehmen alle hart arbeitenden Wren-Mitarbeiter entlässt.«

Das brachte mich zum Lächeln. Mr Wren kümmerte sich über seinen Tod hinaus um seine Mitarbeiter.

»Ich bin bereit für die Herausforderung.« Ich sah Bennett an, der sichtlich genervt war. »Möge die beste Frau gewinnen.«

Er warf mir einen finsteren Blick zu. »Du meinst wohl der beste *Mann*.«

Wir saßen noch eine weitere Stunde zusammen, gingen alle unsere aktuellen Kunden durch und besprachen, welche neu verteilt werden sollten, damit wir uns auf die Integration unserer Teams und die Pitches konzentrieren konnten, die über unser Schicksal entschieden.

Als wir bei der Bianchi Winery ankamen, sagte Bennett: »Das ist in zwei Tagen. Ich bin bereit für diesen Pitch.«

Ich wusste, dass es außer mir noch zwei weitere Mitstreiter gab, die sich um den Auftrag bewarben. Verdammt, ich war diejenige, die vorgeschlagen hatte, einen Pitch zu veranstalten, um sicherzustellen, dass Bianchi die beste Werbung bekam. Aber mir war nicht bewusst, dass Foster Burnett eine der anderen beteiligten Firmen war. Und natürlich hatte die Fusion alles verändert. Das neue Management durfte nicht glauben, dass ich einen bestehenden Kunden verlieren konnte.

»Ich glaube nicht, dass es nötig ist, dass wir beide einen Vorschlag machen. Bianchi ist schon seit Jahren mein Kunde. Aufgrund meiner Beziehung zu ihnen war ich diejenige, die vorgeschlagen hat ...«

Der Idiot unterbrach mich. »Mrs Bianchi war sehr interessiert an meinen ersten Ideen. Ich habe keinen Zweifel daran, dass sie sich für eines meiner Konzepte entscheiden wird.«

Gott, ist der Typ arrogant. »Ich bin sicher, deine Ideen sind großartig. Aber was ich sagen wollte, ist, dass ich eine Beziehung zu dem Weingut habe und mir sicher bin, dass sie ausschließlich mit mir zusammenarbeiten werden, wenn ich dort pitche, weil ...«

Er unterbrach mich erneut. »Wenn du dir so sicher bist, warum lässt du dann nicht den Kunden entscheiden? Für mich klingt das so, als hättest du Angst vor einem kleinen Wettbewerb, als wärst du dir deiner Beziehung nicht so sicher.« Bennett sah Jonas an. »Der Kunde sollte beides sehen.«

»In Ordnung. In Ordnung«, sagte Jonas. »Wir sind jetzt ein Unternehmen. Ich würde eher sagen, für einen bestehenden Kunden reicht ein Pitch, aber da ihr beide bereits fertig seid, sehe ich keinen Nachteil darin, beide zu präsentieren. Solange ihr in der Lage seid, für Foster, Burnett und Wren als vereinte Front aufzutreten, sollten wir dem Kunden das Urteil überlassen.«

Ein widerwärtiges Lächeln glitt über Bennetts Gesicht. »Mir soll's recht sein. Ich habe keine Angst vor einem kleinen Wettbewerb ... im Gegensatz zu manch anderen Leuten.«

»Wir sind keine Konkurrenten mehr. Vielleicht ist das noch nicht in deinem Hirn angekommen.« Ich seufzte und murmelte vor mich hin: »Sieht aus, als müsste die Information eine Menge Haargel durchdringen, um dorthin zu gelangen.«

Bennett fuhr sich mit den Fingern durch seine üppige Mähne. »Dir ist also mein tolles Haar aufgefallen?«

Ich verdrehte die Augen.

Jonas schüttelte den Kopf. »Okay, ihr zwei. Ich sehe schon, das wird nicht einfach. Und es tut mir leid, dass ich euch das antun muss.« Er wandte sich an Bennett. »Wir haben lange Zeit zusammengearbeitet. Ich weiß, das muss wehtun. Aber du bist ein Profi, und ich weiß, dass du dein Bestes tun wirst, um das zu meistern.« Dann drehte er sich zu mir um. »Und wir haben uns zwar gerade erst kennengelernt, Annalise, aber über dich habe ich auch nur wunderbare Dinge gehört.«

Danach fragte Jonas Bennett, ob er ein freies Büro für mich finden könne, in dem ich mich erst einmal einrichten sollte. Offenbar zogen immer noch Leute um, und mein Büro, das ich dauerhaft beziehen sollte, war noch nicht fertig – nun ja, so dauerhaft, wie es unter diesen Umständen sein konnte. Ich blieb bis zum frühen Nachmittag, um mit Jonas einige meiner Kunden durchzugehen.

Als wir fertig waren, begleitete er mich zu Bennetts Büro. Die Räumlichkeiten von Foster Burnett waren eindeutig schöner als das, was ich von Wren gewohnt war.

Bennetts Büro war elegant und modern, und es war doppelt so groß wie mein altes. Er war am Telefon, winkte uns aber herein.

»Ja, das kann ich machen. Wie wäre es mit Freitag gegen drei Uhr?« Bennett sah mich an, während er ins Telefon sprach. Dann klingelte Jonas' Telefon. Er entschuldigte sich und verließ das Büro, um das Gespräch draußen anzunehmen. Und als er zurückkehrte, legte Bennett gerade auf.

»Ich muss nach oben zu einem Meeting«, sagte Jonas. »Konntest du einen Platz für Annalise finden?«

»Ich habe den perfekten Platz für sie gefunden.«

Bennetts Antwort klang irgendwie etwas sarkastisch, aber ich kannte den Mann nicht gut, und Jonas schien es nicht zu bemerken.

»Großartig. Es war ein langer Tag, an dem ihr beide viel zu verkraften hattet. Bleibt heute Abend nicht zu lange.«

»Danke, Jonas«, sagte ich.

Ich sah ihm nach, dann wandte ich meine Aufmerksamkeit wieder Bennett zu. Offenbar hatten wir beide darauf gewartet, dass der andere zuerst sprach.

Schließlich brach ich das Schweigen. »Also … diese ganze Situation ist unangenehm.«

Bennett kam hinter seinem Schreibtisch hervor. »Jonas hat recht. Es war ein langer Tag. Soll ich dir zeigen, wo ich dich untergebracht habe? Ich glaube, ich gehe zur Abwechslung mal früh ins Bett.«

»Das wäre großartig. Danke.«

Ich folgte ihm den langen Flur hinunter, bis wir zu einer geschlossenen Tür kamen. An der Tür war ein Halter für ein Namensschild angebracht, doch er war leer.

Bennett deutete mit dem Kopf darauf. »Ich rufe im Einkauf an und bestelle dir ein Schild, bevor ich heute Abend gehe.«

Nun, das war nett von ihm. Vielleicht würde es doch nicht so unangenehm zwischen uns werden.

»Danke.«

Er lächelte, öffnete die Tür und trat zur Seite, damit ich zuerst eintreten konnte. »Kein Problem. Hier, bitte sehr. Home sweet home.«

Ich trat ein, und Bennett schaltete das Licht ein.

Was zum Teufel?

In dem Raum standen ein Klapptisch und ein Stuhl, aber es war definitiv kein Büro. Bestenfalls eine kleine Materialkammer – und nicht einmal die nette Art mit ordentlichen Chromregalen, in denen Büromaterial gelagert wurde. *Das* hier war eine Kammer für Putzmittel, in der es nach Badreiniger und abgestandenem muffigem Wischwasser roch, wahrscheinlich wegen des gelben Eimers und des nassen Mopps, die neben meinem neuen provisorischen Schreibtisch standen.

Ich wandte mich an Bennett. »Du erwartest, dass ich hier drin arbeite? *So?*«

Ein amüsiertes Funkeln tanzte in seinen Augen. »Nun, du brauchst natürlich noch Papier.«

Ich runzelte die Stirn. *Macht er Witze?*

Er griff in seine Tasche, ging zum Klapptisch und legte ein einzelnes Blatt Papier in die Mitte des Tisches. Als er sich zum Ausgang wandte, blieb er direkt vor mir stehen und zwinkerte mir zu.

»Ich wünsche dir einen schönen Abend. Ich werde jetzt mein Auto reparieren lassen.«

Verblüfft stand ich noch immer in der Kammer, als die Tür hinter ihm zuschlug. Der Luftzug, der beim Schließen entstand, ließ das Papier, das er zurückgelassen hatte, nach oben fliegen. Es schwebte ein paar Sekunden lang in der Luft und landete dann zu meinen Füßen.

Ich starrte zunächst mit leerem Blick darauf.

Als ich die Augen zusammenkniff, erkannte ich, dass etwas darauf geschrieben stand.

Er hat mir eine Nachricht hinterlassen? Ich bückte mich und hob das Blatt auf, um es genauer zu betrachten.

Was zum Teufel?

Bei dem Papier, das Bennett mir hinterlassen hatte, handelte es sich nicht etwa um eine Nachricht, sondern um einen Strafzettel.

Und zwar nicht um irgendeinen Strafzettel.

Sondern um *meinen* Strafzettel.

Denselben verdammten Strafzettel, den ich heute Morgen an der Windschutzscheibe von jemandem hinterlassen hatte.

3. Kapitel

Annalise

»Ich brauche so nötig einen Drink, das kannst du dir gar nicht vorstellen.« Ich zog einen Stuhl heraus und sah mich schon nach einem Kellner um, bevor ich mich überhaupt gesetzt hatte.

»Und ich dachte, du wolltest mit mir wegen meiner gewinnenden Persönlichkeit zusammen sein, nicht wegen des kostenlosen Essens, das du jede Woche bekommst.«

Meine beste Freundin Madison hatte den besten Job der Welt – sie war Gastrokritikerin für den *San Francisco Observer*. An vier Abenden in der Woche ging sie in ein anderes Restaurant, um eine Mahlzeit einzunehmen, über die sie dann eine Kritik schrieb. Donnerstags schloss ich mich ihr an. Im Grunde war sie meine Eintrittskarte für ein Gratisessen. Meistens war dies der einzige Tag, an dem ich das Büro vor neun Uhr verließ, und die einzige anständige Mahlzeit, die ich die ganze Woche über zu mir nahm, denn ich arbeitete oft sechzig Stunden in der Woche.

Und was hat es mir gebracht?

Der Kellner kam und reichte ihr die Weinkarte. Madison winkte ab. »Wir nehmen zwei Merlot … was immer Sie empfehlen.«

Diese Bestellung gehörte zu ihrem Standardrepertoire, und ich wusste, dass dies der erste Schritt war, um den Service des Restaurants zu testen. Sie bewertete gern, was der Kellner brachte. Fragte er sie nach ihrem Geschmack, damit er eine gute Wahl treffen konnte? Oder wählte er das teuerste Glas auf der Speisekarte, nur um sein Trinkgeld zu maximieren? »Kein Problem. Ich suche etwas heraus.«

»Eigentlich.« Ich hob einen Finger. »Kann ich die Bestellung ändern, bitte? Einen Merlot bitte und ein Tito's und ein Soda mit Limette.«

»Natürlich.«

Madison wartete kaum, bis der Kellner außer Hörweite war. »*Oh, oh.* Wodka Soda. Was ist passiert? Hat Andrew eine Freundin?«

Ich schüttelte den Kopf. »Nein. Schlimmer.«

Sie machte große Augen. »Schlimmer als Andrew, der sich in eine andere verliebt hat? Hattest du wieder einen Autounfall?«

Nun, vielleicht hatte ich ein wenig übertrieben. Wenn ich herausfinden würde, dass mein Freund, mit dem ich seit acht Jahren zusammen war, eine andere hätte, wäre ich auf jeden Fall am Boden zerstört. Vor drei Monaten hatte er mir gesagt, *er brauche eine Pause.* Das waren nicht gerade die drei kleinen Worte, die ich am Ende unseres Abendessens am Valentinstag von ihm erwartet hatte. Aber ich hatte versucht, Verständnis zu zeigen. Im letzten Jahr hatte sich bei ihm viel verändert – sein zweiter Roman war ein Flop gewesen, bei seinem sechzigjährigen Vater wurde Leberkrebs diagnostiziert, an dem er drei Wochen nach der Diagnose starb, und seine Mutter beschloss, nur neun Monate nachdem sie Witwe geworden war, wieder zu heiraten.

Also stimmte ich der vorübergehenden Trennung zu, obwohl seine Vorstellung von einer Pause eher Ross als Rachel entsprach – wir konnten uns beide mit anderen Menschen treffen, wenn wir das wollten. Er hatte geschworen, dass es keine andere gab, und es war nicht seine Absicht, auszugehen und herumzuvögeln. Aber er hatte das Gefühl, wenn wir vereinbarten, uns nicht mit anderen zu treffen, würde uns das zu sehr binden und ihm nicht die Freiheit lassen, die er seiner Meinung nach brauchte.

Und wenn es ums Autofahren ging … Ich hasste es, seit ich einen Monat meinen Führerschein hatte, weil ich damals einen ziemlich schlimmen Unfall hatte und seither eine nervöse Fahrerin war. Erst letztes Jahr hatte ich einen kleinen Unfall mit Blechschaden auf einem Parkplatz gehabt, und die Angst, die ich überwunden zu haben meinte, war zurückgekehrt. Ein weiterer Unfall in so kurzer Zeit könnte zu viel sein.

»Vielleicht doch nicht ganz so schlimm«, sagte ich. »Aber so in der Gegend.«

»Was ist passiert? Schlechter erster Tag im neuen Büro? Und ich dachte schon, ich würde von all den heißen Typen am neuen Arbeitsplatz hören.«

Madison verstand nicht, dass Andrew eine Pause brauchte, und sie hatte mich ermutigt, wieder in die Dating-Welt einzusteigen und nach vorn zu schauen.

Der Kellner kam mit unseren Getränken, und Madison sagte ihm, dass wir noch nicht bereit seien zu bestellen. Sie bat ihn, uns zehn Minuten Zeit für unsere Entscheidung zu geben.

Ich nippte an meinem Wodka Soda, und er brannte in meiner Kehle. »Da war tatsächlich ein heißer Typ.«

Sie stützte die Ellbogen auf den Tisch und legte den Kopf auf die Hände. »Details. Erzähl mir Einzelheiten über ihn. Die Geschichte über deinen schlechten Tag kann warten.«

»Also … er ist groß, hat eine Figur, um die ihn ein Bildhauer beneiden würde, und strotzt vor Selbstvertrauen.«

»Wie riecht er?«

»Das weiß ich nicht. Ich bin nicht nah genug herangekommen, um das festzustellen.« Ich zupfte die Limette vom Rand meines Glases und drückte den Saft in meinen Drink. »Nun, das stimmt nicht. Aber als ich ihm so nah war, befanden wir uns in einer Materialkammer, und alles, was ich riechen konnte, waren Reinigungsmittel und muffiges Wasser.« Ich nahm noch einen Schluck.

Madisons Augen leuchteten auf. »Das hast du nicht gemacht! Ihr zwei … in der Materialkammer an eurem ersten Tag im neuen Büro?«

»Doch. Aber es ist keineswegs so, wie du denkst.«

»Fang von vorn an.«

Ich grinste. »Na gut.«

Sicher ging sie davon aus, dass die Geschichte anders endete.

»Ich hatte einen Kofferraum voller Kartons mit Akten und Gerümpel aus meinem alten Büro, die in das neue Gebäude gebracht werden mussten. Ich habe versucht, einen Parkplatz zu finden, aber im Umkreis von mehreren Blocks gab es keinen … also habe ich illegal geparkt und ein paar Gänge hoch zum Büro gemacht. Nach meinem vorletzten Gang hatte ich einen Strafzettel an der Windschutzscheibe.«

»Wie nervig.«

»Wem sagst du das. Heutzutage kostet so etwas fast zweihundert Dollar.«

»Ein beschissener Start in den Tag«, stellte sie fest. »Aber es hätte schlimmer sein können, mit dir und den Autos.«

Ich musste lachen. »Oh, es wurde noch schlimmer. Das war der *beste* Teil meines Tages.«

»Was ist dann passiert?«

»Die Politesse stand ein paar Autos von mir entfernt und verteilte immer noch Strafzettel. Ich dachte, nachdem ich nun ohnehin schon einen bekommen hatte, könnte ich meinen Wagen auch in Ruhe zu Ende ausräumen. Ich trug die letzten Kartons in mein neues Büro, und als ich wieder nach unten kam, hatte jedes Auto einen Strafzettel. Bis auf eines. Das Auto, das direkt vor mir parkte.«

»Der Wagen war also gekommen, nachdem die Politesse schon weg war?«

»Nein. Ich bin mir sicher, dass er schon vor mir dort gestanden hat. Sie hat ihn einfach übersprungen. Ich bin mir sicher, weil es dieselbe Marke und dasselbe Modell wie mein Auto war, nur ein neueres Baujahr. Als ich das erste Mal daran vorbeikam, habe ich einen Blick hineingeworfen, um zu sehen, ob sich an der Innenausstattung des neuen Modells etwas geändert hat. Mir fiel auf, dass auf dem Vordersitz ein Paar Fahrerhandschuhe mit dem Porsche-Logo lagen. Ich wusste also, dass es derselbe Wagen war, der dort seit mehr als einer Stunde parkte, denn die Handschuhe waren noch da.«

Madison nippte an ihrem Wein und verzog das Gesicht.

»Ist der Wein nicht gut?«

»Doch. Aber Fahrerhandschuhe? Nur Rennwagenfahrer und aufgeblasene Wichtigtuer tragen Fahrerhandschuhe.«

Ich prostete ihr zu, bevor ich mein Glas an die Lippen führte.

»Das dachte ich auch. Also schenkte ich dem aufgeblasenen Idioten mein Parkticket. Mein Auto war von derselben Marke, es war dasselbe Modell und hatte die gleiche Farbe. Warum sollte ich zweihundert Dollar zahlen, wenn Mr Porsche-Handschuhe keinen Strafzettel bekommen hat? Auf dem Strafzettel stand kein Name, nur die Marke, das Modell und die Fahrgestellnummer des Autos, und das Nummernschild auf meinem Durchschlag war kaum lesbar. Ich dachte mir, dass er seine Fahrgestellnummer nicht kennt und wahrscheinlich bezahlen würde – er hat ja schließlich illegal geparkt.«

Meine beste Freundin lächelte von einem Ohr zum anderen. »Du bist meine Heldin.«

»Vielleicht solltest du mich die Geschichte erst zu Ende erzählen lassen, bevor du das sagst.«

Ihr Lächeln verblasste. »Hat man dich erwischt?«

»Ich dachte eigentlich nicht. Aber mir ist ein kleines Malheur passiert. Als ich mich vorbeugte und den Scheibenwischer anhob, um das Ticket darunterzuschieben, hat sich eine Haarsträhne darin verheddert.«

Madison runzelte die Stirn. »Im Wischerblatt?«

»Ich weiß. Seltsam. Aber heute war es so windig, und als ich sie abwickeln wollte, habe ich es noch schlimmer gemacht. Du kennst doch meine dicken Haare. Ich könnte ein paar Tage lang eine Haarbürste darin verlieren und niemand würde es merken. Diese Wellen haben ihren ganz eigenen Willen.«

»Wie hast du die Haare wieder herausbekommen?«

»Ich habe so lange an der Strähne gezerrt, bis sie sich gelöst hat. Doch als mir das gelungen war, hing schließlich der Scheibenwischer an meinem Haar anstatt an dem nagelneuen Audi, zu dem er gehörte.«

Madisons schlug sich eine Hand vor den Mund und brach in schallendes Gelächter aus. »Oh mein Gott.«

»Ja.«

»Hast du dem Besitzer eine Nachricht hinterlassen?«

Ich nahm einen kräftigen Schluck von meinem Drink, der zunehmend besser schmeckte, je mehr ich davon trank. »Zählt das Ticket als Nachricht?«

28

»Na ja … wenigstens gibt es eine positive Seite.«

»Und zwar? Sag es mir, denn jetzt, nach dem Tag, den ich hinter mir habe, sehe ich überhaupt nichts Positives mehr.«

»Im Büro gibt es einen griechischen Gott. Das ist doch gut. Wie lange ist es her, dass du ein Date hattest – acht Jahre?«

»Glaub mir. Der griechische Gott wird mich nicht um ein Date bitten.«

»Verheiratet?«

»Schlimmer.«

»Schwul?«

Ich lachte. »Nope. Er ist der Besitzer des Audi, den ich erst beschädigt und dem ich dann meinen Strafzettel vermacht habe, und anscheinend hat er mich dabei beobachtet.«

»Mist.«

»Ja. *Mist.* Oh, und ich muss täglich mit ihm arbeiten.«

»Oh Shit. Was macht er denn?«

»Er ist der hiesige Kreativdirektor des Unternehmens, mit dem wir fusioniert haben.«

»Moment mal. Ist das nicht dein Titel?«

»Ja. Und es ist nur Platz für einen von uns.«

Als ein Kellner, der eigentlich nicht für uns zuständig war, vorbeikam, streckte Madison die Hand aus und hielt ihn fest. »Wir brauchen noch einen Wodka Soda und ein Glas Merlot. *Sofort.*«

Am nächsten Morgen legte ich auf dem Weg ins Büro einen Zwischenstopp ein. Sosehr es mir auch widerstrebte, was mit meinem Job passierte, anscheinend musste ich in den nächsten Monaten mit Bennett zusammenarbeiten. Und … wenn ich ehrlich war, war ich im Unrecht. Ich hatte sein Auto beschädigt und statt einer Nachricht einen Strafzettel hinterlassen. Wenn das jemand mit mir gemacht hätte … Nun, ich bezweifelte, dass ich auch nur annähernd so höflich gewesen wäre, wie er es im Laufe des Tages gewesen war. Er hatte gewartet, bis wir allein waren, um mich wegen diesem Mist zur Rede zu stellen, obwohl er mich vor meinem neuen Chef hätte bloßstellen können.

Als ich ankam, stand sein Auto genauso illegal auf demselben Platz wie gestern. Als ich gestern Abend den Tag noch einmal hatte Revue passieren lassen, dachte ich, dass sein Wagen vielleicht versehentlich übersehen worden war, weil er genauso aussah wie meiner. Vielleicht meinte die Politesse, sie sei bei ihm schon gewesen. Aber wenn das der Fall war und er schon einmal davongekommen war, warum sollte er dann heute wieder dort parken und einen weiteren Strafzettel riskieren?

Es gab nur wenige logische Antworten. Erstens: Er war reich und arrogant. Zweitens: Er war ein Idiot. Oder drittens: Er *wusste,* dass er keinen Strafzettel bekommen würde.

Bennetts Bürotür war geschlossen, doch darunter schien Licht hervor. Ich hob die Hand, um zu klopfen, zögerte jedoch. Es wäre leichter, wenn er nicht so verdammt gut aussehen würde.

Zeig Rückgrat, Annalise.

Ich straffte die Schultern und richtete mich auf, dann klopfte ich laut an der Tür. Nach einer Minute überkam mich Erleichterung, als ich feststellte, dass Bennett nicht da war. Er musste sein Licht angelassen haben. Ich wollte mich gerade abwenden, als die Tür ohne Vorwarnung aufflog.

Vor Überraschung zuckte ich zusammen und fasste mir an die Brust. »Du hast mich zu Tode erschreckt.«

Bennett entfernte einen Ohrstöpsel aus seinem Ohr. »Hast du gerade gesagt, dass ich dich zu Tode erschreckt habe?«

»Ja. Ich habe nicht damit gerechnet, dass du die Tür öffnest.«
Er zog den anderen Ohrstöpsel heraus und ließ ihn um seinen Hals baumeln. Mit gerunzelter Stirn sagte er: »Du hast an meine Bürotür geklopft, aber nicht damit gerechnet, dass ich sie öffne?«

»Deine Tür war zu, und es war still. Ich habe nicht gedacht, dass du da bist.«

Bennett hielt sein iPhone hoch: »Ich bin gerade vom Laufen zurückgekommen und habe Musik gehört.«

Sie dröhnte noch aus den Ohrstöpseln, und ich erkannte den Song.

»*Enter Sandman*? Im Ernst?«, fragte ich amüsiert.

»Was ist falsch an Metallica?«

»Nichts. Überhaupt nichts. Du siehst nur nicht wie jemand aus, der Metallica hört.«

Er blinzelte. »Ach, und nach welcher Musik sehe ich aus?«

Ich betrachtete ihn eingehend. Er trug nicht den teuren Anzug und die Budapester von gestern. Aber auch in Freizeitkleidung – einem körperbetonten schwarzen Under-Armour-Shirt und einer tief sitzenden Jogginghose – hatte er etwas. Er strahlte etwas Vornehmes aus.

Obwohl die Art und Weise, wie sich die Ader in seinem Bizeps abzeichnete, im Moment eher vorzüglich als vornehm aussah. Ich schätzte Bennett älter als mich – vielleicht Anfang dreißig –, aber sein Körper war fest und muskulös, und ich stellte mir vor, dass er ohne dieses Shirt noch unglaublicher aussah.

Ich blinzelte, erwachte aus meinem Tagtraum und erinnerte mich, dass er mir eine Frage gestellt hatte. »Klassisch. Ich hätte dich eher für einen Klassikliebhaber gehalten als für einen Metallica-Fan.«

»Das ist ziemlich klischeehaft, oder? Was soll ich dann über dich für Vermutungen anstellen? Du bist blond und schön.«

»Ich bin nicht dumm.«

Er verschränkte die Arme vor der Brust und zog eine Augenbraue hoch. »Du hingst mit dem Kopf an der Windschutzscheibe meines Autos fest.«

Da hatte er nicht ganz unrecht. Und es war sicher kein guter Anfang, mich heute Morgen wieder mit ihm zu streiten. Um mich wieder auf die Spur zu bringen, hielt ich das lange schlanke Paket hoch, das ich auf dem Weg ins Büro besorgt hatte. »Da fällt mir ein, ich wollte mich für gestern entschuldigen.«

Bennett schien mich einen Moment lang zu mustern. Dann nahm er mir das Wischerblatt aus der Hand. »Wie zum Teufel bist du überhaupt mit deinen Haaren an meinem Wagen hängen geblieben?«

Ich spürte, wie mein Gesicht heiß wurde. »Ich muss zuerst sagen, dass Autos nicht mein Ding sind. Ich fahre nicht gern mit ihnen und habe auch kein Glück, meist funktionieren sie nicht richtig. Zu meinem alten Büro konnte ich zu Fuß gehen. Jetzt muss ich jeden Tag fahren. Jedenfalls habe ich gestern Morgen einen Strafzettel bekommen, als ich Kartons aus meinem Auto nach oben getragen habe. Wir fahren zufällig dasselbe Modell in der gleichen Farbe von Audi. Deiner war ebenfalls illegal geparkt, aber du hattest keinen Strafzettel bekommen. Also habe ich versucht, meinen unter deinen Scheibenwischer zu schieben, in der Hoffnung, dass du ihn bezahlen würdest. Es kam ein Windstoß, und mein Haar verhedderte sich, als ich den Scheibenwischer anhob. Bei dem Versuch, es zu entwirren, habe ich es nur noch schlimmer gemacht. Ich wollte dein Auto wirklich nicht beschädigen.«

Seine Miene war undurchdringlich. »Du wolltest nur, dass

ich deinen Strafzettel bezahle, aber nicht meinen Scheibenwischer zerstören.«

»Genau.«

Er grinste. »Jetzt ergibt natürlich alles einen Sinn.«

Bennett hatte eine Wasserflasche in der Hand, führte sie an
seine Lippen und trank einen großen Schluck, ohne mich dabei
aus den Augen zu lassen. Als er fertig war, nickte er.

»Entschuldigung angenommen.«

»Wirklich?«

»Wir müssen zusammenarbeiten. Also sollten wir das Ganze
wohl professionell handhaben.«

Ich war erleichtert. »Danke.«

»Nach meinem Morgenlauf dusche ich unten im Fitnessstudio. Gib mir zwanzig Minuten, dann können wir anfangen,
unsere Kunden durchzugehen.«

»Okay. Gut. Bis gleich.«

Vielleicht hatte ich Bennett unterschätzt. Nur weil er gut aussah, hatte ich ihn für einen Egoisten gehalten und angenommen, dass er mir meine verrückte Tat nie verzeihen würde. Als
ich mein Büro in der Materialkammer erreichte, schob ich den
Schlüssel ins Schloss. Zunächst ließ er sich nicht bewegen,
doch schließlich klackte es, und die Tür ging auf. Sofort stieg
mir der Geruch von Reinigungsmitteln in die Nase. Zumindest
verstand ich jetzt, warum er mich hier reingesteckt hatte. Seuf-
zend schaltete ich das Licht an und stellte überrascht fest, dass
jemand eine Tüte auf meinem Schreibtisch hinterlassen hatte.

In der Annahme, dass es wahrscheinlich der Hausmeister
war, hob ich sie auf, um sie zu den anderen Putzmitteln zu stellen, und entdeckte eine handgeschriebene Notiz darauf.

Den wirst du brauchen. – Bennett

Ein Geschenk für mich?

Ich stellte meinen Laptop und meine Handtasche ab und kramte in der Tüte. Sie war leicht – eindeutig kein Putzmittel –, und der Inhalt war in Seidenpapier eingewickelt.

Neugierig packte ich ihn aus.

Ein Cowboyhut?

Was?

Den wirst du brauchen.

Hmm …

Den wirst du brauchen.

Für meinen Job.

In Texas.

Vielleicht war Bennett doch nicht so reif.

4. Kapitel

Bennett

Morgen sollte ich ihr vielleicht Dessous hinlegen. Pünktlich stolzierte Annalise mit einem großen Karton in mein Büro. Sie hatte den Cowboyhut auf, den ich ihr hingelegt hatte, um mich wie ein Arsch zu verhalten. Doch jetzt, wo sie ihn trug, *dachte* ich mit meinem Schwanz. Sie sah verdammt sexy aus mit ihrem wilden blonden Haar, das darunter hervorlugte. *Ich wette, in einem schwarzen Spitzenkorsett und ein paar hohen Absätzen zu dem Cowboyhut würde sie verdammt scharf aussehen.* Ich schüttelte den Kopf, um diese Vorstellung aus meiner Fantasie zu vertreiben. Doch das ließ mein Verstand nicht zu. Er war damit beschäftigt, sich eine Million Arten auszudenken, wie sie ihn tragen könnte.

Während sie mich ritt.

Reverse Cowgirl.

Yeah, nicht schlau, Fox.

Ich wandte eine Minute den Blick ab, dann räusperte ich mich und ging zu ihr, um ihr den Karton abzunehmen. »Steht dir gut. In ein paar Monaten wirst du perfekt in das neue Büro passen.«

»Vielleicht habe ich da unten dann wenigstens ein Büro, in dem ich nicht den ganzen Tag high von dem Chemiegeruch bin.«

»Ich wollte dich nur ärgern. Dein richtiges Büro wird in diesem Moment für dich eingerichtet.«

»Oh. Wow. Danke.«

»Kein Problem. Durch den Urinstein von den Pissoirs riecht es im neuen Büro sicher viel besser.«

»Ich bin nicht …«

Ich hob die Hand und unterbrach sie. »Kleiner Scherz. Das Büro hat denselben Grundriss wie meines, nur zwei Türen weiter. Ich weiß, dass du gern näher bei mir wärst, aber das ist das Beste, was ich auftreiben konnte.«

»Bist du immer derart unausstehlich so früh am Morgen?« Sie hielt einen großen Kaffeebecher mit einem rosa glitzernden A darauf hoch. »Ich trinke nämlich gerade meinen zweiten Becher, und wenn das so ist, muss ich noch mehr Koffein zu mir nehmen, bevor ich herkomme.«

Ich lachte. »Ja, gewöhn dich dran. Mir wurde gesagt, dass ich morgens noch am erträglichsten bin, also solltest du diesen großen Becher nach dem Mittagessen vielleicht mit etwas Stärkerem füllen.«

Sie verdrehte die Augen.

Marina, meine Assistentin – unsere Assistentin –, kam herein und legte einen Umschlag auf meinen Schreibtisch. Sie schenkte Annalise ein Lächeln und sagte Guten Morgen, während sie so tat, als wäre ich nicht im Zimmer.

Als sie ging, schüttelte ich den Kopf. »Übrigens, ich muss dich warnen: Iss nicht aus Versehen das Mittagessen deiner neuen Assistentin.«

Annalise schien zu glauben, dass ich einen Scherz machte.

»Okay.«

»Sag nicht, ich hätte dich nicht gewarnt.«

Ich ging zu dem runden Tisch in der Ecke, an dem ich normalerweise kleine Besprechungen abhielt, und stellte den Karton ab. Als ich das Etikett bemerkte, sagte ich: »Bianchi Winery? Ich dachte, dass wir alle unsere Kunden durchgehen, um die Arbeitsbelastung auszugleichen und die Kunden zwischen unseren Teams aufzuteilen?«

»Genau. Aber ich dachte, es kann nicht schaden, wenn wir uns unsere Präsentationen für morgen gegenseitig zeigen. Vielleicht können wir uns darauf einigen, welche die beste ist, und müssen nicht gegeneinander antreten?«

Ich grinste. »Angst zu verlieren, was?«

Sie seufzte. »Vergiss es. Gehen wir einfach die Kunden durch, wie Jonas es verlangt hat.«

Gott, ist die empfindlich. »Na gut. Warum arbeiten wir nicht hier? Da haben wir mehr Platz, uns auszubreiten.«

Sie nickte und holte eine Fächermappe aus ihrem Karton. Als sie das Gummiband löste, das die Mappe ordentlich zusammenhielt, öffnete sich diese, und ein paar Dutzend Fächer kamen zum Vorschein. Jedes Fach hatte ein farblich gekennzeichnetes Etikett, auf dem etwas geschrieben stand.

»Was ist das?«

»Das ist mein Quick Kit.«

»Dein *was?*«

»Quick Kit.« Sie zog einen Stapel Papiere aus einem Fach und breitete sie auf dem Tisch aus. »Es gibt ein Kundenkontaktblatt mit Namen und Telefonnummern aller wichtigen Personen, ein Datenblatt mit einer Zusammenfassung der Produktlinien, die wir bewerben, eine Liste meiner Teammitglieder, die für den Kunden arbeiten, einige Budgetinformationen, Grafiken von den Logos des Kunden, eine Auflistung der bevorzugten Schriftarten und PMS-Farbcodes und eine Zusammenfassung des aktuellen Projekts.«

Ich starrte sie an.

»Was ist?«

»Wofür das alles?«

»Nun, ich bewahre das Quick Kit im Aktenschrank im Bereich des Großraumbüros der Marketingabteilung auf, sodass jeder, wenn ein Kunde anruft, die Informationen zur Hand hat und mit dem Kunden sprechen kann, nachdem er einen Blick auf die Dokumente geworfen hat. Ich verwende es auch, wenn ich zu Meetings gerufen werde, um dem Führungsteam aktuelle Informationen über den Kunden zu geben. Aber ich dachte mir, wir könnten es heute nutzen, wenn wir die Kunden durchgehen.«

Mist. So eine ist sie – super organisiert und neurotisch.

Ich richtete meinen Blick auf die Mappe. »Und was hat es mit den verschiedenen Farben auf sich?«

»Jede Kunde hat seine eigene Farbe, und alle Werbemittel und Dateien sind farblich gekennzeichnet, sodass es einfach ist, etwas abzulegen und Informationen zusammenzusuchen.«

Ich kratzte mich am Kinn. »Weißt du, ich habe eine Theorie über Menschen, die mit Farbmarkierungen arbeiten.«

»Ach ja? Und wie lautet die?«

»Sie sterben früh an Stress.«

Sie lachte, sah dann aber mein Gesicht.

»Oh, das war gar kein Witz, oder?«

Ich schüttelte langsam den Kopf.

Sie richtete ihren Ordner vor sich. »Also gut. Erzähl mir, warum Menschen, die ein Farbsystem benutzen, früher sterben?«

»Hab ich doch gesagt. Durch den Stress.«

»Das ist lächerlich. Wenn überhaupt, dann ist mein Stresspegel durch mein Farbleitsystem gesunken. Ich kann Dinge leichter finden und muss nicht mehr mühsam jede Schublade öffnen und alte Werbemittel durchforsten. Ich kann einfach nach einer Farbe scannen.«

»Das mag ja stimmen. Ich bin mir sogar ziemlich sicher, dass du mich ein paarmal pro Woche *Fuck* rufen hörst, wenn ich etwas nicht finden kann.«

»Siehst du?«

Ich hob einen Finger.»Aber es ist nicht das Farbsystem an sich, das Stress verursacht. Es ist das ständige Bedürfnis nach Organisation. Jemand, der nach Farben sortiert, denkt, dass alles seinen Platz hat, aber so funktioniert die Welt nicht. Nicht jeder will so organisiert sein, und wenn sich jemand nicht an dein System hält, führt das zwangsläufig zu Stress.«

»Ich glaube, du übertreibst. Nur weil ich gern Farben einsetze, heißt das nicht, dass ich ein neurotischer Organisationsfreak bin und mich aufrege, wenn etwas nicht an seinem Platz ist.«

»Ach ja? Gib mir dein Handy.«

»Wie bitte?«

»Gib mir dein Handy. Keine Sorge. Ich sehe es nicht durch und schaue mir all die Schmollmund-Selfies an, die du gespeichert hast. Ich möchte nur etwas nachprüfen.«

Zögernd hielt mir Annalise ihr Telefon hin. Alles war genau so, wie ich es vermutet hatte. Jede App war abgelegt und organisiert. Es gab sechs verschiedene Ordner, und die waren beschriftet: Social Media, Unterhaltung, Shopping, Reisen, Apps für die Arbeit und Dienstprogramme. Nicht eine einzige App befand sich außerhalb der kleinen organisierten Blasen. Ich klickte in die Social-Media-Blase, zog die Facebook-App heraus und ließ sie los. Dann ging ich in den Shopping-Ordner, nahm das Amazon-Symbol und zog es in die Social-Media-Blase. Ich zog die e-Art-App aus der Arbeitsblase und platzierte sie frei auf dem Display.

Als ich es ihr zurückgab, verzog sie das Gesicht. »Was soll das beweisen?«

»Deine Apps sind jetzt unsortiert. Das wird dich langsam verrückt machen. Jedes Mal, wenn du das Handy öffnest, um etwas zu tun, wirst du den starken Drang verspüren, die Symbole wieder dort abzulegen, wo sie hingehören. Am Ende der Woche wird dich das so sehr stressen, dass du nachgibst und alles in Ordnung bringst, um deinen Blutdruck zu senken.«

»Das ist doch lächerlich.«

Ich zuckte mit den Schultern. »Okay. Warten wir es ab.«

Annalise richtete sich auf ihrem Stuhl auf. »Und was genau ist dein System zur Kundenverwaltung? Was benutzt du, um die Kunden heute durchzugehen? Eine mit Bleistift auf die Rückseite eines Umschlags geschriebene Liste?«

»Nope. Ich brauche keine Liste.« Ich lehnte mich auf meinem Stuhl zurück und tippte mit dem Finger an meine Schläfe. »Fotografisches Gedächtnis. Es ist alles hier oben.«

»Gott steh uns bei, wenn dort alle Informationen sind«, murmelte sie.

Annalise verbrachte die nächsten zwei Stunden damit, alle ihre Kunden durchzugehen. Ich würde es nie laut zugeben, aber durch ihre hyperorganisierte Akte hatte sie Zugriff auf verdammt viele Daten und hatte sie sofort zur Hand. Sie war eindeutig die Beste in ihrem Fach.

Wir legten ein paar ihrer Übersichtsblätter beiseite, um zu notieren, welche Kunden sie neu verteilen wollte.

Als es an der Zeit war, über meine Kunden zu sprechen, wollte Annalise sich Notizen machen, anstatt wie ich nur zuzuhören. Das war wenig überraschend.

»Ich habe vergessen, einen Notizblock mitzubringen«, sagte sie. »Kann ich mir einen leihen?«

»Klar.« Um der Teamarbeit willen holte ich zwei Blöcke und einen Stift aus meiner Schreibtischschublade. Ohne mir etwas dabei zu denken, warf ich den einen vor ihr auf den Tisch und den anderen dorthin, wo ich gesessen hatte. Annalise bemerkte das Gekritzel auf der Vorderseite vor mir und drehte den Block zu sich herum.

Shit.

Ich versuchte, ihn ihr aus der Hand zu nehmen, aber sie zog ihn weg, sodass ich nicht mehr an ihn herankam. »Was haben wir denn hier? Hast du das alles gemalt?«

Ich streckte die Hand aus. »Gib mir das.«

Sie ignorierte mich und studierte lieber weiter meine Kritzeleien. »Nein.«

Ich hob eine Braue. »Nein? Du willst mir meinen Notizblock nicht zurückgeben? Wie alt bist du?«

»Ähm … anscheinend …« Sie wedelte mit dem Notizblock in der Luft und zeigte auf meine Kunstwerke. »… im gleichen Alter wie der zwölfjährige Junge, der das gemalt hat. Wenn du das den ganzen Tag bei der Arbeit machst, weiß ich nicht, worüber ich mir Sorgen gemacht habe. Ich dachte, ich müsste mit einem erfahrenen Profi um den Job konkurrieren.«

Ich hatte die schlechte Angewohnheit herumzukritzeln, wenn ich Musik hörte. Das tat ich immer dann, wenn ich eine kreative Blockade hatte oder eine Lücke zwischen zwei Projekten füllen musste. Ich hatte keine verdammte Ahnung, warum, aber das gedankenlose Skizzieren half mir, den Kopf freizubekommen, was wiederum die Kreativität anregte. Die Angewohnheit wäre nicht so schlimm – vielleicht ein bisschen peinlich, dass ein einunddreißigjähriger Mann immer noch täglich *Superhelden* an seinem Schreibtisch zeichnete – und nichts, was mich in Schwierigkeiten bringen würde … wenn die Superhelden *männlich* gewesen wären. Das waren sie aber nicht. Meine Superhelden waren durchweg Frauen ... mit ausgeprägten Körperteilen. So wie die Karikaturen, die man von einem Straßenkünstler zeichnen lassen konnte, auf denen der Kopf fünfmal so groß war wie der Körper und man Rollschuh fuhr oder surfte. Ihr wisst, was ich meine, oder? Wahrscheinlich habt ihr ein Bild von euch auf einem Einrad irgendwo hinten in eurem Schrank versteckt. Es ist zerrissen und zerknittert, aber ihr habt das verdammte Ding immer noch nicht weggeschmissen. Nun, meine sind so ähnlich. Nur sind bei meinen Schöpfungen nicht die Köpfe übertrieben groß, sondern die *Titten*. Oder der *Hintern*. Gelegentlich auch die Lippen, wenn mir danach ist. Ihr versteht, was ich meine.

Jonas hatte mich erst kürzlich wieder davor gewarnt, das Zeug im Büro herumliegen zu lassen, nachdem es einen kleinen Zwischenfall mit einer Frau von der Personalabteilung gegeben hatte, die unerwartet vorbeigekommen war und einen Blick darauf geworfen hatte.

Ich schnappte Annalise den Block aus der Hand, riss die Seite heraus und knüllte sie zu einem Ball zusammen. »Ich zeichne, um mich zu entspannen. Ich habe nicht gemerkt, dass ich den Block mitgenommen habe. Normalerweise reiße ich die Seite ab und werfe sie weg, wenn ich fertig bin. Ich entschuldige mich.«

Sie legte den Kopf schief, als ob sie mich studieren würde. »Du entschuldigst dich? Was genau tut dir leid? Dass ich sie gesehen habe oder dass du während der Arbeitszeit Figuren gezeichnet hast, die Frauen als Objekte darstellen?«

Das ist vermutlich eine Fangfrage. Natürlich tat es mir nur leid, dass sie sie gesehen hatte. »Beides.«

Sie blinzelte und starrte mich an. »Quatsch.«

Ich ging zurück zu meinem Schreibtisch, öffnete die Schublade, legte das zusammengeknüllte Blatt mit den Zeichnungen hinein, schloss sie und sagte: »Ich glaube, du bist noch nicht qualifiziert zu wissen, wann ich Quatsch rede. Wir haben insgesamt etwa eine Stunde miteinander verbracht.«

»Ich will dich mal was fragen. Wenn ich ein Kerl wäre – sagen wir einer deiner Freunde hier, mit dem du wahrscheinlich ab und zu zur Happy Hour gehst –, hättest du dich bei ihm entschuldigt?«

Nein, natürlich nicht. Noch eine Fangfrage. Ich musste nachdenken, wie ich sie richtig beantwortete. Zum Glück hatte ich schon an einer Schulung der Personalabteilung zu Einfühlungsvermögen und sexueller Belästigung teilgenommen, sodass ich die richtige Antwort parat hatte.

»Wenn ich annähme, dass es ihn kränken würde, ja.« Ich ließ weg, dass es keinen der Jungs kränken würde, mit denen ich außerhalb des Büros zu tun hatte ... vor allem, weil ich nicht mit *Pussys* herumhing. Ich dachte, Jonas würde sich über meine Zurückhaltung freuen, wenn er es wüsste.

»Du hast dich also bei mir entschuldigt, weil du dachtest, es könnte mich gekränkt haben?«

Das ist leicht. »Ja.«

Ich hoffte, dass die Diskussion damit beendet war, und setzte mich. Annalise tat es mir gleich. Aber so schnell gab sie keine Ruhe. »Es ist also in Ordnung, Frauen als Objekte zu betrachten, nur nicht, wenn man denkt, man könnte damit jemanden kränken?«

»Das habe ich nicht gesagt. Du nimmst an, dass ich Frauen zu Objekten mache. Ich glaube nicht, dass ich das tue.«

Sie warf mir einen Blick zu, der sagte, dass sie das für Blödsinn hielt.

»Ich glaube, *du* bist diejenige, die Frauen zu Objekten macht.«

»Ich?« Ihre Augenbrauen zuckten in die Höhe. »*Ich* mache Frauen zu Objekten? Wie das?«

»Nun, diese Zeichnung zeigt eine Superheldin – die Frau hat die Kraft zu fliegen. Jeden Tag springt sie von hohen Gebäuden und bekämpft das Verbrechen wie ein knallharter Typ. Und du nimmst an, dass sie, nur weil sie einen großen Busen hat, eine verrückte Fantasie ist. Du hast nicht einmal in Erwägung gezogen, dass Savannah Storm einen IQ von 160 hat und erst gestern eine alte Dame davor bewahrt hat, von einem Bus überfahren zu werden.«

Annalise zog eine Augenbraue nach oben. »Savannah Storm?«

Ich zuckte die Achseln. »Sogar ihr Name ist knallhart, oder?«

Sie schüttelte den Kopf, und ich sah den Anflug eines Lächelns. »Und wie sollte ich anhand deiner Zeichnung sehen, was für ein knallharter Typ Savannah ist?«

Irgendwie gelang es mir, eine ernste Miene zu bewahren. »Sie trug einen Umhang, stimmt's?«

Annalise knickte ein und lachte. »Tut mir leid. Diesen deutlichen Hinweis muss ich übersehen haben, weil jede ihrer Brüste größer war als mein Kopf. Ich meine, ihr IQ hätte durch den Umhang offensichtlich sein müssen.«

Ich zuckte mit den Schultern. »Das kommt vor. Aber du solltest dich hüten, voreilig zu urteilen. Manche Leute könnten beleidigt sein und denken, dass du Frauen zu Objekten machst.«

»Ich merk's mir.«

»Gut. Dann können wir uns jetzt vielleicht den wichtigen Kunden zuwenden – nämlich *meinen*.«

5. Kapitel

Annalise

Ich hatte versucht, ihn zu warnen.

Auch gestern Abend, als wir damit fertig waren, unsere Kunden durchzugehen, hatte ich erneut versucht, das heutige Gespräch mit der Bianchi Winery anzusprechen. Aber der selbstgefällige Idiot unterbrach mich, bevor ich erklären konnte, *warum* ich wusste, dass er keine Chance hatte, den Auftrag zu bekommen.

Also egal, ich hoffe, er hat den ganzen Vormittag mit einer völlig unnötigen Präsentation verschwendet, murmelte ich vor mich hin, als ich den langen Feldweg hinunterfuhr und bei der riesigen Trauerweide parkte. Wenn ich hier war, überkam mich immer eine große Ruhe. Der Anblick von Reihen ordentlich gepflanzter Weinstöcke, sich wiegender Weiden und gestapelter Fässer ließ Gelassenheit durch meine Poren sickern. Als ich aus dem Auto stieg, schloss ich die Augen, atmete tief ein und den Stress der Woche aus. *Frieden.*

Das dachte ich zumindest.

Bis ich die Augen öffnete und ein Auto bemerkte, das rechts neben dem großen, alten grünen Traktor parkte. Und dieses Auto war fast identisch mit meinem.

Er ist immer noch hier.

Bennetts Termin war heute Morgen um zehn gewesen. Ich warf einen Blick auf meine Armbanduhr, um mich zu vergewissern, dass ich nicht Stunden zu früh dran war. Aber das war ich nicht. Es war fast drei Uhr nachmittags. Ich hatte angenommen, dass er längst weg sein würde, wenn ich eintraf. Worüber zum Teufel konnten sie sich fünf Stunden lang unterhalten haben?

Knox, der Leiter des Weinguts, kam gerade mit einer Kiste Wein aus dem kleinen Ladengeschäft, als ich meine Unterlagen aus dem Auto holte. Er hatte schon auf dem Weingut gearbeitet, bevor überhaupt die ersten Traubenkerne gesät wurden.

»Hey, Annie.« Er winkte.

Ich knallte den Kofferraum zu und schwang mir meine lederne Kunstmappe über die Schulter. »Hey, Knox. Soll ich meinen Kofferraum wieder aufmachen, damit Sie meine Flaschen fürs Wochenende dort verstauen können?«, witzelte ich.

»Ich bin mir ziemlich sicher, dass ich jede einzelne Flasche in Ihrem Kofferraum verstauen könnte und Mr Bianchi nichts dagegen hätte.«

Ich lächelte. Damit hatte er irgendwie recht. »Ist Matteo im Büro oder oben im Haus? Ich habe eine geschäftliche Besprechung mit ihm.«

»Das letzte Mal, als ich ihn sah, ging er mit einem Besucher über die Felder. Aber vielleicht sind sie schon im Keller. Ich glaube, er hat ihm alles gezeigt.«

»Danke, Knox. Arbeiten Sie nicht zu hart!«

Die Bürotür war nicht verschlossen, aber es war auch niemand dort. Also legte ich meine Präsentationsunterlagen auf dem Empfangspult ab und sah nach, wo die anderen sich versteckten. Die Tür des Ladengeschäfts stand offen, aber niemand antwortete, als ich rief. Ich wollte mich gerade umdrehen und zum Haupthaus hinaufgehen, da hörte ich Stimmen hinter der Tür, die vom Laden in den Weinkeller und den Verkostungsraum führte.

»Hallo?« Vorsichtig schritt ich auf meinen hohen Absätzen durch das steinerne Treppenhaus.

In der Ferne hörte ich Matteos dröhnende Stimme, er sprach Italienisch. Doch als ich unten ankam, war die einzige Person, die ich fand, Bennett. Er saß an einem der Verkostungstische in der Nische, die Ärmel hochgekrempelt, die Krawatte gelockert, und auf dem Tisch vor ihm stand eine Reihe Weingläser. Drei der vier waren leer.

»Trinken während der Arbeitszeit?« Ich hob eine Augenbraue.

Er verschränkte die Finger hinter dem Kopf und lehnte sich selbstgefällig zurück. »Was soll ich sagen? Die Besitzer lieben mich.«

Ich unterdrückte ein Lachen. »Ach, wirklich? Dann hast du ihnen also nicht dein wahres Ich gezeigt?«

Bennett schenkte mir ein Lächeln. Ein umwerfendes Lächeln. *Idiot.*

»Du bist umsonst hier herausgefahren, Texas. Ich habe versucht, es dir zu sagen, aber du wolltest ja nicht hören.«

Ich seufzte. »Wo ist Matteo?«

»Er hat gerade einen Anruf bekommen und ist in den Gärraum gegangen.«

»Und Margo?«

»Sie ist in den Supermarkt gefahren.«

»Was machst du überhaupt noch hier? Bist du etwa zu spät zu deiner Präsentation gekommen?«

»Natürlich nicht. Matteo hat mir angeboten, mich herumzuführen. Ich habe die neuen Reben gesehen, die sie dieses Jahr gepflanzt haben, und dann bestand Margo darauf, dass ich eine vollständige Verkostung mache. Ich gehöre jetzt quasi zur Familie.« Er lehnte sich zu mir und senkte seine Stimme. »Obwohl ich mir ziemlich sicher bin, dass Mrs Bianchi auf mich steht. Wie ich schon sagte, du hast keine Chance, diesen Pitch zu gewinnen.«

Irgendwie schaffte ich es, eine neutrale Miene zu bewahren. »Margo … Mrs Bianchi … *steht auf dich?* Du weißt doch, dass Matteo ihr Mann ist, oder?«

»Ich habe nicht gesagt, dass ich etwas versuchen werde. Ich sage nur, wie es auf mich wirkt.«

Ich schüttelte den Kopf. »Du bist unmöglich.«

Als wir hörten, dass eine Tür ging, drehten wir die Köpfe zum hinteren Teil des Verkostungsraums. Jedes Geräusch hallte hier unten doppelt so laut, auch Matteos Schritte, als er zu uns kam. Er öffnete die Arme und sprach mit seinem starken italienischen Akzent, als er aufblickte und mich sah. »Meine Annie. Da bist du ja. Ich habe dich nicht reinkommen hören.«

Matteo umarmte mich herzlich, dann nahm er mein Gesicht in seine Hände und küsste mich auf beide Wangen. »Ich habe mit meinem Bruder telefoniert. Der Mann ist immer noch ein Idiot, selbst nach all den Jahren. Er hat Ziegen gekauft.« Er drückte alle fünf Finger zusammen in der universellen italienischen Geste für *Was zum Teufel!.* »Ziegen! Dieser Idiot hat Ziegen gekauft, die jetzt auf seinem Land in den Hügeln leben. Und dann wundert er sich, dass sie die Hälfte seiner Ernte auffressen. So ein Idiot.« Matteo schüttelte den Kopf. »Aber egal. Darf ich vorstellen?« Er wandte sich an Bennett. »Dieser Gentleman ist Mr Fox. Er ist von einer der großen Werbeagenturen, die wir in deinem Auftrag anrufen sollten.«

»Ähm … ja. Wir kennen uns. Ich bin nicht dazu gekommen, mit euch zu reden, im Büro war so viel los. Aber Bennett und ich … wir arbeiten jetzt für die gleiche Firma. Foster Burnett, die Firma, für die er gearbeitet hat, als ihr euch vor ein paar Monaten mit ihm verabredet habt, hat mit der Firma, für die ich arbeite, Wren Media, fusioniert. Es ist jetzt eine große Werbeagentur – Foster, Burnett und Wren. Also, ja, Bennett und ich kennen uns. Wir arbeiten … zusammen.«

»Ah gut.« Matteo klatschte in die Hände. »Denn dein Freund isst heute mit uns zu Abend.«

Mein Blick sprang zu Bennett und begegnete seinem hämischen Blick. »Du bleibst zum Essen?«

Er grinste wie eine Grinsekatze und zwinkerte mir zu. »*Mrs* Bianchi hat mich eingeladen.«

Matteo hatte keine Ahnung, dass Bennetts breites dämliches Grinsen nur ein Versuch war, mich zu ärgern, denn der Vollidiot dachte, er sei eingeladen, weil die Mrs *auf ihn stand*.

Der Gedanke war wirklich zum Totlachen. Denn ich kannte Margo Bianchi, und *glaubt mir*, sie hatte Bennett Fox nicht zum Essen eingeladen, weil sie auf ihn stand.

Und ich wusste das nicht etwa, weil sie ihren Mann verehrte – was auch stimmte –, sondern weil Margo Bianchi eine Kupplerin war. Es gab nur einen Grund, warum sie einen jungen Mann zum Essen einlud. Weil sie ihn mit ihrer *Tochter* verkuppeln wollte.

»Ach? Mrs Bianchi hat dich eingeladen, ja?« Ich konnte es kaum erwarten, ihm das Grinsen aus dem Gesicht zu wischen.

Bennett nahm seinen Wein in die Hand und schwenkte ihn ein paarmal, bevor er ihn grinsend an die Lippen führte. »Ganz genau.«

Ich lächelte übertrieben. »Das ist ja toll. Das Essen *meiner Mutter* wird dir sicher sehr gut schmecken.«

Bennett hatte gerade einen Schluck Wein genommen. Er zog

verwirrt die Augenbrauen zusammen und stand erschrocken auf – dann verschluckte er sich an seinem Wein.

»Ich kann nicht fassen, dass du den Feind zum Essen eingeladen hast.«

Meine Mutter hob den Deckel von einem Topf an und rührte in der Soße. »Er ist ein sehr attraktiver Mann. Und er hat einen guten Job.«

»Ja, ich weiß. *Meinen* Job, Mom.«

»Er ist einunddreißig, ein gutes Alter für einen Mann, um sich zu binden. Wenn man in den Vierzigern anfängt, Babys zu zeugen, wie viele junge Leute heute, hat man in den Fünfzigern einen Teenager, wenn man eigentlich keine Energie mehr hat.« Ich füllte mein Weinglas nach. Wenn es um Mütter ging, hatte ich mich immer für glücklich gehalten. Nachdem sie und mein Vater sich getrennt hatten, hatte mich meine Mutter praktisch allein aufgezogen. Sie arbeitete Vollzeit und verpasste trotzdem kein einziges Fußballspiel oder Schulfest. Während die meisten meiner Freundinnen sich über ihre aufdringlichen verheirateten Mütter oder ihre abwesenden geschiedenen Mütter beschwerten, die auf der Suche nach einem neuen Mann waren, beklagte ich mich nie – bis ich das reife Alter von fünfundzwanzig Jahren erreichte. So wie sich meine Mutter verhielt, war das offenbar der Zeitpunkt, ab dem Frauen drohten, als alte Jungfer zu enden.

»Bennett ist nicht dein zukünftiger Schwiegersohn, Mom. Das kannst du mir glauben. Er ist eine arrogante, herablassende, Comics zeichnende Nervensäge, die mir den Job klaut.«

Meine Mutter legte die Schöpfkelle auf der Löffelablage ab und sah mich mit geschürzten Lippen an. »Ich glaube, du übertreibst, Schatz.«

Ich blickte sie durchdringend an.»Er dachte, du hättest ihn zum Essen eingeladen, weil du auf ihn stehst.«

Sie legte die Stirn in Falten.»Auf ihn?«

»Ja. Weil du an ihm interessiert wärst. Und er weiß, dass du verheiratet bist.«

Sie lachte.»Oh, Schatz. Er ist ein gut aussehender Mann. Vermutlich stehen die *meisten* Frauen auf ihn, also hat er sich daran gewöhnt, eine Frau, die einfach nur freundlich ist, mit einer zu verwechseln, die das aus einem bestimmten Grund ist.«

Ich hatte das Gefühl, egal, was ich über Bennett sagte, Mom hatte immer eine Ausrede parat.

»Er versucht, mir meinen Job wegzunehmen.«

»Eure Agenturen haben fusioniert. Das ist eine unglückliche Situation, aber damit hat er nichts zu tun.«

»Er missbraucht Kätzchen«, sagte ich mit todernstem Gesicht.

Meine Mutter schüttelte den Kopf.»Du suchst nach jeder Ausrede, um den Mann nicht zu mögen.«

»Ich muss mir keine Ausrede einfallen lassen, er serviert mir die Gründe auf dem Silbertablett.«

Mom stellte die Flamme auf Köcheln und holte eine weitere Flasche aus dem Weinkühlschrank.»Meinst du, Bennett wird der 02er Cabernet schmecken?«

Ich gab auf.»Klar. Ich glaube, er wird ihn wunderbar finden.«

»Bist du hier aufgewachsen? Auf einem Weingut?«

Ich war Bennett vor dem Abendessen aus dem Weg gegangen, indem ich mich auf die Veranda verdrückt hatte, um mit Sherlock zu spielen – dem braunen Labrador von Mom und Matteo. Leider hatte er mich gefunden.

»Nein. Ich wünschte es.« Ich warf einen Tennisball über das

Verandageländer in die Reihen von Reben, und Sherlock wetzte los. »Meine Mutter und ich haben fast mein ganzes Leben lang in Palisades gewohnt. Matteo hat sie erst kennengelernt, als ich auf dem College war. Ich habe ihn ihr zu ihrem fünfzigsten Geburtstag geschenkt.«

Bennett lehnte sich gegen den Pfosten, eine Hand lässig in die Hosentasche gesteckt. »Erzähl das nicht meiner Mutter. Alles, was ich ihr geschenkt habe, war eine Kaffeemaschine, die sie hinten im Schrank hat verstauben lassen.«

Ich lächelte. »In meiner Jugend hat sie immer gesagt, sie wollte nach Italien reisen. Kurz vor ihrem fünfzigsten Geburtstag hatte ich gerade meinen ersten Job bekommen, also sparte ich für eine zehntägige Reise nach Rom und in die Toskana. Matteo gehörte eines der Weingüter, auf denen wir Halt machten. Sie verstanden sich gut, und zwei Monate nach ihrer Rückkehr stand sein Weingut zum Verkauf, und er beschloss, in die USA zu ziehen, um näher bei ihr zu sein.« Ich zeigte auf das Weingut. »Er kaufte dieses Gut, und genau ein Jahr nachdem sie sich kennengelernt hatten, haben sie da drüben geheiratet.«

»Wow. Das ist ziemlich cool.«

»Ja. Er ist ein toller Typ. Meine Mutter hat es verdient, dass sie ihn getroffen hat.«

Sherlock kam mit dem Ball im Maul zurückgerannt, aber anstatt ihn mir vor die Füße zu werfen, brachte der Verräter ihn zu Bennett. Der griff nach unten und kratzte sich am Kopf.

»Wie heißt du, Junge?«

»Er heißt Sherlock.«

Bennett warf den Ball zurück in die Reben, und weg war der beste Freund des Menschen. »Du hättest erwähnen können, dass die Bianchi Winery deiner Familie gehört.«

Mir fiel die Kinnlade herunter. »Machst du Witze? Ich habe

es mehrmals versucht. Aber jedes Mal, wenn ich angesetzt habe, es dir zu sagen, hast du mich unterbrochen, um mir zu erzählen, wie du den Auftrag gewinnen wirst und wie sehr die Besitzer dich lieben. Du warst ziemlich eingebildet, was das angeht. Vor allem heute Nachmittag, als du mir erzählt hast, dass *meine Mutter* auf dich stehen würde.«

»Ja. Tut mir leid, dass ich das gesagt habe. Ich wollte dich nur ärgern. Dein Selbstvertrauen vor deiner Präsentation erschüttern.«

»Reizend. Ganz reizend.«

Er setzte sein charmantes Lächeln auf.»Was soll ich sagen? In der Liebe und im Krieg ist alles erlaubt.«

»Wir sind also im Krieg, ja? Und ich dachte schon, der bessere Kandidat würde den Job aufgrund seiner Verdienste bekommen und nicht, weil der andere ihn sabotiert hat.«

Bennett stand auf und blinzelte.»Ich habe nicht von Krieg gesprochen. Du liebst mich schon.«

Ich lachte.»Gott, du bist so ein aufgeblasener Idiot.«

Ich blieb auf der Veranda, um weiter mit Sherlock zu spielen, während Bennett ins Haus ging. Ich war überrascht, als er mit seinem Sakko, einem Glas Wein in der einen und seiner Ledermappe in der anderen Hand wieder herauskam.

»Wohin gehst du?«

Er reichte mir das Glas Wein, aber als ich es nehmen wollte, zog er es zurück und nippte daran.»Deine Mutter hat mich gebeten, dir das auf dem Weg nach draußen zu bringen.«

»Wohin gehst du?«

»Ich dachte, ich fahre nach Hause.«

»Solltest du noch fahren? Meine Eltern schenken Wein gern wie Wasser aus.«

»Nein, alles okay. Ich habe nur ein paarmal probiert, und das über mehrere Stunden hinweg.«

»Ah. Gut. Aber wir haben noch nicht zu Abend gegessen.«

»Ich weiß. Und ich habe mich bei deinen Eltern entschuldigt. Ich habe ihnen gesagt, dass mir etwas dazwischengekommen ist und ich fahren muss.«

»Ist etwas dazwischengekommen?«

»Ich möchte mich nicht in eure Familienzeit drängen. Deine Mutter hat erwähnt, dass ihr euch seit ein paar Monaten nicht mehr gesehen habt.«

»Im Büro war der Teufel los, seit Mr Wren gestorben ist.«

Bennett hob die Hände. »Versteh schon. Glaub mir, meine Mutter würde dir sagen, dass ich sie nicht oft genug anrufe oder sehe.«

»Du musst nicht gehen.«

»Schon okay. In den seltenen Fällen, in denen es passiert, kann ich eine Niederlage eingestehen. Diese Schlacht hast du gewonnen, aber den ganzen Krieg wirst du nicht gewinnen, Texas. Ich lasse dich ihnen deine Ideen ungestört vortragen.«

Ich stand auf. »Meine Mutter wird ziemlich enttäuscht sein. Wahrscheinlich wollte sie beim Abendessen mit dir darüber sprechen, welche Art von Unterwäsche du trägst, um sicherzugehen, dass du zum Schutz ihrer zukünftigen Enkelkinder keine Spermien mit engen Unterhosen abtötest.«

Bennett nahm einen weiteren Schluck Wein und bot mir das nun halb leere Glas an. Aber als ich es nehmen wollte, ließ er es nicht los. Stattdessen lehnte er sich dicht zu mir, während sich unsere Fingerspitzen berührten. »Sag Mom, sie soll sich keine Sorgen machen. Meine Jungs sind gesund.« Er zwinkerte mir zu und ließ das Glas los. »Ich bevorzuge es, gar keine Unterwäsche zu tragen.«

Ich lachte und sah ihm hinterher, als er zu seinem Auto ging. Er lud sein Präsentationsmaterial in den Kofferraum und schlug ihn zu.

»Hey!«, rief ich.

Er sah auf.

»Zeichnest du dich manchmal auch selbst? Nacktarsch könnte ein guter Superheldenname sein.«

Bennett ging zu seiner Autotür, öffnete sie und hielt sich oben fest, während er zurückrief: »Davon wirst du heute Nacht träumen, Texas. Und ich brauche nicht zu raten, welchen Teil du übertreiben wirst.«

6. Kapitel

Bennett

»Du bist spät dran.«

Ich sah auf meine Uhr. »Es ist drei Minuten nach zwölf. Auf der 405 war Stau.«

Fanny wedelte mit ihrem krummen, von Arthritis geplagten Finger vor meiner Nase herum. »Bring ihn nicht zu spät zurück, nur weil du nicht rechtzeitig hier sein konntest.«

Ich biss mir auf die Zunge, verkniff mir, was ich eigentlich sagen wollte, und erwiderte schlicht: »Ja, Ma'am.«

Sie blinzelte mich an und schien sich nicht sicher zu sein, ob meine Antwort herablassend war oder ob ich ihr wirklich meinen Respekt zeigte. Letzteres war unmöglich, denn man musste Respekt vor einer Person *haben*, um ihr diesen zu zeigen.

Wir standen auf der Veranda ihres kleinen Hauses und starrten uns an. Ich sah an ihr vorbei ins Fenster, aber die Jalousien waren zugezogen.

»Ist er bereit?«

Sie hielt mir ihre Hand hin, den Handteller nach oben. Ich hätte wissen müssen, dass das der Grund für die Verzögerung war. Ich kramte in meiner Jeanstasche und holte den Scheck heraus, den ich ihr seit acht Jahren jeden ersten Samstag im Monat gab, damit ich Zeit mit meinem Patenkind verbringen konnte.

Sie musterte ihn, als ob ich versuchen würde, ihn ihr zu entreißen, dann steckte sie ihn in ihren BH. Meine Augen brannten, weil ich zufällig ihr faltiges Dekolleté gesehen hatte. Sie trat zur Seite. »Er ist in seinem Zimmer, schon den ganzen Morgen, zur Strafe für seine unflätige Ausdrucksweise. Es wäre besser, wenn er nicht solche Ausdrücke von dir lernt.«

Ja, genau. Sehr wahrscheinlich, dass er die von mir lernt. In den fünf Stunden, die ich alle zwei Wochen mit ihm verbringen darf, verderbe ich ihn. Nicht dein betrunkener vierter oder fünfter – ich habe nicht mehr mitgezählt – Hinterwäldler-Ehemann, der mindestens zweimal in den fünf Minuten, wenn ich den Jungen abhole oder zurückbringe, »Halt die Klappe, du Arsch« *schreit.*

Lucas' Augen leuchteten, als ich die Tür zu seinem Zimmer öffnete, und er sprang vom Bett auf. »Bennett! Du bist gekommen!«

»Natürlich. Ich würde unser Treffen nicht verpassen wollen. Das weißt du doch.«

»Grandma hat gesagt, dass du vielleicht keine Zeit mit mir verbringen willst, weil ich so *verdorben* bin.«

Das brachte mein Blut in Wallung. Sie hatte kein Recht, meine Besuche zu benutzen, um ihm zu drohen.

Ich setzte mich auf sein Bett, sodass wir auf Augenhöhe waren. »Erstens: Du bist nicht verdorben. Zweitens: Ich werde nie aufhören, dich zu besuchen. Aus keinem Grund.«

Er sah zu Boden.

»Lucas?«

Ich wartete, bis er mir wieder in die Augen sah.

»Niemals. Okay, Kumpel?«

Er nickte mit seinem Wuschelkopf, aber ich war mir nicht so sicher, ob er mir glaubte.

»Komm, verschwinden wir von hier. Wir haben einen großen Tag vor uns.«

Das brachte Lucas' Augen zum Strahlen. »Moment noch.« Er griff unter sein Kopfkissen, schnappte sich ein paar Bücher und ging zu seinem Rucksack. Ich dachte, er würde seine Schulsachen wegräumen, bis ich das Cover des obersten Buches in seinen Händen sehen konnte.

Ich zog die Brauen zusammen. »Was ist das für ein Buch?« Lucas hielt es hoch. »Das sind die Tagebücher meiner Mutter. Grandma hat sie auf dem Dachboden gefunden und sie mir geschenkt, nachdem sie sie gelesen hat.«

Eine Erinnerung an Sophie, wie sie auf dem Bordstein gesessen und in dieses Buch geschrieben hatte, blitzte in meinem Kopf auf. Die Tagebücher hatte ich ganz vergessen.

»Zeig mal.«

Das erste Buch war in Leder gebunden mit einer geprägten Goldblume auf dem Deckel, die größtenteils verblasst war. Lächelnd blätterte ich durch die Seiten und schüttelte den Kopf. »Deine Mutter hat am Ersten eines jeden Monats hier reingeschrieben – nie am Zweiten, und immer mit rotem Stift.«

»Sie beginnt die Seite mit *Liebes Ich*, als wüsste sie nicht, dass sie die Briefe an sich selbst schreibt. Und sie beendet sie mit diesen seltsamen Gedichten.«

»Sie heißen Haiku.«

»Sie reimen sich nicht einmal.«

Ich lachte und dachte an das erste Mal, als Soph mir eins gezeigt hatte. Ich hatte ihr gesagt, dass ich besser mit Limericks sei. Wie ging der, den ich aufgesagt hatte? Ah, Moment … *Es war einmal ein Mann namens Val. Der hatte zwei Rieseneier aus Stahl. Und bei heftigem Wind schlugen sie gegeneinander geschwind, und Blitze schossen aus seinem hinteren Saal.* Ja, genau.

Sie hatte mir gesagt, ich solle beim Zeichnen bleiben. In der Highschool war sie einmal eingeschlafen, als wir zusammen abhingen, und ich bekam dieses Buch in die Hände und las es. Sie war sauer, als sie aufwachte und mich erwischte, als ich schon fast fertig war.

Ich sah zu Lucas hinüber. »Deine Großmutter weiß, dass du das liest?«

Er runzelte die Stirn. »Sie sagte, ich solle alles über meine Mutter lernen und dann das Gegenteil tun. Sie sagte, das würde mir auch helfen, dich besser kennenzulernen.«

Verdammt, Fanny. Was führte sie im Schilde? »Ich bin mir nicht sicher, ob es eine gute Idee ist, dass du das jetzt schon liest. Vielleicht, wenn du ein bisschen älter bist.«

Er zuckte mit den Schultern. »Ich habe gerade erst angefangen. Sie spricht viel von dir. Du hast ihr beigebracht, nicht mehr wie ein Mädchen zu werfen.«

Ich lächelte. »Ja. Wir waren uns nah.«

Ich konnte mich nicht mehr an Einzelheiten der Teile erinnern, die ich vor langer Zeit gelesen hatte, aber ich war mir ziemlich sicher, dass es nichts war, was ein Elfjähriger über seine tote Mutter lesen sollte.

»Was hältst du davon, wenn ich die eine Weile für dich aufbewahre und vielleicht ein paar Stellen heraussuche, die du lesen kannst? Ich glaube nicht, dass du lesen willst, wie deine Mutter über Jungs und so redet, und das ist es, was Mädchen normalerweise in Tagebücher schreiben.«

Lucas verzog das Gesicht. »Behalte sie. Es war sowieso ziemlich langweilig.«

»Danke, Kumpel.«

»Gehen wir heute angeln?«, fragte er. »Hast du uns neue Köder gemacht?«

Er rannte zu seinem Bett und kroch darunter, bis nur noch seine Füße herausschauten. Als er mit der Holzkiste, die ich ihm geschenkt hatte, wieder auftauchte, strahlte er von einem Ohr zum anderen und öffnete sie.

»Ich habe eine Maifliege, eine Ameise und einen goldgerippten Käfer gemacht.«

Ich hatte keine Ahnung, wie sie aussahen, aber wenn ich sie googelte, wusste ich, dass seine Köder perfekt gemacht waren. Lucas war besessen von allem, was mit Fliegenfischen zu tun hatte. Vor ungefähr einem Jahr hatte er angefangen, eine Reality-TV-Show darüber zu sehen, und seine Begeisterung hatte nicht nachgelassen. Das bedeutete, dass ich herausfinden musste, wie Fliegenfischen ging.

Einmal hatte ich mir ein YouTube-Video über Seen in Nordkalifornien angeschaut, in denen man mit der Fliege fischen konnte, und als ich erwähnte, dass ich ihn für einen Tag mitnehmen wollte, fing er an, mir die besten Angelplätze rund um den See zu nennen. Offensichtlich hatte er sich dasselbe Video angesehen, über das ich gestolpert war – nur etwa hundertmal.

Ich nahm die Köder aus der Schachtel und prüfte seine Arbeit. Sie sahen genauso aus wie die, die man im Laden kaufen konnte.

»Wow. Gut gemacht.« Ich hielt einen hoch. »Ich reserviere mir zuerst die Maifliege.«

Lucas gluckste. »Okay. Aber das da ist die Ameise.«

»Das wusste ich.«

»Na klar.«

»Wie läuft's in der Schule, Kumpel? Bald gibt's Zeugnisse.«

»Die Schule ist okay«, sagte er stirnrunzelnd. »Aber ich will nicht nach Minnetonka fahren.«

Ich erstarrte. Ich wusste, dass Lucas' Vater dort wohnte. Aber ich dachte nicht, dass irgendjemand sonst es wusste. »Warum solltest du nach Minnetonka fahren?«

»Grandma zwingt mich, zu ihrer Schwester zu fahren. Sie wohnt irgendwo im Nirwana. Ich habe Bilder gesehen. Und wenn sie uns besucht, sitzt sie nur auf der Couch, guckt blöde Seifenopern und bittet mich, ihr die Füße zu massieren.« Er hielt inne. »Sie hat Frostbeulen.«

»Frostbeulen?«

»Ja. An ihren Füßen. Das sind so komische Beulen, die ganz knochig sind und so, und sie will, dass ich sie reibe. Das ist ekelhaft.«

Ich lachte. »Oh. Frostballen. Ja, die können ganz schön knorrig sein. Wie lange bleibt ihr denn?«

»Grandma sagte, einen ganzen Monat. Ihre Schwester hat ...« Lucas malte mit den Fingern Anführungszeichen in die Luft: »... eine Frauenoperation.«

Seine Ausführungen hätten mich zum Lachen gebracht, wenn wir über etwas anderes gesprochen hätten als darüber, dass er für einen Monat wegfuhr. Und das auch noch an einen Ort, an den ihn seine Mutter nie bringen wollte. »Sie hat gesagt, dass ich einen ganzen Haufen Verwandte kennenlernen werde. Aber ich würde lieber zu Hause bleiben und ins Fußballcamp gehen.«

Was zum Teufel hatte Fanny jetzt vor? Wir beide mussten uns unbedingt unterhalten, wenn ich Lucas heute Nachmittag zurückbrachte. Sie hatte kein Wort zu mir gesagt, dass irgendwelche Besuche ausfallen würden, und ich hatte bereits für das Footballcamp im Sommer bezahlt, das er anscheinend verpassen würde. Aber ich hatte gelernt, Lucas nicht zu versprechen, dass ich seine Großmutter schon überzeugen würde, was das Beste für ihn war. Also versuchte ich, das Thema auf später zu verschieben und nicht zuzulassen, dass es uns den Samstag verdarb.

»Wie läuft's mit Lulu?« Mädchen waren in letzter Zeit ein Gesprächsthema.

Lucas warf seine Schnur in den See, und wir sahen zu, wie sie in einer Entfernung von mindestens sechs Metern ins Wasser fiel. Ich wäre froh, wenn ich die Hälfte davon erreichen würde. Er mendete die Schnur, um die Driftbahn der Fliege zu optimieren, und schaute in meine Richtung. »Sie mag Billy Anderson. Er ist im Footballteam.«

Ah. Das ergab Sinn. Als ich ihn vor zwei Wochen abholte, hatte er mich gefragt, ob ich mit seiner Großmutter darüber reden könnte, dass er sich für das Footballteam bewerben wollte. Sie hatte ihm gesagt, es sei ein zu gefährlicher Sport. Er hatte sich noch nie für etwas anderes als Fußball interessiert, und ich hatte weiß Gott alles probiert, um ihn dazu zu bringen, mit einem Baseball oder Football zu werfen. Aber er war jetzt fast zwölf – ungefähr so alt wie ich, als ich entdeckte, dass die zwölfjährige Cheri Patton auf und ab sprang und mich anfeuerte, wenn ich einen Touchdown erzielte. *Verdammt, das Mädchen hatte tolle Pompons.*

»Ach ja? Ach, keine Sorge. Es gibt noch viele Fische im Meer.«

»Ja.« Er ließ den Kopf hängen. »Ich glaube, das nächste Mal mag ich ein hässliches Mädchen.«

Ich unterdrückte ein Lachen. »Ein hässliches?«

»Die Hübschen wollen alles bestimmen und sind gemein. Aber die Hässlichen sind meistens ziemlich cool.«

Vielleicht sollte er mich in Sachen Mädchen beraten anstatt umgekehrt.

»Das klingt nach einem guten Plan. Aber ich will dir einen Rat geben.«

»Was?«

»Sag dem Mädchen nicht, dass du sie magst, weil sie nicht zu den Hübschen gehört.«

»Nein. Mach ich nicht.« Mit einem Grinsen im Gesicht holte er seine Schnur ein. »Ich wette, das Mädchen, das dein Hemd anhatte, als du ihr vor ein paar Wochen den Reifen gewechselt hast, war richtig, richtig gemein.«

Ich lachte. Dem Jungen entging nichts. Normalerweise brachte ich keine Frauen mit Lucas zusammen. Nicht weil ich dachte, dass er etwas dagegen hätte, sondern weil meine Beziehungen in der Regel nicht allzu lange hielten. Doch vor ein paar Wochen hatte er Elena kennengelernt – die heiße kleine Politesse, die mehr als eine meiner Fantasien von Frauen in Uniform erfüllt hatte. Wir hatten die Nacht vor meinem regelmäßigen samstäglichen Besuch bei Lucas in meiner Wohnung verbracht. Zehn Minuten nachdem ich ihn abgeholt hatte, rief sie auf meinem Handy an und sagte, dass ihr Auto, das vor meinem Haus stand, wo ich sie im Bett zurückgelassen hatte, eine Panne hätte. Ich konnte das nicht einfach ignorieren und mich nicht um ihr Auto kümmern, nachdem sie sich so gut um mich gekümmert hatte. Und so lernte Lucas Elena kennen. Ich hatte gesagt, sie sei eine Freundin, aber offenbar hatte er zwei und zwei zusammengezählt. *Der kleine Scheißer.*

»Elena war sehr nett.« *Bis ich die ganze nächste Woche nicht mehr angerufen habe.* Dann sagte sie, ich solle mich verpissen. Und gestern bekam ich plötzlich einen Strafzettel, als ich auf meinem üblichen Platz vor dem Büro parkte.

»Mein Freund Jack sagt, man soll einem Mädchen drei Fragen stellen, und wenn sie eine davon mit Nein beantwortet, soll man sie nicht mögen.«

»Ach ja? Was sind das für Fragen?«

Lucas zählte an seinen Fingern ab und hielt den Daumen hoch. »Als Erstes fragst du, ob sie schon mal jemanden ihre Hausaufgaben hat abschreiben lassen.« Er hob den Zeigfinger. »Zweitens fragst du, ob sie mehr als ein Stück Pizza essen kann. Und drittens...« Er fügte seinen Mittelfinger hinzu: »... musst du wissen, ob sie jemals in ihrem Pyjama ausgegangen ist.«

»Interessant.« Ich kratzte mich am Kinn. Vielleicht sollte ich diese Theorie selbst ausprobieren. »Isst Lulu mehr als ein Stück Pizza?«

»Sie isst *Salat*.«

Er sagte es, als wäre das Wort ein Fluch. Aber da war etwas dran. Wenn ich eine Frau in ein nettes italienisches Restaurant oder ein Steakhouse ausführte und sie einen Salat bestellte – den sie in der Hälfte der Fälle nicht aufaß, weil sie *zu satt* war –, war das *nie* ein gutes Zeichen.

»Ich möchte dich etwas fragen. Wie ist dein Freund Jack auf diesen Test gekommen?«

»Er hat einen älteren Bruder, der ist achtzehn. Er hat ihm auch erzählt, wenn man einem Mädchen sagt, dass man drei Hoden hat, lässt es sich immer den Schwanz zeigen.«

Das würde ich auf jeden Fall ausprobieren. Ich fragte mich, ob das wohl bei der kleinen Miss »Meinem Daddy gehört ein Weingut« funktionieren würde.

»Äh, ich glaube nicht, dass du den letzten Ratschlag ausprobieren solltest. Du könntest wegen unsittlicher Entblößung verhaftet werden.«

Lucas und ich verbrachten den ganzen Tag mit Fliegenfischen. Er hatte einen Eimer voller Forellen gefangen. Ich hatte immerhin ein bisschen Farbe bekommen. Als ich ihn zu Fannys Haus zurückfuhr, zeigte sie sich mir gegenüber wie immer von ihrer freundlichsten Seite. Ich musste meinen Fuß in die Tür schieben, damit sie sie mir nicht vor der Nase zuschlug, nachdem Lucas und ich uns verabschiedet hatten.

»Ich muss kurz mit dir sprechen.«

Sie stemmte die Hände in die Hüften. »Ist dein Scheck nicht gedeckt?«

Gott bewahre, dass das passiert.

»Mein Scheck ist in Ordnung. Genauso wie der, den ich Kick Start gegeben habe, dem Fußballcamp, das ich für Lucas in diesem Sommer bezahlt habe.« Fanny war eine Nervensäge, aber sie war klug. Ich musste ihr nichts weiter erklären.

»Ich muss meiner Schwester helfen. Er kann nur die eine Hälfte mitmachen.«

»Und was ist mit meinen Samstagsbesuchen?«

Sie ignorierte meine Frage. »Weißt du, er hat diese Woche ziemlich viel nach seiner Mutter gefragt. Ich habe ein paar alte Tagebücher von Sophie gefunden. Das ist eine *ziemlich interessante* Lektüre.«

»Er ist zu jung, um die Tagebücher seiner Mutter zu lesen.«

»Das ist das Problem mit den jungen Leuten von heute. Die Eltern beschützen sie zu sehr. Die Realität ist nicht immer perfekt. Je früher sie das lernen, umso besser.«

»Es ist ein Unterschied, ob man einem Kind eine Dosis Realität verpasst oder ob man ihm für das ganze Leben Narben zufügt.«

»Dann können wir wohl von Glück sagen, dass ich bestimmen kann, was ihm eine Narbe zufügt und was nicht.«

Ja, genau. »Was ist mit meinen Wochenenden?«

»Du kannst ihn bis sechs statt bis fünf behalten, wenn wir zurückkommen. Das macht die verlorenen Stunden wieder wett.«

Unglaublich.«Ich habe ihm versprochen, dass wir uns jeden zweiten Samstag sehen. Ich will ihn nicht enttäuschen.«

Sie lächelte boshaft. »Ich glaube, der Zug ist bereits abgefahren.«

Ich biss die Zähne zusammen. »Wir hatten eine Abmachung.«

»Vielleicht ist es an der Zeit, die Vereinbarung neu zu verhandeln. Meine Stromrechnung ist wegen des neuen Telefons und des Computers, die du ihm gekauft hast, gestiegen.«

»Du bekommst jeden Monat pünktlich deinen Scheck, und ich bezahle viele Extras wie Ferienlager, Schulsachen und alles, was er sonst noch braucht.«

»Wenn du so unbedingt willst, dass er in dieses Camp geht, dann nimm *du* ihn für den Monat, in dem ich mich um meine Schwester kümmere.«

»Ich arbeite lange und bin ständig unterwegs.« Ganz zu schweigen davon, dass mein Job auf dem Spiel stand und ich in den kommenden Monaten noch mehr würde arbeiten müssen.

Fanny trat von der Tür zurück ins Haus. »Sieht ganz so aus, als würdest du dein Versprechen nächsten Monat brechen, nicht wahr? Genau wie bei seiner Mutter. Manche Dinge ändern sich nie.«

Dann schlug sie mir die Tür vor der Nase zu.

7. Kapitel

1. August

Liebes Ich,

heute haben wir einen Freund gefunden! Erst sah es allerdings nicht so aus, als würden wir Freunde werden. Ich habe mit dem Wurfnetz, das die alten Besitzer vor unserem neuen Haus zurückgelassen haben, Softballwerfen geübt. Da kam ein Junge auf einem Fahrrad vorbei und hielt an, um mich zu beobachten. Er sagte, ich würde wie ein Mädchen werfen. Ich bedankte mich, obwohl ich wusste, dass er es nicht als Kompliment gemeint hatte. Bennett stieg von seinem Fahrrad ab und ließ es auf den Boden fallen, ohne erst den Ständer auszuklappen. Es sah aus, als hätte er das oft gemacht, denn das Fahrrad war ziemlich zerkratzt.

Jedenfalls kam er zu mir, nahm mir den Ball aus der Hand und zeigte mir, wie ich ihn halten sollte, damit ich nicht mehr wie ein Mädchen werfen würde. Dann haben wir den Rest des Nachmittags zusammen gespielt. Und weißt du was? Bennett und ich haben denselben Lehrer, wenn nächste Woche die Schule beginnt. Oh, und er mag es nicht, Ben genannt zu werden.

Nachdem wir mit dem Ballspielen fertig waren, wollte ich ihm das neue Haus zeigen, aber Moms neuer Freund Arnie war da. Er arbeitet nachts, und ich darf tagsüber keinen Lärm machen, weil er dann schläft. Also sind wir zu Bennett gegangen, und seine Mutter hat uns Kekse gebacken. Bennett hat mir ein Heft mit Zeichnungen von sich gezeigt. Er malt wirklich gute Bilder von Superhelden! Und rate mal, was noch? Ich habe ihm von den Gedichten erzählt, die ich schreibe, und er hat nicht gelacht. Deshalb ist mein heutiges Gedicht ihm gewidmet.

Der Sommer ist Regen.
Ein kleines Mädchen singt draußen.
Sie ertrinkt in Musik.

Dieser Brief wird sich in zehn Minuten selbst zerstören.
Anonym
Sophie

8. Kapitel

Annalise

Irgendetwas stimmte nicht.

Nicht eine Beleidigung, nicht ein besserwisserischer Kommentar, seit ich vor zwanzig Minuten in sein Büro gekommen war. Ich hatte unsere Liste mit den Kunden abgetippt, die wir jeweils behalten wollten und die wir an die Mitarbeiter weitergeben wollten. Aber mir wurde klar, dass für einige Kunden, die wir neu aufteilen wollten, bereits Meetings anstanden, an denen wir teilnehmen sollten, damit die Übergabe glatt verlief. Ich ratterte die Kunden und Termine herunter, während Bennett hinter seinem Schreibtisch saß und unablässig einen Tennisball in die Luft warf und wieder auffing.

»Ja. Das ist in Ordnung«, sagte er.

»Was ist mit der Morgan-Food-Kampagne? Darüber haben wir nicht gesprochen, weil die Aufforderung zum Pitch noch nicht eingetroffen war. Die ist heute Morgen gekommen.«

»Die kannst du übernehmen.«

Ich zog die Brauen zusammen. *Hmmm. Das werde ich nicht laut hinterfragen.*

Ich strich das von meiner Liste und fuhr fort. »Ich denke, wir sollten ein Meeting mit den Mitarbeitern abhalten – gemeinsam. Wir müssen unseren Teams zeigen, dass wir als Einheit auftreten können, wenn es auch nur zu ihrem Vorteil ist. Das stärkt die Moral.«

»Okay.«

Ich strich einen weiteren Punkt durch, dann legte ich Block und Stift weg und beobachtete ihn genauer. »Und die Arlo-Dairy-Kampagne. Ich dachte, du könntest vielleicht ein paar Superheldenzeichnungen mit den übertriebenen Körperteilen anfertigen, um sie in unsere Präsentation einzubauen.«

Bennett warf erneut den verdammten Ball in die Luft und fing ihn wieder auf. Und noch mal. »Das ist gut.«

Ich *wusste*, dass er nicht aufgepasst hatte. »Vielleicht könntest du die Vizepräsidentin der Operations-Abteilung zeichnen. Ich wette, sie würde mit einem größeren Vorbau toll aussehen.«

Bennett warf den Ball hoch und drehte den Kopf in meine Richtung. Sein abwesender Blick verschwand, und es war, als wäre er aus einem Nickerchen erwacht und würde jetzt erst merken, dass ich dort saß.

Der Ball fiel auf den Boden. »Was hast du gerade gesagt?«

»Wo bist du? Ich sitze hier schon seit zwanzig Minuten, und du warst so angenehm, dass ich dachte, du hättest die Grippe oder so etwas.«

Er schüttelte den Kopf und blinzelte ein paarmal. »Tut mir leid. Ich habe nur viel um die Ohren.« Er drehte seinen Stuhl zu mir und nahm einen großen Kaffee von seinem Schreibtisch. »Was hast du gesagt?«

»Nur jetzt oder die ganze Zeit?«

Er sah mich mit leerem Blick an.

Ich schnaufte, fing aber noch mal von vorn an. Beim zweiten Mal, als er tatsächlich aufpasste, war mein Gegner nicht mehr so angenehm. Trotzdem schien er nicht ganz bei der Sache zu sein. Als wir meine Liste durchgegangen waren, dachte ich, dass er vielleicht etwas Aufmunterung bräuchte.

»Meine Eltern mochten dich sehr …«

»Besonders deine Mutter.« Er zwinkerte mir zu.

Na, *dieser* Kommentar klang schon eher wie der Bennett, den ich in der letzten Woche kennengelernt hatte.

»Das muss früh einsetzende Senilität sein. Wie auch immer, sie haben mir deinen Vorschlag für ihre Werbekampagne gezeigt. Er war wirklich gut.«

»Natürlich.«

Eine Sekunde lang zweifelte ich an dem, was ich tagelang überlegt hatte. Sein strahlendes Ego brauchte nicht noch stärker angefacht zu werden. Aber meine Eltern verdienten die bestmögliche Werbekampagne. Und das war leider nicht meine.

»Sosehr es mich schmerzt, das zu sagen, aber deine Ideen waren besser. Wir würden gern mit deinen Entwürfen für den Radiobeitrag und die Zeitschrift weitermachen. Ich habe ein paar Änderungswünsche, und ich würde natürlich gern die Ansprechpartnerin bei der Kampagne bleiben, aber wir können sie gemeinsam leiten. Und ich werde Jonas wissen lassen, dass es meine Familie ist, und dich dafür loben, dass du den besseren Vorschlag eingebracht hast.«

Bennett starrte mich einen Moment lang schweigend an. Dann lehnte er sich in seinem Stuhl zurück, legte die Fingerspitzen aneinander und sah mich aus schmalen Augen an wie eine Verdächtige. »Warum solltest du das tun? Wo ist der Haken?«

»Was tun? Es Jonas sagen?«

Er schüttelte den Kopf. »Das alles. Wir stecken mitten im Kampf um unsere Jobs, und du überlässt mir einen Sieg, der für dich ein leichter Punkt wäre.«

»Weil es das Richtige ist. Deine Werbung ist besser für den Kunden.«

»Weil es deine Familie ist?«

Bei der Antwort auf diese Frage war ich mir nicht ganz sicher. Da es sich um das Weingut meiner Eltern handelte, war es ein Selbstgänger. Aber was würde ich tun, wenn es sich um einen regulären Kunden handelte, den wir beide angeworben hatten? Ich wusste ehrlich gesagt nicht, ob ich ihn Bennett überlassen würde. Ich würde gern glauben, dass meine Moral so stark war, dass ich den Kunden an die erste Stelle setzte, ganz gleich was passierte. Doch hier stand mein Job auf dem Spiel ...

»Nun, ja. Die Tatsache, dass es meine Eltern sind, hat es mir leicht gemacht, den Kunden an die erste Stelle zu setzen.«

Bennett kratzte sich am Kinn. »In Ordnung. Danke.«

»Gern geschehen.« Ich öffnete wieder mein Notizbuch mit der To-do-Liste. »Also, nächster Punkt der Tagesordnung. Jonas hat uns heute Morgen eine E-Mail über die Venus-Wodka-Kampagne geschickt. Er will bis Freitag Ideen haben, und wir sollen ihm nicht sagen, wer welchen Vorschlag gemacht hat. Ich glaube, er will sichergehen, dass wir frühzeitig eine Richtung haben. Er vertraut nicht darauf, dass wir gut genug zusammenarbeiten können.«

»Würdest du das für jeden Kunden tun?«

»Früh bereit sein, wenn der Chef es verlangt? Natürlich.«

Er schüttelte den Kopf. »Nein. Meine Kampagne benutzen, wenn du meinst, dass sie besser wäre als deine.«

Offensichtlich war ich die Einzige, die das Thema gewechselt hatte. Ich klappte mein Buch zu und lehnte mich auf meinem Stuhl zurück. »Ich bin mir ehrlich gesagt nicht sicher. Ich würde gerne glauben, dass jeder Kunde für mich an erster Stelle steht und dass ich in seinem Interesse handeln würde, aber ich liebe meinen Job und habe sieben Jahre investiert, um mich bei Wren hochzuarbeiten. Es ist mir peinlich, das zuzugeben, aber ich kann es nicht mit Gewissheit sagen.«

Bennetts Gesicht war stoisch geblieben, aber jetzt breitete sich ein laszives Grinsen auf ihm aus.»Vielleicht kommen wir ja doch miteinander aus.«

»Was würdest du in der Situation machen? Das, was für den Kunden, oder das, was für dich selbst am besten ist?«

»Ganz einfach. Ich würde dich fertigmachen, und der Kunde würde das Zweitbeste bekommen. Allerdings wäre in dem unwahrscheinlichen Fall, dass meine Arbeit die zweitbeste wäre, der Unterschied mit Sicherheit marginal, sodass der Kunde nicht so sehr darunter leiden würde.«

Ich lachte. So ein verdammter eingebildeter Mistkerl, aber wenigstens war er ehrlich.»Gut zu wissen, mit wem ich es zu tun habe.«

Die nächste halbe Stunde gingen wir offene Fragen durch und beschlossen dann, mit der Venus-Kampagne später zu beginnen, da wir beide nachmittags ein Meeting nach dem anderen hatten.

»Ich habe um zwei einen Termin mit einem Kunden. Ich kann wahrscheinlich um fünf wieder im Büro sein«, sagte ich.

»Ich bestelle uns etwas zu essen. Was bist du? Vegetarierin, Veganerin, Pescetarierin, Beeganerin?«

Ich stand auf.»Warum muss ich etwas davon sein?«

Bennett zuckte mit den Schultern.»Du wirkst irgendwie so.«

Schade, dass Augenrollen keine Sportart ist. Gott weiß, dass ich in der Nähe dieses Mannes in Topform wäre.»Ich esse alles, ich bin nicht wählerisch.«

Ich hatte es bis zur Tür geschafft, als Bennett mich aufhielt.

»Hey, Texas?«

»Was?« Ich musste aufhören, auf diesen Namen zu reagieren.

»Hast du mal jemanden deine Hausaufgaben abschreiben lassen?«

Ich zog die Nase kraus. »Hausaufgaben?«

»Ja. In der Schule. Früher. Kann auf dem Gymnasium, der Highschool oder auch auf dem College gewesen sein.«

Madison hatte in Algebra wahrscheinlich keine einzige Matheaufgabe selbst gelöst. »Natürlich. Warum fragst du?«

»Nur so.«

Mein Termin dauerte länger als erwartet, und als ich zurückkam, war das Büro fast leer. Marina, Bennetts Assistentin – oder vielmehr *unsere* Assistentin –, war gerade dabei, ihren Schreibtisch aufzuräumen.

»Hey, tut mir leid, dass ich zu spät bin. Hast du Bennett gesagt, dass ich mich verspäte?«

Sie nickte, während sie ihre Handtasche aus der Schublade zog. »Bestellt ihr euch etwas zum Abendessen? Denn meine Lean Cuisines im Gefrierschrank in der Mitarbeiterküche sind deutlich mit meinem Namen gekennzeichnet.«

»Hm. Ja. Bennett hat gesagt, er würde etwas bestellen.«

Sie runzelte die Stirn. »Ich habe auch zwei Dosen Ginger-Ale, vier Sargento-Cheddar-Käsestangen und ein halb verbrauchtes Smucker's Traubengelee da drin.«

»Okay. Nun, ich hatte nicht vor, mich an den Lebensmitteln von jemand anderem zu bedienen. Aber das ist gut zu wissen.«

»In der oberen rechten Schublade sind Speisekarten.«

»Okay. Danke. Ist Bennett in seinem Büro?«

»Er ist joggen gegangen. Normalerweise läuft er morgens, aber er ist vor fünfundvierzig Minuten gegangen, weil er ihm gesagt habe, dass du dich verspäten würdest.« Marina schaute sich im Raum um, dann lehnte sie sich näher heran und senkte die Stimme. »Unter uns Mädels, du solltest vielleicht auf deine Vorräte aufpassen, wenn er da ist.«

»Vorräte?«

»Büroklammern, Notizblöcke, Hefter – manche Leute hier machen lange Finger, wenn du weißt, was ich meine.«

»Ich ... merk es mir. Danke für den Hinweis, Marina.«

Zwanzig Minuten später tauchte Bennett in meinem Büro auf. Er hatte das nasse Haar zurückgekämmt und sich ein T-Shirt und eine Jeans angezogen. In der einen Hand hielt er einen Pizzakarton. »Bist du fertig?«

»Hast du die Pizza bezahlt oder von Marina geklaut?«

Er ließ den Kopf hängen. »Sie hat dich schon gewarnt.«

Ich grinste. »Ja. Aber ich bin neugierig, von dir die Hintergrundgeschichte zu hören.«

»Also, ich glaube, das muss warten, es sei denn, du stehst auf kalte Pizza. Es könnte eine Weile dauern, dir zu erklären, *wie verrückt* diese Frau ist.«

Ich lachte. »Okay. Wo willst du arbeiten?« Ich deutete mit dem Kopf auf den Karton, der auf dem Besucherstuhl auf der anderen Seite meines Schreibtischs stand. »Ich habe ein paar Sachen eingepackt, nur für den Fall, dass du woanders hingehen willst.«

Er kam auf meinen Schreibtisch zu. »Na, klar. Willst du wissen, was ich zur Vorbereitung getan habe?«

»Was?«

»Ich habe zwei Schnapsgläser in dem kleinen Touristenladen um die Ecke gekauft, nur für den Fall, dass wir das Bedürfnis haben, das Produkt zu testen.« Bennett legte die Pizzaschachtel auf meinen Karton und hob ihn hoch. Er deutete mit dem Kopf in Richtung Tür. »Komm. Breiten wir uns im Großraumbüro aus. Ich glaube, alle anderen sind schon weg.«

Das Büro der Marketingabteilung bei Foster Burnett unterschied sich sehr von dem bei Wren. Abgesehen davon, dass es doppelt so groß war – was logisch war, denn Foster Burnett hatte doppelt so viele Mitarbeiter wie Wren –, glich die Einrichtung der eines traumhaften Studentenwohnheims. In beiden Großraumbüros standen je zwei Sofas und ein Couchtisch, aber damit endeten die Ähnlichkeiten. Bei Wren hingen inspirierende Zitate in Rahmen an der Wand, es gab Whiteboards, einen großen Zeichentisch zum Entwerfen von Ideen und einen kleinen Kühlschrank mit Softdrinks. Bei Foster Burnett gab es eine lange schwarz gestrichene Wand, die gleichzeitig als riesige Tafel diente, einen Kickertisch, einen echten Pac-Man-Spielautomaten, bunte Sitzsäcke, Dutzende von Origami-Tiere hingen von der Decke, und zwei Getränke- und Snackautomaten aus den 1950er-Jahren, in denen alles nur fünfundzwanzig Cent kostete, waren gut gefüllt.

»Dieser Raum ist ganz anders als der, den wir im alten Büro hatten.«

Bennett beugte sich vor, riss sich ein zweites Stück Pizza ab und schob es auf seinen Pappteller. Er hielt mir den offenen Karton hin. »Nimmst du noch eins?«

»Nein danke. Noch nicht.«

Er nickte und faltete seine Pizza in der Mitte. »Wie war es in Wrens Großraumbüro?«

»Weniger wie in einem Studentenwohnheim und mehr Teambuilding.«

»Ein gerahmtes Bild von einem Wolfsrudel mit irgendeinem bescheuerten Teamwork-Slogan?«

76

Genau das Bild hatten wir zwar nicht, aber ich wusste, auf welchen Druck er anspielte.

»Genau.«

»Ich habe diesen Raum eingerichtet, als wir auf die Etage gezogen sind. Ich habe versucht, sie dazu zu bringen, ein paar Duschen einzubauen, aber die Personalabteilung hat sich nicht darauf eingelassen.«

»Duschen?«

»Mir kommen unter der Dusche die besten Ideen.«

»Hm. Ich glaube, das ist bei mir auch so. Ich habe mich immer gefragt, warum das so ist.«

»In der Dusche werden alle äußeren Reize ausgeschaltet. Das erlaubt unserem Geist, in den Tagtraum-Modus zu wechseln, indem der präfrontale Kortex im Gehirn entspannt. Man bezeichnet das als DMN, als Default Mode Network, das Netzwerk im Ruhezustand. Wenn sich das Gehirn im DMN befindet, nutzt es andere Teile – wir öffnen buchstäblich unseren Geist.« Er schob sich ein Viertel seines Pizzastücks in den Mund und schien meine Überraschung nicht zu bemerken.

»Wow. Das wusste ich nicht. Ich meine, ich wusste, warum wir manchmal das Büro verlassen oder ein Videospiel spielen müssen, um den Kopf freizubekommen. Aber die wissenschaftliche Erklärung, die dahintersteckt, kannte ich nicht.«

Ich klappte den Pizzakarton auf und nahm mir noch ein Stück. Als ich es zu meinem Mund führte, sah ich auf und bemerkte, dass Bennett mich aufmerksam beobachtete.

»Was ist?« Ich wischte mir mit der Serviette in meiner anderen Hand über die Wange. »Habe ich Soße im Gesicht oder so?«

»Ich bin nur überrascht, dass du mehr als ein Stück Pizza isst.«

Ich kniff die Augen zusammen. »Willst du damit sagen, dass ich nicht mehr als eins essen *sollte*?«

Er hob abwehrend die Hände. »Ganz und gar nicht. Das war keine Bemerkung zu deinem Gewicht.«

»Was dann?«

Bennett schüttelte den Kopf. »Nichts. Nur etwas, das ein Freund von mir über Mädchen gesagt hat, die tatsächlich essen.«

»Ich bin damit aufgewachsen, eine Schüssel Nudeln als Beilage zu essen. Ich kann essen.«

Ich sah, wie Bennetts Blick kurz über meinen Körper glitt, als wollte er eine Bemerkung machen, doch dann schob er sich noch ein Stück Pizza in den Mund.

»Also, was ist das mit Marina?«, fragte ich. »Sie hat eine detaillierte Liste von Lebensmitteln heruntergerasselt, die sich im Kühlschrank befinden, um mich wissen zu lassen, dass sie es sehr wohl bemerken wird, wenn etwas fehlt.«

Bennett ließ sich auf die Couch fallen. »Ich habe vor zwei Jahren *aus Versehen* ihr Mittagessen gegessen.«

»Du dachtest, ihr Mittagessen sei deins, und hast es aus Versehen gegessen?«

»Nein. Ich wusste, dass es nicht meins war. Ich bringe mir nie etwas zum Mittagessen mit. Aber ich hatte abends sehr lange gearbeitet und dachte, es wäre von Fred aus der Buchhaltung, also habe ich es gegessen. Es war nur ein verdammtes Erdnussbutter-Gelee-Sandwich, und jetzt werde ich alle zwei Wochen beschuldigt, ihren Hefter oder etwas anderes gestohlen zu haben.«

»Nun, ich habe gehört, dass die Rückfallquote bei Mittagessendieben ziemlich hoch ist.«

»Ich habe den Fehler gemacht, Jim Falcon davon zu erzählen. Jetzt klaut er ab und zu etwas von ihrem Schreibtisch und legt es auf meinen. Er findet das lustig, aber ich bin mir ziemlich sicher, dass sie nur drei Büroklammern davon entfernt ist, meinen Kaffee zu vergiften.«

»Irgendetwas sagt mir, dass sie nicht die einzige Frau ist, die derartige Gefühle für dich hegt.«

Nachdem wir die Pizza weggeräumt hatten, konnten wir uns auf nichts einigen.

Zunächst berichteten wir uns abwechselnd von unseren ersten Ideen für die Venus-Wodka-Kampagne. Das Unternehmen hatte einen kompletten Branding-Pitch für sein neuestes aromatisiertes Wodka-Produkt ausgeschrieben. Wir mussten ein in sich schlüssiges Paket schnüren: Vorschläge für Produktnamen, Logoideen, Slogans und eine allgemeine Marketingstrategie. Es überraschte nicht, dass meine Ideen und die von Bennett meilenweit auseinanderlagen. Alle meine Vorschläge hatten einen weiblichen Touch. Alle von Bennett einen männlichen.

»Männer zwischen achtzehn und vierzig Jahren trinken am meisten Alkohol«, sagte er.

»Ja. Aber das ist *aromatisierter* Wodka. Mit Honiggeschmack. Aromatisierter Alkohol wird hauptsächlich von Frauen getrunken.«

»Das bedeutet nicht, dass wir die Flasche rosa anmalen und mit einem bunten Strohhalm darin verkaufen müssen.«

»Das wollte ich auch nicht andeuten. Aber Brumm ist kein mädchenhafter Name.«

»Doch, wenn man eine Hummel aufs Etikett macht. Wenn das Branding zu weiblich ist, nehmen Männer die Flasche nicht in die Hand und tragen sie zur Kasse.«

»Ist das dein Ernst? Willst du wirklich behaupten, dass Männer nicht zugreifen, wenn etwas zu weiblich ist?«

»Das behaupte ich nicht. Es ist eine Tatsache.«

Wir diskutierten seit einer halben Stunde. Wenn wir bei der Zusammenarbeit etwas erreichen wollten, durften wir nicht so viel Zeit damit verschwenden, den anderen zu überzeugen, sondern sollten mehr Ideen entwickeln. Ich seufzte. *Was für eine Schande.* Mir gefiel Brumm-Wodka mit einer Biene auf dem Etikett. »Ich glaube, wir brauchen ein System.«

»Das war klar«, murmelte Bennett.

Ich blickte ihn finster an. »Jeder von uns hat drei Vetos. Wenn einer von uns von seinem Vetorecht Gebrauch macht, bedeutet das, dass wir das Konzept für unbrauchbar halten und es keinen Sinn hat, es zu ändern und eine Kampagne daraus zu machen. Wenn einer sein Veto einlegt, müssen wir sofort weitermachen und dürfen nicht darüber diskutieren, warum es womöglich doch eine gute Idee ist.« Ich schaute auf meine Uhr. »Es ist schon Viertel vor acht. Wir könnten die ganze Nacht diskutieren.«

»Gut. Wenn du dann deine Hummelkampagne aufgibst, von mir aus.« Bennett schaute auf seine Uhr. »Und es ist sieben Uhr einundfünfzig, nicht Viertel vor acht.«

Ja, genau. Wieder Augenrollen.

Bennett beschloss, ein wenig am Pac-Man-Automaten zu spielen, um den Kopf freizubekommen. Ich musste mich auch ein wenig entspannen, um in den Brainstorming-Modus zu kommen. Also schlüpfte ich aus meinen hochhackigen Schuhen und stand auf. Auf und ab zu laufen half mir beim Nachdenken. Dabei schüttelte ich die Hände aus.

»Honig-Wodka… Honig-Aroma. Süß. Zucker. Bonbon.« Laut ging ich die Wortassoziationen durch. »Sirup. Bienenstock. *Bzz. Bzz.* Flauschig. Gelb.«

»Was zum Teufel machst du da?« Das Geräusch seines Pac-Mans, der gerade verschlungen wurde, unterstrich seine Frage.

»Ich versuche, den Kopf freizubekommen und neu zu denken.«

Bennett schüttelte den Kopf. »Dein Gequassel hindert mich daran, *meinen* freizubekommen. Ich habe eine bessere Idee für dich.«

»Was? Nach Hause laufen und duschen?«

Er griff in den Karton, den er für mich hereingetragen hatte, und holte die versiegelte unbeschriftete Flasche heraus, die Venus mit der Ausschreibung verschickt hatte. Dann kramte er zwei kleine Schnapsgläser aus seiner Tasche.

Vorhin dachte ich, es sei ein Scherz, als er sagte, er habe sie zur Vorbereitung auf unsere Brainstorming-Sitzung gekauft.

»Wir müssen das Produkt probieren. Nichts ist besser als ein bisschen Alkohol, um den Kopf wirklich freizubekommen.«

9. Kapitel

Bennett

Annalise O'Neil war ein Leichtgewicht. Wir hatten nur zwei Shots getrunken – zu Forschungszwecken, versteht sich –, und schon hatte sich ihr Verhalten verändert. Sie fuchtelte mit dem Zeigefinger in der Luft herum. Das Einzige, was noch fehlte, war eine Glühbirne in einer Blase über ihrem Kopf.

»Ich hab's. *So honey.*«

Sie sprach *honey* wie *horny* aus, also wie *geil.* Dann schüttete sie sich aus vor Lachen.

Ich mochte die angetrunkene Annalise. »Das ist eigentlich eine verdammt gute Idee.«

»Oder?«

»Aber das gibt es schon.«

»Nein.«

»Doch. Es gibt ein helles Bier, das so heißt. Es ist tatsächlich ziemlich gut.«

»Du hast es probiert?«

»Natürlich. Wie könnte ich an einem Bier mit diesem Namen vorbeigehen und es nicht meinem Kumpel mitbringen? Wer hat nicht schon mal aus demselben Grund eine Flasche Ménage-à-trois-Wein zu einer Party mitgebracht?«

Annalise legte ihre nackten Füße auf den Couchtisch. »Ich! Ich habe ihn nie gekauft.«

»Das liegt daran, dass du so verklemmt bist.«

Sie machte große Augen. »Ich bin nicht verklemmt.«

»Du hattest also schon mal eine Ménage-à-trois?« Es machte Spaß, sie zu ärgern.

»Nein, aber darum bin ich doch nicht verklemmt.«

Ich beugte mich vor und schenkte uns zwei weitere Wodka-Shots ein. Annalise zögerte, aber ich stupste sie an. »Noch einen. Das hilft dir, den Kopf noch freier zu bekommen.«

Nach den ersten beiden Shots hatte sie das Gesicht verzogen. Aber dieser ging glatt runter. *Yep.* Annalise war eindeutig ein verdammtes Leichtgewicht.

Sie knallte das leere Schnapsglas etwas zu hart auf den Tisch. »Ménage-à-blah. Ich wurde einmal abserviert, weil ich nicht swingen wollte.«

Ich zog die Augenbrauen hoch. Damit hatte ich aus ihrem Mund überhaupt nicht gerechnet. »Dein Freund wollte, dass du mit einem anderen Mann schläfst?«

»Ja. In meinem ersten Jahr auf dem College. Und natürlich wollte er dann mit einer anderen Frau schlafen.«

Ich kippte meinen Shot herunter. »Das hat mich nie gereizt. Ich teile eine Frau nicht gern.«

Annalise lachte schnaubend. »Vielleicht solltest du mit mir ausgehen. Dann hättest du auch Lust, mit anderen Frauen zu schlafen.«

Ich ließ diesen Kommentar eine Minute auf mich wirken, bevor ich antwortete. *Hat sie mich gerade wissen lassen, dass sie schlecht im Bett ist?* »Ähm ... was?«

Sie kicherte so sehr, dass sie fast von der Couch fiel. Ich hatte keine Ahnung, worüber sie lachte, aber ich begann, ebenfalls zu lachen. Zu sehen, wie sie locker wurde und sich über ihre eigenen Bemerkungen amüsierte, war ziemlich lustig.

Als ihr beschwipster Kicheranfall nachließ, stieß sie einen wehmütigen Seufzer aus. »Männer sind Shit. Nichts für ungut.« Ich zuckte mit den Schultern. Männer *sind* Shit, insbesondere ich. »Schon gut.«

»Sorry. Ich glaube, die Shots sind mir zu Kopf gestiegen.« Sie setzte sich aufrecht hin und strich sich die Haare glatt. »Machen wir mit dem Brainstorming weiter. Mein Gehirn hat anscheinend einen Umweg gemacht.«

»Oh nein, das geht nicht. Du kannst nicht einfach das Thema ›Männer, die mit dir zusammen sind, schlafen mit anderen Frauen‹ fallen lassen und weitermachen. Ich bin ein Mann, schon vergessen? Ich bin Shit. Das kann ich nicht einfach ohne eine Erklärung so hinnehmen. Bist du schlecht im Bett oder so?«

Annalise zwang sich zu einem Lächeln, aber es sah ziemlich traurig aus. »Nein. Zumindest glaube ich das nicht. Man hat mir gesagt, ich sei gut in …« Sie blickte nach unten und dann unter den dichten Wimpern wieder nach oben. »… bestimmten Dingen. Ich meine nur, weil ich einmal abserviert wurde, weil ich keinen Partnertausch wollte, und jetzt … mein Freund … *Ex-Freund* … Andrew und ich … wir machen gerade eine Pause.«

Diese Antwort enthielt eine Menge Informationen, aber ich kam über *bestimmte Dinge* nicht hinaus.

War sie flexibel?

Konnte sie gut blasen?

Ich kannte einmal eine Frau, die etwas Erstaunliches mit meinen Eiern angestellt hatte …

Ich schluckte. *Fuck.*

»Äh … du hast recht. Wir sollten wieder an die Arbeit gehen.

Entschuldige mich einen Moment.« Abrupt stand ich auf und ging ins Bad, um mir Wasser ins Gesicht zu spritzen. Ein paar Minuten später hatte ich es geschafft, mich von Annalises möglichen Talenten abzulenken.

Ich kehrte ins Großraumbüro zurück und setzte mich ihr gegenüber. »Wie wäre es mit Wild Honey? Männer und Frauen reagieren gleichermaßen gut auf das Wort *wild*. Wir können den Namen durch Assoziationen vermarkten – wilde Partys, wilde Abenteuer, wilde Tiere.«

Annalise schien eine Weile über meinen Vorschlag nachzudenken. Zumindest hatte ich angenommen, dass sie das tat, bis sie sprach.

»Du bist ein Mann. Was bedeutet für dich eine Pause?«

So ein Mist. Soll ich ehrlich antworten oder ihr sagen, was sie hören will?

»Veto.«

Sie runzelte die Stirn. »Wie bitte?«

»Du hast gesagt, jeder von uns hat drei Vetos, und wenn einem von uns etwas gar nicht gefällt, was der andere vorschlägt, brauchen wir nur unser Veto einzulegen, und schon geht es weiter – ohne Diskussion. Ich mache von meinem ersten Vetorecht Gebrauch. Über diese Frage spreche ich nicht.«

»Komm schon. Ich will es wirklich wissen. Ich kenne bisher nur die Perspektive der Frau. Und du scheinst mir nicht jemand zu sein, der mir etwas vormacht.«

Ich beobachtete sie genau. Vor ein paar Minuten hatte sie noch gekichert, aber sie schien auch aufrichtig eine Antwort zu wollen. Also holte ich tief Luft.

»Okay. Für mich bedeutet eine Pause, dass ich meinen Kuchen haben und ihn auch essen möchte. Ich will mich nicht nur an eine Frau binden, aber ich will auch nicht, dass sie sich an jemand anderen bindet – für den Fall, dass ich mich eines Tages entscheide, mich ernsthaft zu binden. Also behalte ich sie am Haken, während ich für eine Weile woanders angeln gehe.«

Sie runzelte die Stirn. »Andrew sagte, er müsse herausfinden, wer er ist. *Am Valentinstag. Ich wurde am Valentinstag abserviert.*«

Was für ein Arsch.

»Wie lange wart ihr zusammen?«

»Acht Jahre. Seit dem ersten Jahr auf dem College.«

Sie würde mich wahrscheinlich dafür hassen, aber jemand musste ihr die Wahrheit sagen.

»Wie alt ist er? Achtundzwanzig, dreißig?«

»Neunundzwanzig. Er ist ein Jahr älter als ich.«

»Er verarscht dich.«

Ihr fiel die Kinnlade herunter. »Du kennst ihn doch gar nicht.«

»Brauche ich auch nicht. Kein aufrechter neunundzwanzigjähriger Mann, der eine Frau liebt, gibt sie frei, weil er *sich selbst finden* muss. Insbesondere nicht am verdammten Valentinstag.«

Sie richtete sich auf. »Und das weißt du, weil du so ein aufrechter Kerl bist?«

»Das habe ich nicht gesagt. Eigentlich bin ich das Gegenteil von einem aufrechten Mann. Ich hatte überhaupt noch nie eine Freundin am Valentinstag. Ich sorge dafür, dass ich sie vorher loswerde, damit es keine Erwartungen in Richtung Kerzenlicht und Romantik gibt. Deshalb kann ich mit Sicherheit sagen, dass dein Ex nicht wirklich eine Pause braucht, um sich selbst zu finden. Ein Arsch erkennt einen Arsch.«

Annalises blaue Augen leuchteten. Sie schürzte die Lippen,

und ihre Wangen röteten sich vor Wut. Wenn ich mir nicht bereits sicher gewesen wäre, dass ich ein Arsch war, was ich soeben zugegeben hatte, dann hätte es die Tatsache bewiesen, dass ihre Wut mich scharf machte.

Sie starrte mich zwei Minuten lang an und stand dann auf, um sich an den Tischkicker zu stellen. »Spielen wir«, sagte sie. »Ich habe das Bedürfnis, dich fertigzumachen.«

Es dauerte Stunden, bis wir wirklich Fortschritte machten. Aber dann hatten wir einen Lauf und waren tatsächlich ein Team. Ich sagte etwas, sie nahm es auf und spann es weiter, was wiederum in mir eine Idee auslöste, und in der letzten halben Stunde hatten wir einen Namen gefunden, eine grobe Idee für ein Logo skizziert und ein Dutzend sich ergänzender Werbekonzepte aufgeschrieben.

Annalise gähnte.

Ich warf einen Blick auf meine Uhr. »Es ist fast Mitternacht. Was hältst du davon, wenn wir für heute Schluss machen? Das war ein guter Anfang. Ich kann morgen früh an dem Logo arbeiten und etwas auf dem Mac entwerfen lassen. Vielleicht können wir am Mittwoch noch ein paar Ideen austauschen, damit wir uns darauf festlegen können, welche wir Jonas präsentieren wollen.«

Sie beugte sich vor und zog ihre Pumps an. »Das klingt gut. Ich bin fix und fertig. Und ich glaube, ich bekomme langsam einen Kater von den Shots vorhin, wenn das überhaupt jetzt schon möglich ist.«

Als sie sich nach vorn beugte, klaffte ihre Bluse auf, und ich hatte freie Sicht. Als Gentleman hätte ich den Blick abwenden müssen. Aber es war ja bereits bekannt, dass ich ein Arsch war. Außerdem … trug sie einen schwarzen Spitzen-BH. Schwarze

Spitze auf blasser Haut war mein Kryptonit – irgendetwas an diesem Kontrast ließ meine Fantasie mit mir durchgehen – *eine Köchin in der Küche, eine Hure im Schlafzimmer.*

Was mich zum Nachdenken brachte ...

Ich wette, mit einer Kochmütze und Stilettos würde sie groß-artig aussehen.

Ich musste unbedingt Sex haben. Es war keine gute Idee, bei der Arbeit von jemandem zu träumen, schon gar nicht von einer Frau, die ich vernichten wollte. Die Nachricht von der Fusion hätte meinen Dauerständer vielleicht etwas erschlaffen lassen können, aber anscheinend hatte Miss O'Neil mich durch diese Durststrecke gebracht. Es war nicht das erste Mal, dass sich mein Schwanz in ihrer Nähe aufrichtete.

Ich lenkte meinen Blick gerade noch rechtzeitig ab, bevor sie zu mir hochsah.

Ihr Lächeln war echt. »Wir waren gut heute Abend. Ich gebe zu, ich war mir nicht so sicher, ob wir zusammenarbeiten kön-nen.«

»Mit mir kann man gut zusammenarbeiten.«

Sie verdrehte die Augen – eine übliche Reaktion auf meine Masche, wie mir aufgefallen war. Aber dieses Mal war es mehr spielerisch als ernst.

Wir packten zusammen, was wir mitgebracht hatten, und Annalise wickelte die übrig gebliebene Pizza in Alufolie ein, die sie in einer Schublade gefunden hatte.

»Kann ich mir den Stift leihen, den du vorhin zum Zeichnen benutzt hast? Ich möchte sie beschriften.«

Ich griff in meine Tasche und reichte ihn ihr. In großen, fet-ten Buchstaben schrieb sie auf die Vorderseite der Silberfolie: NICHT VON MARINA.

»Sie wird denken, dass ich das war.«

Sie grinste. »Ich weiß. Ich gebe zu, dass man mit dir gut arbeiten kann. Ich habe nicht gesagt, dass du kein Arsch bist. Ich habe gemerkt, wie du mir eben in die Bluse gestarrt hast.«

Ich schwieg, unsicher, wie ich auf ihre Bemerkung reagieren sollte, und schloss die Augen. Das Klicken ihrer Absätze auf dem Boden verriet mir, wann es sicher war, sie zu öffnen. Ohne stehen zu bleiben oder sich noch einmal umzudrehen, aber in deutlich amüsiertem Ton sagte sie kurz vor der Tür: »Gute Nacht, Bennett. Und hör auf, mir auf den Hintern zu glotzen.«

10. Kapitel

Annalise

Ich war seit über drei Monaten nicht mehr im Fitnessstudio gewesen.

Andrew war ein Gewohnheitstier und ging täglich um Punkt sechs Uhr morgens dorthin. Als wir noch zusammen waren, hatte ich versucht, ihn mindestens drei Tage in der Woche zu begleiten, auch wenn ich lieber abends trainierte. Aber mit Beginn unserer Pause fand ich es unangenehm, ihn dort zu sehen. Wir winkten und grüßten uns. Ein oder zwei Mal hatten wir uns sogar unterhalten. Doch wenn wir uns am Ende verabschiedeten, schmerzte mein Herz immer wieder aufs Neue. Um meiner geistigen Gesundheit willen war ich darum nicht mehr hingegangen.

Bis heute.

Ich hatte keine Ahnung, warum ich mir ausgerechnet heute ausgesucht hatte, um wieder ins Fitnessstudio zu gehen, zumal ich gestern erst gegen ein Uhr morgens von der Arbeit nach Hause gekommen war. Aber ich war um fünf Uhr fünfzig da und wollte schon auf dem Laufband sein, wenn Andrew kam …

wenn er denn kam.

Wir hatten uns seit über zwei Monaten nicht mehr gesehen, seit der Hochzeit eines gemeinsamen College-Freundes, und seit fast drei Wochen hatten wir uns auch keine Nachricht mehr geschickt.

Ich suchte mir ein Laufband in der Ecke aus – das mir direkten Blick auf den Ausgang der Umkleidekabine und die Eingangstür gewährte –, steckte meine Kopfhörer ein und drückte auf meinem iPhone die Shuffle-Funktion von Pandora. Die ersten fünf Minuten waren hart. Vielleicht war es doch keine so gute Idee gewesen, das Training ganz ausfallen zu lassen. Ich schnaufte und keuchte wie ein Raucher, der täglich zwei Schachteln Zigaretten durchzieht, bis schließlich mein Adrenalinspiegel anstieg und ich in das Tempo fand, das ich mir vorgenommen hatte.

Obwohl ich meinen Rhythmus gefunden hatte, starrte ich weiterhin auf die Türen, als ob ich erwartete, dass jeden Moment Ryan Reynolds hereinkäme.

Um zehn nach sechs spürte ich, wie sich meine Schultern zu entspannen begannen. Andrew war nie zu spät. Im Gegensatz zu mir war er ein Pünktlichkeitsfanatiker. Dann würde er heute wohl nicht kommen. Vielleicht war er krank oder hatte das Fitnessstudio gewechselt. Obwohl Letzteres nicht sehr wahrscheinlich war. Andrew änderte sich nicht – er aß jeden Morgen um fünf Uhr fünfzehn den gleichen Vollkorntoast mit zwei Löffeln Bio-Erdnussbutter und trat um sechs Uhr durch die Tür des Fitnessstudios. Um sieben Uhr saß er an seinem Schreibtisch vor dem Computer, um mit dem täglichen Schreiben zu beginnen.

Nachdem die Angst vor seiner Ankunft verflogen war, erhöhte ich das Tempo und nahm mir vor, erst anzuhalten, wenn ich volle drei Meilen gelaufen war. Wahrscheinlich war es besser, dass er nicht auftauchte und mich sah, denn ich war in letzter Zeit nicht gut drauf.

Nachdem ich die Drei-Meilen-Marke erreicht hatte, machte ich ein zehnminütiges Cool-down und wischte dann die Maschine ab. Ich hatte nichts zum Duschen mitgenommen, aber ich musste meine Tasche aus dem Spind in der Damenumkleide holen, bevor ich nach Hause ging, um mich für die Arbeit fertig zu machen. Auf halbem Weg zur Umkleide ging die Eingangstür auf, und zwei Leute kamen herein. Andrew war der zweite. Mein Herz schlug schneller als auf dem Laufband. Und das war, *bevor* die Frau, die direkt vor ihm hereingekommen war, sich umdrehte und über etwas lachte, das er gerade gesagt hatte. Sie waren ganz offenbar zusammen gekommen.

Ich blieb etwa zwei Sekunden wie erstarrt stehen, bevor Andrew aufblickte und mich sah. Ich muss wie ein Reh im Scheinwerferlicht ausgesehen haben, das kurz davor war, von einem Mack Truck überrollt zu werden. Er sagte etwas zu der Frau, das ich nicht hören konnte, und sie sah zu mir hoch, runzelte die Stirn und ging zu den Ellipsentrainern.

Andrew kam zögernd ein paar Schritte auf mich zu. »Hey. Wie geht's dir? Ich hätte nicht erwartet, dich hier zu sehen.« *Offensichtlich.*

Ich nickte und schluckte den Salzgeschmack in meiner Kehle hinunter. »Du bist spät dran.«

»Ich habe meine Routine geändert. Ich schreibe jetzt später. Manchmal sogar nachts.«

Ich zwang mich zu einem falschen Lächeln. »Das ist ja toll.«

»Ich habe von Wren gehört. Wie läuft es denn mit der Fusion?«

»Es ist schwierig.«

Der Smalltalk machte mich fertig. Ich sah über meine Schulter und bemerkte, dass die Frau, mit der er hereingekommen war, uns beobachtete. Sofort wandte sie den Kopf ab. Mein

Stolz wollte, dass ich sie nicht erwähnte und mich erhobenen Hauptes entfernte.

Doch das schaffte ich nicht. »Neue Trainingspartnerin?«

»Wir sind nicht zusammen gekommen, falls du das denkst.« Ich konnte meine Gefühle nicht länger zurückhalten. Meine Lippen bebten, also biss ich mir in die Unterlippe. Der Geschmack von Metall überflutete meinen Mund, als ich das Blut einsaugte. »Ich muss jetzt zur Arbeit. War nett, dich zu sehen.« Ich ging, bevor er etwas erwidern konnte, aber er machte nicht einmal den Versuch, mich aufzuhalten.

Zu sagen, ich sei heute Morgen abgelenkt, wäre noch untertrieben. Ich hatte drei Stunden gebraucht, um ein halbes Dutzend E-Mails zu beantworten und auf einen Text zu starren, der bis Mittag abgenommen werden musste, war aber nicht über die ersten beiden Sätze hinausgekommen. Ich hatte offenbar auch nicht gehört, dass Bennett mein Büro betreten oder gar zu sprechen begonnen hatte.

»Erde an Texas.«

Ich sah auf.

Er winkte mir zu. »Ist jemand zu Hause?«

Ich blinzelte ein paarmal und schüttelte den Kopf. »Tut mir leid. Ich habe von einer Kampagne geträumt.«

Bennett zwinkerte mir zu, als wüsste er, dass ich Blödsinn erzählte, ließ es aber überraschenderweise dabei bewenden. »Komm mit.« Er deutete mit dem Kopf auf meine Bürotür.

»Wohin?«

»Komm einfach mit. Ich will dir etwas zeigen.«

Ich hatte heute keine Kraft zu widersprechen. Also seufzte ich und stand auf, um ihm zu einer Nische am Ende des Flurs zu folgen, in der ein Aktenschrank mit abgeschlossenen Vorgängen stand. Er öffnete ihn und nahm eine beliebige Akte heraus.»Achte auf Marina.«

Ich blickte auf die Akte hinunter. Die oberste Seite stand auf dem Kopf.»Hm?«

Diskret deutete er mit dem Blick in Richtung unserer Assistentin, deren Schreibtisch in unserem Blickfeld am Ende des Flurs stand.

Daraufhin weiteten sich meine Augen:»Ist das etwa …«

Er blätterte eine Seite in der umgedrehten Akte um und grinste von einem Ohr zum anderen.»Ja, ich glaube schon. Ich bin vorbeigegangen und habe ihren Müll überprüft: zwei zusammengeknüllte Bälle aus Alufolie. Und unsere Essensreste sind verschwunden. Ich habe eben nach ihnen gesucht, und als sie mich vorbeikommen sah, hat sie gelächelt, als wäre sie auf der verrückten Tour in dem Bus mit Jack Nicholson auf dem Weg zum Angeln.›Einer flog über das Kuckucksnest‹, du weißt schon.«

Ich lachte – etwas, von dem ich nach diesem Morgen angenommen hatte, dass ich es eine Zeit lang nicht mehr tun würde. »Weißt du, was ich denke?«

»Was?«

Ich klappte die Akte zu, die er zu studieren vorgab, und ließ sie in den Aktenschrank fallen.»Ich glaube, ihr seid beide verrückt.« Ich schob energisch die Schublade zu.

Er folgte mir zurück in mein Büro.»Als ich ihres gegessen habe, war es wenigstens ein echter Unfall.«

»Richtig. Du wolltest jemand anderen bestehlen.«

»Genau.«

Ich setzte mich hinter meinen Schreibtisch, Bennett nahm sich einen Besucherstuhl. Offenbar wollte er nicht gehen.

»Hast du dir etwas zum Mittagessen mitgebracht?«

»Nein. Ich habe es zu Hause im Kühlschrank vergessen.«

Er nahm einen kleinen Bilderrahmen von meinem Schreibtisch und betrachtete ihn. Er enthielt ein Foto von Mom und mir an ihrem Hochzeitstag mit Matteo. *Andrew* hatte es aufgenommen. Bennett grinste und stellte es wieder hin. »Mein Mädchen sah wunderschön aus.«

Ich schüttelte den Kopf. *Klugscheißer.*

»Ich hatte ein Meeting zum Lunch, das abgesagt wurde. Wollen wir uns etwas kommen lassen, dann kann ich dir die neuen Logoentwürfe zeigen, die ich heute Morgen gemacht habe? Ich hätte Lust auf Griechisch.«

Gott, er hatte bereits neue Logos gezeichnet. Ich konnte es mir nicht leisten, mich ablenken zu lassen.

»Klar. Ich nehme ein Gyros und die Soße dazu extra.«

»Großartig.« Er stand auf. »Und ich nehme ein Falafel mit einer Beilage aus *Patates tiganites* – diesen frittierten Kartoffeln.«

»Warum erzählst du mir das?«

Er schob die Hände in die Hosentaschen. »Damit du bestellen kannst. Der Laden heißt Santorini Palace. Er ist in der Main Street.«

»Ich? Warum bestelle *ich*? Du hast mich gebeten, mit dir zu bestellen.«

Er zog eine Brieftasche aus der Tasche und nahm zwei Zwanziger heraus. »Ich zahle. Aber du musst bestellen.«

»Ist es *unter deiner Würde* zu bestellen, oder was?«

Er ging zur Tür. »Ich bin vor ein paar Monaten mit der Frau ausgegangen, die die Bestellungen entgegennimmt. Ihrer Familie gehört der Laden.«

»Und?«

»Ich will nicht, dass sie mir ins Essen spuckt.«

Ich schüttelte den Kopf. »Du bist unmöglich.«

»Die Gelb-Schwarzen sehen wirklich gut aus.«

Wir waren gerade mit dem Essen fertig, und Bennett zeigte mir jetzt vier verschiedene Versionen des Logos, das er heute Morgen auf der Grundlage unserer Skizzen von gestern Abend entwickelt hatte. Er war tatsächlich ein begabter Künstler. Ich zeigte auf die letzte Version. »Das gefällt mir am besten. Die Schrift ist klarer.«

»Einverstanden. Wir bereiten das für unser Treffen mit Jonas am Freitag vor. Bist du mit dem Slogan und den Werbeideen vorangekommen?«

»Ich ... hatte irgendwie einen schlechten Morgen.«

»Bist du mit den Haaren im Scheibenwischer eines anderen attraktiven Mannes hängen geblieben?«

Ich lächelte halbherzig. »Schön wär's. Ich hatte nur ... einen harten Start in den Tag.« Wie aufs Stichwort summte mein Telefon, und ich starrte auf das Display, auf dem Andrews Name blinkte.

Nach dem zweiten Klingeln sah Bennett mich an. »Willst du nicht rangehen? *Andy* ruft an.«

»Nein.«

Ich dachte, man würde mir meine Bedrücktheit nicht anmerken, aber als das Telefon aufhörte zu klingeln, sagte Bennett: »Willst du darüber reden?«

Mein Blick sprang zu ihm. Seine Sorge schien echt zu sein. »Nein. Aber danke.«

Er nickte und ließ mir eine Minute Zeit, indem er unsere leeren Essensbehälter wegräumte. Als er sich wieder hinsetzte, drehte er das Papier mit den Logos, das er mitgebracht hatte, um und begann, etwas zu zeichnen. »Ich habe eine Idee für eine Anzeige.«

Während er zeichnete, starrte ich die ganze Zeit gedankenverloren auf das Papier.

»Was denkst du?«

Ich seufzte. »Ich habe Andrew heute Morgen im Fitnessstudio mit einer anderen Frau getroffen.«

Bennett zerknüllte das Papier, auf dem er gerade etwas skizziert hatte, zu einem Ball. Er lehnte sich in seinem Stuhl zurück, streckte die langen Beine vor sich aus und verschränkte die Arme vor der Brust.

»Bist du ihm zufällig begegnet?«

Ich überlegte, Ja zu sagen, entschied mich dann aber zuzugeben, dass ich ein Loser war. Ich ließ den Kopf hängen und schüttelte ihn.

»Wer war die Frau?«

»Das weiß ich nicht. Das hat er nicht gesagt.«

»Was hat er denn gesagt?«

»Nicht viel. Er war ganz offensichtlich überrascht, mich zu sehen. Ich war schon eine Weile nicht mehr im Fitnessstudio gewesen, weil es mir unangenehm war, ihn dort zu treffen.«

»Und du bist dir sicher, dass sie ein Paar sind?«

Ich zuckte mit den Schultern. »Er sagte, sie seien nicht zusammen gekommen. Ich glaube, er hat mir angesehen, wie es auf mich gewirkt hat – so wie wenn wir früher zusammen ins Fitnessstudio gegangen sind, nachdem wir die Nacht bei mir verbracht hatten.«

»Du hast selbst gesagt, ihr dürft euch beide mit anderen treffen.«

»Es zu sagen und es *zu sehen* sind zwei verschiedene Dinge.«

Wieder vibrierte mein Telefon. Wir starrten beide auf Andrews Namen, der auf dem Display blinkte. Bevor ich ihn aufhalten konnte, griff Bennett nach dem Telefon und wischte, um das Gespräch anzunehmen.

»Hallo?«

Ich machte große Augen und warf ihm einen warnenden Blick zu.

»Sie ist ...« Er hielt ein paar Herzschläge lang inne. Zumindest glaube ich, dass es so lange war, denn mein Herz hatte aufgehört zu schlagen. »... momentan beschäftigt.«

Er hörte zu und schüttelte dann den Kopf. »Hier ist Bennett, ein guter Freund von Annalise. Und wer ist da?«

Stille.

»Arthur. Verstanden. Ich sage ihr Bescheid, dass du angerufen hast.«

Pause.

»Ach. Andrew. In Ordnung, Andy. Mach's gut.«

Bennett wischte, um den Anruf zu beenden, und warf das Telefon zurück auf den Tisch.

»Was zum Teufel hast du gerade getan?«

»Ich habe dem Mistkerl etwas zum Nachdenken gegeben.«

»Du hast vielleicht Nerven, einfach an mein Telefon zu gehen.«

Er beugte den Kopf, sodass wir auf Augenhöhe waren, und sah mich durchdringend an. »Jemand muss sich mit diesem Idioten anlegen.«

Dann stand er auf und verließ mein Büro.

11. Kapitel

Bennett

Frauen sind viel zu empfindlich.

Schon zum dritten Mal las ich eine E-Mail aus der Personalabteilung.

Bennett,

wie Sie wissen, hat die jüngste Fusion viele Mitarbeiter verunsichert, sie fürchten langfristig um ihre Stellen hier bei Foster, Burnett und Wren. Daher werden Äußerungen von der Geschäftsführung von den Mitarbeitern möglicherweise genauer analysiert als bisher. Jedenfalls bitten wir Sie und alle leitenden Angestellten, äußerst achtsam zu sein, was Sie den Mitarbeitern antworten. Bitte verzichten Sie auf Kritik der Art, dass die Mitarbeiter »eine zu große Sache daraus machen« oder »sich zusammenreißen« sollten. Auch wenn nicht offiziell Beschwerde eingereicht wurde, können derartige Bemerkungen als Belästigung angesehen werden und zu einem schwierigen Arbeitsumfeld beitragen.

Vielen Dank!

Mary Harmon

Ich wusste genau, wer sich beschwert hatte. *Finley Harper.*

Schrie der Name nicht geradezu: *Ich habe einen Stock im Arsch?* Das war alles Annalises Schuld. Finley war natürlich eine Übernahme von Wren. Keiner aus meinem Team hatte sich je an die Personalabteilung gewandt. Erst letzte Woche hatte ich zu Jim Falcon gesagt, es sei mir egal, ob er dem Kunden einen blasen müsse, ich würde ihn feuern, wenn der CEO von Monroe Paint nach unserem Meeting nicht wie der Idiot lächeln würde, der er war.

Ich schüttelte den Kopf. Annalise und ihre verdammte Farbkodierung und ihr Teamgeist. Wahrscheinlich weinte sie zusammen mit den Angestellten, die sie feuern musste. Und apropos, wo zum Teufel steckte sie eigentlich? Ich hatte sie seit gestern Mittag nicht mehr gesehen, als ich den Anruf ihres erbärmlichen Ex entgegengenommen hatte.

Vielleicht sollte ich von nun an in Gegenwart der Wren-Leute das Gegenteil von dem sagen und tun, was ich meinte. Wenn Finley sich das nächste Mal eine halbe Stunde lang darüber beschwerte, dass ein Kunde die Entwürfe ablehnte, die genau nach seinen Vorgaben entstanden waren, würde ich mich hinsetzen und sie fragen, wie sie sich *fühlte*, wenn ein Kunde mit ihrer Arbeit unzufrieden sei, anstatt ihr zu sagen, sie solle sich zusammenreißen und wieder an die Arbeit gehen. Vielleicht bei einer Tasse Tee.

Und Annalise – wenn sie mich fragte, was ich von ihrer so genannten *Pause* hielte, würde ich ihr nicht ehrlich sagen, dass ihr Idiot von einem Ex sich von einer anderen den Schwanz lutschen lassen wollte. Stattdessen würde ich ihr erklären, dass es normal sei, dass Männer von Zeit zu Zeit eine Pause wollten, und dass ich jede Wette eingehen würde, dass er als glücklicher und ausgeglichener Mann zurückkäme, weil sie Verständnis habe.

Wacht verdammt noch mal auf, Leute.

Ich ging auf »Antworten« und begann, eine E-Mail an Mary von der Personalabteilung zu tippen, überlegte es mir dann jedoch anders. Stattdessen machte ich mich auf die Suche nach Miss Sunshine, die den Text für unser morgiges Treffen mit Jonas nicht abgegeben hatte.

Die Tür zu Annalises Büro stand offen, aber sie war voll und ganz auf ihren Computerbildschirm konzentriert. Ich klopfte zweimal, dann trat ich ein.

»Bevor ich etwas sage: Nimmst du dieses Gespräch auf, um es der Personalabteilung vorzulegen? Wenn ja, lass mich zurück in mein Büro gehen und meine rosafarbene Pussy-Hose anziehen.«

Sie sah auf, und es fühlte sich an, als hätte man mir mit einem Vorschlaghammer auf die Brust geschlagen.

Sie weinte.

Annalise weinte. Zumindest hatte sie kürzlich geweint. Unbewusst rieb ich an einem dumpfen Schmerz auf der linken Seite meines Brustkorbs.

Ihr Gesicht war gerötet und geschwollen, und Wimperntusche lief über ihre Wange.

Ich ging ein paar Schritte zurück zur Tür und überlegte für den Bruchteil einer Sekunde, ob ich einfach wieder gehen sollte. Ich meine, worüber konnte sie weinen? Wahrscheinlich war es entweder wegen der Arbeit oder wegen ihres Ex. Ich war die am wenigsten kompetente Person, um jemandem Beziehungsratschläge zu erteilen. Und die Arbeit? Diese Frau war meine Widersacherin, um Himmels willen. Wenn ich ihr half, war ich meinen Job los.

Doch anstatt über die Schwelle zu treten, zog ich die Tür zu – und war immer noch im Raum.

»Ist alles okay?«, fragte ich zögernd.

Frauen waren unberechenbar, aber eine weinende Frau musste man wie einen verletzten Puma behandeln, der in der Ebene lag, die man zu durchqueren versuchte. Sie konnte sich weiter ihrem Schmerz hingeben und schweigend die Wunden lecken, die ihr jemand anders zugefügt hatte, oder sie konnte sich jeden Moment dazu entschließen, einen unschuldigen Beobachter zu zerfleischen und zum Mittagessen zu verspeisen. Im Grunde hatte ich eine Heidenangst vor einer weinenden Frau.

Annalise straffte sich und begann, die Papiere auf ihrem Schreibtisch zu sortieren.

»Gut. Ich mache gerade den Text für das Venus-Treffen mit Jonas morgen fertig. Tut mir leid, dass ich ihn dir nicht früher gegeben habe. Ich war einfach ... beschäftigt.«

Sie hatte die Tür einen Spalt geöffnet und mir die Möglichkeit gegeben, nicht über Persönliches zu sprechen, und ich verpasste erneut die Chance, mich zurückzuziehen. Was zum Teufel war mit mir los? Sie wedelte mir mit der Karte *Rücke vor bis auf Los (und ziehe 200 Dollar ein)* vor der Nase herum, doch ich streckte die Hand aus und nahm stattdessen *Gehe in das Gefängnis. Begib dich direkt dorthin.*

Ich setzte mich auf ihren Besucherstuhl. »Willst du darüber reden?«

Was zum Teufel?

Ist das gerade aus meinem Mund gekommen?

Schon wieder?

Ich wusste, ich hätte mir vor ein paar Wochen nicht *Wie ein einziger Tag* ansehen sollen, aber ich war zu verkatert, um aufzustehen und die Fernbedienung zu suchen und umzuschalten. Annalise sah noch einmal auf. Diesmal trafen sich unsere

Blicke. Ich beobachtete, wie sie zunächst versuchte, so zu tun, als ob nichts sei, und dann … ihre Unterlippe zu zittern begann.

»Ich … ich habe vor einer Weile mit Andrew gesprochen.«

Der Vollpfosten. Na, toll. Klar, dass er sie am Telefon verletzt hat, während sie bei der Arbeit war. Jeder Kerl, der die Worte »Wir sollten eine Pause machen« aussprach, hatte keine Eier.

Ich hatte keine Ahnung, was ich sagen sollte, also sagte ich so wenig wie möglich – damit ich nicht ins Fettnäpfchen trat. »Das tut mir leid.«

Sie schniefte. »Ich habe versucht, ihn *nicht* anzurufen. Ehrlich. Er hat mir ein paar Nachrichten geschickt, nachdem du gestern an mein Telefon gegangen bist, und gesagt, wir müssten reden. Aber es hat mich verrückt gemacht, seine Nachrichten zu sehen und nicht zu antworten.« Sie lachte unter Tränen. »Verrückter, als es mich in der letzten Woche gemacht hat, dass meine Icons in den falschen Ordnern waren.«

Ich grinste. »Gern geschehen. Wahrscheinlich habe ich dir drei Jahre geschenkt, indem ich dir geholfen habe, die Dämonen der Organisationskontrolle zu überwinden.«

Annalise öffnete ihre Schublade und fischte ein Taschentuch heraus. Sie wischte sich die Augen und fragte: »Wie viele Jahre bekomme ich dazu, wenn ich sie nach vier Tagen zurücksortiert habe?«

Ich nickte. »Wir arbeiten daran. Nächste Woche gibst du mir deine ganzseitige To-do-Liste, und wir versuchen, fünf Tage zu schaffen, ohne dass du etwas abhakst.«

»Woher weißt du, dass ich eine ganzseitige To-do-Liste habe?«

Ich warf ihr einen Blick zu, der sagte: *Machst du Witze?*

Sie seufzte. »Ich wette, Andrew wusste auch, dass ich ihn zurückrufen würde.«

Daran hatte ich keinen Zweifel. Der Kerl war ein Mistkerl, weil er wusste, womit er davonkommen konnte, und sie hinhielt.

»Ich bin vielleicht die letzte Person, die Beziehungsratschläge geben sollte, aber ich kenne die Männer. Und jeder Typ, der am Telefon Schluss macht, ist ein Wichser und deine Tränen nicht wert.«

»Oh. Andrew hat nicht Schluss gemacht.«

»Nicht? Warum weinst du dann?«

»Weil er mich gebeten hat, ihn morgen nach der Arbeit zum Abendessen zu treffen.«

Ich zog die Stirn in Falten. »Ich bin verwirrt. Warum ist das etwas Schlechtes?«

»Weil Andrew ein guter Mensch ist. Er wollte mir am Telefon nicht sagen, dass es ganz aus ist.« Wieder füllten sich ihre Augen mit Tränen. »Er hat mich gebeten, ihn nach der Arbeit im Royal Excelsior zu treffen. Ich bin mir sicher, dass er mich zu einem teuren Abendessen einladen will, bevor er die Sache persönlich beendet.«

»Das Royal Excelsior? Ist das nicht der Laden im Royal Hotel downtown? Ich habe einen Kunden ein paar Straßen weiter.«

Sie nickte und wischte sich die Nase.

Okay. Also ich war groß genug, um zuzugeben, wenn ich mich geirrt hatte. Und offensichtlich hatte ich mich geirrt, als ich dachte, dass ihr Ex ein Mistkerl sei, der die Sache am Telefon beendete. Ich hatte nicht gemerkt, dass der Typ ein Riesenarschloch war und sie erst vögeln wollte, bevor er Schluss machte.

»Du solltest dich nicht mit ihm treffen.«

Annalise schenkte mir ein trauriges Lächeln. »Danke, aber das muss ich tun.«

Ich rang mit mir. Sollte ich ihr erklären, dass der Typ nicht

Schluss machen, sondern Sex haben wollte? Verdammt, wenn er schlau war – was er ziemlich sicher war, wenn ich mir die umwerfende Frau anschaute, die vor mir saß und die er monatelang auf Eis gelegt hatte –, würde er es wahrscheinlich schaffen, sie glauben zu machen, dass das Schäferstündchen ihre verdammte Idee war.

Oder sollte ich mich da raushalten? Immerhin war sie eine erwachsene Frau, die in der Lage war, ihre eigenen Entscheidungen zu treffen. Und außerdem war sie mein Erzfeind. *Aber sie sieht so verdammt verletzlich aus.*

»Hör zu. Ich habe bereits meine Gedanken über diesen Kerl geäußert, der sagt, dass er eine Pause braucht. Ich bin mir also ziemlich sicher, dass du nicht hören willst, was ich zu sagen habe ... aber sei vorsichtig.«

»Vorsichtig in Bezug auf was?«

»Männer. Generell. Wir können als nette Kerle rüberkommen, obwohl wir in Wirklichkeit Mistkerle sind.«

Sie sah verwirrt aus. »Warum spuckst du nicht einfach aus, was du zu sagen versuchst, Bennett?«

»Du wirst mir nicht vorwerfen, dass ich ehrlich bin?«

Sie blinzelte mich an. *Ja, genau. Sie wird mir vorwerfen, dass ich ehrlich bin.* Aber jetzt hatte ich meinen verdammten Mund aufgemacht und saß in der Tinte, also scheiß drauf.

»Ich sage nur ... lass dich nicht von ihm ausnutzen. Er hat dich nicht ohne Grund gebeten, ihn zum Abendessen in einem Hotel zu treffen. Wenn er dir nicht sagt, dass er einen großen Fehler gemacht hat und dich zurückhaben will, solltest du nicht mit ihm ins Bett springen. Achte genau auf die Worte, die er wählt. Wenn er sagt, dass er dich vermisst, verpflichtet ihn das zu gar nichts, sondern bedeutet vielleicht nur, dass er dich weichkochen will, um dir an die Wäsche zu gehen.«

Annalise starrte mich an. Ihr Gesicht war vom Weinen fleckig, aber das Rot begann, die weißen Flecken zu füllen. *Sie war stinksauer.*

»Du hast ja keine Ahnung, wovon du da redest.«

Ich hob abwehrend die Hände. »Ich passe nur auf dich auf.«

»Tu mir einen Gefallen und lass das.« Sie stand auf. »Ich bringe dir den Text in ein oder zwei Stunden. Brauchst du sonst noch etwas?«

Ich verstand den Wink, stand auf und knöpfte mein Sakko zu. »Ja, eigentlich schon. Vielleicht kannst du mit Finley reden, dass sie den Stock aus dem Hintern nimmt und zu mir kommt, wenn sie ein Problem hat, anstatt zur Personalabteilung zu marschieren. Wir sind jetzt ein Team – wir stehen auf derselben Seite.«

Sie schürzte die Lippen. »Gut.«

Ich ging zur Tür und legte meine Hand auf den Knauf, dann drehte ich mich noch mal um. Ich konnte es einfach nicht lassen. »Außerdem wäre es mir lieber, der Text wäre in einer Stunde fertig als in zwei.«

12. Kapitel

Bennett

Ich musste den Kunden besuchen.

Das redete ich mir jedenfalls die ganze Zeit ein. Es war sechs Monate her, dass ich mich mit Green Homes getroffen hatte, und sie waren Stammkunden. Ein kurzer Besuch auf meinem Heimweg heute Abend war also nichts Außergewöhnliches. Die Tatsache, dass sie sich downtown befanden, zwei Blocks vom Royal Hotel entfernt, war reiner Zufall.

Und die Parkhäuser in dieser Gegend waren immer voll. So war es nicht ungewöhnlich, dass ich in einem drei Blocks entfernten Parkhaus geparkt hatte und nach dem Ende meines Meetings direkt am Royal vorbeilaufen musste.

Um sechs Uhr abends.

Mein Terminkalender war vor allem in der ersten Tageshälfte voll gewesen.

Ich glaubte nicht an Zufälle. Ich war eher jemand, der etwas unternahm, damit es passierte.

Aber die Tatsache, dass ich vor dem Royal Hotel stand – das war reiner Zufall.

Ein Glücksfall.

Ein zufälliger Umstand.

Wie auch immer.

Das Öffnen der Tür, die zur Lobby führte? Nun, das war kein Zufall. Dieser Quatsch war krankhafte Neugier.

Ich sah mich im Atrium um und stellte mich absichtlich hinter eine breite Marmorsäule, damit ich mich umsehen konnte, ohne dass mich zu viele Leute entdeckten. Für den frühen Abend war es ziemlich ruhig. Auf der linken Seite lag der Check-in-Bereich. Ein Gast wurde bedient, während ein paar Angestellte hinter dem langen Tresen herumliefen. Auf der rechten Seite befand sich eine leere Fahrstuhlreihe. Geradeaus, auf der anderen Seite eines großen runden Brunnens, sah ich die Lobby-Bar. Dort saß ein gutes Dutzend Leute. Ich suchte nach ihrem Gesicht.

Nichts.

Sie hatte das Büro um halb fünf verlassen, also musste sie jetzt schon hier sein. Hoffentlich war sie im Restaurant und bestellte auf Kosten des Trottels teuren Mist von der Speisekarte und wurde nicht in ein Zimmer im ersten Stock gelockt.

Annalises verkorkste Beziehung ging mich nichts an. Ich hätte mich umdrehen und gehen sollen. Es war mir eigentlich egal, ob sie verarscht wurde.

Zufall.

Krankhafte Neugierde.

Das waren die Gründe, warum ich die Lobby betreten hatte. Und der Grund, warum ich zur Bar gegangen war, anstatt meinen Hintern durch die Vordertür hinauszuschieben?

Ich bin durstig. Warum darf ich nicht etwas trinken?

Die Bar hatte einen L-förmigen Tresen. Ich saß in der hintersten Ecke vor der Wand, sodass mich die Schnapsflaschen und die schicke alte Registrierkasse vor den Blicken der meisten Leute, die durch die Halle gingen, abschirmten, ich aber einen guten Blick auf die Türen zum Restaurant hatte. Der Barkeeper legte eine Serviette vor mir ab. »Was darf ich Ihnen bringen?«

»Ich nehme ein Bier. Was immer Sie vom Fass haben.«

»Sehr gern.«

Als er zurückkam, fragte er, ob ich die Speisekarte sehen wolle. Das wollte ich nicht, also nickte er und entfernte sich, bis ich ihn aufhielt.

»Haben Sie zufällig eine Blondine gesehen?« Ich deutete mit beiden Händen auf meinen Kopf. »Sehr dichtes, gewelltes blondes Haar. Elfenbeinfarbene Haut. Große blaue Augen. Wenn sie mit einem Mann zusammen war, sah er vermutlich aus, als wäre sie eine Nummer zu groß für ihn.«

Der Barkeeper nickte. »Er hatte einen Mister-Rogers-Pulli an. Sie war größer mit ihren Absätzen.«

»Haben Sie zufällig gesehen, wo sie hingegangen sind?«

Er zögerte. »Sind Sie ihr Ehemann oder so?«

»Nein. Nur ein Freund.«

»Sie machen doch keinen Ärger, oder?«

Ich schüttelte den Kopf. »Nein.«

Er deutete mit dem Kinn auf die Tür zum Restaurant. »Sie sind ins Restaurant gegangen. Haben vor ungefähr zwanzig Minuten die Rechnung bezahlt.«

Ich atmete tief durch. Klar, ich war erleichtert. Aber nicht, weil es mich irgendwie interessierte, ob Annalise mit dem Mistkerl schlief, sondern weil ich im Büro keine Tränen gebrauchen konnte. Ich musste jetzt mit ihr arbeiten – eng zusammenarbeiten.

Eine halbe Stunde saß ich an der Bar und trank mein Bier. Die Tür zum Restaurant öffnete und schloss sich, und die anfängliche Aufregung, die ich bei der Überwachung verspürt hatte, ließ allmählich nach. Ich überlegte, ob ich abhauen sollte.

Bis die Tür aufging und ich einen Blick auf die Frau erhaschte, die herauskam.

»Mist.« Ich blickte nach unten in die Erdnussschale, die ich geleert hatte, und versuchte, Augenkontakt zu vermeiden. Nach dreißig Sekunden wagte ich einen kurzen Blick nach oben. Sie stand nicht mehr vor der Tür des Restaurants, und ich seufzte erleichtert auf. Aber nur einen Atemzug lang. Denn beim nächsten Einatmen wandte ich den Blick von der Tür ab und sah Annalise aus dem Augenwinkel auf mich zukommen.

Und sie wirkte nicht sehr glücklich.

Sie stemmte die Hände in die Hüften. »Was glaubst du, was du da tust?«

Ich versuchte, lässig zu tun, nahm mein leeres Bierglas und führte es an die Lippen. »Hey, Texas. Was machst du denn hier?«

Sie sah mich mit finsterem Blick an. »Versuch es gar nicht erst, Fox.«

»Was denn?«

»Warum verfolgst du mich?«

Ich tat beleidigt und legte mir eine Hand auf die Brust. »Dich verfolgen? Ich bin mit einem Freund verabredet. Ich hatte einen Kundentermin ein paar Straßen weiter.«

»Ach ja? Und wo ist dein Freund?«

Ich schaute auf meine Uhr. »Er ist ... zu spät.«

»Wann wolltest du ihn treffen?«

»Um sechs.«

»Und wen?«

»Wie bitte?«

»Du hast mich schon verstanden. Wie heißt dein Freund?«

Verdammt. Das war ein Verhör. Ihr Bombardement warf

mich aus der Bahn. Ich sagte den ersten Namen, der mir in den Sinn kam. »Jim. Jim Falcon. Ja. Äh ... Ich habe mich gerade mit einem Kunden getroffen, und wir wollten nach meinem Meeting etwas trinken, um über das Meeting zu sprechen.«

Zu ihrem finsteren Blick kam nun noch ein knallhartes Blinzeln. »Du redest so einen Unsinn. Du verfolgst mich.«

»Ich habe das Büro heute um drei Uhr verlassen, um einen Kunden zu besuchen«, log ich, denn ich wusste, dass meine Tür zu gewesen war, sodass sie nicht wissen konnte, ob ich noch da war, als sie ging. »Um wie viel Uhr bist du gegangen?«

»Um halb fünf.«

»Und wie genau soll ich dir gefolgt sein? Ich glaube, *du* verfolgst *mich*.«

»Bist du verrückt? Im Ernst, ich glaube, du brauchst einen Psychiater, Bennett. Ich beobachte dich schon seit einer halben Stunde vom Restaurant aus. Du starrst jedes Mal auf die Tür, wenn sie sich öffnet.«

Ich warf die Hände hoch, als ob ich verärgert wäre. »Die Tür befindet sich in meinem Blickfeld.«

»Geh nach Hause, Bennett.«

»Ich warte auf meinen Freund.«

»Ich weiß nicht, was du glaubst, aber ich bin ein großes Mädchen und kann auf mich selbst aufpassen. Ich brauche deinen Schutz nicht. Wenn ich mit Andrew *vögeln* will, ob er wieder mit mir zusammenkommen will oder nicht, ist das *meine* Entscheidung. Nicht deine. Vielleicht solltest du mal darüber nachdenken, warum du keine eigene Beziehung hast, anstatt dich so sehr um meine zu kümmern.«

Bevor ich ein weiteres Wort sagen konnte, drehte sich Annalise um und stapfte zurück zum Restaurant. Ich saß ein paar Minuten da und sammelte meine Gedanken.

Was zum Teufel mache ich hier? Ich hatte den verdammten Verstand verloren.

Der Barkeeper kam zu mir und stützte sich mit einem Ellbogen auf die Bar. »Sie kriegt sich schon wieder ein. So sauer werden sie nur, wenn ihnen jemand etwas bedeutet.«

Er sah den verwirrten Blick auf meinem Gesicht und lachte.

»Kann ich Ihnen noch etwas bringen?«

»Haben Sie einen Arsch da hinten? Meiner wurde nämlich gerade zusammengestaucht.«

Er lächelte. »Das Bier geht auf mich. Ich hoffe, Ihr Abend wird noch besser.«

»Ja. Ich auch. Danke.«

Ich lief in Ruhe die drei Blocks zum Parkhaus, setzte mich dann ins Auto und schickte Jim Falcon eine Nachricht, bevor ich es vergaß.

Bennett: Falls Annalise fragt, wir wollten uns heute Abend um sechs Uhr in der Bar des Royal Hotel auf einen Drink treffen.

Seine Antwort kam wenige Minuten später.

Jim: Ich bin viel zu geizig, um elf Dollar für ein einheimisches Bier zu bezahlen.

Bennett: Das weiß sie nicht, du Trottel. Deck mich einfach, wenn sie fragt.

Jim: Nein, ich meinte, dass ich mir den Laden schon lange mal anschauen wollte, aber er ist zu teuer für mein Budget. Also, das wird dich was kosten. Drei Drinks dort, wenn wir das nächste Mal ausgehen. Du zahlst.

Ich schüttelte den Kopf.

Bennett: Na schön. Ein toller Freund bist du. Lässt mich dafür bezahlen, dass du mir den Arsch rettest.

Jim: Du hast Glück, dass wir nicht angeblich zum Abendessen verabredet waren. Das »Surf and Turf« dort kostet fünfundsiebzig Dollar.

Ich warf mein Handy auf das Armaturenbrett und startete den Wagen. Ich hatte im zweiten Stock des Parkhauses geparkt, und es hatte sich eine lange Schlange zum Bezahlen gebildet. Während ich dort wartete, wollte ich nur nach Hause. Natürlich bezahlte jeder vor mir mit Kreditkarte, bis ich endlich an der Reihe war, und dann musste ich an jeder Ecke Fußgänger vorbeilassen. Die Straße, die zurück zum Highway führte, war eine Einbahnstraße, was bedeutete, dass ich wieder am Hotel vorbeifahren musste.

Ich beging den Fehler, im Vorbeifahren zur Tür zu blicken, und sah eine blonde Mähne herauskommen. Nur dass mich Annalise dieses Mal nicht bemerkte. Sie hielt den Kopf gesenkt und ging schnell, sie rannte praktisch aus dem Hotel. Ich blieb im Stau stehen und beobachtete in meinem Rückspiegel, wie sie noch schneller wurde, an ein paar geparkten Autos vorbeilief und sich dann bückte, um eine Wagentür zu öffnen. Sie schwang die Tür auf und sprang hinein. Dann ließ sie den Kopf in die Hände sinken.

Verdammt. Sie weinte.

Der Wagen hinter mir hupte und lenkte meine Aufmerksamkeit von ihrem Anblick im Rückspiegel auf die fuchtelnden Arme des Fahrers. Die Ampel war auf Grün umgesprungen, und alle vor mir waren losgefahren. Ich zeigte dem Idioten den Mittelfinger, obwohl ich im Unrecht war, und trat dann aufs Gas.

113

Mach, dass du hier wegkommst, Bennett.

Du brauchst diesen Scheiß nicht.

Sie hat dir deutlich gesagt, dass du dich um deinen eigenen Kram kümmern sollst.

Und dennoch ...

... ertappte ich mich dabei, wie ich an den verdammten Bordstein fuhr.

Von mir selbst genervt, stellte ich den Hebel auf Parken und schlug mit den Händen ein paarmal gegen das Lenkrad. »So ein Vollidiot. Geh einfach nach Hause, verdammt!« Natürlich befolgte ich meinen eigenen Rat nicht. Denn anscheinend konnte ich nicht genug Prügel bekommen, wenn es um diese Frau ging. Stattdessen stieg ich aus, schlug die Autotür zu und lief den Block hinunter zu ihrem Auto.

Vielleicht war sie schon weg.

Vielleicht hatte ich mir eingebildet, sie würde weinen, und sie lachte stattdessen in ihre Hände.

Natürlich hatte ich kein solches Glück.

Annalise bemerkte mich nicht einmal, als ich zu ihr kam. Sie hatte den Wagen noch nicht gestartet und war damit beschäftigt, sich mit einem Taschentuch die Tränen abzuwischen. Ich ging zur Beifahrerseite, beugte mich hinunter und klopfte vorsichtig an die Scheibe.

Sie erschrak.

Dann schaute sie hoch, sah mein Gesicht und begann noch heftiger zu weinen.

Fuck.

Ja, ich habe manchmal diese Wirkung auf Frauen.

Ich ließ den Kopf in den Nacken sinken, blickte in den Himmel und schimpfte einen Moment stumm mit mir, dann atmete ich tief durch, öffnete die Autotür und stieg ein.

»Kommst du, um dich damit zu brüsten, dass du recht hattest?« Sie schniefte.

»Dieses Mal nicht.« Ich beugte mich vor und stieß sie spielerisch mit dem Ellbogen an. »Dafür haben wir im Büro genug Zeit.«

Sie lachte trotz der Tränen. »Gott, du bist so ein Idiot.« Da konnte ich ihr wirklich nicht widersprechen. »Bist du okay?«

Sie atmete tief durch. »Ja. Ich komme klar.« »Willst du darüber reden?« *Bitte sag Nein.*

»Nicht wirklich.« *Ja!*

»Er hat gesagt, dass er mich vermisst, und meinen Arm gerieben.«

Okay. Sie weiß nicht, was »nicht wirklich« bedeutet.

Ich seufzte innerlich, nickte jedoch, damit sie fortfahren konnte, wenn sie es wollte.

»Daraufhin habe ich ihn gefragt, ob das bedeute, dass er wieder mit mir zusammen sein wollte. Und er meinte, er sei noch nicht bereit. Dann fielen mir deine Worte von gestern ein. *Zu sagen, dass er dich vermisst, verpflichtet ihn zu gar nichts, sondern heißt vielleicht nur, dass er dich weichkochen will, um dir an die Wäsche zu gehen.*«

Ich bin poetisch, stimmt's? »Tut mir leid.«

Sie blickte ein paar Minuten lang nach unten. Ich hielt den Mund und versuchte, ihr etwas Raum zu lassen. Außerdem wusste ich nicht, was ich sagen sollte, außer *Es tut mir leid* und *Ich habe es dir ja gesagt*, und irgendwie wusste ich, dass Letzteres keine gute Idee war.

Schließlich sah sie zu mir herüber. »Warum bist du gekommen?«

»Ich habe ein paar Straßen weiter in einer Garage geparkt.

Du bist zufällig gerade herausgekommen, als ich vorbeifuhr, und ich habe gesehen, dass du ganz aufgelöst warst.«

Annalise schüttelte den Kopf. »Nein. Ich meinte, warum bist du heute Abend überhaupt ins Hotel gekommen?«

Ich öffnete den Mund, um etwas zu sagen, aber sie hielt mich auf und hob drohend den Finger. »Und versuch gar nicht erst, mir zu erzählen, du hättest dich mit einem Freund treffen wollen. Unterschätz mich nicht.«

Ich spielte mit dem Gedanken, bei der Lüge zu bleiben, entschied mich dann aber, die Wahrheit zu sagen. Das Problem war, dass die Wahrheit keinen Sinn ergab – nicht einmal für mich.

»Ich habe keine verdammte Ahnung.«

Ihr Blick glitt über mein Gesicht, dann nickte sie, als hätte sie verstanden.

Wenigstens einer von uns.

»Hast du Hunger?«, fragte sie. »Ich habe es nicht bis zur Vorspeise geschafft. Ich hatte nur einen Salat als Appetizer, bevor ich gegangen bin. Und ich habe noch nicht wirklich Lust, nach Hause zu gehen.«

»Ich bin immer hungrig.«

Sie sah zum Hotel hinüber, dann wieder zu mir. »Aber hier will ich nichts essen.«

»Was isst du gern?«

»Italienisch. Chinesisch. Sushi. Burger. Bar Food.« Sie zuckte mit den Schultern. »Ich bin nicht wählerisch.«

»Okay. Ich kenne den perfekten Ort. Er ist etwa eine Meile von hier entfernt. Willst du fahren und mich anschließend zu meinem Wagen zurückbringen?«

Ihre Antwort erfolgte umgehend. »Nein.«

»Warum nicht?«

»Ich fahre nicht gern mit jemandem im Auto.«

»Was soll das heißen, du fährst nicht gern mit jemandem im Auto?«

»Genau das, was ich gesagt habe. Ich fahre lieber allein.«

»Warum?«

»Weißt du was ... vergiss es einfach. Ich bin nicht mehr hungrig.«

Was zum Teufel? Ich fuhr mir mit den Fingern durchs Haar.

»Gut. Ich fahre selbst. Weißt du, wo die Meade Street ist?«

»Ja.«

»Er heißt Dinner mit einem Zwinkern.«

»Dinner mit einem Zwinkern? Das ist ja ein seltsamer Name.«

Ich grinste. »Es ist ein seltsamer Laden. Passt wunderbar zu dir.«

13. Kapitel

Annalise

»Das ist sehr lecker.«

Als wir reinkamen, war ich auf das Schlimmste gefasst. Von außen sah das Lokal wie eine Spelunke aus. Die Inneneinrichtung war auch nicht viel besser – schlechte Beleuchtung, veraltete Möbel und der schwache Geruch von abgestandenem Bier, den ein Ventilator hinter der Bar verbreitete –, doch alle Bistrotische und Plätze an der Bar schienen mit Paaren besetzt zu sein. Und die Leute waren sehr fröhlich und freundlich. Ich sah mich um, und eine Frau, die mit einem Mann zusammensaß, lächelte mich an und zwinkerte mir zu. Das war schon das zweite Mal in der halben Stunde, seit wir hier waren.

»Wie hast du diesen Laden gefunden? Er liegt ziemlich abseits und sieht von außen schrecklich aus.«

»Ah.« Er führte sein Bier zum Mund. »Ich bin froh, dass du fragst. Ich habe es mal zufällig entdeckt. Ich war mit einer Frau zusammen, die ein paar Straßen weiter wohnte, und bin hier reingegangen, weil ich dringend etwas trinken musste, nachdem ich mit ihr Schluss gemacht hatte. Sie hat es nicht so gut aufgenommen. Es ist ein besonderer Ort.«

Ich schaute mich erneut um, und wieder lächelten mich ein paar Leute an. »Das Essen ist super, und alle sind freundlich.«

Bennetts Lächeln wuchs. »Das liegt daran, dass es ein Swingerclub ist.«

Ich hustete und verschluckte mich an meinem Essen. »Was hast du gesagt?«

»Ein Swingerclub.« Er zuckte mit den Schultern. »Ich wusste es auch nicht, als ich das erste Mal herkam. Ich dachte, alle wären froh, mich zu sehen. Keine Sorge, sie werden dich nicht ansprechen. Wenn ein Paar interessiert ist, zwinkern sie. Wenn du zurückzwinkerst, kommen sie rüber und plaudern.«

Ich machte große Augen. Man hatte mir schon zweimal zugezwinkert und ich hätte zurückzwinkern können.

»Warum hast du mich hergebracht?« Ich warf einen weiteren Blick auf die Leute, die aßen. Noch mehr lächelten, und dieses Mal zwinkerte mir ein Mann zu. Ich wandte schnell den Kopf ab. »Diese Leute denken, wir wären ein Paar und wollten swingen.«

Er lachte. »Ich weiß. Ich dachte, du würdest das lustig finden, wo du mir doch erzählt hast, dass du auf dem College sitzen gelassen wurdest, weil dein Freund swingen wollte.«

»Mit dir stimmt etwas nicht.« Nachdem ich das gesagt hatte, sah ich mich erneut um. Es fühlte sich plötzlich so an, als säßen wir mitten auf einer Bühne. Und anscheinend waren wir beliebt, denn mir zwinkerten noch zwei weitere Leute zu.

»Das Essen ist fantastisch, und niemand baggert dich an, es sei denn, du zwinkerst zurück. Es ist der perfekte Ort, um in Ruhe eine Kleinigkeit zu essen.«

Da hatte er wohl recht. Obwohl er mich hergebracht hatte, um sich über die Geschichte lustig zu machen, die ich ihm erzählt hatte.

»Erzähl mir, warum du nicht gern jemanden im Auto mitnimmst«, sagte Bennett. »Bist du nervös oder so?«

Ich hatte vor dem Essen etwas getrunken und war deshalb ein bisschen unvorsichtig. »Ich mache beim Fahren etwas, das die meisten Leute seltsam finden, also versuche ich, Fahrgäste zu vermeiden.«

Bennett ließ die Pommes frites, die er gerade in die Hand genommen hatte, wieder auf seinen Teller fallen und lehnte sich auf seinem Platz zurück. »Ich kann es nicht erwarten, davon zu hören.«

»Ich sollte es dir überhaupt nicht erzählen. Ich habe dir von der Swinger-Sache erzählt, und du hast mich hierhergebracht. Du hast einen etwas merkwürdigen Sinn für Humor. Gott weiß, wie du das gegen mich verwendest.«

Er hob die Arme und legte sie auf der Lehne der Bank ab. »Wenn du es mir nicht sagst, fange ich an, den Leuten zuzuzwinkern, damit sie herkommen.« Er blickte nach rechts und setzte ein strahlendes Lächeln auf. Ich folgte seinem Blick und entdeckte ein Pärchen, das unruhig Ausschau hielt, ob er zwinkerte.

»Oh mein Gott. Lass das.«

Er führte sein Bier an die Lippen. »Erzähl.«

Ich seufzte. »Na gut. Ich rede beim Fahren. Bist du jetzt zufrieden?«

Er rümpfte die Nase. »Du *redest*. Was soll das heißen?«

»Genau das, was ich gesagt habe. Ich rede. Wenn ich an einem Stoppschild halte, sage ich laut: *Ich halte an einem Stoppschild*. Wenn ich sehe, dass eine Ampel auf Gelb springt, sage ich vielleicht: *Langsam fahren. Die Ampel springt auf Gelb*.«

Er sah mich an, als ob ich verrückt wäre. »Warum zum Teufel machst du das?«

»Als ich anfing, Auto zu fahren, hatte ich einen Unfall und Angst, mich wieder hinters Steuer zu setzen. Dann stellte ich fest, dass es mich beruhigt, wenn ich während der Fahrt die einzelnen Schritte laut beschreibe. Und das ist irgendwie hängen geblieben. Deshalb lasse ich niemanden mitfahren, außer meiner Mutter und meiner besten Freundin Madison. Sie sind so daran gewöhnt, dass sie nicht einmal merken, dass ich es tue, und einfach weiterreden.«

»Du fährst mich *auf jeden Fall* nach Hause. Ich werde morgen früh vor der Arbeit mit dem Uber zurückfahren, um mein Auto zu holen.«

»Was? Nein!«

Er drehte den Kopf nach rechts, ließ mich dabei jedoch nicht aus den Augen. »Ich zwinkere.«

»Hör auf. Hör auf.« Ich konnte nicht einmal so tun, als wäre ich ernsthaft wütend, denn die ganze Situation war einfach absurd.

Bennett setzte sein Bier ab und nahm sich ein Pommes-Stäbchen. »Ich nehme mir ein Pommes-Stäbchen.« Er hob es zum Mund. »Ich führe es zu meinen Lippen.«

Ich kicherte. »Gott, du bist wahrhaftig ein Idiot.«

Er wackelte mit dem Pommes-Stäbchen herum. »Du lächelst, oder?«

Ich seufzte. »Ja. Ich denke schon. Danke.«

»Jederzeit, Texas. Ich bin die nächsten Monate zu deiner Unterhaltung da.« Er zwinkerte mir zu. »Bevor sie deinen Hintern nach Dallas verfrachten.«

Eine Minute später erschien ein Paar an unserem Tisch. Es dauerte eine Minute, bis wir beide begriffen, was passiert war. Bennett hatte mir zugezwinkert, und das Paar hatte das als Einladung verstanden.

»Hast du schon mal etwas gestohlen?«, fragte Bennett, als die

Kellnerin gerade zu uns kam. Er bestellte noch ein Bier, und ich bat um ein Eiswasser. Es war sein viertes oder fünftes – ich hatte den Überblick verloren. Da er beschlossen hatte, sein Auto über Nacht stehen und sich von mir fahren zu lassen, nutzte er die Chance, sich etwas gehen zu lassen.

Die Kellnerin stand neben unserem Tisch und sah mich an, anstatt unsere Bestellung aufzunehmen. Ich dachte, sie warte vielleicht auf den Rest meiner Bestellung, also lächelte ich höflich. »Nein danke. Nur das Wasser für mich.«

Sie lächelte zurück. »Oh, Bier und Wasser kommt sofort. Ich warte nur, um deine Antwort auf seine Frage zu hören.«

Bennett lachte. »Sie sieht aus, als könnte sie eine Diebin sein, oder? Unschuldiges Gesicht, aber da ist so ein Funkeln in ihren Augen. Ganz zu schweigen von diesen wilden Haaren.«

»Ich hab mal eine Schachtel Kondome gestohlen«, bot die Kellnerin an. »Das ist auch noch nicht allzu lange her. Ich war in der Drogerie, und meine Mutter stellte sich in der Schlange hinter mir an. Ich wollte Shampoo und Kondome kaufen, steckte die Kondome in die Tasche und ließ meine Mutter vor, in der Hoffnung, ich könnte die Kondome herausnehmen, wenn sie weg war. Aber sie hat auf mich gewartet. Ich bin zweiundzwanzig Jahre alt, aber wir sind katholisch, und sie ist sehr religiös. Ich hatte die Wahl, ihr entweder das Herz zu brechen oder wegen Bagatelldiebstahls ins Gefängnis zu gehen. Da habe ich es riskiert.«

Bennett grinste. Gott, er hatte ein verdammt sexy Lächeln. »Ich habe auch einmal eine Schachtel Kondome gestohlen. Ich war vierzehn und pleite, und ein heißes siebzehnjähriges Mädchen lud mich zu sich ein. Ich wurde nicht erwischt, habe aber meine Jungfräulichkeit verloren. Das war das Risiko auf jeden Fall wert.« Er hob herausfordernd das Kinn, sah mich an und wackelte mit den Augenbrauen. »Hast du Kondome geklaut oder nur Gleitgel?«

»Ich habe noch nie etwas geklaut.« Ich spürte, wie mein Gesicht heiß wurde, und Bennett zeigte auf mich. »Heilige Scheiße. Du wirst ja rot – du lügst. Du bist eine Kleptomanin, stimmt's?«

Leider hatte Bennett im Laufe des Abends meine Schwäche entdeckt. *Ich war eine Niete im Lügen.* Jedes Mal, wenn ich eine Lüge erzählte, errötete ich, oder ich verdrehte die Augen und zappelte herum. Nach ein paar Bieren hatte er ein kleines Spiel erfunden – die Texas-Wahrheit. Er stellte mir eine Frage, und ich versuchte, bei einigen Antworten zu lügen – so auch bei seiner Frage über das Stehlen. Bis jetzt hatte er mich bei jeder Lüge erwischt.

Ich sah die amüsierte Kellnerin an. »Ich war neun und wollte *unbedingt* die neue *NSYNC-CD haben. Also habe ich sie mir in die Hose gesteckt, als meine Mutter nicht hinsah.«

»Niiiiice«, sagte Bennett.

Die Kellnerin lachte. »Ich bin gleich mit dem Bier zurück.«

Als sie weg war, wollte er natürlich mehr Details wissen. »Wurdest du erwischt?«

»Nein. Aber als ich zum Auto kam, fing ich an zu weinen, weil ich mich schuldig fühlte. Ich gestand meiner Mutter, was ich getan hatte, und sie zwang mich, zurück in den Laden zu gehen und dem Manager die CD zu geben. Er rief die Polizei, die mir einen stundenlangen Vortrag hielt, nur um mir noch mehr Angst einzujagen.«

»Du weißt, dass ich nach dieser Geschichte den starken Drang verspüre, deinen Spitznamen Texas zu ändern, oder?«

»In was?«

»Räuberbraut. Aber ich habe bereits Probleme mit der Personalabteilung, also glaube ich nicht, dass es gut ankommt, wenn ich *Hey, Räuberbraut* in den Flur rufe.«

Ich rümpfte die Nase. »Du bist ein echtes Stinktier.«

Die Kellnerin brachte unsere Getränke, und er nahm einen großen Schluck von seinem Bier. »Wann hast du das letzte Mal wirklich gelogen?«

Darüber brauchte ich nicht lange nachzudenken. Aber *diese* Geschichte wollte ich auf keinen Fall mit Bennett teilen. »Das ist schon lange her.«

Ich spürte, wie mein Gesicht heiß wurde. *Verdammt noch mal.*

Er sah es und lachte. »Spuck's aus, Texas.«

»Wenn ich es dir sage, musst du mir versprechen, dass du dich nicht über mich lustig machst und es auch nie wieder erwähnst.«

»Wer, ich? *Niemals.*«

»Gib mir dein Wort.«

Er hielt drei Finger hoch wie ein Pfadfinder. »Du hast mein Wort.«

Ich wusste schon, bevor ich zu reden anfing, dass es eine schlechte Idee war, ihm meine Geschichte anzuvertrauen, aber ich hatte Spaß und war noch nicht bereit, den Abend zu beenden.

»Gut. Aber wenn ich fertig bin, will ich eine Geschichte, mit der ich dich quälen kann. Etwas Peinliches.«

»Abgemacht. Mach schon, du Lügnerin.«

Ich lächelte und schüttelte den Kopf. »Okay. Nun, ich wohne in einem Genossenschaftsgebäude. Es hat vierundzwanzig Wohnungen. Gegenüber von mir wohnt ein älterer Herr, Mr Thorpe, und er hat zwei Katzen, mit denen er an Ausstellungen teilnimmt.«

Bennetts Blick war zu meinem Mund geglitten und sprang jetzt zurück zu meinen Augen. Er räusperte sich. »Katzenausstellungen? Ich wusste gar nicht, dass es so etwas gibt. Aber wenn, ist es äußerst merkwürdig.«

Da musste ich ihm irgendwie zustimmen. Obwohl das nicht der Sinn meiner Geschichte war. »Wie auch immer.́ Ich habe einen Kater. Er ist nicht reinrassig und auch keine Ausstellungskatze, sondern ein ganz normaler getigerter Kater, den man mich zu adoptieren überredet hat. Das ist eine andere Geschichte. Manchmal fährt Mr Thorpe nach Seattle, um für einen oder zwei Tage seinen Bruder zu besuchen, und bittet mich, auf Frick und Frack aufzupassen. Wenn er für längere Zeit verreist, bringt er sie bei einer Frau unter, die alle Katzen in ihrer Wohnung frei herumlaufen lässt. Da habe ich meinen Kater auch schon abgegeben. Manchmal hat sie um die dreißig Katzen, und trotzdem riecht es nicht. Ich habe keine Ahnung, wie sie das macht.«

»Okay. Kommen wir bald zu der Lüge? Ich bin kein Katzenmensch, und die Geschichte wird langsam langweilig. Komm einfach zu deiner großen fetten Lüge.«

»Sei nicht so ungeduldig. *Jedenfalls*... Mr Thorpes Katzen sind natürlich Hauskatzen, also muss ich eigentlich nur zweimal am Tag hinübergehen und sie füttern. Vor sechs Monaten habe ich auf seine Katzen aufgepasst und versehentlich meine Wohnungstür offen gelassen, als ich über den Flur ging, um sie zu füttern. Als ich es bemerkte, war meine Katze schon rübergelaufen, und ich erwischte Tom, wie er gerade eine von Mr Thorpes wertvollen Perserkatzen in seinem Badezimmer vögelte.«

»Wer ist Tom?«

»Mein Kater.«

»Benannt nach Tom und Jerry?«

»Nein. Hardy. Ich liebe ihn. Egal, ich habe Mr Thorpe nicht erzählt, was passiert war, weil ich annahm, dass seine Katzen kastriert wären, obwohl mein Kater es nicht ist. Ein paar Monate später brachte eine seiner Katzen acht Kätzchen zur Welt.«

Bennett hob die Brauen. »Und da hast du gelogen?«

»Ich habe es auf der vierteljährlichen Versammlung der Genossenschaft erfahren. Alle Nachbarn waren da, und Mr Thorpe brachte alle dazu, sich darüber aufzuregen, wie unverantwortlich manche Tierhalter sind. Er nahm an, dass die Katze schwanger geworden war, als er sie in der Pension untergebracht hatte oder in dem Haustierpark, in den er sie zur Sozialisierung mitnimmt.«

Ich sah, dass Bennett gerade den Mund aufmachen wollte, um sich darüber lustig zu machen, und kam ihm zuvor. »Ja, er bringt seine wertvollen Katzen in einen Park, damit sie Kontakte knüpfen können. *An der Leine.* Aber ich bin die schreckliche Person in dieser Geschichte, und ich fühle mich immer noch schuldig, also keine Witze über Mr Thorpe oder seine dummen Katzen.«

»Verstanden. Nicht über Thorpe lustig machen. Nur über deinen Draufgänger von Kater und sein verlogenes Frauchen.«

Bennett setzte wieder sein jungenhaftes Lächeln auf, und ich spürte ein unerwartetes Flattern im Bauch. Ich versuchte, es zu ignorieren.

»Wie auch immer, ich habe das Vergehen meiner Katze nicht zugegeben, aber ich zahle Unterhalt. Ich will nicht, dass du denkst, ich sei eine totale Versagerin.«

Er zog eine Augenbraue hoch. »Unterhalt?«

»Einmal in der Woche schleiche ich mich zu seiner Wohnung und hinterlasse eine Kiste mit dem teuren Futter, mit dem er sie füttert, vor seiner Haustür.«

Bennett brach in Gelächter aus. »Und du sagst, *ich* bin verrückt?«

»Was denn? Ich schäme mich einfach. Ich kann mich der finanziellen Verantwortung nicht entziehen.«

»Was glaubt er denn, wer das Futter hinterlässt?«

»Ich weiß es nicht. Ich gehe ihm aus dem Weg, denn wenn er mich ganz direkt fragt, werde ich rot, weil ich lüge.«

»Wie nervig. Ich wäre geliefert, wenn ich nicht ein Pokerface hätte.«

Ich trank etwas von meinem Eiswasser. »Du bist dran. Erzähl mir eine peinliche Geschichte.«

Er kratzte sich an seinem Bartschatten, der ihm ziemlich gut stand. »Lass mich nachdenken. Ich bin nicht so leicht in Verlegenheit zu bringen.« Eine Minute später erhellte sich sein Gesicht, und er schnippte mit den Fingern. »Ich habe eine. Meine Eltern dachten, ich sei schwul.«

Ich kicherte. »Klingt vielversprechend. Erzähl weiter ...«

»Ich war wahrscheinlich zehn oder elf Jahre alt, als ich das Onanieren für mich entdeckte. Das Internet war noch nicht so weit entwickelt, und Materialien waren rar. Also klaute ich die Zeitschriften meiner Mutter. *Cosmo* war meine Lieblingszeitschrift, aber die hat sie nicht allzu oft gekauft, also hatte ich eine etwas verzweifelte Sammlung – *Guter Haushalt*, *Woman's Day*, *Schöner Wohnen*. In einer guten Woche gab es in einer dieser Zeitschriften ein Bikinifoto für einen Artikel über die Vermeidung von Gehörgangsentzündungen oder so einen Mist. Aber manchmal war alles, was ich bekam, ein Foto von einem bequemen BH zu einem Artikel über die Vermeidung von Rückenschmerzen. Jedenfalls habe ich sie unter meiner Matratze versteckt, wenn ich sie nicht brauchte. Eines Tages fand meine Mutter sie, als sie mein Bettzeug wechselte, und fragte mich, warum ich sie hätte. Ich sagte, ich würde gern die Artikel lesen. Sie misstraute meiner Antwort und fragte mich, welchen Artikel ich zuletzt gelesen hätte. Das Einzige, was mir auf die Schnelle einfiel, war der neben den Bildern, auf die ich mir einen runtergeholt hatte: ›Wie man Männer auf sich aufmerksam macht‹.«

Ich schlug mir eine Hand vor den Mund und lachte mich schlapp.»Oh mein Gott.«

»Ja. An diesem Abend wurde mein Vater zu mir geschickt, um mir etwas von Vögeln und Bienen zu erzählen. Am Ende sagte er, dass er mich lieb hätte, egal, wer ich sei.«

»Och ... das ist ja süß.«

»Ja. Aber in den nächsten Jahren verfolgte meine Mutter mich und meine Kumpels im Haus, wenn ich Freunde zu Besuch hatte. Ich musste die Zimmertür offen lassen, wenn Jungs zu Besuch kamen, und Übernachtungen waren so gut wie verboten. Das war ätzend. Aber mit dreizehn Jahren wurde mir klar, dass es auch eine gute Seite hatte.«

»Und zwar?«

»Als ich Kendall Meyer mit nach Hause brachte, konnte ich sie unter vier Augen befummeln, ohne Angst haben zu müssen, dass jemand hereinplatzt. Meine Mutter behandelte die Mädchen, die ich mit nach Hause brachte, wie die männlichen Freunde von einem Hetero. Ich konnte sogar die Tür abschließen, und sie hat sich nichts dabei gedacht.«

Wir erzählten uns noch stundenlang weitere peinliche Geschichten. Schließlich blieben wir bis nach Mitternacht in der Swingerbar. Auf der Heimfahrt machte sich Bennett, wie vermutet, über mein Reden lustig. Ich war überrascht, dass wir weniger als eine Meile voneinander entfernt wohnten.

»Ich schaue in den Rückspiegel. Ich fahre an den Bordstein«, flüsterte ich, als ich vor seinem Haus ankam. Und ein paar Sekunden später: »Ich parke den Wagen ein.«

Als ich zu Bennett hinübersah, sah ich, dass er komisch grinste. »Was ist?«

»Ich frage mich nur, ob es noch andere Vorgänge gibt, die du auf diese Weise kommentierst?«

»Nein, das mach ich nur beim Fahren.«

Er setzte ein freches Grinsen auf. »Ich habe mir auf der ganzen Heimfahrt vorgestellt, dass du das beim Sex machst. *Den Slip ausziehen. Die Beine weit öffnen. Boxershorts runterziehen. Versuchen, meine Finger um ...*«

Ich unterbrach ihn. »Ich kann es mir denken. Ich glaube, mit dieser Fantasie musst du noch in ein paar neue Ausgaben von *Schöner Wohnen* investieren.«

Bennett fasste nach dem Türgriff. »Du hast ja keine Ahnung, Texas.«

Ich war froh, dass es dunkel war, denn dieses Mal wurde ich nicht rot, weil ich gelogen hatte.

Er öffnete die Tür. »Gute Nacht. Danke für die amüsante Heimfahrt.«

Der Abend hatte so unglücklich begonnen und endete nun mit einem Lächeln. Mir wurde klar, dass Bennett mir das geschenkt hatte, ohne dass ich ihm dafür gedankt hatte. Ich ließ mein Fenster herunter und rief ihm nach, als er um das Auto herum zum Bürgersteig ging: »Bennett?«

Er drehte sich um. »Texas?«

»Danke für den Abend. Vielleicht bist du ja doch nicht so ein Idiot.«

Das Licht der Straßenlaterne fiel auf sein Gesicht, sodass ich sein Zwinkern sah. »Sei dir da nicht allzu sicher.«

Er wandte sich zu seiner Tür um, sprach aber laut genug, damit ich es hören konnte. »Sie über das Bett beugen. Das verrückte blonde Haar um meine Faust wickeln. Fest zupacken, während ich weit ihre Beine spreize.« Er öffnete die Haustür und blieb kurz stehen, bevor er hineinging. »Der Abend war viel besser als *Woman's Day*.«

14. Kapitel

Bennett

Drei Nächte hintereinander.

Und jetzt das.

Was zum Teufel? Ich blinzelte ein paarmal und versuchte, mich von einer weiteren neuen Fantasie zu befreien. Fast hätte es geklappt, aber dann schob Jonas einen Haufen Aktenordner auf seinem Schreibtisch hin und her, um etwas zu suchen, wodurch ein Hefter auf der Seite herunterfiel, auf der wir saßen. Annalise lehnte sich vor, um ihn aufzuheben. Ihr verdammtes Haar fiel zur Seite und gab den Blick auf die cremefarbene Haut ihres Halses frei. Sie sah so weich und glatt aus, dass ich mich fragte, ob sie *überall* so glatt war.

Vor ein paar Tagen, in der Nacht, in der Annalise mich zu Hause abgesetzt hatte, hatte ich vor dem Schlafen an sie gedacht und mir dabei einen runtergeholt. Das war normal, hatte ich mir eingeredet. Ich hatte gerade mit einer wunderschönen Frau zu Abend gegessen und etwas getrunken – jeder Mann, der nicht mit der Vorstellung nach Hause kam, ihr blondes Haar um seine Faust zu wickeln, während sie auf allen Vieren hockte und den Hintern in die Luft reckte, kaufte sich *Woman's Day* tatsächlich, um die Artikel *wirklich* zu lesen.

Hundertprozentig normal. Bedeutete überhaupt nichts. Warum sich also nicht hingeben? Eine Nacht zu träumen konnte nicht schaden. Seien wir ehrlich, es wäre schließlich nicht das erste Mal, dass ich von einer Kollegin träumte. Keiner würde es erfahren. Nichts passiert. Aber aus einer Nacht waren zwei geworden, und aus zwei wurden drei, und als ich gestern in den Pausenraum ging und Annalise dabei erwischte, wie sie sich bückte, um etwas aus dem Kühlschrank zu holen, hatte ich tatsächlich einen Steifen bekommen. *Bei der Arbeit.* Am helllichten Tag, verdammt. Beim Anblick des wohlgeformten Hinterns einer Frau, die ich vernichten musste, anstatt von ihr zu träumen, bis ich einen Zweitausend-Dollar-Anzug durch einen peinlichen Teenager-Moment ruinierte.

Also hatte ich mich in den letzten achtundvierzig Stunden zurückgezogen – und ihr gestern und heute Morgen die kalte Schulter gezeigt. Ich hatte mir vorgenommen, nicht mehr an sie zu denken, es sei denn, ich suchte nach Wegen, um sie bei jedem Pitch auszustechen. Leider hatten meine Augen die Botschaft nicht verstanden. Und das machte mich einfach wütend. Jedes Mal, wenn ich mich dabei ertappte, wie mein Blick in ihre Richtung wanderte, zügelte ich mich, indem ich mir die Wut über meine Entgleisung zunutze machte. Was bedeutete, dass ich bei dem heutigen Treffen oft ziemlich gemein gewesen war. Aber es war ganz sicher nicht meine Schuld, dass ihr roter Rock viel Bein zeigte und mir immer wieder ins Auge stach. Oder dass sie Schuhe mit schmalen hohen Absätzen trug, die sich um ihren zierlichen Fuß schmiegten und darum bettelten, die Haut auf meinem Rücken zu durchbohren.

Das war alles ihre Schuld.

Annalise rutschte auf ihrem Sitz hin und her, schlug die Beine übereinander und löste sie wieder voneinander. Und ich beobachtete sie mit Argusaugen.

Verdammt. Sie hatte tolle Beine.

Ich schloss die Augen. *Nein, da darfst du nicht hinsehen, Fox.*

Ich zählte in meinem Kopf bis fünf und öffnete sie dann, nur um eine Ansammlung winziger Sommersprossen auf ihrem linken Knie zu entdecken. Ich verspürte den irrsinnigen Drang, hinüberzugreifen und mit dem Daumen darüberzustreichen.

So ein Mist.

Reiß dich zusammen.

Annalise bewegte sich wieder, und ihr Rock rutschte einen weiteren Zentimeter nach oben.

Ihr *roter* Rock.

Das passte, denn diese Frau war der verdammte Teufel.

Wir saßen eine gute Viertelstunde lang nur einen halben Meter voneinander entfernt vor Jonas' Schreibtisch und hörten zu, wie er uns über den Stand der Dinge in Bezug auf die Fusion informierte. Gelegentlich meldete sich Annalise zu Wort und schaute in meine Richtung, aber ich schwieg, hielt den Kopf geradeaus gerichtet und konzentrierte mich auf den Chef, anstatt meinen Blick weiterschweifen zu lassen.

»Das bringt uns zu der Einschätzung des Vorstands über euch beide. Eines der Vorstandsmitglieder, das auch ein Großaktionär ist, hat einen potenziellen neuen Kunden ins Spiel gebracht, bei dem ihr pitchen könnt.«

Ich lehnte mich auf meinem Stuhl vor. »Großartig. Das kann ich übernehmen.«

Ich spürte, wie Annalises Blick sich in meinen Kopf bohrte. »Oder ich«, zischte sie.

»Kein Grund zu streiten. Ihr übernehmt das beide. Der Vorstand hat beschlossen, dass dieser Pitch zu denen gehört, nach denen ihr beurteilt werdet. Jeder von euch wird sich seine eigene Kampagne ausdenken. Aber ihr solltet wissen, dass unsere

Firma hier ein wenig spät ins Spiel kommt. Zwei andere Agenturen sind bereits beteiligt, und wir müssen mit einem engen Zeitplan arbeiten. Der Pitch muss in weniger als drei Wochen vorliegen.«

»Kein Problem«, erklärte ich. »Unter Druck arbeite ich am besten.«

Aus dem Augenwinkel sah ich, wie Annalise die Augen verdrehte. »Wer ist der Kunde?«

»Star Studios. Das ist eine neue Abteilung von Foxton Entertainment – dem Filmstudio. Diese Abteilung wird sich auf ausländische Blockbuster konzentrieren, die sie hier als Remake herausbringen wollen.«

Ich hatte noch nie ein Studio oder einen Film vermarktet, aber ich wusste aus Annalises Kundenliste, dass sie mehr als nur ein paar betreut hatte. Studios gehörten zu ihren größten Kunden. Sie kannte sich unbestreitbar auf diesem Markt aus – ein unfairer Vorteil für etwas, das letztlich darüber entscheiden konnte, in welchem verdammten Staat ich lebte.

»Ich habe noch nie mit einem Filmstudio zusammengearbeitet. Aber das war Wrens Fachgebiet.« Ich deutete mit dem Kinn auf Annalise. »Fünfzig Prozent ihrer Kunden haben mit Film zu tun. Ich finde es nicht sehr fair, wenn der Vorstand unsere Stärken anhand eines solchen Pitches beurteilt. Ich habe keine Markterfahrung in diesem Bereich.«

Jonas runzelte die Stirn. Er wusste, dass ich ein gutes Argument hatte. »Leider können wir uns nicht den Luxus leisten, aus zu vielen großen Angeboten auszuwählen. Außerdem geht es bei den meisten von Annalises Kunden um das Marketing für einzelne Filme und hier um das Marketing für eine neue Produktionsfirma – sie wollen ein Branding und eine Marktstrategie haben. Das sind deine Stärken, Bennett.«

Ich schaute zu Annalise hinüber, und sie schenkte mir ein übertriebenes Ich-werde-das-hier-gewinnen-weil-du-keine-Ahnung-hast-Lächeln. Das machte mich wütend, aber nicht, weil sie einen unfairen Vorteil hatte. Es machte mich wütend, weil mein erster Gedanke war: *Hey, sieh dir das an. Sie hat heute ihren Lippenstift gewechselt*, obwohl er eigentlich sein sollte: *Ich werde den Boden mit dir aufwischen.*

Mehr denn je ärgerte ich mich über mich selbst und fuhr sie an.»Kennst du jemanden in diesem Studio? Das ist eine kleine Branche. Ich möchte nur sicherstellen, dass du nicht mit einem Entscheidungsträger dort geschlafen hast.«

Annalises Augen weiteten sich und verengten sich dann zu wütenden Schlitzen.»Ich habe noch nie mit einem Kunden geschlafen. Und deine Bemerkung ist beleidigend. Kein Wunder, dass es bereits einen ausgetretenen Pfad zwischen deinem Büro und dem der Personalabteilung gibt.«

Jonas seufzte.»Das war unangebracht, Bennett.«

Vielleicht, aber das war totaler Schwachsinn.»Ich möchte meine eigenen Teammitglieder einsetzen und nicht, dass irgendein Wren-Mitarbeiter, der als Maulwurf fungiert, meine Ideen an sie weitergibt.«

»Niemand ist mehr ein Mitarbeiter von Foster, Burnett oder Wren. Wir sind ein Team. Es ist schon schlimm genug, dass ihr beide im Grunde gegeneinander ausgespielt werdet. Eure Teams fangen gerade erst an zusammenzufinden. Es wird zu einer Spaltung führen, wenn wir sie für dieses Projekt trennen. Ihr werdet beide die Ressourcen des gesamten Teams nutzen müssen.«

Ich schmorte. Annalise hingegen sammelte Punkte.

»Da stimme ich dir zu«, sagte sie.»Wir müssen das Team zusammenhalten, nicht auseinanderreißen.«

Jonas öffnete einen Ordner und nahm die Brille ab, um das oberste Blatt zu lesen. »Übermorgen findet ein Treffen in L.A. statt. Das Studio hat uns zu einer Tour eingeladen und gewährt uns einen Blick hinter die Kulissen. Ihr werdet den Vice President of Production und einige der kreativen Köpfe kennenlernen. Gilbert Atwood, das Vorstandsmitglied, das uns den Pitch verschafft hat, plant, zu einem Abendessen mit euch und den Mitarbeitern dazuzustoßen. Es wird also wahrscheinlich ein langer Abend werden, und ihr solltet planen, dort zu übernachten. Ich werde Jeanie bitten, euch beiden die Adresse und die Kontaktinformationen zu schicken, damit ihr alles organisieren könnt.«

Ich schaffte es, ein unaufrichtiges *Danke schön* zu murmeln, als Jonas' kleines Meeting zu Ende war. Da ich nicht in der Stimmung war, mit jemandem zu reden, ging ich zurück in mein Büro und schloss die Tür hinter mir. Zwei Minuten später schwang sie jedoch wieder auf und wurde energisch geschlossen.

»Was zum Teufel ist dein Problem?«

Es ärgerte mich, dass sie so hereinplatzte, doch ich spürte, wie sich mein Puls beschleunigte. Das passierte nur bei zwei Gelegenheiten – wenn ich kurz davor war, in eine körperliche Auseinandersetzung zu geraten, was ich seit mindestens zehn Jahren vermeiden konnte, oder wenn ich kurz davor war, in eine Frau einzudringen.

»Klar. Komm rein. Klopf bloß nicht an oder so.«

»Anklopfen wäre höflich, und offensichtlich sind wir nicht mehr höflich.«

Ich stützte mich mit den Knöcheln auf dem Schreibtisch ab und beugte mich vor. »Was ist das Problem, Annalise? Wettkämpfer sollten nicht höflich sein. Footballspieler nehmen die Spikes nicht aus ihren Schuhen, bevor sie auf einen Mann

136

treten, der am Boden liegt, um in die Endzone zu gelangen. Das liegt in der Natur des Spiels.«

Sie ging ein paar Schritte auf mich zu und stemmte die Hände in die Hüften. »Was ist zwischen dem Abend in der Bar neulich und heute passiert? Habe ich etwas verpasst?« Trotz ihrer herausfordernden Haltung klang ihre Stimme eher verletzt. »Habe ich dich irgendwie verärgert?«

Ich kam mir wie ein Idiot vor und senkte den Blick. Als ich ihn wieder hob, um etwas zu sagen, wanderte er unwillkürlich über die Frau vor mir. Und blieb an etwas hängen. Annalises Brustwarzen waren hart und zeichneten sich unter ihrer schwarzen Seidenbluse ab. Sie sahen aus wie zwei große runde Diamanten, die einem armen Mann zuriefen: *Komm und hol uns, du kannst uns gernhaben.*

Ich schluckte. *Was zum Teufel hat sie mich gerade gefragt?* Ich hob den Blick weiter, um ihrem zu begegnen und festzustellen, dass sie genau beobachtet hatte, was meine Aufmerksamkeit erregt und mir den Mund wässrig gemacht hatte. Zu Recht sah sie noch verwirrter aus. In der einen Minute beschuldigte ich sie, mit Kunden zu schlafen, und in der nächsten starrte ich sie an, als ob *ich* mit ihr schlafen wollte.

Sie war nicht die Einzige, die verwirrt war. Ich hatte keine Ahnung, was zum Teufel ich da tat.

Wir starrten uns einen Moment lang an. Schließlich riss ich mich zusammen, erinnerte mich daran, was sie mich gefragt hatte, und räusperte mich.

»Es ist nichts Persönliches, Texas. Ich denke nur, es ist besser, wenn wir nicht … wenn wir nicht … freundlich zueinander sind. Ich kann auf keinen Fall umziehen, und ich darf mich auf keinen Fall ablenken lassen, weil ich mich schlecht damit fühle, dich fertigzumachen.«

Annalise hob ihr Kinn. »Das ist in Ordnung. Aber du solltest wenigstens *höflich* sein. Diese Bemerkung über das Schlafen mit Kunden habe ich nicht verdient, schon gar nicht vor Jonas.«

Ich nickte. »Verstanden. Das tut mir leid.«

»Und wenn du nicht mit mir befreundet sein willst, musst du aufhören, mir in Hotels zu folgen.«

Ich mochte sie viel lieber frech als verletzlich. Es kostete mich einige Anstrengung, mein Grinsen zu verbergen. »Verstanden.«

Sie nickte und wandte sich zum Gehen. Sofort fiel mein Blick auf ihren Hintern. Einmal ein Mistkerl, immer ein Mistkerl. Bevor ich ihn abwenden konnte, drehte sich Annalise um, um etwas anderes zu sagen, und erwischte mich. Diesmal war sie es, die versuchte, ein Grinsen zu verbergen. »Und Nicht-Freunde starren Nicht-Freunde auch nicht an.«

Sie drehte sich wieder um und sagte über ihre Schulter hinweg, als sie durch die Tür ging: »Egal, wie toll ihre Titten und ihr Hintern sind.«

15. Kapitel

Annalise

»Wie läuft es mit dem heißen Typen bei der Arbeit?«, fragte Madison, bevor sie in ein Stück des Beef Wellington biss, das sie bestellt hatte.

Beim Kauen rümpfte sie die Nase. Es schmeckte ihr nicht. Ich hatte Mitleid mit dem Restaurantbesitzer. Es war der dritte Fehler, und wir hatten gerade erst mit dem Hauptgang begonnen. Zuerst hatte der Kellner die falschen Vorspeisen gebracht. Dann, als Madison nach Wein- und Essensempfehlungen gefragt hatte, hatte er uns zu den teuersten Sachen geraten. Die Kritik würde schmerzhaft werden.

»Heißer Typ? Na ja, er ist ein Arsch. Dann ist er wieder wirklich süß, versucht aber, so zu tun, als wäre er es nicht. Und dann ist er wieder ein ziemlicher Idiot. Ich will nicht über ihn reden.«

Madison zuckte mit den Schultern. »Okay. Wie läuft es denn sonst so bei der Arbeit? Gefallen dir die Leute im neuen Büro?«

Ich legte meine Gabel weg. »Ich verstehe das einfach nicht. Den einen Tag macht er sich die Mühe, mir zu helfen, und am nächsten ist er unhöflich und ignoriert mich.«

Sie nahm ihr Weinglas. »Reden wir über den heißen Typen?«

»Bennett, ja.«

Sie lächelte und führte das Glas an ihre Lippen. »Ich dachte, du wolltest nicht über ihn reden.«

»Ich weiß es nicht. Es ist nur so … Er macht mich so wütend.«

»Also ist er heiß und kalt zu dir.«

»Kochend heiß und eisig trifft es eher. Letzte Woche war ich mit Andrew zum Abendessen verabredet. Bennett ist mir ins Hotel gefolgt, weil er irgendwie wusste, dass die Sache nicht gut ausgehen würde. Und das ist sie auch nicht. Schließlich gingen Bennett und ich zusammen etwas essen und haben uns bis Mitternacht unterhalten. Am nächsten Morgen sah ich ihn im Pausenraum, und er benahm sich, als hätte der ganze Abend nie stattgefunden.«

Madison stellte ihr Weinglas ab. »Moment. Du hast *Andrew* zum Abendessen getroffen? Du hast mich weder um Mitternacht angerufen noch früh am nächsten Morgen besucht. Und jetzt haben wir schon einige Drinks und die Vorspeisen hinter uns, und du hast das gar nicht erwähnt?«

Ich seufzte. »Ja. Das ist eine lange Geschichte.«

Sie schob ihr Kartoffelpüree mit der Gabel hin und her. »Mein Essen war sowieso schon kalt, als es gekommen ist. Fang von vorn an.«

Ich erzählte ihr, wie Andrew mich um ein Treffen gebeten hatte, wie er mir im Hotelrestaurant über den Arm gestrichen und mir gesagt hatte, wie sehr er mich vermisste. Dass er dann aber schnell einen Rückzieher gemacht hatte, als ich ihn direkt fragte, ob das hieße, dass er wieder mit mir zusammen sein wollte. Ich erzählte ihr auch, was Bennett über Andrews Absichten vermutet hatte, bevor ich hingegangen war, und wie er aufgetaucht war, um mir beizustehen.

Madison tippte sich nachdenklich mit einem Finger an die

Lippen. »Du willst also sagen, dass Bennett sich Frauen gegenüber wie ein Dreckskerl verhält und deshalb voraussehen kann, worauf andere Dreckskerle aus sind?«

»Ich denke schon. Aber wenn er so ein Dreckskerl Frauen gegenüber ist, warum sollte er versuchen, mich vor Andrew zu warnen, und dann für mich da sein, wenn alles, wovor er mich gewarnt hat, eintritt? Einem Arsch wäre es egal, was mit mir vorher oder nachher passiert. Er hätte am nächsten Tag bei der Arbeit sagen sollen: *Ich hab's dir ja gesagt*, anstatt mit mir an dem Abend alles zu besprechen.«

Der Kellner kam und fragte, wie unser Essen war. Normalerweise würde Madison minderwertiges Essen zurückgehen lassen, um zu sehen, wie das Restaurant damit umging, und ihm eine weitere Chance geben, wenn es sich professionell verhielt. Stattdessen lächelte sie dem Kellner nur zu, sagte, das Essen sei in Ordnung, und bestellte eine weitere Flasche Wein. Ich hatte das Gefühl, dass unser Gespräch sie gerade stark von ihrer Beurteilung ablenkte.

»Klingt, als könnte Bennett das Biest-Syndrom haben«, sagte sie.

»Das Biest-Syndrom?«

»Alle Männer passen in die eine oder andere Disney-Figur. Der Typ, mit dem ich mich vor ein paar Monaten getroffen habe, der *drei* Videospielkonsolen hatte und fünf Abende pro Woche mit seinen Freunden abhing? Das Peter-Pan-Syndrom. Erinnerst du dich, dass ich letztes Jahr mit einem Mann zusammen war, der mir erzählt hat, er sei Vizepräsident der Finanzabteilung eines Technologieunternehmens, und ich dann herausgefunden habe, dass er im Kundendienst arbeitete, wo er Bestellungen entgegennahm? Das Pinocchio-Syndrom. Der umwerfende Franzose, mit dem ich ausgegangen bin und der es in seinem Badezimmer vor dem Spiegel tun wollte, damit er *sich selbst betrachten konnte?* Gaston.«

Ich gluckste. »Du bist verrückt. Aber ich bin neugierig. Was ist das Biest-Syndrom? Denn Bennett ist umwerfend, kein Biest.«

»Das Biest-Syndrom ist, wenn ein Mann dich ständig anbrüllt, um dich zu verscheuchen. Vielleicht war er früher wenig edelmütig und meint, darum sei er nun dazu verflucht, für immer so zu sein. Also versucht er, die Leute davon abzuhalten, ihm zu nahezukommen. Aber er ist nicht wirklich der Bösewicht, für den er sich hält, und ab und zu schimmert ein wenig von dem Prinzen durch, der sich dahinter verbirgt. Was ihn normalerweise nur noch lauter brüllen lässt.«

»Er war also ein Aufreißer, und jetzt denkt er, dass er immer dieser Typ sein muss anstatt ein netter Kerl?«

Madison zuckte mit den Schultern. »Vielleicht. Oder vielleicht war er gemein zu einer alten Bettlerin. Ich kenne den Grund nicht, aber es hört sich so an, als hätte er große Angst, er könne verletzt werden, wenn er zu viel von seinem geheimen Prinzen zeigt.«

»Da bin ich mir nicht so sicher. Aber ich weiß, dass es an der Zeit ist, mich von Andrew zu lösen.«

»Dem kann ich nur zustimmen. Er hält dich jetzt schon seit Jahren hin – er behauptet, ihr könntet nicht zusammenziehen, damit er nicht abgelenkt ist, während er drei Jahre lang an seinem blöden Buch schreibt. Als das Buch dann fertig war, war er nicht bereit, einen Schritt weiterzugehen, weil er in eine Depression gefallen war, weil das Buch nicht so gut lief wie erhofft. Weißt du was? Das Leben ist beschissen. Wir alle erleben Enttäuschungen. Aber was tun wir? Wir betrinken uns eine Woche lang, dann rappeln wir uns auf, gehen wieder zur Arbeit und strengen uns mehr an, anstatt die Person fallen zu lassen, die wir lieben.«

»Du hast recht. Ich werde Andrew immer lieben. Aber es ist nicht mehr so zwischen uns wie auf dem College und nach dem Abschluss. Er ist nicht mehr der fröhliche, spontane Mensch, der er einmal war, und zwar schon lange nicht mehr. Vermutlich habe ich irgendwie gehofft, dass er auf magische Weise wieder zu dem Typen wird, der mit einer Flasche Wein bei mir auftaucht und mich mit einem Wochenende in einem Bed and Breakfast überrascht.«

Madison legte ihre Hand auf meine. »Es tut mir leid, Süße. Aber vielleicht steht der nächste Typ ja mehr auf Oralverkehr.«

Ich seufzte. In der Nacht, nachdem Andrew mir gesagt hatte, dass er eine Pause brauchte, hatte ich mich betrunken und über einige intime Dinge geplaudert – vor allem darüber, dass Andrew mich nur an meinem Geburtstag oral befriedigt hatte. Als ich versuchte, mit ihm darüber zu reden, hatte er gesagt, er müsse nun einmal in der richtigen Stimmung sein. Offensichtlich war er aber nie in der richtigen Stimmung.

»Ich denke, das nehme ich in mein match.com-Profil auf. Ich suche einen gebildeten, gut aussehenden, finanziell abgesicherten Mann, der keine Angst hat, sich zu binden oder sich meiner Vagina aus nächster Nähe zu widmen.«

Der Kellner kam und öffnete unsere zweite Flasche Wein. Madison machte sich nicht die Mühe zu warten, bis er außer Hörweite war, bevor sie ihr Glas hob. »Auf den Cunnilingus.«

Ich stieß mit ihr an. Vielleicht lag es an den Themen, die wir gerade durchgekaut hatten, aber ich ertappte mich bei dem Gedanken ... *Ich wette, Bennett wäre stolz darauf, eine Frau zu befriedigen, und würde sich nicht darauf beschränken, das nur einmal im Jahr oral zu tun.*

Ich hatte absichtlich einen anderen Flug gebucht als mein Kollege. Unsere Assistentin hatte mich gefragt, ob ich mit ihm reisen wollte, und obwohl ich lieber den Flug um sieben Uhr morgens nach L.A. genommen hätte, auf den er bereits gebucht war, entschied ich mich für den um halb neun. Unser Treffen war erst um eins, und der Flug dauerte nur anderthalb Stunden, aber ich war gern früh dran. Jetzt blickte ich auf die große Tafel und bedauerte, eine geschäftliche Entscheidung getroffen zu haben, die nicht auf geschäftlichen Erwägungen beruhte. Mein Flug war auf elf Uhr verschoben, und ich würde mich beeilen müssen, um pünktlich zu dem Meeting zu kommen. In der Zwischenzeit rollte Bennetts Maschine wahrscheinlich gerade auf die Startbahn. *Verdammt noch mal.*

Ich vertrieb mir die Zeit bei Hudson News und schaute mir die neuesten Bestseller an, da ich noch ein paar Stunden herumsitzen würde. Ich entschied mich für ein populäres Frauenbuch, in dem es darum ging, sich selbst zu akzeptieren, und machte mich auf den Weg zum Gate, um zu lesen. Als ich dort ankam, waren fast alle Plätze im Boarding-Bereich besetzt. Ich nahm an, dass der Flug vor mir noch nicht mit dem Boarden begonnen hatte. Ein Blick auf das Schild über dem Check-in-Schalter bestätigte meine Vermutung, nur dass der frühere Flug derjenige war, der um sieben Uhr nach L.A. abheben sollte – Bennetts Flug.

Ich schaute mich im Wartebereich um, konnte ihn aber nirgendwo entdecken.

»Suchst du jemanden?«, tönte eine tiefe Stimme hinter mir, und heißer Atem kitzelte meinen Nacken.

Ich machte einen Satz nach vorn, ließ die Tüte mit dem Buch fallen und wäre fast über mein Handgepäck gestolpert. Eine große Hand ergriff meine Hüfte und hielt mich fest.

»Ganz ruhig. Ich wollte dich nicht erschrecken.«

Meine Hand flog zu meinem schnell schlagenden Herz.

»Bennett. Was soll das? Man schleicht sich nicht so an jemanden heran.«

»Tut mir leid. Ich konnte nicht widerstehen.«

Ich strich meine Bluse glatt und beugte mich vor, um mein Buch aufzuheben, das aus der Tüte gerutscht war. »Solltest du nicht auf der anderen Seite des Terminals sein, wenn du mich hier stehen siehst?«

Bennett fuhr sich mit den Fingern durchs Haar. »Wahrscheinlich.« Er riss mir das Buch aus den Händen, als ich versuchte, es wieder in die Plastiktüte zu stecken. »Aber anscheinend ist es gut, dass ich hier bin.« Er las den Einband meines Kaufs. »›Mach es selbst‹. Was ist das? Ein Selbsthilfebuch über Masturbation?«

Ich nahm es ihm weg und steckte es in die Tüte. »Nein. *Das geht dich nichts an.*«

»Meine Güte, bist du schlecht gelaunt. Ich glaube, du brauchst dieses Buch wirklich.«

»In dem Buch geht es darum zu akzeptieren, wer man ist, und sich nicht darum zu kümmern, was andere über einen denken, während man seine Ziele ansteuert, wenn du es unbedingt wissen willst.«

Er schmunzelte. »Wie schade. Das, was ich dachte, wäre deutlich interessanter gewesen.«

»Was ist mit deinem Flug los? Weißt du, warum er verspätet ist?«

»Wetterprobleme in L.A., starker Wind oder so. Alle Flüge sind verspätet. Ursprünglich hieß es, vierzig Minuten, jetzt sind es bis zu zwei Stunden.«

»Ich war für den Flug um halb neun gebucht. Meiner wurde

um zweieinhalb Stunden verschoben. Ich schaue besser, ob ich auf deinen Flug komme.«

Nachdem ich zwanzig Minuten in der Schlange angestanden hatte, war das Beste, was ich bekommen konnte, dass man mich auf die Warteliste setzte. Bennett lehnte an einer Säule und scrollte in seinem Handy, als ich zurückkam.

»Ich stehe auf der Warteliste. Ich weiß nicht, ob ich mitkomme.«

Er zwinkerte. »Mach dir keine Sorgen. Ich kümmere mich schon darum. Falls du nicht mitkommst, berichte ich dir nach meiner Rückkehr, was der Kunde will.«

»Ja. Das ist eine tolle Idee. Ich verlasse mich auf dein Wort, um einen Pitch für einen Kunden vorzubereiten, von dem du nicht willst, dass ich ihn gewinne.«

»Sieht so aus, als hättest du keine Wahl.«

Ich sah auf die Uhr meines Handys – ein paar Minuten nach sieben. Die Fahrt nach L.A. dauerte fünfeinhalb Stunden. Wenn ich jetzt gleich losfuhr, hätte ich sechs Stunden Zeit, um erst noch nach Hause zu fahren und dann an meinem eigentlichen Ziel anzukommen. »Ich fahre mit dem Wagen.«

»Was? Das sind über dreihundert Meilen.«

Ich hob mein Gepäck auf. »Ich kann es schaffen. Das ist besser, als noch zwei Stunden hier herumzusitzen, nur um herauszufinden, dass ich den früheren Flug nicht nehmen kann und dann das Meeting verpasse.«

Bennett sah mich an, als ob ich zwei Köpfe hätte. »Im Berufsverkehr brauchst du jetzt eine Stunde, um nach Hause zu kommen.«

Er hatte recht. Ich konnte nicht erst zu meinem Auto fahren. »Ja, das stimmt. Ich werde hier eins mieten. Das spart etwas Zeit. Ich gehe jetzt. Viel Glück mit deinem Flug.«

Ich drehte mich um und bahnte mir einen Weg durch das Terminal zurück zum Ausgang. Ich fürchtete mich davor, einen halben Tag auf dem Highway unterwegs zu sein, aber noch erschreckender war der Gedanke, in Texas zu leben.

Zum Glück erwischte ich den AirTran zum Mietwagenzentrum noch gerade, als die Türen zugingen. Im Zentrum selbst wählte ich einen Anbieter, bei dem keine Schlange anstand.

»Ich brauche ein Auto für einen Tag für eine einfache Fahrt nach Los Angeles.«

Die Frau tippte auf ihrer Tastatur. »Welche Klasse möchten Sie?«

»Was am günstigsten ist.«

»Ich habe einen Sparpreis. Es ist ein Chevy Spark.«

»Das ist gut.«

»Wenn ich so drüber nachdenke …«, sagte eine tiefe vertraute Stimme neben mir, »… können wir bitte eine Oberklasse bekommen?«

Ich drehte den Kopf und sah Bennett neben mir stehen.

Er reichte der Frau hinter dem Schalter seinen Führerschein und schenkte ihr sein typisches charmantes Lächeln. »Und schreiben Sie ihn auf meinen Namen. Ich fahre. Ich halte es nicht aus, ihr fünfeinhalb Stunden beim Fahren zuzuhören.«

Die Frau sah zwischen uns beiden hin und her und wandte sich dann an mich. »Möchten Sie, dass ich die Buchung auf Oberklasse ändere, Ma'am?«

Ich wandte mich an Bennett. »Haben sie deinen Flug gestrichen?«

»Ja.«

Ich stellte mir vor, mir mit Bennett ein Auto zu teilen. Sechs Stunden, in denen er gemein zu mir war oder mir die kalte Schulter zeigte, waren schlimmer, als allein zu fahren.

Ich blickte wieder die Frau hinter dem Schalter an. »Ich nehme das Sparangebot. Mr Fox kann eine bessere Kategorie mieten, wenn er will.«

»Im Ernst? Ich bezahle die Hälfte. Das kostet dich weniger als ein Kleinwagen.«

»Das ist keine Frage des Geldes. Die Firma übernimmt das sowieso. Ich denke nur, es wäre besser, wenn wir getrennt fahren.« Er schien verwirrt. »Warum?«

Ich schaute die Autovermieterin an, die die Augenbrauen hochzog und mit den Schultern zuckte, als wollte sie sagen, dass sie auch gern den Grund wüsste.

»Weil du dich mir gegenüber wie ein Idiot benommen hast. Damit will ich mich auf der langen Fahrt nicht beschäftigen. Ich möchte lieber allein sein.« Bennetts Miene verfinsterte sich. Wenn ich es nicht besser wüsste, hätte ich gedacht, dass es ihm etwas ausmachte, das zu hören. Wir starrten uns an. Ich sah, wie sich die Rädchen in seinem Kopf drehten, während er über eine Antwort nachdachte.

Der Muskel in seinem Kiefer spannte sich, und sein Blick glitt zwischen meinen Augen hin und her. »Gut. Ich entschuldige mich.«

Dieser Mann war so verdammt heiß und kalt. »Und du bist die ganze Fahrt über freundlich?«

Er seufzte. »Ja, Annalise. Ich werde mich von meiner besten Seite zeigen.« Ich sah wieder zu der Agentin. »Wir nehmen die Mittelklasse.« Aus dem Augenwinkel sah ich, wie Bennett den Mund öffnete, um etwas zu sagen, und erstickte seine Widerrede im Keim. »Das ist ein Kompromiss.«

Er schüttelte den Kopf. »Gut.«

Und schon war ich im Begriff, mit der Bestie einen Roadtrip zu unternehmen.

16. Kapitel

Annalise

Ich stritt mich nicht darum, wer die erste Schicht am Steuer übernahm – schließlich hasste ich Autofahren ohnehin. Aber ich nutzte Bennetts Wunsch, hinter dem Steuer zu sitzen, um auszuhandeln, dass der Beifahrer die Kontrolle über das Radio erhielt.

Wir waren jetzt seit etwa zwei Stunden unterwegs, und unsere Unterhaltung hatte sich auf höflichen Smalltalk über die Arbeit beschränkt. Er schien ganz woanders zu sein, obwohl ich mir nicht sicher war, ob er in Gedanken versunken war oder ob er sich beim Fahren lieber in Ruhe konzentrieren wollte. Ich beschloss, lieber auch nicht zu viel zu reden, falls es Letzteres war.

»In etwa einer Meile gibt es eine Raststätte«, sagte Bennett. »Dort halte ich, um auf die Toilette zu gehen. Aber es gibt auch einen Starbucks, falls du einen Kaffee oder etwas anderes möchtest.«

»Oh, das ist toll. Ich muss nicht auf die Toilette, aber ich hole mir auf jeden Fall einen Kaffee. Ich brauche mehr Koffein. Soll ich dir was mitbringen?«

»Ja, das wäre toll. Eine dunkle Röstung mit Milch, keinen Zucker.«

»Okay.«

An der Raststätte ging Bennett auf die Toilette, während ich mich in einer langen Schlange für Kaffee anstellte und auf dem Handy meine E-Mails durchging. Zuvor hatte ich Marina eine E-Mail geschrieben, um sie über unsere Planänderung zu informieren. Ich wusste, dass einige Fluggesellschaften den Rückflug streichen, wenn man den ersten Teil der Reise nicht antrat, also hatte ich sie gebeten, sich mit Delta in Verbindung zu setzen und dafür zu sorgen, dass ich für den Rückflug gebucht blieb. Ihre Antwort war interessant.

Hallo, Annalise. Es ist alles in Ordnung. Da dein Flug noch nicht abgehoben hatte, durfte ich ihn aufgrund der Verspätung in ein One-Way-Ticket umwandeln, ohne dass eine Umbuchungsgebühr anfiel. Deine Buchungsnummer bleibt dieselbe. Da Bennetts Flug jedoch bereits gestartet war, wurde sein Rückflug automatisch storniert, und ich musste ihm ein neues One-Way-Ticket buchen und eine Erstattung für den Hinflug beantragen. Er hat eine neue Buchungsnummer: QJ5GRL
Ich hoffe, der Rest der Reise läuft besser. Marina

Bennett hatte gesagt, sein Flug sei gestrichen worden. Vielleicht hat sich Marina geirrt? Ich wollte ihr schon zurückschreiben, doch dann brachte mich irgendetwas dazu, es selbst zu überprüfen. Ich rief die Website mit dem Delta-Flugstatus auf, gab Abflug- und Ankunftsorte ein und stellte die ungefähre Abflugzeit auf sieben Uhr morgens ein. Tatsächlich bestätigte sich, dass Bennetts Flug vor fünfzehn Minuten gestartet war und um kurz nach elf landen sollte. Die Seite listete auch die nachfolgenden Flüge auf, also scrollte ich nach unten, um meinen zu finden. Die voraussichtliche Landezeit war nun auf die Zeit nach dem Beginn unseres Treffens um eins verschoben.

Es war also die richtige Entscheidung gewesen, mit dem Wagen zu fahren. Aber warum hatte Bennett sich mir angeschlossen?

Während wir weiterfuhren, beschäftigte mich diese Frage. Ich überlegte, aus welchen Gründen Bennett gelogen haben könnte. Mir fielen nur zwei ein. Entweder hatte er Angst, dass sein Flug gestrichen würde und ich allein zu dem Treffen käme ... oder ... er wollte nicht, dass ich allein fuhr, weil er wusste, wie ich mich beim Autofahren fühlte. Die logische Erklärung war, dass er nicht wollte, dass ich mit dem Kunden allein war. Diese Antwort hätte eindeutig sein müssen, man hätte nicht weiter darüber diskutieren müssen. Doch mir ging nicht aus dem Kopf, was Madison neulich beim Abendessen gesagt hatte. *Die Bestie.* Steckte hinter dem Gebrüll ein guter Kerl, den er damit zu verbergen versuchte?

Was auch immer der Grund war, ich hätte es einfach auf sich beruhen lassen können. Aber das war nicht meine Stärke. Nein, ich musste den Mann neben mir verstehen, ob er es wollte oder nicht.

Ich drehte mich zum Fahrersitz, damit ich Bennetts Gesicht sehen konnte, während ich sprach. »Marina hat sich bei mir gemeldet, um unsere Rückflüge zu bestätigen.«

»Gut. Irgendwelche Probleme?«

»Nein, alles okay.« Ich hielt inne. »Aber sie erwähnte etwas.«

»Lass mich raten, ihr Mittagessen ist verschwunden, und sie hat die Polizei gerufen, obwohl ich heute gar nicht da bin?«

Ich lachte. »Nein. Sie erwähnte, dass sie deinen Flug neu buchen musste. Offenbar hatte man deinen Rückflug storniert, weil dein Sitzplatz auf dem Hinflug, der bereits abgehoben hatte, nicht genutzt worden war.«

Bennett blickte von der Straße zu mir, und unsere Blicke trafen sich. Dann starrte er wieder geradeaus und sagte eine ganze Minute lang nichts. Ich sah, wie er nachdachte.

Schließlich sagte er: »Ich musste auf Nummer sicher gehen. Ich konnte nicht zulassen, dass du ohne mich bei dem Kunden auftauchst.«

Wahrscheinlich war ich verrückt, und ich konnte nicht genau sagen, warum, aber ich glaubte ihm nicht. Aus irgendeinem Grund war ich mir plötzlich *sicher,* dass Bennett log. Er war mit mir gefahren, weil er nicht wollte, dass ich allein fahren musste. Das wärmte mein Herz ein wenig, obwohl er *das* eindeutig nicht beabsichtigt hatte. Und es brachte mich dazu, ebenfalls nett zu sein.

Ich holte tief Luft und riskierte meinen Kopf ... *schon wieder.* »Der Abend neulich hat mir wirklich sehr geholfen.«

Er blickte ein zweites Mal zu mir herüber. Sein Gesicht wirkte nachdenklich, als wäre er neugierig darauf, was ich sagen wollte, hielte es aber nicht für klug, dieses Gespräch zu führen.

»Ach ja?«

Ich nickte. »Ich habe darüber nachgedacht. Ich stehe wirklich in deiner Schuld. Hättest du mich nicht über Andrews Absichten aufgeklärt, bevor ich mich mit ihm getroffen habe, wäre ich am nächsten Morgen in einem Hotelzimmer aufgewacht. Und nicht nur das. Hätte ich schließlich selbst herausgefunden, dass er nur für eine Nacht wieder mit mir zusammen sein wollte, wäre eine Wunde aufgerissen, die bereits zu heilen begonnen hatte.«

»Ich habe dir nur gesagt, was ich kommen gesehen habe. Ich hätte völlig danebenliegen können.«

»Hast du aber nicht. Und du warst für mich da und hast mir

beigestanden, als ich sonst vielleicht zusammengebrochen wäre, und das, obwohl ich dich beschimpft hatte.«

Auf dem Beifahrersitz zu sitzen, während Bennett fuhr, hatte einen großen Vorteil: Ich konnte sein Gesicht studieren. Zu beobachten, wie sein Kiefer zuckte, wie sich sein Mund bewegte und wie sich seine Stirn vor Verwirrung in Falten legte, wenn er nicht wusste, wie er antworten sollte, war sehr erhellend.

Bennett überlegte einen Moment lang, wie er auf meine letzte Bemerkung reagieren sollte, dann entschied er sich für ein einfaches Nicken.

»Da du nun meine traurige Beziehungsgeschichte kennst, was ist deine? Das Einzige, was du mir verraten hast, ist, dass du noch nie eine Freundin am Valentinstag hattest. Es ist nur fair, dass ich etwas über dein Liebesleben weiß. Außerdem sitzen wir noch stundenlang in diesem Auto, also kannst du es mir genauso gut erzählen und es hinter dich bringen, denn ich werde es aus dir herausbekommen, bevor wir L.A. erreichen. Und keine Sorge – wir können wieder Nicht-Freunde sein, sobald wir die Autotüren öffnen.«

Bennett konzentrierte sich weiter auf die Straße, zwang sich aber zu einem Lächeln. »Es gibt nichts zu erzählen.«

»Ach, komm schon, da muss doch etwas sein. Wann hattest du das letzte Mal ein Date?«

Er schüttelte den Kopf.

Er wollte dieses Gespräch *nicht* führen. Aber mein Bedürfnis, es zu führen, war stärker als sein Widerstand. Der Mann machte mich neugierig.

»War es vor einer Woche? Vor einem Monat? Vor sieben Jahren?«

Er seufzte. »Ich weiß es nicht. Vor ein paar Wochen. Kurz bevor du mein Auto demoliert hast.«

»Wie hieß sie?«

»Jessica.«

»Jessica und weiter?«

»Das weiß ich nicht. Irgendwas mit einem S, glaube ich.«

»Du bist also nur ein Mal mit ihr ausgegangen, wenn du noch nicht einmal ihren Nachnamen kennst?«

Ein schuldbewusstes Grinsen huschte über sein attraktives Gesicht. »Ehrlich gesagt bin ich ein paarmal mit ihr ausgegangen. Ich kann mir nur keine Namen merken.«

»Wirklich? Wie heiße ich mit Nachnamen?«

Wie aus der Pistole geschossen antwortete er: »Nervensäge.«

Ich ging darüber hinweg. »Du bist also ein paarmal mit Jessica S. ausgegangen. Warum ist es auseinandergegangen?«

Er zuckte mit den Schultern. »Es hat nie richtig angefangen. Wir haben uns einfach gut verstanden und … waren kompatibel.«

»Ihr wart also kompatibel, aber es hat nur ein paar Dates lang gehalten. Warum?«

»Ich meinte nicht, dass wir für etwas Längeres kompatibel waren.«

Es dauerte eine Minute, bis ich begriff. »Du meinst, ihr wart im Bett kompatibel?«

»Es ist, was es ist.«

»Du sagst also, es ging nur um Sex.«

»Wir sind ein paarmal zum Abendessen ausgegangen und haben die Gesellschaft des anderen genossen. Ich hab es gern unkompliziert.«

»Wirklich? Warum?«

»Ich mag mein Leben lieber ohne unnötige Komplikationen.«

»Frauen sind für dich also *Komplikationen*?«

»Die meisten Frauen sind kompliziert, ja.«

Ich dachte einen Moment darüber nach. »Und wie funktioniert das? Du triffst eine Frau und fragst sie, ob sie nur an Sex interessiert ist?«

Bennett lachte auf. »Ganz so einfach ist es nicht.«

Ich stichelte. »Aber wenn es nicht so einfach ist, wäre es kompliziert. Und kompliziert ist nicht dein Ding.«

Er murmelte etwas darüber, dass ich eine Nervensäge sei, und schüttelte den Kopf – etwas, das er häufig tat, wenn ich etwas sagte.

»Nein, im Ernst«, hakte ich nach. »Mich interessiert das. Wie funktioniert das? Nutzt du eine Dating-Site oder so?«

Bennett blickte ein paarmal zu mir und wieder auf die Straße. Als er merkte, dass ich nicht vorhatte, das Thema fallen zu lassen, seufzte er. »Es ist weniger steril. Wenn ich mit einer Frau ausgehe, dreht sich das Gespräch irgendwann unweigerlich darum, was wir beide in einer Beziehung suchen. Ich bin ehrlich und sage, dass ich es locker halten möchte. Aber es ist nicht schwer zu erkennen, wonach eine Frau sucht, bevor man zu diesem Punkt kommt. Also vermeide ich die, die ... kompliziert sind.«

»Du sagst also, dass du weißt, ob eine Frau an einer reinen Sexbeziehung interessiert ist, indem du nur ein paar Minuten mit ihr redest?«

»Normalerweise schon.«

»Das ist absolut lächerlich.«

Er zuckte die Achseln. »Scheint bislang gut funktioniert zu haben.«

Ich schaute einen Moment lang gedankenverloren aus dem Fenster, dann stellte ich die nächste Frage, während ich sein Spiegelbild betrachtete. »Was ist mit mir?«

Bennett nahm den Blick von der Straße und drehte den Kopf zu mir. »Was mit *dir* ist?«

»Du hast jetzt einige Zeit mit mir verbracht. Sag mir, ob ich an einer rein sexuellen Beziehung interessiert wäre, oder bin ich *zu kompliziert*?«

Ich drehte mich wieder zu ihm um und beobachtete, wie er sich mit einer Hand über das Kinn rieb. Ein breites Lächeln breitete sich auf seinem Gesicht aus, als er aufhörte, so zu tun, als würde er über seine Antwort nachdenken.

»Du bist komplizierter, als die Polizei erlaubt, Süße.«

Ich öffnete den Mund, um zu widersprechen, schloss ihn dann und öffnete ihn wieder. »Bin ich nicht.«

Er warf mir einen Blick zu, der sagte: *Blödsinn.*

»Bin ich nicht!«

»Du hast mit diesem Idioten eine Pause eingelegt, seit wann? Drei, vier Monaten jetzt? Mit wie vielen Männern bist du in dieser Zeit ausgegangen?«

Ich schürzte die Lippen.

»Das heißt dann wohl mit *keinem*?«

»Ich brauchte eine Pause.«

»Vom Sex?«

»Von Männern.« Ich runzelte die Stirn. »Andrew hat mir wirklich wehgetan.«

»Tut mir leid. Aber das beweist nur, dass ich recht habe. Du hättest ausgehen und Sex haben können, wenn du wolltest – eine körperliche Befreiung. Aber du verbindest das mit einer Beziehung.«

Da hatte er wohl recht. In meinem ersten Jahr auf dem College hatte ich einen One-Night-Stand gehabt und mich am nächsten Tag schrecklich gefühlt. Ich war wohl kompliziert.

Jetzt war ich diejenige, die das Thema wechseln wollte.

»Hattest du jemals eine Freundin?«, fragte ich.

»Definiere Freundin.«

»Eine Person, mit der du exklusiv zusammen warst.«

»Klar. Ich habe dir doch gesagt, dass ich nicht gern teile, wenn ich mit jemandem zusammen bin.«

»Wie lange hat deine längste Beziehung gedauert?«

»Ich weiß nicht, ein paar Monate. Vielleicht sechs.«

»Warst du jemals verliebt?«

Bennetts Kiefermuskeln mahlten. Offensichtlich war diese Frage schmerzlich.

Er räusperte sich. »Du hast doch gesagt, dass du mir was schuldest, richtig?«

Ich nickte.

»Wechseln wir das Thema und reden wir übers Geschäft, dann sind wir quitt.«

17. Kapitel

Bennett

»Annalise? Schön, dich zu sehen.«

Der Typ, der gerade den Raum betreten hatte, um an dem Meeting teilzunehmen, kam herum und umarmte Annalise. Ich beobachtete, wie seine Hand bis knapp über ihre Poritze wanderte, während er seine Arme um sie schlang – fraglich, ob das für eine Kollegin angemessen war.

»Tobias?« Sie löste sich aus der Umarmung. »Was machst du denn hier?«

»Ich bin der neue Vice President of Creative bei Star Studios. Ich habe bei Century Films aufgehört und vor einer Woche hier angefangen. Erst heute Morgen habe ich deinen Namen auf der Tagesordnung gesehen, sonst hätte ich mich schon früher gemeldet.«

»Wow«, sagte sie. »Na, es ist schön, ein bekanntes Gesicht zu sehen. Wie ist es dir ergangen?«

»Gut. Beruflich hab ich viel zu tun und nebenbei perfektioniere ich die Weinproduktion. Die erste volle Ernte kam letzte Woche von dem kleinen Gut, das ich letztes Jahr übernommen habe. Vielleicht muss ich deine Eltern anrufen und mir ein paar Tipps geben lassen.«

»Das ist ja großartig. Sie helfen dir sicher gern. Wenn die

ersten Flaschen fertig sind, müsst ihr sie gemeinsam probieren.«

Ich stand direkt neben Annalise und verfolgte das Gespräch. Während der Sommelier, oder wie auch immer man einen Winzer nannte, seinen Blick nicht von der Frau vor ihm abwandte, um mich zu begrüßen, erinnerte sich Annalise plötzlich daran, dass ich auch noch da war.

»Oh. Tobias, das ist Bennett Fox. Bennett und ich arbeiten zusammen bei Foster, Burnett und Wren.«

Ich schüttelte ihm die Hand und musterte ihn. Groß, nicht schlecht aussehend, geputzte Schuhe, ein guter fester Händedruck.

»Freut mich, dich kennenzulernen, Ben.«

Normalerweise korrigierte ich die Leute, wenn sie meinen Namen mit Ben abkürzten, aber nie einen Kunden. Die Kunden konnten mich von mir aus *Schwachkopf* nennen, solange sie mir Aufträge gaben. Aber irgendetwas an einem sofortigen Namenskürzer ärgerte mich immer. *Du bist nicht mein Freund. Ich nenne dich nicht Toby und frage dich, ob du mit mir ein Bier trinken gehst. Wir haben uns gerade erst kennengelernt. Es heißt Ben-nett ... die zusätzliche Silbe kostet dich nicht mehr.*

»Setzen wir uns doch. Soweit ich sehe, sind alle da«, sagte er.

Ich wartete, bis alle Damen im Raum Platz genommen hatten, aber anscheinend war das ein bisschen zu lang. Denn bevor ich mich auf den Stuhl neben Annalise setzen konnte – um als Unternehmen geschlossen aufzutreten –, legte Tobias seine Hand auf die Rückenlehne des Stuhls vor mir und zog ihn für sich heraus.

Da ich keine Szene machen wollte, setzte ich mich auf den nächsten freien Platz, der sich auf der anderen Seite des Tisches befand.

Der Vice President of Production eröffnete die Sitzung und gab einen ausführlichen Überblick über die Geschäftsziele des Unternehmens und das Zielpublikum. Ich machte mir Notizen, während er sprach, und versuchte überwiegend aufzupassen. Doch ab und zu sah ich zu Annalise hinüber. Zweimal hatte Tobias ihr jetzt etwas zugeflüstert, während sie sich Notizen machte. Der Konferenztisch war wahrscheinlich etwa einen Meter breit. Am liebsten hätte ich ausprobiert, ob ich ihn mit meinem Fuß darunter erreichen konnte. Nachdem die formale Präsentation beendet war, ergänzte jeder Star-Mitarbeiter noch etwas. Als Tobias das Wort ergriff, hätte er besser schweigen sollen, weil er nichts Substanzielles beizutragen hatte. Offensichtlich hörte der Typ sich nur gern reden, während er Phrasen drosch. *Und* wollte einen Vorwand haben, Annalise anzufassen.

»Ich bin also der Neue hier bei Star. Und das Team hat heute hervorragende Arbeit geleistet, indem es nicht nur dargelegt hat, wer wir sind, sondern auch die Marke, die wir in Zukunft sein wollen. Einen Punkt möchte ich noch hervorheben: die Synergie. Unser Logo, unsere Marketingbotschaft, unser Team, unsere strategische Ausrichtung – all das sind nur die Zutaten, um eine große Ladung Kekse zu backen. Wenn man die Prise Salz oder die Schokoladensplitter weglässt, was bekommt man dann? Wahrscheinlich immer noch einen Keks – aber er ist nicht so lecker, wie er hätte sein können. Zusammenhalt ist das A und O, und die Kampagne, die unsere Herzen gewinnt, wird diejenige sein, die sich gut mit allem anderen verbindet, um den besten Keks zu backen.«

Womp womp womp. Kekse. Womp womp womp. Mehr Kekse. Das hatte ich gehört.

Er redete immer weiter, ohne wirklich etwas zu sagen, und

deutete zum Abschluss auf Annalise. »Ich habe schon früher mit Wren zusammengearbeitet, und deshalb bin ich zuversichtlich, dass die Agentur die Fähigkeit hat, groß zu denken und über den Tellerrand zu schauen, um etwas Großartiges zu schaffen.« Er berührte ihren Arm. »Wir müssen Annalise und ihrem Team nur die richtigen Backzutaten nennen, und sie wird mit den leckersten Chocolate Chip Cookies zurückkommen, die wir je gegessen haben.«

Annalise und *ihr Team*. Na, toll. Was für ein Idiot.

Nach der Besprechung bot Tobias uns an, uns über das Produktionsgelände zu führen. Er reichte Annalise die Hand, damit sie sich auf den Vordersitz des Golfwagens setzen konnte, bevor er auf die Fahrerseite ging. Ich wurde auf die Rückbank verbannt und musste mich anstrengen, um zu hören, was er während der Fahrt erklärte.

Nach vier Stunden Meeting und einer Führung durch den Vorsitzenden von Annalises Fanclub gingen wir drei zurück in sein Büro, um zu reden. Inzwischen waren seine vertraulichen Berührungen noch häufiger geworden, und ich spürte, wie mein Gesicht brannte.

»Was kann ich sonst noch tun, um dir dabei zu helfen, einen Volltreffer zu landen?« Tobias sah nur Annalise an, obwohl wir zu dritt an einem kleinen, runden Tisch saßen.

»Ich fände es toll, wenn wir ein paar grobe Logoentwürfe skizzieren und sie inoffiziell mit dir besprechen könnten, bevor wir der Gruppe unser komplettes Branding präsentieren«, sagte sie.

Tobias nickte. »Kein Problem. Schick mir alles zu, was ich mir ansehen soll. Oder noch besser, komm wieder her, und ich arrangiere ein Essen mit einigen der Hauptakteure, um zu sehen, ob sie dir einen ersten Eindruck vermitteln können.«

»Wow. Das wäre großartig.«

Ich hatte das Bedürfnis, etwas beizutragen. Oder vielleicht wollte ich ihn nur daran erinnern, dass ich auch noch im Raum war. »Danke, Tobias. Das wäre toll.«

Er bedankte sich mit einem höflichen Lächeln und wandte seine Aufmerksamkeit wieder der Frau neben ihm zu. Wieder berührte er ihren Arm. »Für Anna tue ich alles.«

Annalise bemerkte, dass ich auf seine Hand starrte, und zog schnell ihren Arm weg.

Meine Güte. Das ist ein schuldbewusstes Gesicht. Hat sie mit ihm gevögelt? Ich dachte, der Kerl sei nur ein ganz normales Arschloch, das seine Position ausnutzt. Aber hier ging noch etwas mehr vor sich.

Die beiden sprachen eine Weile über den Mist, den sie in seinem letzten Studio zusammen gemacht hatten. Natürlich konnte ich auch zu diesem Gespräch nichts beitragen, was vielleicht auch der Sinn der Sache war. Glücklicherweise klopfte Tobias' Assistentin schließlich an, um ihn zu unterbrechen und ihn daran zu erinnern, dass er bald eine Telefonkonferenz hatte.

»Kannst du das vielleicht verschieben, Susan?«

Ich wollte nur noch raus aus diesem Büro und stand auf. »Das ist schon in Ordnung. Du warst bereits sehr großzügig mit deiner Zeit. Wir wollen eure Gastfreundschaft nicht überstrapazïeren. *Stimmt's, Annalise?*«

Sie zog die Brauen zusammen. »Ähm … ja, natürlich. Kommst du heute Abend zum Essen?«

»Das hatte ich eigentlich nicht vor, aber ich werde sehen, ob ich ein paar Dinge verschieben kann und es doch schaffe.«

Ich erzwang ein falsches Lächeln. *Verpiss dich.* »Großartig.«

Nachdem Toby Boy eine weitere Umarmung bekommen hatte, gingen Annalise und ich schweigend zum Parkplatz. Es fühlte sich an, als hätte sich ein riesiger Knoten in meinem Nacken festgesetzt. Ich öffnete ihr die Autotür, und für eine kurze Sekunde trafen sich unsere Blicke. Mein Gesicht blieb ernst. Wenn ich jetzt etwas sagen würde, würde ich garantiert explodieren. Wir hatten noch ein paar Stunden bis zu unserem Abendessen, ich musste unbedingt eine Stunde ins Fitnessstudio gehen, um Dampf abzulassen – vielleicht auch zwei Stunden.

Nachdem sie sich hineingesetzt hatte, schloss ich die Autotür und bemühte mich mit mäßigem Erfolg, sie nicht so fest zuzuschlagen, dass sie aus den Angeln fiel.

Sobald der Motor ansprang, legte ich den Gang ein und begann, ohne das Navi zu programmieren, über den Parkplatz zu fahren.

»Weißt du, wie man zum Hotel kommt?«, fragte Annalise.

»Nein. Warum findest du es nicht heraus und leitest mich an, du bist doch die Chefin.«

Annalise runzelte die Stirn. »Was hätte ich denn tun sollen? Den Kunden mitten in seiner Präsentation korrigieren? Du weißt, dass das unprofessionell wäre.«

»Nicht halb so unprofessionell, wie den Kunden zu ermutigen, dich zu betatschen.«

»Willst du mich verarschen?«

Annalise benutzte normalerweise keine Kraftausdrücke, also wusste ich, bevor ich einen Blick auf ihr rotes Gesicht werfen konnte, dass sie sauer war. Was in Ordnung war. Damit waren wir schon zwei.

»Er ist ein Freund, weil wir früher zusammengearbeitet haben. Außerdem ist er glücklich verheiratet, nicht dass ich dir das erklären müsste.«

»Du kannst doch nicht wirklich so naiv sein, oder? Zu glauben, dass eine Kleinigkeit wie verheiratet zu sein für manche

Männer einen Scheißunterschied macht?« Ich machte eine kleine Pause, obwohl ich meine Tirade eigentlich an dieser Stelle hätte beenden sollen. »Oh, warte. Du *kannst* so naiv sein. Du bist dieselbe Frau, die geglaubt hat, ein Treffen mit einem Ex im Hotel sei *nicht* für einen One-Night-Stand gedacht.«

Wenn ich vorher gedacht hatte, dass ihr Gesicht vor Wut glühte, hatte ich mich getäuscht. Der Rotton vertiefte sich, bis sie violett aussah. Sie sah fast so aus, als hätte sie den Atem angehalten. Eine halbe Sekunde lang überlegte ich, ob ich zu meiner eigenen Sicherheit aus dem Auto steigen sollte.

»Halt an«, forderte sie. »*Halt den verdammten Wagen an!*« Ich kam abrupt zum Stehen.

Annalise schnallte sich ab und stieß die Autotür auf. Wir waren immer noch auf dem Parkplatz, und wenigstens waren keine anderen Autos oder Leute in der Nähe, um zu beobachten, als sie ausstieg, mit den Händen in der Luft herumfuchtelte und schrie, was für ein Idiot ich sei.

Vielleicht war ich ein Idiot. Im Grunde wusste ich, dass ich einer war. Aber das machte das, was den ganzen Nachmittag über zwischen den beiden vorgefallen war, auch nicht akzeptabler. Also ließ ich sie dort draußen schmoren, während ich selbst vor mich hin grummelte. Nach etwa fünfzehn Minuten kam sie zum Auto zurück, stieg ein und schnallte sich an.

»Fahr zum Hotel. Wir müssen heute Abend beim Essen vor dem Kunden so tun, als wären wir freundlich. Aber im Moment gibt es keinen Grund, freundlich zu sein.«

Ich startete erneut den Motor. »Von mir aus.«

Eine Stunde hatte nicht geholfen. Nach zwei Stunden schmerzten nur meine Arme und Waden.

Nicht einmal ein halbstündiges Nickerchen und eine Dusche

mit dampfend heißem Wasser und Massagefunktion konnten mich entspannen. Jeder Muskel in meinem Körper war immer noch angespannt. So beschissen es auch war, ich hatte *keine* Angst vor dem Abendessen. Im Gegenteil, ich freute mich darauf. Ich konnte es kaum erwarten zu sehen, wie Annalise sich verhalten würde, nachdem ich sie wegen dem zur Rede gestellt hatte, was auch immer mit diesem Idioten lief.

Um viertel vor acht ging ich nach unten in die Bar, wo wir uns in fünfzehn Minuten mit den Mitarbeitern des Star Studios treffen wollten. Ich war froh, dass wir im Restaurant unseres Hotels zu Abend aßen, so musste ich nicht fahren und konnte ein oder zwei Drinks nehmen. Gott weiß, ich hatte es nötig.

Der Vice President of Production und der Head-Drehbuchautor saßen bereits an der Bar und begrüßten uns freundlich. »Was trinkst du, Bennett?«

Ich warf einen Blick auf ihre Gläser, die beide mit bernsteinfarbener Flüssigkeit gefüllt waren. »Ich nehme einen Scotch.«

Der VP klopfte mir auf den Rücken. »Gute Wahl.« Er drehte sich um und bestellte ein weiteres Glas von Jahrgang und Marke, die die beiden tranken, und drehte sich wieder zu mir um. »Wir haben heute die ganze Zeit geredet. Erzähl mir ein bisschen über dich.«

»In Ordnung. Ich bin seit zehn Jahren bei Foster Burnett, habe als Grafiker angefangen und mich bis zum Kreativdirektor hochgearbeitet. Ich verbringe zu viel Zeit im Büro, versuche an den Wochenenden etwas Golf zu spielen, und meine Assistentin hasst mich, weil ich einmal ihr Erdnussbutter-Gelee-Sandwich aus dem Kühlschrank gegessen habe, als ich eine Deadline hatte und bis Mitternacht gearbeitet habe.«

Über den letzten Teil wurde gelacht. Es hörte sich lustig an, und vermutlich dachten sie, ich würde übertreiben. Es war nur nicht lustig, dass sie mich *tatsächlich* hasste.

»Grafiker, hm? Zeichnest du noch?«

»Zählt das Kritzeln, während ich mit meiner Mutter telefoniere?«

Das Lachen der Männer wurde von einer Frauenstimme unterbrochen. »Bennett hier ist nur bescheiden. Er ist ein richtiger Künstler. Ihr solltet einige seiner Arbeiten sehen – vor allem seine Cartoons. Er hat eine sehr lebhafte Fantasie.« Ich drehte mich um und sah Annalise, die ein blaues Kleid trug, das sich um ihren Körper schmiegte und ihre Brüste fantastisch aussehen ließ, aber trotzdem irgendwie angemessen und geschäftsmäßig wirkte. Sie sah umwerfend aus. Das ließ mich fast den kleinen Krieg vergessen, den wir führten, und dass sie gerade wegen meiner sexy Cartoon-Kritzeleien gestichelt hatte.

Ich nippte an meinem Getränk. »Apropos bescheiden ... wenn Annalise an der Reihe ist, ein wenig über sich zu erzählen, darf sie nicht vergessen, ihr Autohobby zu erwähnen. Sie kann ein Auto auseinandernehmen wie kein anderer. Zum Teufel, an ihrem zweiten Tag im neuen Büro hat sie sich um ein Problem mit meinem Scheibenwischer gekümmert, von dem ich bis einen Tag vorher nicht einmal wusste, dass ich es hatte.«

Annalise behielt das breite Lächeln auf ihrem Gesicht bei, aber ich sah die kleinen glänzenden Stacheln, die sie mir aus ihren leicht zusammengekniffenen Augen zuwarf. Ich strahlte zurück, aber meine Belustigung war nicht vorgetäuscht. Ich genoss es, sie zu ärgern. Ich hätte die ganze Nacht so weitermachen und Spitzen austauschen können, die als Komplimente getarnt waren. Das hatte in zwei Minuten mehr von meiner Anspannung gelöst als stundenlanges Training und eine Dusche.

Nach ein paar weiteren Wortwechseln, in denen sie eine Spitze gegen mein Liebesleben als Hingabe an meine Arbeit tarnte und ich eine gegen ihre Naivität als Aufgeschlossenheit, löste sich auch die Anspannung in meinem Nacken. Allerdings kehrte der Schmerz kaum fünf Minuten später zurück, als ihr Freund auftauchte.

»Du hast es geschafft«, sagte ich.

Ich beobachtete, wie sein Blick kurz über Annalise glitt, bevor er antwortete. »Es war zu wichtig, um es zu verpassen.«

Ja, klar.

Innerhalb weniger Minuten gesellte sich der Rest der Gruppe zu uns, einschließlich des Vorstandsmitglieds, das mit dem Vice President von Star befreundet war und überhaupt ermöglicht hatte, dass wir heute kommen und uns für das Unternehmen bewerben durften. Wir gingen zum Abendessen und verlegten unsere Gespräche an einen Tisch, und ich war nicht überrascht, dass Annalise und Tobias es irgendwie schafften, wieder nebeneinanderzusitzen.

Obwohl ich das Glück hatte, neben dem Vorstandsmitglied zu sitzen, das bald darüber entscheiden würde, wo ich wohnen würde, konnte ich mich nicht genug konzentrieren, um die Gelegenheit richtig zu nutzen. Stattdessen ertappte ich mich dabei, wie ich jede Geste des glücklich aussehenden Paares, das mir gegenübersaß, genauestens unter die Lupe nahm.

Wie Annalise den Kopf zurückwarf und lachte, wenn er etwas sagte, das lustig sein sollte.

Die Art und Weise, wie sich ihr Mund bewegte, wenn sie sprach, und wie ihre Zunge bei jedem Schluck die Reste des Weins vom oberen Rand des Glases wischte.

Die feminine Art, mit der sie sich die Mundwinkel mit ihrer Stoffserviette abtupfte.

Die Art und Weise, wie *dieser Idiot* immer wieder ihren Arm berührte und sie mit der Schulter anstieß.

Als wir beim Nachtisch angelangt waren, fiel es mir schwer, noch etwas zu sagen, und ich schwieg überwiegend. Der Spaß, den ich zu Beginn des Abends empfunden hatte, war längst verflogen, und ich wollte, dass er zu Ende ging.

Als es endlich so weit war, standen wir alle in der Hotellobby und verabschiedeten uns. Annalise winkte ein letztes Mal, als das gesamte Star-Team das Hotel verließ, dann waren nur noch wir übrig. Das Lächeln, das sie zuvor gezeigt hatte, verwandelte sich sofort in ein wütendes Gesicht.

»Du bist der unprofessionellste Mensch, dem ich je begegnet bin!«

»Ich? Was zum Teufel habe ich getan?«

»Du hast mich den ganzen Abend über böse angesehen und Tobias angestarrt.«

»Blödsinn! Hab ich nicht.«

Sie hielt einen Moment inne und betrachtete mein Gesicht.

»Du meinst es ernst, nicht wahr? Du weißt wirklich nicht, was du getan hast.«

»Ich habe nichts getan.«

Diese Frau war verrückt. Vielleicht war ich ein wenig stiller gewesen, weniger gesellig als sonst, aber sie saß mir schließlich am Tisch gegenüber.

»Du hast in meinem Blickfeld gesessen. Wo zum Teufel sollte ich denn sonst hinschauen?«

»Du hast geschmollt und dich gebärdet wie ... wie ... du hast dich wie ein verdammt eifersüchtiger Freund aufgeführt.«

»Du bist ja verrückt.«

»Mit dir kann man nicht arbeiten.« Bevor ich noch etwas sagen konnte, stürmte sie davon und ging zum Aufzug. Ich stand einen Moment da und versuchte herauszufinden, wie sie darauf gekommen war, dass ich mich wie ein eifersüchtiger Freund benommen hätte. Mein Adrenalinspiegel war in die Höhe geschossen, und ich wusste, dass ich auf keinen Fall schlafen konnte. Also beschloss ich, zurück in die Lobby-Bar zu gehen und etwas flüssige Schlafhilfe zu mir zu nehmen.

Du hast dich wie ein verdammt eifersüchtiger Freund aufgeführt. Ihre Worte schwirrten mir im Kopf herum, zusammen mit Unmengen von zehn Jahre altem Scotch.

Nach zwei Drinks war ich ruhiger. Aber ich konnte nicht alles abschütteln, was heute Abend passiert war. Dabei hatte alles gut angefangen – das blaue Kleid, ihre tollen Brüste. Ich war ziemlich gefasst gewesen, als sie kam, sogar nach unserem Streit im Auto heute Nachmittag. Ich sah ihr zu, wie sie redete, wie sie lachte, wie der Mann, der neben ihr saß, während der Vorspeise seinen Arm über ihre Stuhllehne legte. Ich konnte seine Hand nicht sehen, aber ich stellte mir vor, wie er mit einem Finger über ihren Rücken strich, weil er dachte, dass das niemandem auffallen würde.

Außer mir. *Ich wusste es.*

Ich ließ die Eiswürfel in meinem Glas klirren und kippte dann den Rest meines Drinks hinunter.

Dieser verdammte Finger.

Ich wollte ihn ihm brechen.

Wie kann dieser Mistkerl es wagen, sie anzufassen?

Das, was mir als Nächstes durch den Kopf ging, schien aus dem Nichts zu kommen.

Lass die Finger von meinem Mädchen.

Was zum Teufel?

Wie bitte?

Ich lachte in mich hinein und versuchte, den lächerlichen

Gedanken abzuschütteln. Es war der Alkohol, der aus mir sprach.

Das musste so sein.

Oder?

Oder...

Fuuuuuuck.

Ich ließ den Kopf nach hinten gegen die Lehne des Barhockers sinken und starrte eine Minute lang gedankenverloren an die Decke. Alles begann sich in rasantem Tempo zu fügen.

Ich schloss die Augen.

Shit.

Ich *hatte* mich heute Abend wie ein verdammt eifersüchtiger Freund aufgeführt.

Aber warum?

Die Antwort hätte offensichtlich sein müssen, selbst für jemanden, der so stur war wie ich. Aber ich musste noch zwei weitere Drinks darüber nachdenken, bis die Bar zu schließen begann.

Als ich es herausgefunden hatte, beschloss ich, etwas Dummes zu tun ...

18. Kapitel

Annalise

Klopf, klopf.

Ich drehte mich um und zog mir die Decke über den Kopf. Ein paar Minuten später begann das Geräusch von Neuem. *Klopf, klopf.*

Ich riss die Decke herunter und seufzte. Wie spät war es zum Teufel? Und was zum Teufel klopfte da? Es hörte sich nicht an, als würde jemand klopfen.

Ich tastete auf dem Nachttisch nach meinem Handy, nahm es in die Hand und drückte den Einschaltknopf. Helles Licht erleuchtete das stockdunkle Hotelzimmer und blendete meine verschlafenen Augen. Ich sah blinzelnd auf die Uhr. 02:11 Uhr.

Ich seufzte. Irgendwelche Leute mussten den Flur heruntergekommen sein, nachdem die Bar geschlossen hatte. Ich versuchte, mich umzudrehen und wieder einzuschlafen, aber jetzt war auch meine Blase aufgewacht. Auf dem Weg zur Toilette spähte ich durch den Türspion und schaute so weit wie möglich in den Flur. Er schien jetzt leer zu sein.

Aber in dem Moment, als ich wieder ins Bett kletterte, fing es wieder an.

Klopf, klopf.

Was zum Teufel? Ich schob die Decke zurück und kletterte

aus dem Bett, um noch einmal durch den Spion zu schauen. Nichts. Aber dieses Mal, als ich mich auf die Zehenspitzen stellte und hindurchspähte, hörte ich wieder das dumpfe Geräusch – und die Tür vibrierte. Ich sprang zurück.

»Hallo?«

Eine tiefe Stimme sagte etwas von der anderen Seite der Tür, aber ich konnte nicht verstehen, was. Ich überprüfte noch einmal den Spion und schaute diesmal nur durch den Sucher *nach unten*. *Haare.* Jemand saß vor der Tür. Mein Herz begann zu rasen.

»Wer ist da?«

Weiteres Murmeln.

Ich ließ mich auf die Höhe der Stimme hinuntersinken und legte mein Ohr an die Tür. »Wer ist da?«

Ich hörte ein deutliches Lachen. War das etwa …?

Ich richtete mich wieder auf und schaute noch mal durch den Spion, so gut es ging, nach unten. Die Haare sahen auch aus wie seine. Aber ich konnte mir nicht sicher sein. Also überprüfte ich noch einmal das Schloss der Sicherheitskette, bevor ich die Tür langsam einen Spalt breit öffnete.

»Bennett? Bist du das?«

»Was zum Teufel?« Durch den Spalt war sein Brummen deutlicher zu verstehen. Ich sah nach unten, wo er an der Tür zusammengesackt war. Er hatte sie benutzt, um sich aufrechtzuhalten, und war zurückgefallen, als sie sich bewegte.

Ich schob ihn und die Tür nach vorn, um die Sicherheitskette zu entriegeln, und öffnete dann die Tür.

Bennett folgte sogleich und drückte mit seinem Gewicht die Tür auf, bis er lang ausgestreckt auf dem Boden lag – der Oberkörper in meinem Zimmer, die Beine draußen im Flur. Er lachte sich kaputt.

»Was zum Teufel machst du da?«, fragte ich. Dann kam mir der Gedanke, dass er krank sein könnte und ärztliche Hilfe brauchte. »Shit.« In Panik beugte ich mich zu ihm hinunter. »Geht es dir gut? Tut dir etwas weh?«

In Ermangelung von Worten erhielt ich eine Alkoholfahne zur Antwort.

Ich wedelte mit einer Hand vor meiner Nase. »Du bist betrunken.«

Er schenkte mir ein sexy schiefes Lächeln. »Und du bist verdammt schön.«

Nicht gerade das, was ich erwartet hatte.

Ich trat um seinen Körper herum auf meinen Teppich und sah den Flur auf und ab. Da draußen war sonst niemand.

Bennett zeigte auf mich, und sein ganzes Gesicht verzog sich zu einem dreckigen Grinsen. »Ich kann unter dein Kleid sehen.«

Ich hatte ein langes T-Shirt an, das mir kaum bis zu den Oberschenkeln reichte. Und er schaute auf mein Höschen. Ich zog das Material am Saum zusammen und presste die Beine aneinander.

»Was ist los? Dachtest du, das sei dein Zimmer oder so? Du bist zwei Türen weiter, das Zimmer neben dem Aufzug, weißt du noch?«

Er griff nach oben, und seine Finger strichen über meinen Oberschenkel. »Komm schon. Lass es mich noch einmal sehen. Es war schwarz und aus Spitze. Meine Lieblingssorte.«

Wärme breitete sich in meinen Beinen aus, als ich seine Finger auf meiner Haut spürte. Aber mein Herz war klug genug, um sich daran zu erinnern, was er vorhin getan hatte. Ich schob seine Hand weg. Was er amüsant fand.

»Du magst mich nicht, stimmt's?«

»Im Moment nicht.«

»Das ist okay. Ich mag dich.«

»Bennett, willst du etwas oder brauchst du Hilfe, um in dein Zimmer zu kommen?«

»Ich bin gekommen, um mich zu entschuldigen.«

Das ließ das Eis etwas tauen. Aber er war betrunken, also konnte ich nicht sicher sein, dass er wusste, was ihm verdammt noch mal leidtat.

»Für was?«, fragte ich.

»Dafür, dass ich ein Idiot war. Dafür, dass ich mich wie ein verdammt eifersüchtiger Freund benommen habe.«

Ich seufzte. »Was war dein Problem heute Abend?«

Ein albernes Grinsen breitete sich auf seinem Gesicht aus. »Toby Boy hätte dich nicht anfassen dürfen. Ich war wütend. Ich hätte es nicht an dir auslassen sollen.«

Ich ließ meine Deckung noch weiter sinken. »Schon okay. Ich glaube, in gewisser Weise weiß ich deine Ritterlichkeit zu schätzen. Dass du dich für mich einsetzt.«

Auch diese Bemerkung fand er amüsant. »Ritterlichkeit. Das hat mir noch niemand vorgeworfen.«

Bennett streckte die Hand aus und legte sie auf meinen nackten Fuß. Er zeichnete mit seinem Finger Achten darauf. Gott, seine Berührung fühlte sich gut an, sogar dort.

Er starrte nach unten und beobachtete, wie seine Hand zeichnete, während er weitersprach. »Es tut mir leid, Texas.«

Aus irgendeinem dummen Grund ließ mich der Gebrauch meines Spitznamens weich werden. »Ist okay, Bennett. Mach dir keine Gedanken deshalb. Sieh einfach zu, dass es nicht wieder vorkommt. Okay?«

Er hörte auf zu malen und bedeckte die Oberseite meines Fußes mit seiner Handfläche, wobei er mit dem Daumen meinen Knöchel streichelte. Ich spürte ihn zwischen meinen Beinen.

»Aber das wird es«, flüsterte er. »Es wird wieder passieren.« Mein Verstand war durch die Art und Weise, wie seine einfache Berührung auf meinen ganzen Körper ausstrahlte, abgelenkt, sodass ich nicht verstand, was er sagte.

»Was wird passieren?«

»Ich werde mich wieder so aufführen. Ich kann es nicht ändern. Weißt du, warum?«

Ich war mir nicht sicher, ob es mich interessierte, solange dieser Daumen meinen Knöchel streichelte.

»Hmmm?«

»Weil ich eifersüchtig *war*.«

Mir fiel die Kinnlade herunter. Ich musste ihn missverstanden haben. »Du warst eifersüchtig auf was?«

Er sah vom Boden hoch, und unsere Blicke trafen sich. »Darauf, dass er dich angefasst hat.«

»Aber warum?«

»Weil *ich* derjenige sein möchte, der dich berührt.«

Plötzlich wurde mir bewusst, dass ich nur ein T-Shirt anhatte. »Ich muss mir eine Hose anziehen.« Die Tür zu meinem Zimmer stand noch offen, und sein Körper lag noch zur Hälfte im Flur. »Kannst du deine Beine hochziehen, damit ich die Tür schließen und mir etwas zum Anziehen holen kann?«

Er schaffte es, die Knie anzuziehen und so weit zu heben, dass sich die Tür schließen ließ, aber er stand nicht auf. Und er ließ auch meinen Fuß nicht los. Das Klicken, als die Tür ins Schloss fiel, klang besonders laut, dann folgte Stille. Ich war mir schmerzlich bewusst, dass ich halb nackt war, dass Bennett mein Bein berührte und dass wir beide ganz allein in meinem Hotelzimmer waren.

Ich wand meinen Fuß aus seiner Hand und eilte zu meinem Koffer, um die Jogginghose zu suchen, die ich hätte anziehen sollen, bevor ich die Tür geöffnet hatte. Ich kramte sie heraus und hastete ins Bad.

Oh Gott. Als ich mich im Spiegel sah, erschrak ich vor mir selbst. Wirre Haare, verschmiertes Make-up, geschwollene müde Augen mit dunklen Schatten – ich sah furchtbar aus. Auf einer Wange war Wimperntusche verschmiert, und ich beugte mich vor, um genauer hinzusehen – war das eingetrockneter *Sabber* an der Seite meines Gesichts?

Ich verbrachte Gott weiß wie viel Zeit damit, mich in Ordnung zu bringen. Ich band mein Haar zu einem Pferdeschwanz, wusch mir das Gesicht, putzte mir die Zähne, trug Deo auf und schlüpfte in die Jogginghose. Dann führte ich ein langes Gespräch ... mit mir selbst.

»Es ist alles gut. Er ist nur betrunken. Er hat keine Ahnung, was er redet.« Ich holte tief Luft. »Da draußen wird nichts passieren. Du hilfst ihm nur auf und bringst ihn in sein Zimmer.«

Aber ... wenn er wieder anfängt, meinen Fuß zu streicheln.

»Nein, ganz bestimmt nicht. Das ist dumm. Geh einfach raus, los. Wie lange versteckst du dich eigentlich schon hier drin?«

Die bessere Frage ist: Wie lange ist es her, dass du mit einem Mann zusammen warst?

»Hör auf. Du machst dich lächerlich. Das ist dein Erzfeind, ein Mann, den du die Hälfte der Zeit nicht einmal magst.«

Heute Abend muss es nicht die Hälfte sein ...

Ich zeigte mit einem strengen Finger auf den Spiegel. »Nie wieder.« Dann warf ich einen letzten Blick auf mich und straffte mich, bevor ich meine Hand auf den Türknauf legte. *Jetzt geht nichts mehr.*

Buchstäblich.

Denn ich schwang die Badezimmertür auf und fand ... Bennett schnarchend auf meinem Fußboden vor.

Ich konnte nicht wieder einschlafen.

Und da mein Flug frühmorgens ging, hatte ich nur noch ein paar Stunden Zeit, bis ich zum Flughafen fahren musste. Ein paar Stunden schienen allerdings nicht annähernd genug, um alles zu verarbeiten, was Bennett gestern Abend getan und gesagt hatte.

Ich hatte versucht, ihn zu wecken, nachdem ich aus dem Bad gekommen war – vergeblich. Er war in einen tiefen rauschhaften Schlaf gefallen. Also deckte ich ihn mit einer zusätzlichen Decke aus dem Schrank zu, legte ihm ein Kissen unter den Kopf und ließ ihn dort auf dem Boden schlafen.

Selbst als ich mich heute Morgen fertig gemacht hatte – den Koffer öffnete, die Dusche anstellte, das Deo auf den gefliesten Badezimmerboden fallen ließ –, rührte Bennett sich nicht. Ich hatte das Gefühl, dass das bis heute Nachmittag so bleiben konnte, und das musste es wahrscheinlich auch, aber dann würde er seinen Flug verpassen. Zum Glück ging sein Flug erst drei Stunden nach meinem, sodass er so schnell nicht aufstehen musste.

Ich rief die Rezeption an und bat sie, mich um neun Uhr anzurufen, aber ich war mir nicht sicher, ob das Klingeln des Telefons auf der anderen Seite des Zimmers ihn überhaupt wecken würde. Also beschloss ich, den Wecker auch auf seinem Handy zu stellen. Nur musste ich es erst aus seiner Tasche holen.

Ich ging in die Hocke und musterte sein Gesicht, um mich zu vergewissern, dass er noch im Tiefschlaf war. Bennett war wirklich ein verdammt gut aussehender Mann – sein Teint war selbst im Vollrausch auf natürliche Weise leicht gebräunt, und ich wusste, dass seine Augen, wenn er sie öffnete, schockierend grün im Kontrast zu seiner Haut aussahen. Und welcher Mann hatte schon so volle rosige Lippen? Natürlich schlief er, anders als ich, gnädig. Seine Lippen waren leicht geöffnet und zeigten einen Hauch seiner perfekten weißen Zähne, während zwischen meinen Sabber hervorlaufen und sich als Pfütze auf dem Boden sammeln würde. Es war fast ungerecht, wie gut er aussah.

Aber ich musste einen Flug erwischen, und er auch. Ich durfte also keine Zeit mehr damit verschwenden, ihn zu bewundern. Ich musste versuchen, ihm sein Telefon aus der Tasche zu ziehen, um ihm den Wecker zu stellen.

Nur …

Als ich in seine Hosentasche greifen wollte, blieb mein Blick an einer deutlichen Ausbeulung etwas weiter links hängen. *Oh mein Gott!* Bennett hatte im Schlaf einen Ständer.

Wow. Ganz schön … groß.

Vielleicht hatte ich ein oder zwei Minuten auf die Ausbuchtung gestarrt.

Vielleicht hatte ich mir noch eine Minute Zeit gelassen, um die Augen zu schließen und mir vorzustellen, wie er sich in meinen Händen anfühlen würde, wenn ich den Reißverschluss seiner Hose öffnen und hineinfassen würde.

Vielleicht hatte ich mich gefragt, ob er es überhaupt merken würde, wenn ich den Reißverschluss öffnete.

Oder was er tun würde, wenn er aufwachte, während sich meine Hände um diese Ausbuchtung legten.

Dieser Mann bringt mich wirklich um den Verstand.

Ich schüttelte den Kopf und riss mich aus meinem Wahn. Ich musste diesen verdammten Telefonalarm stellen und mich auf den Weg machen.

Meine Hand zitterte, als ich in seine Tasche griff. Bei jeder Bewegung prüfte ich sein Gesicht, um sicherzugehen, dass er nicht aufwachte. Ganz langsam zog ich sein Handy heraus.

Als es draußen war, atmete ich aus und merkte, dass ich die Luft angehalten hatte. Meine Hände zitterten immer noch, als ich sein Telefon anschaltete.

An ein Passwort hatte ich nicht gedacht – die meisten Leute hatten eins. Aber als ich den Einschaltknopf drückte, erschien keine Tastatur. Stattdessen wurde direkt der Startbildschirm angezeigt, und das Bild eines niedlichen kleinen Jungen erschien. Er war vermutlich nicht älter als zehn oder elf Jahre, hatte struppiges hellbraunes Haar und ein breites Lächeln. Er trug eine kurze Hose und gelbe Gummistiefel, stand auf einem Felsen in der Mitte eines Baches und hielt einen riesigen Fisch hoch.

Ich schaute auf das Foto und dann auf den schlafenden Mann neben mir. Konnte Bennett ein Kind haben? Er hatte nie eins erwähnt, und er hatte gesagt, dass seine längste Beziehung weniger als sechs Monate gedauert hatte – nicht dass man dazu in einer Beziehung sein musste. Aber es schien etwas zu sein, das in unseren Gesprächen schon zur Sprache gekommen wäre. Ich schaute noch ein paarmal zwischen Bennett und dem Foto hin und her. Ich konnte keine Ähnlichkeit erkennen.

Ich hätte gedacht, dass er vielleicht ein paar schmutzige Fotos von Frauen auf seinem Handy hatte, aber nicht einen süßen kleinen Jungen als Hintergrundbild. Der Mann war wirklich ein totales Rätsel.

Zum Glück sah ich, während ich auf den Jungen hinunterstarrte, die Uhrzeit auf Bennetts Handy.

Mist.

Ich musste hier verschwinden. Ich stellte schnell den Wecker für in zwei Stunden und ging in seine Einstellungen, um die Lautstärke voll aufzudrehen und dafür zu sorgen, dass sein Telefon gleichzeitig vibrierte. Dann legte ich es auf den Boden, direkt neben sein Ohr. Wenn ihn das nicht aufweckte, würde ihn nichts aufwecken.

Ich stand auf, schnappte mir mein Gepäck und warf einen letzten Blick in das Zimmer, um zu sehen, ob ich etwas vergessen hatte. Dann ging ich um den schlafenden Mann herum und öffnete vorsichtig die Zimmertür. Er hatte sich immer noch nicht gerührt.

Ich warf einen letzten Blick auf die Beule in seiner Hose.

Nun, Bennett Fox, das war gelinde gesagt sehr interessant. Ich bin gespannt, an wie viel davon du dich morgen im Büro noch erinnerst.

19. Kapitel

Annalise

Um acht Uhr morgens war ich bereits seit Stunden im Büro. Auf meinem gestrigen Rückflug hatte ich eine Zusammenfassung der Informationen, die ich von den Star-Meetings mitgenommen hatte, abgetippt und eine E-Mail an drei Mitarbeiter – zwei von Wren und einen von Foster Burnett – geschickt. Ich bat sie, meine Notizen durchzulesen und sich heute Morgen zunächst zu einem Brainstorming zu treffen.

Als ich um fünf Uhr morgens im Büro ankam, war Bennetts Tür zu, doch das Licht brannte. Nachdem ich eine Stunde lang ·E-Mails bearbeitet hatte, ging ich Kaffee holen und stellte fest, dass seine Tür offen und das Licht ausgeschaltet war.

Ich nahm an, dass er das tat, was er oft tat – er kam früh ins Büro, erledigte ein paar Dinge und machte dann nach ein paar Stunden seinen Morgenlauf.

Wir hatten keinen Kontakt mehr gehabt, seit ich ihn gestern Morgen bewusstlos in meinem Hotelzimmer zurückgelassen hatte, und obwohl mich die Neugier, wie er mit dem Geschehenen umgehen würde, quälte, hatte ich heute keine Zeit zu verlieren.

Gerade als mein Meeting begann, schlenderte Bennett am Großraumbüro vorbei. Er trat einen Schritt zurück, als er uns dort erblickte. Sein Haar war nass, und er hielt einen großen Starbucks-Kaffee in der Hand.

»Was ist hier los?«

»Wir fangen gerade an, über die Star Studios zu sprechen«, antwortete ich.

Er musterte die Leute im Raum, und ich dachte, er würde gleich fragen, warum ich nicht vorher mit ihm abgesprochen hatte, wer mit mir an der Kampagne arbeiten sollte. Doch als sich unsere Blicke trafen, nickte er nur knapp, dann ging er.

Mein handverlesenes Team und ich arbeiteten den Rest des Vormittags zusammen. Bevor wir anfingen, hatte ich ein Dutzend loser Konzepte für Star im Kopf. Wir reduzierten meine Liste auf zwei Ideen, die wir weiter ausarbeiteten, wobei dann noch zwei neue entstanden. Wir wollten etwas Zeit mit allen vier Konzepten verbringen und dann sehen, welches davon in ein paar Tagen überzeugte.

Auf dem Rückweg in mein Büro ging ich bei Bennett vorbei. Er hatte den Kopf gesenkt und zeichnete etwas.

»Hast du deinen Flug noch erreicht?«, fragte ich.

Er lehnte sich in seinem Stuhl zurück und warf seinen Bleistift auf den Schreibtisch. »Ja. Zum Glück war ich wohl noch in der Lage, mir den Wecker zu stellen.«

Hm ... Nein, das warst nicht du.

Er fuhr fort. »Ich erinnere mich nicht an viel, was an dem Abend nach dem Essen noch passiert ist. Bin ich auf dem Fußboden bewusstlos geworden, nachdem ich dich in dein Zimmer gebracht hatte, oder so?«

»Erinnerst du dich daran, dass du an meine Tür geklopft hast?«

»Ganz und gar nicht.« Er runzelte die Stirn. »Warum habe ich geklopft?«

»Um dich für dein Verhalten beim Essen zu entschuldigen.«

Und mir zu erklären, warum du dich so verhalten hast.

»Normalerweise trinke ich nicht mehr als ein oder zwei Schnäpse. Ich bin eher ein Biertrinker.« Er grinste. »Ich hoffe, du hast nicht versucht, die Situation auszunutzen.«

Enttäuschung überkam mich. *Er erinnert sich nicht.* Ich hatte gewusst, dass er vermutlich einen Filmriss haben würde, aber ich hatte nicht damit gerechnet, dass es mich verletzen würde, dass er sich nicht an seine Worte erinnerte.

Aber natürlich war es besser so. »Du warst verwirrt, welches Zimmer deins ist, und bist eingeschlafen, während ich mir einen Pullover angezogen habe, um dir dein Zimmer zu zeigen.«

Ich spürte, wie mein Gesicht von meiner Lüge heiß wurde. *Shit.*

»Ich muss los. Bis später.« Abrupt entfernte ich mich, versteckte mich in meinem Büro und verschloss die Tür, ehe er es überhaupt bemerkte.

Später am Nachmittag überarbeitete ich Bennetts Kampagne für das Weingut Bianchi. An dem Text, den er geschrieben hatte, mussten ein paar Sachen geändert werden, um zu verdeutlichen, dass sich das Weingut in Familienbesitz befand und nicht zu einem großen Konzern gehörte – etwas, auf das Matteo sehr stolz war. Außerdem änderte ich ein paar Farben auf den Etiketten für die neue Rosé-Linie, die Mom aufgehellt haben wollte, und ersetzte die vorgeschlagenen Late-Night-Sendungen im Radio durch abendliche Sendeplätze.

Ich hatte vor, heute auf dem Heimweg ins Fitnessstudio zu gehen – damit ich Andrew morgen früh nicht über den Weg lief –, also räumte ich zu einer vernünftigen Zeit meinen Schreibtisch auf und packte ein paar Akten ein, um anschließend noch an der Kampagne für die Star Studios zu arbeiten. Im Gehen griff ich die überarbeiteten Bianchi-Grafiken und -Texte, um sie auf dem Weg nach draußen in Bennetts Büro vorbeizubringen. Aber ich hatte alle Hände voll, und kurz bevor ich seine Tür erreichte, fielen ein paar Seiten von dem Stapel auf den Boden. Ich bückte mich, um sie aufzuheben, und hörte, wie Bennett sich unterhielt.

»Ich bin nicht wütend. So sehe ich eben aus, seit Annalise hier ist.«

Wir hatten ein paar Auseinandersetzungen, aber das blieb unter uns, und es fühlte sich eher wie ein Katz-und-Maus-Spiel an – nicht wirklich beleidigend, selbst wenn wir uns Beleidigungen an den Kopf warfen. Aber dass er vor jemand anderem über mich lästerte, fühlte sich aus irgendeinem Grund schlimmer an, als wenn er mir das Gleiche ins Gesicht gesagt hätte.

»Sie scheint mir ganz nett zu sein«, sagte eine Männerstimme. Es könnte Jim Falcon gewesen sein. »Und klug.«

Dadurch fühlte ich mich ein wenig besser.

»Irgendwie schade, dass ihr euch auf diese Weise kennenlernen musstet, als Konkurrenten um denselben Job. Wenn ihr euch in einer Bar begegnet wärt, hättet ihr euch bestimmt gut verstanden.«

»Sie ist nicht mein Typ«, blaffte Bennett.

Gestern war ich noch wunderschön. Heute war ich nicht sein Typ. Ich wäre gern verärgert gewesen, doch stattdessen fühlte ich nur Schmerz.

»Ja. Vermutlich hast du recht. Klug, nett und schön ... welcher Mann würde so etwas wollen?«

Danke, Jim!

»Verpiss dich, Falcon.« Bennetts Stimme wurde schroff.

»Wenn ich sie in einer Bar kennengelernt hätte, wäre ich schon nach drei Minuten auf Abstand gegangen. Glaub mir.«

Ich war noch nie in einen Faustkampf verwickelt gewesen, aber ich wusste plötzlich, wie sich ein Schlag in den Bauch anfühlte. Was hatte ich mir nur dabei gedacht? Wie hatte ich nur glauben können, sein Gerede im Suff wäre ein Bekenntnis zu irgendwelchen Gefühlen und mehr als zusammenhangloses Gefasel gewesen? Schlimmer noch, ich hatte geglaubt, dass sich hinter der arroganten Bestie eine Art missverstandener Märchenprinz verbarg.

Manchmal ist eine Bestie einfach nur eine Bestie, egal, wie viele Schichten man abpellt.

Das Geräusch von Schritten riss mich aus meiner Selbstmitleidsparty. Ich drehte mich um und ging in die andere Richtung. Jim war in Richtung Tür gegangen, sodass ich ihn noch hören konnte, während ich mich entfernte.

»Es ist schon eine Weile her. Lass uns Freitagabend zur Happy Hour gehen. Wir suchen dir eine, die fies, hässlich und dumm ist, um dich aus dieser Stimmung zu reißen.«

Die heiß-kalte Beziehung, die ich mit Bennett hatte, nahm Mitte der Woche eine Wendung und verwandelte sich in die Tundra. Nur war es dieses Mal ich, die den Anstoß dazu gab.

Jonas hatte uns den zweiten Kunden zugewiesen, den der Vorstand beurteilen wollte, Billings Media, und wir arbeiteten beide an frühen Entwürfen für unsere jeweiligen Star-Kampagnen. Gegen Ende unseres wöchentlichen Meetings erwähnte ich Jonas gegenüber, dass ich für nächste Woche einen Termin mit einem der Vice Presidents von Star hätte. Ich wusste, das würde Bennett ärgern. Er starrte mich an, sagte aber nichts, und ich ignorierte ihn und sprach weiter mit dem Chef.

Als Tobias ursprünglich angeboten hatte, sich alle frühen Entwürfe anzusehen, war ich davon ausgegangen, dass Bennett und ich beide davon Gebrauch machen würden. Aber da dachte ich Idiotin noch, das Spiel sollte fair sein, damit tatsächlich der Bessere gewinnen konnte.

Nach dem Mist, den Bennett in L.A. gebaut hatte, und nachdem ich gehört hatte, was er wirklich über mich dachte, hatte ich keinen Zweifel mehr daran, dass die bessere Person gewinnen würde – nämlich ich.

Ich war gerade in mein Büro zurückgekehrt und hatte den Hörer abgenommen, um einige Anrufe zu beantworten, als Bennett, ohne zu klopfen, eintrat.

»Die Tür war zu, weil ich beschäftigt bin.«

Er sah sich demonstrativ in meinem ordentlichen Büro um.

»Sieht für mich nicht nach viel Arbeit aus.«

Ich seufzte. »Ich muss ein paar Anrufe erledigen. Was willst du, Bennett?«

»Du fliegst zu einem Mittagessen nach L.A.? Lass mich raten, du triffst dich in einem Hotel?«

»Fick dich.«

Er starrte mich wütend an. »Nein danke. Ich habe dir doch gesagt, dass ich nicht gern teile. Schon gar nicht mit Toby Boy.«

Ich stand auf. »Bist du nur gekommen, um Streit anzufangen, oder gab es noch einen anderen Grund?«

»Dein Freund Tobias nimmt meine Anrufe nicht an. Ist das dein Werk?«

Tobias hatte nicht einmal erwähnt, dass Bennett angerufen hatte. »Ganz sicher nicht.«

»Ich bin zufällig vorbeigekommen, als Marina neulich deinen Flug gebucht hat. Nur deshalb weiß ich überhaupt, dass du beschlossen hast, deinen Freund zu besuchen. Nette Teamarbeit, übrigens. Fast wäre ich auf deinen *Wir-sind-ein-Team*-Quatsch hereingefallen. Als er uns angeboten hat, vorab einen Blick auf unsere Arbeit zu werfen, hatte ich angenommen, dass es eine Firmeneinladung sei ... und keine persönliche Einladung für Annalise.«

Ich stützte mich mit den Händen auf dem Schreibtisch ab und setzte ein zuckersüßes Lächeln auf.»Ich allerdings auch. Wir haben seit L.A. wohl beide eine Menge übereinander gelernt.«

20. Kapitel

Bennett

Sieh an, sieh an, sieh an. Der Abend ist gerade deutlich interessanter geworden.

Ich kippte den Rest des Biers hinunter, an dem ich seit fast einer Stunde getrunken hatte, und wandte mich an den Barkeeper. »Schon mal was von einem Drink namens ›Schlechter Verlierer‹ gehört?«

»Ich denke schon. Wodka, süßsaurer Mix, Grenadine, Orangensaft und Zucker am Rand, richtig?«

»Und eine Maraschino-Kirsche oder auch zwei.«

Der Barkeeper verzog das Gesicht. »Klingt eher nach einem Rezept für einen Kater, wenn du mich fragst.«

»Ja. Deshalb ist es ja so perfekt.« Ich deutete auf das andere Ende der Bar, wo Annalise gerade mit Marina hereingekommen war – ausgerechnet. »Siehst du die sexy Blondine, die sich mit der verrückt aussehenden Rothaarigen unterhält?«

Er blickte hinüber. »Klar.«

»Kannst du so einen Drink mixen und ihn ihr hinstellen? Sorge dafür, dass sie den Namen des Drinks kennt und weiß, von wem er kommt.«

»Wenn du meinst.«

»Und ich hätte bei Gelegenheit gern noch ein Bier.«

Unsere inoffizielle Firmen-Happy-Hour war heute Abend sehr gut besucht. Es war das erste Mal, dass sowohl das Wren- als auch das Foster-Burnett-Team außerhalb des Büros zusammentrafen. Ich schätzte, dass mindestens dreißig Leute gekommen waren, die Hälfte von ihnen aus der Marketingabteilung, da Jim Falcon die Happy Hour stets organisierte.

Ich behielt Annalise im Auge, während der Barkeeper den Drink mixte und zum anderen Ende der Bar ging, um ihn ihr zu bringen. Sie lächelte und schaute auf das schicke, mit rosa Flüssigkeit gefüllte Glas hinunter, dann folgte sie mit dem Blick dem Finger des Barkeepers. Als sie mich sah, verzog sie sofort säuerlich den Mund. Marina schloss sich ihr natürlich an und warf mir einen düsteren Blick zu. Schade, dass ich nicht früher daran gedacht hatte; es wäre witziger gewesen, wenn ich Marina ein Erdnussbutter-Marmeladen-Sandwich zusammen mit Annalises »Schlechtem Verlierer« hätte bringen lassen – zumindest für mich.

Am anderen Ende der Bar hielt Annalise ihr Getränk mit einem frostigen Lächeln hoch und nickte mir zum Dank zu.

In den nächsten anderthalb Stunden versuchte ich, mich unter die Leute zu mischen. Aber je häufiger ich mich dabei ertappte, wie ich heimliche Blicke zu Annalise schickte, umso mehr ärgerte ich mich. Sie hingegen schien nicht im Geringsten abgelenkt zu sein oder gar zu bemerken, dass ich wie besessen jeden ihrer Schritte verfolgte.

Irgendwann schlich sich ein Typ, der nicht bei Foster, Burnett und Wren arbeitete, an sie heran und fing an, ihr ein Ohr abzukauen. Der Idiot trug eine braune Tweedjacke mit Ellbogenschützern aus Leder und abgetragene Slipper – wahrscheinlich ein Schriftsteller wie ihr letzter trotteliger Freund oder ein Professor für irgendein nutzloses Fach wie Philosophie.

Also nicht, dass ihr denkt, ich wäre eifersüchtig, ehrlich nicht. Schlagt euch diesen Quatsch sofort aus dem Kopf. Eifersüchtig ist man, wenn man etwas will, was ein anderer erreicht hat – und Annalise hatte und *würde* nichts erreichen –, oder wenn jemand etwas hat, das einem gehört, und wir alle wissen, dass ich nie eine Frau als meine beansprucht hatte und auch nie beanspruchen würde.

Ich hatte einfach einen natürlichen Beschützerinstinkt, das war alles. Auch wenn die Frau sich in der Firma bis zu einer ähnlichen Position wie ich hochgearbeitet haben mochte, sie hatte eindeutig keine Ahnung von Männern.

Irgendwann, als sie lachend den Kopf zurückwarf und sich durch die Haare fuhr, entschuldigte sie sich aus dem mittlerweile halbstündigen Gespräch, das sie mit Mr Braunem Tweed geführt hatte. Ich folgte ihr mit dem Blick den Gang hinunter, von dem ich wusste, dass er zu den Toiletten führte, und sagte mir, ich sollte hierbleiben, nicht zu ihr gehen und sie ärgern, aber …

Ich war kein guter Zuhörer.

Ich reichte dem Barkeeper die Hand, bestellte noch einen »Schlechten Verlierer« und ging damit zur Damentoilette. Ich wartete davor, bis sie herauskam. Sie ging zwei Schritte den Flur hinunter und stieß fast mit mir zusammen.

Daraufhin kniff sie so fest die Augen zusammen, dass es ein Wunder war, dass sie überhaupt etwas sehen konnte. »Was machst du hier, Bennett?«

Ich reichte ihr das Glas. »Ich dachte, du möchtest noch einen Drink.«

»Nein danke.« Sie wollte um mich herumgehen, aber ich stellte mich ihr in den Weg.

»Geh mir aus dem Weg.«

»Nein.«

Ihre Augen weiteten sich. »*Nein?*«

Ich grinste. Im Nachhinein betrachtet, war das wahrscheinlich ziemlich dumm, selbst für mich. »Stimmt genau. Nein.«

»Hör zu. Welches Spiel du auch spielst, ich will nicht mitspielen.«

»Kein Spiel. Ich passe nur auf dich auf, um sicherzugehen, dass du nicht so viel getrunken hast, dass du auf die Sprüche reinfällst, die dir irgendein Typ erzählt. Offensichtlich ist deinem Urteilsvermögen, was den Charakter eines Mannes angeht, selbst nüchtern nicht zu trauen.«

Ihr Gesicht lief rot an. Ein Feuer tanzte in ihren babyblauen Augen, und es sah aus, als würde Rauch aus ihrer Nase aufsteigen. Ich hatte sie wütend gesehen. Verdammt, es war in den letzten Wochen zu einer meiner Lieblingsbeschäftigungen geworden, sie zu ärgern ... aber so wütend hatte sie noch nie ausgesehen. Ich wich tatsächlich einen Schritt zurück.

Und was tat sie?

Ja, genau.

Sie tat einen nach vorn.

Zugegeben, da bekam ich etwas Angst.

Sie stieß ihren Finger in meine Brust und begann mit einer stakkatoartigen Tirade, bei der sie jedes Wort mit einem Stoß gegen meine Brust unterstrich.

»Du«

»zweifelst«

»an«

»meinem«

»Urteilsvermögen«

»was«

»Männer«

»angeht?«

Sie wartete tatsächlich auf eine Antwort. Ich zuckte wie ein Feigling mit den Schultern.

»Nun, weißt du was? Du hast absolut recht. Ich habe mich viel zu lange von Andrew hinhalten lassen. Doch als ich herausgefunden habe, wer er war, hat es nicht halb so wehgetan wie die Erkenntnis, dass ich mich in dir getäuscht habe. Ich war mir derart sicher, dass du nur äußerlich ein Arsch und innerlich ein guter Mensch bist. Ich dachte, wenn ich etwas tiefer grabe, würde ich hinter dem Schmutz das versteckte Gold finden. Aber ich habe mich geirrt. Ich habe mich durch den Dreck gegraben, und weißt du, was ich gefunden habe? *Noch viel mehr Dreck.*«

Tränen stiegen ihr in die Augen. Ich wollte ihr sagen, dass ich sie nur geärgert hatte, aber sie ließ mich nicht zu Wort kommen.

»Und du brauchst dir keine Sorgen zu machen, dass ich die Lügen eines Betrunkenen glaube. Den Fehler habe ich schon einmal gemacht. Weißt du, du warst sehr überzeugend. Du hast mir erzählt, wie schön du mich findest und dass du eifersüchtig warst, weil ein anderer Mann mich berührt hat. Du warst sogar so gut, dass ich die betrunkenen Lügen, die du mir aufgetischt hast, selbst dann noch geglaubt habe, als du dich nicht mehr an sie erinnern konntest. Das heißt, bis ich dich neulich im Gespräch mit Jim belauscht habe und mir klar wurde, wie dumm ich gewesen bin ... *schon wieder.* Ich sollte mich schämen. Aber glaub mir, ich habe meine Lektion gelernt.«

Bevor ich etwas sagen oder tun konnte, ging Annalise an mir vorbei und zurück in die Bar. Ich ließ den Kopf hängen und hatte das Gefühl, ein Elefant hätte sich gerade auf meine Brust gesetzt.

»Scheiße.«

Was habe ich getan?

192

Am nächsten Morgen schüttete es. Nicht der typische »Aprilregen bringt der Erde Segen«, sondern mit grauem Himmel und einem Donnern, das lauter war als eine Bowlingbahn in einer Vereinsnacht. Zusammen mit dem Hämmern in meinem Kopf war das Letzte, was ich heute Nachmittag tun wollte, zu einer Monstertruck-Show zu gehen.

Dabei hatte ich gestern Abend nicht einmal viel getrunken. Verdammt, ich hatte noch mein drittes Bier in der Hand, als ich endlich den Mumm aufbrachte und Annalise hinterherlief, nachdem sie mich fertiggemacht hatte. Ich hatte es gegen die Außenwand des Gebäudes geschleudert, als ich feststellte, dass sie gerade mit einem Uber wegfuhr. Es überraschte mich nicht, dass sie den Fahrer nicht anhalten ließ, obwohl ich ihr hinterherschrie.

Als ich vor Lucas' Haus parkte, machte ich mir nicht die Mühe, den Regenschirm, den ich im Auto hatte, aus dem Handschuhfach zu kramen, sodass meine Kleidung nach dem kurzen Weg vom Auto zur Haustür durchnässt war. Ich klopfte und hoffte, dass aus wundersamen Gründen heute er es sein würde, der öffnete, und nicht Fanny. Das Letzte, was ich neben den hämmernden Kopfschmerzen und dem verregneten Ausflug zu einer lauten Monstertruck-Show brauchte, war eine Begegnung mit dieser Frau.

Die Tür ging auf. Und Fehlanzeige.

»Ich hoffe, du nimmst einen Regenschirm mit, wenn du mit Lucas spazieren gehst. Ich kann es mir nicht leisten, krank zu werden, wenn er sich erkältet.«

Schockierend: Es war ihr völlig egal, dass Lucas sich erkälten könnte, es interessierte sie nur, dass er sie anstecken könnte. Ich war nicht in der Stimmung.

»Ich sorge dafür, dass er zwischen den Regentropfen läuft.«

Sie schürzte die schmalen Lippen. »Er kann auch ein paar neue Turnschuhe gebrauchen.«

Ich ging nicht darauf ein. Ich hatte schon vor langer Zeit gelernt, dass der monatliche Scheck, den ich ihr gab, nicht für etwas verwendet wurde, das *Lucas* vielleicht tatsächlich brauchte. »Ist er fertig? Wir haben etwas vor.«

Sie schlug mir die Tür vor der Nase zu und schrie ins Haus: »Lucas!«

Ich stand sowieso lieber im Regen, als mit ihr zu reden.

Das Lächeln auf Lucas' Gesicht, als er die Tür öffnete, ließ mich zum ersten Mal seit letzter Nacht wieder lächeln. Vor etwa einem Jahr hatte er aufgehört, sich mir in die Arme zu werfen. Also hatte ich mir ein spezielles Begrüßungsritual nur für uns ausgedacht. Wir gingen die fünfzehn Sekunden dauernde Routine mit Abklatschen und Fauststößen durch.

»Hast du Ohrstöpsel gekauft?«, fragte er.

Auf dem Weg hierher hatte ich an einem Laden angehalten. Ich griff in meine Tasche und holte zwei Paar heraus.

Lucas runzelte die Stirn. »Wann werde ich alt genug sein, um die nicht mehr tragen zu müssen?«

»Alt genug? Ich trage sie doch auch noch, oder?«

»Ja. Aber nur, weil du ein Trottel bist, nicht weil du alt bist.«

Ich lächelte. Dieser Junge konnte mich einen schlechten Tag vergessen lassen. »Ach ja?«

Er grinste und nickte.

»Nun, für diese Bemerkung gebe ich dir nicht meine Jacke, die du dir über den Kopf ziehen kannst, während wir zum Auto rennen, wie ich es eigentlich vorhatte.«

Lucas schüttelte wieder den Kopf und spottete: »Eine Jacke über den Kopf ziehen. Du bist wirklich ein Trottel.« Dann rannte er los, um zum Auto zu kommen.

Verdammt. Ich hatte noch etwa eine halbe Meile bis zur Arena vor mir, als mir einfiel, dass ich die Tickets vergessen hatte. Sie lagen in der obersten Schublade meines Schreibtischs im Büro, zusammen mit den Ausweisen für den früheren Einlass, die ich gekauft hatte, damit Lucas und ich uns die Trucks ansehen konnten, bevor die Show begann.

Zum Glück war das Büro nicht allzu weit entfernt, und wir waren ein wenig zu früh dran, denn für Fanny war es egal, was wir vorhatten – Hauptsache, ich schaffte ihr Lucas jeden zweiten Samstag genau um zwölf Uhr vom Leib.

Ich hielt im Parkverbot vor dem Gebäude und sah mich um. Es war keine Politesse in Sicht, und ich würde nur ein paar Minuten brauchen. Mein Freifahrtschein für Strafzettel war abgelaufen, als ich aufgehört hatte, die süße Politesse anzurufen, mit der ich ein paarmal ausgegangen war.

»Ich muss nur schnell nach oben gehen und die Tickets aus der Schublade in meinem Büro holen.«

»Cool! Wir kommen nie hierher. Habt ihr immer noch den Pac-Man-Spielautomaten in dem großen Raum?«

»Ja. Aber wir haben heute keine Zeit für ein Spiel.«

Lucas schmollte. »Nur eins. *Bitte!*«

Ich war so ein Trottel. »Na gut. Ein Spiel.« Auch wenn Samstag war, wuselten ein paar Leute im Büro herum. Erleichtert stellte ich fest, dass Annalise nicht dabei war – ihre Tür war geschlossen, und darunter war kein Licht zu sehen. Ich wollte keine weitere Konfrontation mit ihr in Gegenwart von Lucas. Ich hatte Gott weiß die Jahre über hart daran gearbeitet, dass er nicht mitbekam, was für ein Arsch ich oft an den sechs anderen Tagen der Woche sein konnte.

Ich schloss mein Büro auf und ging zum Schreibtisch, nur um festzustellen, dass die Tickets nicht in der Schublade waren, in der ich sie vermutet hatte. Ich erinnerte mich, dass ich sie mit einem Stapel Rechnungen hierher mitgenommen hatte, die ich bezahlen musste ... Ich hätte schwören können, dass ich sie in die obere rechte Schublade gesteckt hatte. Nachdem ich ein paar Minuten meinen Schreibtisch durchsucht hatte, stellte sich heraus, dass sie nicht da waren. *So ein Mist.* Ich hoffte, dass sie irgendwo in meiner Wohnung waren und ich sie nicht versehentlich mit meiner Werbepost geschreddert hatte.

Ich blickte auf die Uhr auf meinem Handy. Wenn wir jetzt losfuhren, konnten wir es gerade noch schaffen. Aber die Arena lag in der meiner Wohnung entgegengesetzten Richtung. Wenn wir erst noch zu mir nach Hause fuhren, kamen wir zu spät. Schlimmer noch, ich hatte keine Ahnung, wo ich die Karten hingetan hatte, falls sie überhaupt da waren.

Ich seufzte.»Ich weiß nicht, was ich mit den Tickets gemacht habe. Ich muss Ticketmaster anrufen und herausfinden, ob sie mir eine elektronische Version schicken können oder so.«

»Kann ich so lange am Pac-Man-Automaten spielen?«

»Ja, sicher. Gute Idee. Es könnte eine Weile dauern, wenn ich in der Warteschleife hängen bleibe, und ich muss erst die Nummer rausfinden. Komm, ich bring dich ins Großraumbüro.«

Auf dem Weg versuchte ich immer wieder nachzuvollziehen, was ich mit den Karten gemacht hatte, nachdem ich den Umschlag in meinem Büro geöffnet hatte. Ich erinnerte mich daran, dass ich mir die Ausweise für den frühen Zugang, die an Schlüsselbändern mit Logo befestigt waren, angesehen und gedacht hatte, dass Lucas begeistert sein würde, wenn er so einen Ausweis um den Hals trüge. Aber ich konnte mich beim besten Willen nicht mehr daran erinnern, was ich getan hatte, nachdem ich alles wieder in den Umschlag gesteckt hatte – und das war genau das, worauf ich mich konzentrierte, als ich ins Großraumbüro ging.

Und entdeckte, dass bereits jemand dort war.

Annalise schaute auf. Sie lächelte, sah dann jedoch mein Gesicht und setzte eine finstere Miene auf. Sie dort unerwartet zu treffen überraschte mich ebenfalls, weshalb ich stehen blieb, nachdem ich drei Schritte in den Raum gemacht hatte – und Lucas direkt in mich hineinrannte.

»Was zum Teufel …?«, jammerte er.

»Tut mir leid, Kumpel. Sieht so aus, als würde hier jemand arbeiten, also ist es wohl besser, wenn du nicht spielst und Lärm machst.«

Lucas ging um mich herum und sah Annalise an. Sie schaute erst zu ihm, dann zu mir und dann wieder zu ihm.

Mit einem Lächeln sprach sie meinen kleinen Freund an. »Schon in Ordnung. Du kannst gern ein Spiel machen, während ich hier drin bin.«

Lucas gab mir keine Gelegenheit zu widersprechen. Er rannte los zum Pac-Man-Automaten. »Toll!«

Annalise beobachtete ihn lächelnd.

Als sie zu mir zurücksah, trafen sich unsere Blicke, aber was auch immer in ihr vorging, ich konnte es nicht deuten.

»Macht es dir wirklich nichts aus? Ich muss einen Anruf tätigen. Ich scheine die Tickets verlegt zu haben, die wir brauchen.«

»Ist schon okay.«

Ich nickte, obwohl sie es nicht bemerkte, weil sie bereits den Kopf gesenkt hatte und das Gesicht in ihrer Arbeit vergrub.

»Danke«, sagte ich. »Ich brauche nur ein paar Minuten.«

Zurück in meinem Büro suchte ich die Telefonnummer heraus und wählte Ticketmaster über den Freisprecher an. Während ich millionenfach aufgefordert wurde, irgendwelche Tasten zu drücken, durchsuchte ich erneut meinen Schreibtisch. Immer noch keine Tickets. Und natürlich gab es keine Taste für den Fall, dass man seine Tickets verloren hatte, was bedeutete, dass ich am Ende der gefürchteten Aufforderung »Alle anderen Anrufer drücken bitte die Sieben« Folge leisten musste. Das führte unweigerlich zu ein paar weiteren lästigen Aufforderungen, um das jeweilige Problem zu ermitteln.

Ich verlor die Geduld und drückte ein halbes Dutzend Mal auf die Nulltaste, um mit einem Mitarbeiter des Kundendienstes verbunden zu werden – aber das brachte nichts, außer dass ich wieder am Anfang des Eingabemenüs landete.

Nach mindestens zwanzig Minuten sprach ich schließlich mit jemandem, der mir sagte, sie würden meine Karten neu drucken, und solange ich die Kreditkarte, mit der ich bezahlt hatte, und einen Lichtbildausweis hätte, könnte ich sie am *Schalter* am Eingang der Arena abholen.

Ich legte auf und dachte sofort daran, dass Annalise wahrscheinlich sauer sein würde, weil ich Lucas so lange am Pac-Man-Spielautomaten hatte spielen lassen, und dachte, ich hätte es nur getan, um sie abzulenken.

Zu meiner Überraschung war sie überhaupt nicht sauer. Sie hatte sogar ein Lächeln im Gesicht und lachte, als ich das Großraumbüro betrat. Sie und Lucas saßen sich auf Sitzsäcken gegenüber und schrien sich wahllos Dinge zu. Erst als ich weiter in den Raum hineinging, bemerkte ich, dass sich Annalise ein Telefon an die Stirn hielt. Er hatte sie dazu gebracht, das digitale Scharadespiel zu spielen, bei dem ich stets gewann.

»Es ist groß«, sagte Lucas.

»Die Sonne!« rief Annalise.

Lucas lachte und schüttelte den Kopf. »Marmelade.«

»Obst. Eine große Frucht. Cantaloupe. Wassermelone.«

Lucas machte ein Gesicht, als wäre sie verrückt. »Scooby-Doo.«

Annalise wirkte total verwirrt, also gab Lucas ihr noch einen Hinweis.

Er zeigte auf mich. »Bennett wollte eine sein, als er noch klein war.«

Selbst ich brauchte ein paar Sekunden, um auf das Wort zu kommen, das sie raten sollte. Das würde sie nie herausfinden – nicht mit *diesen* Hinweisen.

Das Telefon klingelte und zeigte an, dass sie an der Reihe war. Sie ließ das Telefon sinken und drehte es um, um das Wort zu lesen, das sie hatte raten sollen.

Ihr gesamtes Gesicht legte sich in Falten. »Eine Dogge? Was hat Marmelade mit einem Hund zu tun?«

Ich gluckste und antwortete an seiner Stelle. »Nichts. Er meinte Marmaduke.«

»Die alte Comicfigur?«

»Ja.«

»Aber er sagte, du wolltest eine sein, als du klein warst.«

Ich zuckte mit den Schultern. »Stimmt.«

Annalise lachte. »Du wolltest eine Dogge sein?«

»Mach sie nicht schlecht. Sie ist die Königin der Hundefamilie.«

Gott, wenn sie lächelte, tat mir die Brust weh. Wenn sie lächelte und mit *Lucas* lachte – selbst auf meine Kosten –, dann passierte wirklich etwas mit mir. Ich beobachtete, wie ihr Lachen verstummte und ihr Gesicht wieder traurig wurde, fast so, als hätte sie für eine Minute vergessen, was für ein Idiot ich war.

»Ich habe sie auch am Pac-Man-Spielautomaten und beim Kickern geschlagen.«

»Sie hat noch nicht so viel Übung wie ich. Annalise hat gerade erst in diesem Büro angefangen.«

Lucas stand auf. »Hast du neue Karten bekommen?«

»Ja. Wir können sie am Eingang abholen.«

»Willst du mitkommen, Anna?«, fragte er. »Ich gebe dir meine Ohrstöpsel.«

Sie schenkte ihm ein aufrichtiges Lächeln. »Danke für das Angebot, Lucas. Aber ich habe heute viel zu tun.«

Er schob die Hände in die Hosentaschen. »Okay.«

Annalise wich meinem Blick aus und schaute auf ihr Handy.

»Bist du bereit, Kumpel?«, fragte ich.

»Ja!« Er rannte zur Tür, anstatt zu gehen.

Der Junge war ein Energiebündel.

Ich wartete darauf, dass Annalise aufschaute, doch das tat sie nicht.

Schließlich sprach ich zu ihrem Scheitel.

»Danke, dass du dich um ihn gekümmert hast.«

Ich wollte auch sagen, dass es mir leidtat wegen gestern Abend. Aber der Zeitpunkt war nicht richtig. Außerdem hatte ich mich schon für ein halbes Dutzend anderer Male entschuldigt, in denen ich mich wie ein Idiot benommen hatte. Ich war mir nicht sicher, ob sie es dieses Mal akzeptieren würde ... oder ob ich es überhaupt verdiente, falls sie es täte.

21. Kapitel

1. November

Liebes Ich,

bis jetzt ist die achte Klasse irgendwie ätzend. Ich bin größer als fast alle Jungs. Keiner hat mich gefragt, ob ich mit ihm zur Halloween-Party gehe, also bin ich mit Bennett hingegangen. Er wollte sich nicht verkleiden, aber ich habe ihn zu Clark Kent gemacht. Er hatte eine nerdige Brille auf und ein Hemd mit einem Superman-Shirt darunter an. Ich bin als Wonder Woman gegangen. Meine Freundinnen fanden Bennett alle heiß und waren neidisch. Das war ziemlich lustig.

Zu meinem Geburtstag haben mich Bennett und seine Mutter zu einer Monstertruck-Show mitgenommen. Kenny, der neue Freund meiner Mutter, verkauft Sachen am Verkaufsstand, also gab es Hotdogs und Limonade umsonst.

Der Vermieter versucht schon wieder, uns aus unserem Haus zu werfen. Mom hat ihren Job im Diner verloren und sagt, dass wir wahrscheinlich umziehen müssen. Hoffentlich nicht so weit weg.

Ich liebe meine Englischlehrerin, Mrs Hoyt. Sie sagte, meine Gedichte hätten viel Potenzial, und wollte einige davon bei einem Wettbewerb einreichen. Aber die Teilnahmegebühr betrug fünfundzwanzig Dollar, und Mom meinte, wir hätten bessere Verwendung für unser Geld. Mrs Hoyt überraschte mich und meldete mich trotzdem an. Sie sagte, dass die Schule einen Fonds hat, aus dem solche Dinge bezahlt werden können. Aber ich habe das Gefühl, dass es in Wirklichkeit Mrs Hoyt von ihrem Geld bezahlt hat. Deshalb widme ich dieses Gedicht Ihnen, Mrs Hoyt.

Blumen verwelken
die Liebe blüht im warmen Sonnenschein
die Kälte kommt viel zu früh

Dieser Brief wird sich in zehn Minuten selbst zerstören.
Anonym
Sophie

22. Kapitel

Bennett

Ich musste den ganzen Tag an Annalise denken.

Zum Glück schien Lucas das nicht zu bemerken, denn er war damit beschäftigt, einen riesigen Becher Popcorn, zwei Hotdogs und eine Limonade zu vertilgen, die groß genug war, um ein Waschbecken zu füllen. Wir saßen in der dritten Reihe, und das Dröhnen der Trucks und unsere Ohrstöpsel führten dazu, dass wir auch nicht viel miteinander redeten. Da ich nichts anderes zu tun hatte, als auf meinem Platz zu sitzen, musste ich immer wieder an Annalises Gesicht denken, als ich das Großraumbüro vorhin verlassen hatte. Sie hatte die Wut hinter sich gelassen und war jetzt verletzt.

Gott, ich bin so ein Idiot.

Nach der Show gingen Lucas und ich auf dem Parkplatz zum Auto, als mein Telefon den Eingang einer Nachricht meldete.

Cindy.

Das war ein Name, an den ich schon länger nicht mehr gedacht hatte. Es war einige Monate her, dass wir Kontakt hatten. Cindy war eine Flugbegleiterin, die ich letztes Jahr auf einer Geschäftsreise kennengelernt hatte. Sie lebte an der Ostküste, und wir hatten uns ein paarmal getroffen – zweimal, als ich in New York City war, und einmal, als sie hier war. Anscheinend war sie heute Abend wegen einer unerwarteten Zwischenlandung in der Stadt und wollte wissen, ob ich mit ihr ausgehen könnte. *Ausgehen* bedeutete ein schnelles Abendessen und dann die ganze Nacht in ihrem Hotelzimmer zu bleiben. Wahrscheinlich war es genau, was ich brauchte. Ein sicheres Vergnügen. Einfach. Unkompliziert. Eine Gelegenheit, aufgestauten Frust loszuwerden. Trotzdem steckte ich mein Handy in die Tasche und schrieb nicht sofort zurück. Ich würde sie anrufen, nachdem ich Lucas nach Hause gebracht hatte.

Aber nachdem ich ihn abgesetzt hatte, war mir klar, dass ich erst noch etwas zu erledigen hatte, bevor ich mich für heute Abend mit Cindy verabredete. Ich schuldete Annalise eine Entschuldigung, und die sollte vor meinem Vergnügen kommen. Also fuhr ich zum Büro. Es war fast fünf Uhr, deshalb hatte ich keine Ahnung, ob sie noch da sein würde. Wahrscheinlich war sie heute Morgen früh gekommen, bevor der Tag richtig begonnen hatte. Es war ja schließlich Samstag. Aber ich fuhr trotzdem hin.

Die Gegend um das Büro herum war Gewerbegebiet und verwandelte sich an den Wochenenden in eine Geisterstadt, erst recht nachts. Je näher ich kam und je mehr leere Parkplätze ich sah, desto weniger glaubte ich, dass sie noch im Büro war. Bis ich in unsere Straße einbog und ein einziges Auto auf dem Parkplatz sah – eines, das genauso aussah wie meines.

Die Lampen im Empfangsbereich waren ausgeschaltet, bis der Bewegungsmelder sie anspringen ließ. Vorhin hatten in verschiedenen Abteilungen ein paar Leute gearbeitet, aber als ich jetzt durch die Flure ging, schien die gesamte Etage leer zu sein. Alle Büros waren entweder dunkel, oder die Tür war zu.

Mit einer Ausnahme. Aus einer offenen Tür am anderen Ende des Flurs fiel Licht auf den Teppich. Aber erst als ich nur noch zwei Türen entfernt war, hörte ich ein Geräusch.

Als ich eine Stimme vernahm, blieb ich stehen. Es dauerte ein paar Sekunden, bis ich erkannte, dass es Annalise war. Sie ... *sang*. Es war ein vage bekannter Country-Song, den ich schon ein paarmal gehört hatte – irgendetwas über den Verlust des Hundes und des besten Freundes –, aber verdammt, sie hatte eine gute Stimme. Sie klang wie ein süßer Engel mit einem leichten Vibrato, das die Seele des Teufels zum Vorschein locken wollte. Es brachte mich zum Lächeln.

Ich wollte weiter zuhören, aber noch lieber wollte ich wissen, wie sie aussah, während sie sang. Also ging ich die paar Schritte zu ihrer Tür.

Sie hatte den Kopf gesenkt und die Nase in einem Aktenschrank vergraben, in ihren Ohren steckten Ohrstöpsel. Sie bemerkte mich nicht gleich. Ich konnte nur ihr Profil sehen, aber das gab mir eine kurze Gelegenheit, sie zu beobachten. Und ich war erstaunt, wie schön sie aussah.

Sie trug Jeans und ein weißes Button-up-Hemd, ihr Haar war zu einem Pferdeschwanz zurückgebunden. Trotzdem hatte sie noch nie so gut ausgesehen. Da sie kein schickes Business-Kostüm trug und sich nicht die Haare geföhnt hatte, konnte man sich ganz auf sie konzentrieren. Manche Leute brauchten diese ganzen Verschönerungen. Annalise nicht. Ihre Schönheit lag in ihrer makellosen Porzellanhaut, den sanften Kurven ihres Körpers und den Augen, von denen ich wusste, dass in ihnen Feuer brannte. Und diese Stimme ... ich war vollkommen fasziniert.

Während ich sie anstarrte, reckte sie den Hals, um einige Akten durchzublättern, und bei der Bewegung musste sie aus dem Augenwinkel einen Schatten wahrgenommen haben.

Ihr Kopf schnellte nach oben, ihre Augen weiteten sich, und ihr Gesang brach mitten im Wort ab.

»Oh mein Gott!« Sie stand auf und riss sich einen Stöpsel aus dem Ohr. »Du hast mich zu Tode erschreckt.«

Ich hob beschwichtigend die Hände. »Tut mir leid. Ich wollte dich nicht erschrecken.«

Sie legte sich eine Hand auf die Brust und atmete ein paarmal tief durch. »Wie lange stehst du schon da?«

»Nicht lange.«

»Ich hatte die Musik wohl zu laut eingestellt und habe dich nicht gehört.«

Oder ich habe nichts gesagt, damit ich dich weiter ansehen konnte. War doch ein und dasselbe.

»Was machst du hier?«

»Ich bin vorbeigekommen, weil ich mit dir reden wollte.«

Sie schloss die Schublade des Aktenschranks. Sie hatte den ersten Schreck überwunden, und ihre Stimme klang matt. »Ich hab nichts mehr zu sagen. Geh einfach, Bennett.«

Ich steckte meine Hände in die Hosentaschen und trat einen Schritt in ihr Büro. »Du musst nichts sagen. Hör einfach zu. Wenn ich fertig bin, gehe ich dir aus dem Weg.«

Sie hatte eine gleichgültige Maske aufgesetzt, sagte aber nichts – offenbar war das meine Chance.

Ich räusperte mich. »Ich habe im Hotelzimmer nicht gelogen. Ich finde dich wunderschön, und ich war eifersüchtig, als dieser Kerl dich angefasst hat.«

Ihr fiel die Kinnlade herunter. »Ich dachte, du erinnerst dich an nichts, was du in der Nacht gesagt hast.«

Ich lächelte verlegen. »Okay. *Das* war eine Lüge. Aber das, was ich in der Nacht gesagt habe – das war keine.«

»Das verstehe ich nicht.«

Ich machte einen weiteren Schritt auf sie zu. »Es war leichter, so zu tun, als könnte ich mich nicht erinnern, und dich glauben zu lassen, ich hätte im Suff irgendwelchen Unsinn erzählt.«

Sie sah kurz zu Boden, und als sie wieder aufblickte, schien sie zu zögern, meine Worte zu akzeptieren. »Warum wolltest du nicht, dass ich mich daran erinnere, was du gesagt hast?«

Tja, das war die Millionen-Dollar-Frage. Ich hätte ihr eine völlig akzeptable Antwort geben können, die überzeugend geklungen hätte und wahrscheinlich die war, die wahr sein *sollte* – denn wir konkurrierten um dieselbe Stelle, und es wäre unangemessen gewesen –, aber diese Antwort wäre Blödsinn.

Ich schuldete ihr etwas Ehrlichkeit, also schluckte ich meinen Stolz herunter. »Weil jedes Wort, das ich in dieser Nacht gesagt habe, die Wahrheit ist, und das macht mir eine Höllenangst.«

Sie öffnete die Lippen und errötete leicht. Ich fand es toll, dass sie nicht lügen oder sich schämen konnte, ohne es zu zeigen. Ich fragte mich, ob das auch passierte, wenn sie erregt war. Ich hätte darauf gewettet.

»Warum macht es dir Angst?«, fragte sie leise.

Die Fragen wurden immer schwieriger. Ich fuhr mir mit den Fingern durchs Haar und versuchte, die richtigen Worte zu finden. »Weil ich nie ein eifersüchtiger Mensch war. Ich hatte vielleicht keine Langzeitbeziehung wie du, aber ich hatte genug Dates. Manchmal habe ich mich monatelang jedes Wochenende mit derselben Frau getroffen. Aber ich habe nie gefragt, was sie unter der Woche macht. Weil es mich nicht interessiert hat. Es ging immer nur um den Tag, die Zeit, die wir zusammen verbracht haben. Bei der Eifersucht geht es um morgen.«

Sie dachte eine Weile darüber nach, nickte dann und stellte eine Frage, die ich nicht erwartet hatte. »In welchem Verhältnis stehst du zu Lucas?«

»Er ist nicht mein Sohn, falls du das wissen willst.«

»Heute Nachmittag im Büro hat er erwähnt, dass er bei seiner Grandma wohnt und ihr jeden zweiten Samstag zusammen verbringt.«

Ich nickte. »Seine Mutter ist gestorben, und sein Vater ist ein Versager, dem es egal ist, ob er existiert. Er ist mein Patenkind.«

Sie drehte sich um und schaute aus dem Bürofenster. Als sie sich wieder umdrehte, sagte sie: »Hast du *noch etwas* zu sagen?«

Ach, Mist. Hatte ich etwas vergessen? Es klang, als würde sie noch mehr erwarten. Ich ging schnell alles durch, was ich gesagt hatte … Ich hatte zugegeben, dass ich gelogen hatte, dass ich sie schön fand und eifersüchtig gewesen war. Was war da noch?

Als sie mein ratloses Gesicht sah, warf sie mir einen Rettungsring zu. »Du hast dich mir gegenüber die ganze Woche wie ein Idiot benommen. Insbesondere gestern Abend in der Bar.«

Ach, ja. Ja. Das. Das. Ich lächelte. »Habe ich erwähnt, dass es mir leidtut, dass ich mich wie ein Idiot benommen habe? Denn ich könnte schwören, dass ich damit angefangen habe.«

Sie lächelte zurück. »Das hast du nicht erwähnt, nein.«

Ich ging ein paar Schritte auf sie zu. »Es tut mir leid, dass ich mich wie ein Idiot benommen habe.«

»*Wieder einmal*, meinst du.«

Ich nickte. »Ja, wieder einmal. Es tut mir leid, dass ich mich *wieder einmal* wie ein Idiot benommen habe.«

Sie musterte mein Gesicht. »Okay. Entschuldigung angenommen. *Wieder einmal.*«

»Danke.« Ich hatte mein Glück bei ihr für heute genug herausgefordert, also dachte ich, ich sollte gehen. »Ich lasse dich weiterarbeiten.«

»Okay, danke.«

Eigentlich wollte ich nicht gehen, also ließ ich mir Zeit, mich umzudrehen. Kurz bevor ich die Tür erreichte, hielt sie mich auf. »Bennett?«

Ich drehte mich um.

»Nur fürs Protokoll: Ich finde dich auch attraktiv.«

Ich grinste. »Ich weiß.«

Sie lachte. »Gott, du bist so ein Idiot. Ich denke, das ist eher der Grund dafür, dass du noch nie einen Valentinstag mit einer Frau erlebt hast, als dass du nicht auf Kerzen und Romantik stehst.«

»Du willst, dass ich dein Valentin bin, stimmt's? Wahrscheinlich, weil du mich so heiß findest.«

»Gute Nacht, Bennett.«

»Nacht, meine Schöne.«

23. Kapitel

Annalise

Der Kellner füllte unsere Weingläser nach. »Ich sehe nach Ihrem Essen. Kann ich Ihnen in der Zwischenzeit noch etwas bringen?«

Ich sah zu Madison und dann zum Kellner. »Ich glaube, wir haben alles. Vielen Dank.«

Er entfernte sich, und Madison folgte ihm mit den Blicken. Sie führte ihr Glas an die Lippen. »Du solltest mit ihm schlafen.«

»Mit dem Kellner? Der ist vielleicht zwanzig.«

»Nein. *Ich* sollte mit dem Kellner schlafen. *Du* solltest mit dem Biest schlafen.«

Ich hatte sie gerade über die letzte Woche des Bürodramas informiert – von unserem Besuch in den Star Studios und Bennetts anschließendem Verhalten bis hin zu dem unerwarteten Wochenende, dem Besuch im Büro und dem Geplänkel in dieser Woche. Die Stimmung zwischen Bennett und mir wechselte so oft, wie andere Menschen ihre Unterwäsche wechselten.

Ich nickte. »Ja, das ist eine tolle Idee. Mit dem Typen zu schlafen, der mir den Job streitig machen will.«

»Warum nicht? Du kennst doch das alte Sprichwort: Halte

dir deine Freunde nah bei dir und vögele deine Feinde, bis sie bewusstlos werden.«

Ich lachte. »Das ist nicht ganz der Wortlaut des Sprichwortes.«

Sie zuckte mit den Schultern. »Lass es uns pragmatisch sehen. Ihr habt bereits zugegeben, dass ihr euch zueinander hingezogen fühlt. Es ist nicht so, dass das verschwinden würde. Und du musst wieder da rausgehen. Er zieht sowieso in ein paar Monaten um, also ist er der perfekte Lückenbüßer.«

»Ich finde es toll, dass du bereits entschieden hast, dass er derjenige ist, der umzieht, und nicht ich.«

»Natürlich. Dass du gewinnst, ist doch selbstverständlich. Du kannst mich nicht verlassen.«

Ich seufzte. »Bennett ist nicht der Typ, mit dem ich mich zu einem Date treffen würde.«

»Habe ich etwas von einem Date gesagt? Ich habe gesagt, du sollst mit ihm schlafen, nicht ihm den Hof machen, weil er ein potenzieller Ehemann ist. Du sollst ihm das Hirn rausvögeln, nicht mit ihm Porzellan aussuchen.«

»Das ist …« Ich brach ab. Instinktiv wollte ich sagen, *verrückt*. Aber ich musste zugeben … der Gedanke war verdammt verlockend.

Madison grinste wie eine Grinsekatze. Sie kannte mich gut.

»Du denkst daran, ihn zu vögeln, oder?«

»Nein.« Ich spürte, wie meine Haut heiß wurde. »Und bevor du etwas sagst … es ist warm hier drin.«

»Aha.« Sie grinste. »Klar.«

Am nächsten Tag war ich gerade dabei, mit dem 3D-Drucker ein Logo zu drucken, als das verdammte Ding streikte. Irgendwie konnte ich die Düse nicht freibekommen. Bennett kam zu mir, als er sah, wie ich sie auseinandernahm.

»Brauchst du Hilfe?«

»Er war mitten im Drucken und hat dann angefangen, so ein klickendes Geräusch zu machen. Ich glaube, die Düse ist mit Filament verstopft.«

»Ist das das Erste, was du gedruckt hast?«

»Nein. Ich habe davor schon zwei andere Sachen gedruckt, das ging einwandfrei.«

Bennett krempelte die Ärmel seines Hemdes hoch. »Manchmal kommt es zu Überhitzung. Der Heizstab muss erst abkühlen, bevor er sich wieder aufheizt, sonst wird das Filament zu flüssig und verursacht einen Stau.«

Ich starrte auf seine Unterarme hinunter. Sie waren definiert und braun gebrannt, aber das war es nicht, was meine Aufmerksamkeit erregte – sondern das Tattoo, das unter seinem hochgekrempelten Ärmel hervorlugte.

Bennett bemerkte, wohin ich sah. »Hast du irgendwelche Tattoos?«

»Nein. Ist das dein einziges?«

Er wackelte mit den Augenbrauen. »Um das herauszufinden, müsstest du eine Ganzkörperuntersuchung vornehmen.«

Ich rollte mit den Augen.

Er drehte einige Knöpfe am Drucker, zog dann ein silbernes Tablett heraus und steckte einen Arm in die Maschine. Als er ihn wieder herauszog, konnte ich etwas mehr von seiner Tätowierung sehen. Es sah aus wie römische Ziffern, um die etwas gewickelt war.

»Ist das ein Weinstock?«

Er nickte. »Das stammt aus einem Gedicht, das mir sehr wichtig ist.«

Aha. Das hatte ich nicht erwartet.

Bennett öffnete und schloss ein paar Schubladen und schob

dann das silberne Tablett, das er herausgezogen hatte, wieder in den Drucker.

»Es war, was ich dachte. Eine Überhitzung. Der Heizstab hatte wahrscheinlich nicht genug Zeit, um abzukühlen. Ich habe ihn heute Morgen auch ein paar Stunden lang benutzt. Lösch den Auftrag und gib ihm eine Stunde. Wenn das Filament abgekühlt ist, ist die Düse von allein wieder frei.«

»Ah. Okay, toll. Danke.«

»Kein Problem.« Er begann, seinen Hemdsärmel herunterzurollen. »Wenn es schneller gehen soll, habe ich einen kleinen Ventilator in der untersten Schublade meines Schreibtisches. Wenn du ihn über dem Drucker aufstellst und die Luft in einem bestimmten Winkel nach unten bläst, wird die Abkühlung beschleunigt.«

»Schon okay. Ich kann warten.«

Ich hatte ein kleines bisschen ein schlechtes Gewissen, weil ich Material ausdruckte, das ich in ein paar Tagen mit zu den Star Studios nehmen wollte, und er mir dabei half.

»Hat ... Tobias dich jemals zurückgerufen?«, fragte ich.

Der Muskel in Bennetts Kiefer spannte sich an. »Nope. Ich habe drei Nachrichten hinterlassen.« Unsere Blicke trafen sich kurz, bevor er wegsah. »Sag mir Bescheid, wenn du wieder Probleme hast.«

Ich nickte und fühlte mich schuldig. Er kam drei Schritte weit, bevor ich einknickte. »Bennett?«

Er drehte sich um. »Das Essen ist Donnerstagmittag um eins. Marina hat für mich gebucht. Komm doch mit. Wir sind eine Firma. Wir sollten zusammen fahren.«

Es war das Richtige, auch wenn es nicht das Klügste war.

Bennett blinzelte. »Warum solltest du das tun?«

»Weil ich dich mit meiner Arbeit fertigmachen will und

nicht damit, dass irgendein Kunde auf mich steht und dich deshalb nicht zurückruft.«

»Du gibst also endlich zu, dass der Trottel auf dich steht?«

Ich nahm mir ein Beispiel an Bennett. »Tut das nicht jeder?«

Ich zog den Reißverschluss des Handgepäcks auf dem Boden zu.

»Zeigst du mir deine, wenn ich dir meine zeige?«

Ich sah hoch und sah, dass Bennett dreckig grinste.

»Ich meinte die Präsentation, die du in der Tasche hast. Lass die schmutzigen Gedanken sein, Texas.«

Ich lächelte. »Ich dachte schon, du würdest mich sitzen lassen. Das Boarden hat gerade angefangen.«

Bennett stellte einen Koffer auf den Sitz neben mir im Wartebereich und hielt die Hände hoch. Sie waren schwarz und schmierig. »Ich hatte einen Platten und musste auf dem Weg zum Flughafen einen Reifen wechseln.«

»Einen Reifen? Du bist gefahren und hast geparkt? Warum hast du nicht einfach ein Uber genommen?«

»Das habe ich. Aber auf halber Strecke ist ein Reifen geplatzt. Und der Fahrer war um die siebzig und hatte ein Rückenleiden. Er hat den Pannendienst angerufen, um den Reifen wechseln zu lassen, aber die sagten, es würde erst in fünfundvierzig Minuten jemand kommen. Bei dem Berufsverkehr hatte ich dafür keine Zeit. Also habe ich ihn selbst gewechselt.«

»Oh, wow. Das ist Engagement.«

»Ich wäre hierher gerannt, wenn es hart auf hart gekommen wäre.« Er schaute auf die Schlange zum Einsteigen. »Sieht aus, als hätten wir noch ein paar Minuten. Ich sehe mich nach einer Toilette um und versuche, meine Hände sauber zu bekommen. Kann ich meine Präsentation bei dir lassen?«

»Klar. Natürlich.«

»Bist du sicher, dass ich dir vertrauen kann, dass du nicht meine Ideen stiehlst?«

Ich grinste. »Wahrscheinlich nicht. Aber geh trotzdem.«

Als er zurückkam, hatte sich die Schlange schon fast aufgelöst. Ich stand auf. »Wir sollten gehen.«

Bennett nahm seinen Rollkoffer und griff dann nach meinem.

»Den kann ich selbst nehmen.«

»Schon in Ordnung. Ich habe allerdings einen Hintergedanken. Ich werde ihn *aus Versehen* fallen lassen und ein paarmal dagegentreten – um zu sehen, wie gut dein 3D-Modell hält.«

So ein Klugscheißer.

Als wir das Ende der Gangway erreichten, um das Flugzeug zu betreten, fragte ich: »In welcher Reihe sitzt du?«

»Derselben wie du. Wir sitzen beide am Gang, einander gegenüber. Ich habe Marina gebeten, uns zusammenzusetzen, damit wir arbeiten können, wenn wir wollen.«

»Ah. Okay.« *Das hatte ich befürchtet.*

Bennett verstaute unsere Präsentationen im Gepäckfach, und wir nahmen in Reihe elf Platz. Nachdem ich mich angeschnallt hatte, beschloss ich, ihm mein kleines Problem zu schildern.

»Ähm … Nur damit du es weißt, ich bin etwas nervös beim Fliegen.«

Er runzelte die Stirn. »Was soll das heißen? Redest du den ganzen Flug über? *Über die Startbahn rollen. Eine Geschwindigkeit von mindestens hundertachtzig Meilen pro Stunde erreichen, um abzuheben. Den Kopf zwischen die Beine stecken, um meinen hübschen Hintern zum Abschied zu küssen …*«

Ich lachte nervös auf. »Nein. Ich werde auf Flügen leicht

panisch, also benutze ich eine App, die mir hilft, mich zu beruhigen. Es ist eine Kombination aus Meditation, Musik und geführten Atemtechniken. Wenn wir in Turbulenzen geraten, kann ich einen Knopf drücken, und ein Therapeut führt mich durch Beruhigungsübungen.«

»Du verarschst mich.«

»Ich bin mir nicht sicher, ob wir während des Fluges zum Arbeiten kommen.«

Er grinste. »Vergiss die Arbeit. Das ist viel besser. Ich kann es kaum erwarten, dich ausrasten zu sehen.«

Toll. Einfach toll.

Fünf Minuten nach dem Start öffnete ich die Augen und stellte fest, dass Bennett mich grinsend beobachtete.

Ich schüttelte den Kopf. »Amüsiere ich dich?«

»Ja. Und so wie du die Armlehne während des Starts umklammert hast, bin ich froh, dass ich dir gegenübersitze, damit du nicht versehentlich nach etwas anderem greifst, wenn wir in Turbulenzen geraten. Du hattest das Ding im Todesgriff.«

Ich lachte. »Der Start ist der schlimmste Teil für mich. Sobald wir in der Luft sind, geht es normalerweise, es sei denn, es gibt Turbulenzen.«

»Hast du grundsätzlich etwas gegen alle Transportmittel oder nur gegen Autos und Flugzeuge?«

»Sehr witzig.«

»Du hast gesagt, du hättest einen Unfall gehabt und wärst seitdem nervös beim Fahren. Ist beim Fliegen auch etwas passiert? Zum Beispiel Turbulenzen oder so etwas?«

Ich gab mir große Mühe, ein ernstes Gesicht aufzusetzen.

»Mein Vater war Pilot und starb bei einem Flugzeugabsturz.«

Bennett sah schockiert aus. »Shit. Es tut mir so leid. Ich hatte ja keine Ahnung.«

Ich versuchte, weiter eine ernste Miene zu bewahren, aber sein Blick war einfach zu komisch. Ein Lächeln schlich sich in mein Gesicht. »Ich verarsche dich nur. Mein Vater verkauft Versicherungen und wohnt in Temecula.«

Er lachte. »Schön. Ich bin drauf reingefallen.«

Nachdem wir die Reisehöhe erreicht hatten, dauerte der Flug nicht mehr lang, und als Bennett und ich anfingen zu scherzen, verging die Zeit ohnehin wie im Flug. So einfach sollten alle Flüge für meine Nerven sein.

Als wir gelandet waren, meldete sich der Kapitän und sagte, dass wir ein paar Minuten zu früh dran seien und deshalb noch etwas warten müssten, bis wir zu unserem Gate dürften. Ich schaltete meine Flug-App und den Flugzeugmodus an meinem Smartphone aus. Diverse E-Mails füllten meinen Posteingang. Ich bemerkte eine von Tobias und öffnete sie.

Mist. Ich wandte mich an Bennett. »Ich habe gerade eine E-Mail von Tobias bekommen. Er sagte, es gebe einen Notfall, um den er sich kümmern müsse. Er muss unser Mittagessen verschieben.«

»Auf wann?«

Ich runzelte die Stirn, denn ich wusste, was er denken würde. »Er schreibt, ein Meeting habe sich verschoben, und er könne dich heute um fünf einplanen.«

»Nur mich?«

Ich nickte. Wir hatten ihn für zwei Stunden geblockt und geplant, jeweils eine Stunde zu nehmen. »Er möchte, dass wir uns heute Abend um acht zum Essen treffen.«

Der Muskel in Bennetts Kiefer zuckte.

»Ich weiß, was du denkst. Aber selbst wenn es so wäre, ich bin ein großes Mädchen und kann auf mich selbst aufpassen. Und die Tatsache, dass du jetzt hier bei mir bist, sollte dir sagen, dass ich diesen Auftrag fair und anständig gewinnen will, auf der Grundlage meiner Arbeit.«

Er nickte. Wir schwiegen beide, als wir aus dem Flugzeug stiegen. Nachdem wir ein Auto gemietet hatten, wurde mir klar, dass ich meine Rückreisepläne ändern musste. Wenn das Abendessen um acht war, würde ich auf keinen Fall den letzten Rückflug nehmen können. Marina musste für mich ein Hotelzimmer reservieren und meinen Rückflug auf morgen früh umbuchen.

Bennett war damit beschäftigt, sich auf dem Parkplatz der Hertz-Mietstation zurechtzufinden, also brach ich das Eis. »Ich werde Marina bitten, meine Reisepläne zu ändern. Soll sie deine auch ändern?«

»Nein. Ist schon gut. Ich kümmere mich darum.«

Er sprach erst wieder, als wir auf den Highway in Richtung Star Studios fuhren. »Wir haben jetzt einen ganzen Tag Zeit. Willst du in ein Café gehen und dich auf die Arbeit vorbereiten?«

Keiner von uns hatte seinen Laptop eingepackt, da wir das Präsentationsmaterial mitnehmen mussten. Allerdings hatten wir unsere Telefone dabei, um wenigstens E-Mails zu beantworten. Aber das würde nicht einen ganzen Tag in Anspruch nehmen. Tobias' E-Mail hatte für eine gewisse Spannung zwischen uns gesorgt, darum dachte ich, dass etwas Entspannung vielleicht nicht schlecht wäre.

»Ich habe eine bessere Idee.«

»Und zwar?«

Ich grinste. »Eine Fußmassage.«

24. Kapitel

Bennett

Sie wollte sich über mich lustig machen.

»Was machst du da?«

Annalise schlug die Augen auf. Wir saßen nebeneinander auf übergroßen Stühlen, während zwei Frauen unsere Füße massierten.

»Was?«

»Du siehst aus, als würdest du gleich anfangen zu stöhnen.« In ihren Augen lag tatsächlich ein verträumter Ausdruck. Sie beugte sich vor, um mir etwas zuzuflüstern. »Ehrlich gesagt könnte ich wahrscheinlich ... *du weißt schon* ... von einer Fußmassage. Das ist meine liebste Art der Entspannung überhaupt.«

Mein Gott. Ich schaute auf ihre Füße hinunter. Ich hatte noch nie an den Zehen einer Frau gelutscht, obwohl ich nichts dagegen hätte. Es hatte sich nur noch nie die richtige Gelegenheit ergeben. Aber in diesem Moment war ich mir absolut sicher, dass ich etwas verpasst hatte. Wenn sich eine kleine Fußmassage für eine Frau so gut anfühlte, war ich vielleicht sogar nachlässig gewesen. Das musste ich sofort ändern, und ich wusste genau, wo ich anfangen wollte. Ich fragte mich, was die beiden Masseurinnen getan hätten, wenn ich aufgestanden wäre und eine aus dem Weg gestoßen hätte, um ihre Hände durch meinen Mund zu ersetzen.

Annalise schloss die Augen und träumte glücklich weiter. Ich beobachtete sie einen langen Moment und beugte mich dann vor, um ihr ins Ohr zu flüstern.

»Wenn das deine Lieblingsentspannung ist, dann hat dir der Trottel einen Gefallen getan, indem er Schluss gemacht hat. Ich kann mir ein paar Dinge vorstellen, bei denen du dich rückgratlos fühlen würdest.«

Sie lachte. Nur dass ich keinen Scherz gemacht hatte. Und ich empfand einen unbändigen Drang, ihr das zu beweisen. Ich versuchte, mich zu entspannen und den Rest der Massage zu genießen, aber es war zu spät. Die nächsten dreißig Minuten malte ich mir im Wesentlichen aus, was ich mit der Frau neben mir alles anstellen könnte, sodass sie eine Fußmassage für ein Kinderspiel halten würde. Na ja, das und der Gedanke an all die ekelhaften Füße mit Pilzbefall, die die Frau, die mir die Füße massierte, direkt vor mir massiert hatte. Ich brauchte eine Methode, um den ständig drohenden Steifen in Schach zu halten.

Nachdem unsere Massagen vorbei waren, gingen wir nach nebenan in ein asiatisches Nudelhaus, um zu Mittag zu essen. Annalises Telefon begann zu summen, während wir die Speisekarte studierten.

»Es ist meine Mutter. Entschuldige mich einen Moment.«

Sie stand nicht vom Tisch auf, also hörte ich mir ihre Seite des Gesprächs an.

»Hallo, Mom.«

Pause.

»Ja, das klingt gut. Ich bringe den Nachtisch mit.«

Pause.

»Wir waren neulich erst zusammen Abend essen. Sie sagte, dass sie übers Wochenende zu ihrer Schwester fährt. Aber ich frage sie trotzdem.«

Wieder eine Pause. Diesmal sprang ihr Blick zu mir. »Hm. Das bezweifle ich. Aber ich kann ihn fragen.«

Sie sprach noch ein paar Minuten und legte dann auf.

»Alles in Ordnung?«, fragte ich.

Annalise seufzte. »Ja. Meine Mutter kann einfach nicht anders. Sie macht nächstes Wochenende eine private Weinprobe mit den ersten Flaschen der Saison und sagte, ich sollte meine beste Freundin Madison einladen. Dann sagte sie, ich sollte dich einladen. Sobald sie einen geeigneten Junggesellen für ihre Tochter wittert, ist sie wie ein Pitbull. Ich sage ihr, dass du keine Zeit hast.«

»Warum? Ich habe dieses Wochenende nichts anderes vor, als zu arbeiten.«

»Es wäre ... Ich weiß nicht ... sonderbar, wenn du mitkommen würdest.«

»Es kann nichts so sonderbar sein, wie neben dir zu sitzen und zuzusehen, wie eine ein Meter fünfzig große Asiatin dir fast einen Orgasmus verschafft.«

Sie lachte. »Da hast du wohl recht.«

»Außerdem kennen wir beide die Wahrheit.« Ich zwinkerte ihr zu. »Dass deine Mutter mich einlädt, tut sie im Grunde nicht für ihre Tochter.«

»Ich habe ihr gesagt, dass wir um eine Beförderung konkurrieren und nicht darum kämpfen, unsere Jobs hier in Kalifornien zu behalten. Den möglichen Umzug nach Texas habe ich nicht erwähnt, weil ich sie nicht unnötig beunruhigen wollte. Aber wenn ich ihr sagen würde, dass du nur daran interessiert bist, mich achtzehnhundert Meilen weit weg zu schicken, würdest du dich wundern, wie schnell es mit ihrer Freundlichkeit vorbei wäre. Sie passt supergut auf mich auf.«

Das war beileibe nicht das *einzige Interesse*, das ich an Annalise hatte. Aber sie hatte recht, und wenn ihre Mutter von Texas wüsste oder von den Dingen, die ich in meiner Fantasie mit ihrer Tochter angestellt hatte, wäre sie sicher mit einem langen Korkenzieher hinter mir her.

»Bist du ein Einzelkind?«

»So ungefähr. Meine Schwester ist gestorben, als sie acht war.«

»Shit. Das tut mir leid.«

»Danke. Sie war fünf Jahre älter, also war ich erst drei, als es passierte. Sie hatte ein Neuroblastom – einen sehr aggressiven Kinderkrebs. Ich wünschte, ich könnte mich besser an sie erinnern. Aber zumindest erinnere ich mich nicht allzu sehr an ihren Tod. Aber um deine Frage zu beantworten: Ich habe keine anderen Geschwister. Meine Eltern hatten danach Probleme in ihrer Ehe. Und was ist mit dir? Laufen da draußen noch andere Füchse herum, nach denen ich Ausschau halten sollte?«

Ich schüttelte den Kopf. »Nur der eine. Mein Vater starb, als ich drei war – Herzinfarkt mit neununddreißig. Mom ist nie wirklich darüber hinweggekommen und hat auch nicht wieder geheiratet. Allerdings ist sie vor zwei Jahren nach Florida gezogen, um näher bei ihrer Schwester zu sein, und in letzter Zeit hat sie immer wieder erwähnt, dass sie mit einem Typen namens Arthur spazieren geht. Ich dachte mir, ich sollte vielleicht bald mal hinfahren, um zu sehen, ob ich Artie in den Arsch treten muss.«

»Das ist ja süß.«

»Ja, so bin ich. Süß.«

Die Kellnerin kam und nahm unsere Essensbestellung auf.

Annalise bestellte eine Suppe, eine Vorspeise und ein Mittagessen.

»Für ein kleines Ding kannst du ganz schön viel essen.«

»Ich habe heute Morgen nichts gegessen, weil ich wegen des Flugs so nervös war. Und ich werde heute Abend erst um acht Uhr essen, also dachte ich, ich lege mir besser einen Vorrat an.«

Die Erinnerung an ihr Abendessen mit Tobias heute Abend verdarb mir den Appetit. »Also, wo ist dieses Date heute Abend?«

Sie runzelte die Stirn. »Es ist kein Date.«

»Ach ja, stimmt. Lass es mich anders ausdrücken. Wo ist die geschäftliche Besprechung mit dem Kerl, der dir an die Wäsche will?«

Sie verschränkte die Arme vor der Brust. »Das sag ich dir nicht.«

»Ein romantisches kleines italienisches Bistro mit Kerzen? Vielleicht ein Eckplatz neben dem Kamin.«

»Idiot.«

»Französisch? Vielleicht Chez Affaire.«

»Es ist dasselbe Lokal, in dem wir letztes Mal gegessen haben. Genau dasselbe Restaurant, in dem wir beide waren und mit dem gesamten Team von Star gesprochen haben. Derselbe Ort, der noch vor zwei Wochen eine logische und bequeme Wahl für ein Treffen zu sein schien. Aber ich bin mir sicher, dass du davon überzeugt bist, dass er es heute nicht ohne Hintergedanken gewählt hat.«

Ich hatte sie geärgert, aber *verdammt*, der Gedanke, dass die beiden in dem Hotel, in dem sie übernachtete, zu Abend essen würden, haute mich tatsächlich um. Und ich versuchte nicht einmal, mir einzureden, dass es etwas mit dem Geschäft zu tun hatte. Ich hatte schon einmal zugegeben, dass ich eifersüchtig war. Es hatte keinen Sinn, meine Schwäche ein zweites Mal vor der Konkurrenz zu offenbaren. Also schluckte ich es herunter. Zumindest versuchte ich es.

»Es ist bequem. *Sehr* praktisch.«

Vielleicht hatte ich dem Kerl keine Chance gegeben.

Tobias klopfte mir auf die Schulter, als wir das Büro des Direktors für Filmeinkauf verließen. Er schwärmte von dem Marketingplan, den ich mir ausgedacht hatte, einschließlich des neuen Logos und der Slogans. Und nun war es das dritte Büro, zu dem er mich geführt hatte, das von meinen Ideen begeistert zu sein schien.

»Ich bin seit drei Wochen hier, und das war das erste Mal, dass ich Bob Nixon lächeln gesehen habe. Entweder hast du einen Volltreffer gelandet, oder der Typ nimmt seit Kurzem neue Medikamente.«

»Vielen Dank, dass du dir die Zeit dafür genommen hast. Ich weiß, dass dir heute etwas dazwischengekommen ist, deshalb weiß ich es zu schätzen, dass du uns trotzdem noch unterbringen konntest.«

Wir gingen zurück in sein Büro. »Jederzeit. Ich freue mich, wenn ich helfen kann. Jetzt, wo ich einige deiner großartigen Ideen gesehen habe, freue ich mich schon auf die endgültigen Konzepte, wenn wir in ein paar Wochen zu eurem Büro kommen. Ich habe von Annalise schon viel Gutes über deine Arbeit gehört, und jetzt weiß ich auch, warum.«

Ich kam mir langsam wie ein Vollidiot vor. Ich hatte zugelassen, dass meine persönlichen Gefühle dem Geschäftlichen in die Quere kamen – sie hatten mein Urteilsvermögen gegenüber Tobias getrübt –, und Gott weiß, wie hart ich Annalise wegen dieses Kerls angegangen war. Und jetzt pries sie mich dem

Mann an, der die Kampagne auswählte, die dazu beitrug, meinen verdammten Job zu behalten.

»Ich bin sicher, dass ihre Präsentation genauso gut sein wird, wenn nicht sogar noch besser. Sie ist unglaublich begabt«, sagte ich.

Das Telefon in Tobias' Büro klingelte. Er nahm ab und sagte demjenigen, der in der Leitung war, dass er eine Minute bräuchte, und hielt sich dann den Hörer an die Brust. »Warum schenkst du uns zur Feier des Tages nicht zwei Drinks ein?« Er deutete mit dem Kinn auf eine lange Anrichte, die unter den Fenstern stand. »Im mittleren Schrank sind ein schöner Brandy und Gläser.«

Während er telefonierte, holte ich zwei Highball-Gläser aus Kristall und eine Karaffe mit bernsteinfarbener Flüssigkeit heraus. Oben auf dem Schrank standen ein paar gerahmte Fotos, die ich mir ansah, während ich wartete. Eines zeigte einen kleinen blonden Jungen und ein älteres Mädchen, die irgendwo auf einem Felsen in den Bergen saßen. Einige zeigten Prominente und Tobias bei verschiedenen Filmpremieren. Das letzte war ein Foto von einer Frau mit denselben zwei kleinen Kindern wie auf dem ersten Foto, nur dass sie auf dieser Aufnahme älter waren und alle drei die Hände in die Luft streckten, während sie in einer Achterbahn nach unten rasten. Dabei strahlten sie.

Ich schüttelte den Kopf. Ich war wirklich von Eifersucht geblendet gewesen. Dieser Typ war offensichtlich glücklich verheiratet und hatte eine nette kleine Familie. Beim letzten Mal hatte ich die Situation völlig falsch eingeschätzt.

Oder … *vielleicht auch nicht.*

Tobias legte auf, als ich das letzte gerahmte Foto abstellte. »Du hast eine wunderschöne Familie«, sagte ich.

Er kam um seinen Schreibtisch herum und nahm sich eines der Gläser mit Brandy, die ich eingeschenkt hatte. Dann nahm er das Bild in die Hand, das ich gerade abgestellt hatte. Er ließ die Flüssigkeit in seinem Glas kreisen und starrte darauf hinunter.

»Candice ist wirklich schön. Schade, dass sie eine verdammte Schlampe auf Rädern ist. Wir haben uns vor neun Monaten getrennt. Bei all dem #MeToo-Mist dachte ich, es wäre besser, meine Fassade als glücklich verheirateter Mann in der Öffentlichkeit aufrechtzuerhalten.«

Er hob sein Glas und stieß mit mir an. »Apropos schöne Frauen, ich bin gespannt, was sich deine Kollegin später ausgedacht hat.«

25. Kapitel

Annalise

Er ist so ein Idiot.

Ich behielt ein falsches strahlendes Lächeln auf dem Gesicht, als ich mich von Tobias verabschiedete. Aber kaum war er durch die Drehtür, machte ich auf dem Absatz kehrt, setzte eine finstere Miene auf und ging zur Bar, um nach meinem Stalker zu suchen. Ich hatte eine Art Déjà-vu.

»Entschuldigen Sie!«, rief ich dem Barkeeper zu. »Ich suche den Mann, der sich vor ein paar Minuten an das Ende der Theke gesetzt hat.«

Er nickte. »Trinkt Corona und sieht aus, als hätte jemand seinen Hund überfahren?«

»Das ist er.«

»Hat seine Rechnung bezahlt und ist vor ein oder zwei Minuten gegangen. Ich weiß nicht, ob er hier wohnt, weil er bar bezahlt hat. Ich habe nicht gesehen, in welche Richtung er gegangen ist.«

»Oh, er wohnt hier«, murmelte ich und machte mich auf den Weg zur Rezeption. »Darauf würde ich mein Leben verwetten.«

An der Rezeption gab es zwei Angestellte, und beide waren bereits mit anderen Gästen beschäftigt, also stellte ich mich an.

Doch während ich wartete, dämmerte mir, dass sie vielleicht nicht so einfach die Zimmernummer eines anderen Gastes herausgeben würden. Also ging ich zurück in die Lobby, kramte mein Handy hervor und suchte die Telefonnummer des Hotels heraus.

»Hallo. Ich versuche, einen Gast zu erreichen. Ehrlich gesagt ist er mein Chef. Er hat mir die Durchwahl zu seinem Zimmer für eine Telefonkonferenz gegeben, die wir gleich führen werden, aber ich scheine sie verlegt zu haben.«

»Ich kann Sie verbinden. Wie ist der Name des Gastes?«

»Hm ... Könnten Sie mir vielleicht einfach noch einmal die direkte Nummer geben? Er hat sie mir gegeben, weil ich mit ein paar anderen Leuten auf einer Konferenzleitung anrufe und er aus Gründen des Datenschutzes den Namen des Hotels, in dem er wohnt, nicht preisgeben möchte. Die Telefonistin nennt den Namen des Hotels, wenn man in der Zentrale anruft. Er wird mich umbringen, weil ich sie verloren habe.«

»Sicher. Kein Problem. Wie heißt der Gast?«

»Bennett Fox.«

Als ich Marina vorhin meine Durchwahlnummer gegeben hatte, war mir aufgefallen, dass meine Zimmernummer die letzten vier Ziffern der Telefonnummer bildete. Entweder war das ein toller Zufall, oder sie funktionierten alle auf diese Weise.

Ich hörte, wie sie einige Tasten tippte, bevor sie in die Leitung zurückkehrte. »Die direkte Nummer wäre 213-555-7003.«

»Vielen Dank.«

»Kein Problem. Schönen Abend noch.«

Ich wischte, um das Gespräch zu beenden. *Oh, ich werde mir einen schönen Abend machen – ich werde den Idioten in Zimmer 7003 zusammenstauchen.*

Konnte Blut tatsächlich kochen? Auf der Fahrt mit dem Aufzug in den siebten Stock begann ich zu schwitzen. Es fühlte sich an, als würde die Hitze aus jeder einzelnen Pore strömen – so wütend war ich.

Ich hatte nicht nur dafür gesorgt, dass dieser Idiot die Chance bekam, Tobias seine Ideen vorzustellen, sondern ich hatte auch nie ein schlechtes Wort über ihn verloren und nicht versucht, meine Freundschaft mit Tobias zu meinem Vorteil zu nutzen. Und was machte dieser Idiot? Er erfand Lügen über mich, damit ich wie ein Trottel dastand, wenn ich mit dem Kunden sprach.

Die Fahrstuhltüren glitten auseinander, und ich marschierte zu Zimmer 7003. Ohne mir eine Minute Zeit zu nehmen, um mich zu beruhigen, hämmerte ich gegen die Tür. Als sie nicht innerhalb von drei Sekunden geöffnet wurde, hämmerte ich noch einmal dagegen, diesmal lauter. Die Tür schwang mitten im Klopfen auf.

»*Was zum Teufel?*«, brüllte Bennett.

Wäre ich nicht so wütend gewesen, hätte mich der Anblick von Bennett Fox mit nacktem Oberkörper ablenken können. Aber ich war so wütend, dass es mich nur noch mehr in Rage brachte zu sehen, was für durchtrainierte Bauchmuskeln er hatte.

Natürlich hat er auch noch einen perfekten Körper. Was für ein Arsch.

Ich marschierte direkt an ihm vorbei in sein Hotelzimmer.

Er blieb einen Moment an der Tür stehen und blinzelte, als wüsste er nicht, was los war. Schließlich schüttelte er den Kopf und ließ den Türknauf los, den er immer noch in der Hand hielt.

»Komm rein. Ich war gerade nicht dabei, mich auszuziehen.«

»Du hast vielleicht Nerven.«

»Ich habe eine Menge Nerven. Du musst schon etwas genauer sagen, was für eine Laus dir über die Leber gelaufen ist.«

Als er sich dumm stellte, verlor ich die Beherrschung. Nicht, dass ich mich vorher besonders unter Kontrolle gehabt hätte, aber ich rastete aus.

Ich baute mich vor ihm auf und bohrte ihm meinen Finger in die Brust. »Ich bin in einer festen Beziehung mit *Marina*? Was zum Teufel ist los mit dir?«

»Oh. *Das*.«

»Ich habe mich dir gegenüber immer nur anständig verhalten, und wie revanchierst du dich dafür? Du erzählst dem Kunden, ich hätte eine Affäre mit einer Mitarbeiterin, damit ich völlig unprofessionell aussehe!«

Er hob die Hände, als ob er sich ergeben wollte. »Nein. Nein. Das wollte ich überhaupt nicht.«

»Ach, wirklich? Du hast also *aus Versehen* unserem Kunden erzählt, dass ich mit unserer Assistentin schlafe, und was wolltest du damit erreichen? Mich professionell aussehen lassen?«

Bennett fuhr sich mit der Hand durchs Haar. »Ich habe nicht nachgedacht.«

»Blödsinn. Du wusstest genau, was du tust!«

»Der Typ ist ein Drecksack. Ich habe versucht, die Dinge professionell zu halten. Ich habe es gesagt, damit er dich nicht anbaggert.«

»Ich glaube, allmählich fängst du an, deine eigenen Lügen zu glauben, und das macht deine lächerlichen Ausreden dermaßen glaubwürdig. Du bist ein Meister im Manipulieren, um Menschen fertigzumachen, wenn sie sich verletzlich fühlen.«

Ich zog einen Schmollmund und ahmte seine Entschuldigung nach. »Es tut mir leid, Annalise. Ich war eifersüchtig.

Oh nein, ich wollte dich nur vor dem großen bösen Kunden beschützen.«

Bennett biss die Zähne zusammen und starrte mich an.»Ich habe dich nicht manipuliert.«

Frustriert wandte ich mich zum Gehen. Aber dann besann ich mich eines Besseren und ging zurück, um ihm eine letzte Frage zu stellen.»Warum bist du überhaupt noch hier, Bennett?«

Es machte mich wütend, dass er Spielchen spielte. Seine Nasenflügel blähten sich auf, als hätte *er* Grund, sauer zu sein.

»Antworte mir!«

Ehe ich es mich versah, drängte mich Bennett mit dem Rücken an die Tür. Er neigte das Gesicht zu meinem herunter, und stützte sich rechts und links von mir an der Tür ab. Seine nackte Brust hob und senkte sich so nah an meiner, dass ich die Hitze spüren konnte, die von ihm ausging. Lust ließ das sanfte Grün seiner Augen fast grau wirken.

»Ich bin hier, weil ich mich verdammt noch mal nicht von dir fernhalten kann.«

Mir fiel die Kinnlade runter.»Das verstehe ich nicht.«

»Dann sind wir schon zu zweit.«

Nichts ergab einen Sinn. In der einen Minute kamen wir gut miteinander aus, und ich sah Bruchstücke einer Person, die ich wirklich mochte. Doch dann ...

»Warum verletzt du mich immer wieder?«

Bennett ließ einen Moment den Kopf hängen, während ich versuchte zu begreifen, was passierte.

Als er aufblickte, waren seine Augen von Reue erfüllt.»Ich will dich nicht verletzen. Aber du machst mich verrückt. In einunddreißig Jahren habe ich noch nie eine Frau so begehrt wie dich, und natürlich bist du die einzige Frau, die ich nicht haben kann.«

Ich schluckte. Mein Herz fühlte sich an, als würde es gegen meine Brust hämmern. »Ich glaube dir nicht«, flüsterte ich. Sein Blick fiel auf meinen Mund, und er stöhnte. Das Geräusch schoss direkt zwischen meine Beine, und meine Lippen öffneten sich mit einem leisen Keuchen, von dem ich hoffte, dass er es nicht hörte.

Aber das böse Grinsen, das sich auf seinem Gesicht ausbreitete, verriet mir, dass er es mit Sicherheit gehört hatte.

»Du glaubst mir nicht? Was sollen wir dagegen tun?«

»Bennett, ich ...«

Er schob die Finger fest in mein Haar und zog mich an sich. Seine Lippen pressten sich auf meine und erstickten den Rest meiner Worte. Ich war schockiert, wie stark ich auf ihn reagierte – mein Körper leuchtete auf wie ein Weihnachtsbaum. Seine Hände glitten nach oben, er legte sie auf meine Wangen, neigte meinen Kopf und tauchte seine Zunge in meinen Mund. Meine Tasche und meine Mappe fielen auf den Boden. Alles andere um uns herum hörte auf zu existieren.

Ich schlang meine Arme um seinen Hals und grub meine Nägel in sein Haar. Er stöhnte erneut, packte mit beiden Händen nach meinem Hintern und hob mich hoch. Ich schlang die Beine um seine Taille. *Gott, ich liebe Röcke.*

Nachdem ich schutzlos offen für ihn war, drückte Bennett seinen Körper an meinen. Ich spürte, wie seine harte Länge auf meine Hitze traf, und er knurrte.

»Fuck. Du fühlst dich so verdammt gut an.«

Ich wimmerte, als er den Kuss vertiefte, grub meine Nägel in seinen Rücken und klammerte mich an ihn. Unser Kuss war verzweifelt und bedürftig, nieder und schmutzig, und ich spürte, dass ein Herz eine Million Mal pro Stunde schlug, war aber nicht sicher, ob es seins oder meins war. Als wir schließlich nach Luft schnappten, keuchten wir, und mir war schwindlig.

Bennett schmiegte sich an meinen Hals, während ich versuchte, zu Atem zu kommen. Er küsste sich von meinem Schlüsselbein bis zu meinem Ohr hinauf. »Es gibt so viele Dinge, die ich mit dir machen möchte.« Ich liebte den heiseren Klang seiner Stimme.

»Was zum Beispiel?« flüsterte ich. Ich spürte, wie sich seine Lippen an meinem Hals zu einem Lächeln verzogen. »Ich möchte dich überall schmecken.« Er zog leicht und unerwartet an meinen Haaren und entblößte mehr von meinem Hals, während er sich seinen Weg zurück nach unten küsste.

»Ja.«

»Ich möchte mein Gesicht zwischen deinen Beinen vergraben, bis du meinen Namen schreist.«

»Ja.«

»Ich möchte, dass du auf allen vieren bist, damit ich überall sein kann, damit du nichts anderes denken oder nichts anderes fühlen kannst als mich. Eine Hand spielt mit deinen Brüsten, die andere befingert deinen Hintern. Mein Schwanz bewegt sich tief in dir.« Er drückte seine Erektion gegen meine entblößte Mitte, und ich verdrehte die Augen.

Oh Gott. Es fühlte sich so gut an. Mein Körper begann zu vibrieren. Ich hatte das Gefühl, ich könnte allein davon kommen, dass ich ihn an mir spürte und seine sexy Stimme mir sagte, was er tun wollte.

So war es zwischen Andrew und mir nie gewesen, noch nicht einmal am Anfang.

Bennett hob mich hoch und trug mich in sein Zimmer. Ich erwartete, dass ich mit dem Rücken auf dem Bett landen wür-

233

de, doch stattdessen setzte er mich vor dem Bett ab und trat einen Schritt zurück. Er ließ den Blick aus seinen glänzenden Augen meinen Körper auf und ab wandern, und ein paar Herzschläge lang dachte ich, dass er sich vielleicht noch einmal überlegte, was eigentlich gerade passierte, was gleich passieren würde.

»Zieh dich für mich aus.«

Der selbstbewusste Tonfall und der angestrengte Klang seiner Stimme verursachten mir eine Gänsehaut am ganzen Körper. Manchmal trieb mich sein Selbstbewusstsein dazu, ihn am liebsten zu ohrfeigen. Ein anderes Mal trieb es mich offenbar dazu, mich nackt auszuziehen.

Ich knöpfte meine Bluse auf und sah zu ihm hoch. Ich war so oft unsicher gewesen, ob ich ihm trauen konnte, aber die Art von Verlangen, die ich jetzt in seinen Augen sah, konnte man nicht vortäuschen.

»Seit dem Tag, an dem du das Büro betreten hast, konnte ich mich auf nichts mehr konzentrieren«, sagte er. »Du hast in all meinen Fantasien die Hauptrolle gespielt, selbst als ich versucht habe, dich zu hassen.«

Ich streifte meine Bluse von den Schultern und ließ sie auf den Boden fallen.

»Zieh den Rock aus.«

Es war leicht, sich mutig zu fühlen, so wie er mich ansah. Ich griff nach hinten, öffnete den Reißverschluss meines Bleistiftrocks und ließ ihn auf den Boden gleiten. Ich war dankbar, dass ich einen hübschen Spitzen-BH und einen Tanga trug, die mein Selbstvertrauen stärkten. Nur in Unterwäsche und meinen Pumps stand ich nun vor ihm.

Bennett öffnete den Knopf seiner Hose. Die Spur aus Haaren, die sich zu seinem Bauchnabel hochzog, machte mich total an. Er zog sich die Hose aus, und beim Anblick der Beule in seinen engen Boxershorts bekam ich große Augen.

Verdammt! Jetzt weiß ich, woher sein dreistes Selbstvertrauen kommt.

Er hob das Kinn an. »BH.«

Ich öffnete den Verschluss und warf ihn zur Seite. Meine Nippel waren bereits hart, aber sie schmerzten geradezu, als ich beobachtete, wie er sich über die Lippen leckte.

»Du bist unglaublich.«

Es gefiel mir, wie er Dinge verlangte, aber ich wollte ihm zeigen, wie bereit ich war. Also holte ich tief Luft, schob die Daumen in die Seiten meines Höschens und streifte das letzte Stück Kleidung ab, ohne dass er es mir sagte.

Bennett lächelte, als wüsste er genau, was ich ihm mitgeteilt hatte. Sein Blick glitt langsam über meinen Körper, und seine Augen wurden dunkel, funkelten jedoch verschmitzt.

Er deutete auf meine Pumps. »Die bleiben an.«

Er führte mich zum Bett, bedeutete mir, mich auf die Bettkante zu setzen, und ließ sich auf die Knie fallen. Der Anblick war verdammt spektakulär. Bennett Fox hatte schon immer gut ausgesehen, aber halb nackt, jeder definierte Muskel deutlich sichtbar, während er vor mir kniete, war ein ganz neues Maß von sexy. Er schaute mir in die Augen, während er meine Knie so weit wie möglich auseinanderdrückte.

Ich rang nach Luft, als Bennett sich vorbeugte und seine Zunge in einem langen Strich über mich zog. Anders als beim Ausziehen unserer Kleidung gab es nichts Langsames oder Neckisches, als er sein ganzes Gesicht zwischen meinen Beinen vergrub. Er war nicht sanft und zärtlich, sondern rau und verzweifelt. Abwechselnd saugte er an meiner Klitoris, schob seine Zunge in mich hinein und leckte mich mit langen Strichen, die mich dazu brachten, dass ich ihn dort festhalten und ihn nie wieder nach Luft schnappen lassen wollte. Ich ließ den Kopf nach hinten sinken, und es fiel mir schwer, mich aufrecht zu halten. »Oh Gott.«

Mein Schrei entlockte ihm ein Knurren, und er trieb mich noch weiter. Ich begann mich zu winden, während mein Körper zitterte und Wellen der Lust zwischen meinen Beinen pochten. Ich zerrte an Bennetts seidigem Haar und stöhnte, als mich intensive Wellen der Ekstase überrollten. Tränen stiegen mir in die Augen, weil meine Gefühle irgendein Ventil brauchten, und ich ließ mich auf das Bett zurückfallen, weil ich dem Gewicht meines eigenen Körpers nicht mehr standhalten konnte.

Durch den Nebel meines befriedigten Gehirns hörte ich in weiter Ferne, wie eine Folie geöffnet wurde. Als Nächstes hob mich Bennett vom Fußende ans Kopfende und ließ sich dann auf mich herab.

Ich hatte erwartet, dass sich das rasante Tempo fortsetzen würde, aber dieser Mann hatte mich seit dem Tag, an dem ich ihn kennengelernt hatte, immer wieder überrascht. Er strich mir die Haare aus dem Gesicht, beugte sich sanft vor und küsste mich auf die Lippen.

»Geht es dir gut?«

Da ich noch nicht sicher war, ob ich sprechen konnte – oder vielleicht nie wieder –, antwortete ich mit einem breiten Grinsen und nickte. Er lächelte auf mich herab und drang in mich ein. Wir hielten unseren Blick fest, und unser Lächeln wich einem ernsten Ausdruck, als wir beide die intensive Verbindung spürten. Er bewegte sich langsam mit kurzen, beherrschten Stößen. Als mein Körper sich an seine Größe gewöhnt hatte, stieß er etwas tiefer und härter in mich hinein, bis er schließlich ganz in mich eindrang und mich vollständig ausfüllte.

Gemeinsam fanden wir unseren Rhythmus – er pumpte, und ich erwiderte jeden Stoß, bis unsere Körper schweißbedeckt waren und der Klang und Geruch von Sex die Luft um uns herum erfüllte. Bennett griff in meine Kniekehle und hob mein Bein an, wobei er den Winkel seiner Stöße nur leicht veränderte, aber er hatte meine empfindliche Stelle gefunden.

»Bennett ...«

Sein Kiefer spannte sich an, so wie er es oft tat, wenn ich ihn verärgert hatte. Erst jetzt wurde mir klar, dass das Anspannen seiner Muskeln nicht so sehr Ausdruck von Wut war, sondern vielmehr der Versuch, etwas zurückzuhalten. Und dieses Mal versuchte er, das Ende für mich hinauszuzögern.

Ich stöhnte auf, als mein Orgasmus einsetzte, und schloss die Lider.

»Auf keinen Fall, Süße. Öffne die Augen.«

Bennett beschleunigte seine Stöße, und ich hielt seinen Blick um jeden Preis fest. Mein Körper bebte, als ich mich um ihn zusammenzog. Der Impuls, mich vor seinem durchdringenden Blick zu verstecken, war stark, aber ich überwand mich und gab ihm, was er wollte.

Er lächelte auf mich herab, als mein Orgasmus abebbte, dann verhärtete sich jeder Muskel in seinem Körper, und er fing an, mich wirklich zu nehmen – hart und wild mit strafenden Stößen, die in einem Brüllen endeten, das den Raum erschütterte.

Danach vergrub er sein Gesicht in meinem Haar und küsste meinen Hals, während er weiterhin langsam in mich hinein und wieder aus mir herausglitt. Keiner von uns beiden schien den Moment beenden zu wollen, also verweilten wir so lange wie möglich und gaben die Verbindung nicht auf. Aber schließlich musste er aufstehen, um sich um das Kondom zu kümmern.

Bennett stieg aus dem Bett und ging ins Badezimmer, und die kühle Luft, die auf meine schweißnasse Haut traf, ließ mich frösteln. Die Kälte wirbelte meine Gedanken über das, was gerade passiert war, durcheinander.

Noch nie in meinem Leben war ich so gefickt worden. Und ich hatte das Gefühl, dass, was auch immer das zwischen uns war, ich schon bald auf eine Weise gefickt werden würde, die nicht halb so viel Spaß machte.

26. Kapitel

Annalise

Wir lagen in dem dunklen Zimmer still nebeneinander. Ich fragte mich, ob er es bereits bedauerte. »Was denkst du gerade?«, fragte ich.

Er atmete tief aus. »Die Wahrheit?«

»Natürlich.«

»Ich habe darüber nachgedacht, wie ich es schaffe, auf meinem Telefon auf Aufnahme zu drücken, ohne dass du es merkst, bevor ich dich noch mal lecke. Ich muss das Geräusch aufnehmen, das du machst, wenn du kommst, damit ich mir dabei einen runterholen kann, wenn du mich in einer halben Stunde abserviert hast.«

Ich lachte und drehte mich zu ihm. »Welches Geräusch?«

»Es ist eine Kreuzung aus Stöhnen und Schreien, aber ziemlich heiser und verdammt heiß.«

»Ich schreie nicht.«

»Oh doch, das tust du, Süße.«

Ich hatte wirklich keine Ahnung, was heute Abend aus meinem Mund gekommen war. Es war eine Art außerkörperliche Erfahrung, über die ich keine Kontrolle hatte.

»Und wie kommst du darauf, dass ich dich in einer halben Stunde abserviere?«

Bennett drehte sich zu mir um und strich mir eine Haarsträhne von der Wange. »Weil du klug bist.«

Ich hatte keine Ahnung, wie sich das, was gerade passiert war, entwickeln würde. Anders als sonst hatte ich nicht über die Konsequenzen meines Handelns nachgedacht. Stattdessen hatte ich getan, was sich in dem Moment richtig angefühlt hatte. Und das, was sich in dem Moment richtig angefühlt hatte, hatte sich weiß Gott zu einem absolut gigantischen Gefühl entwickelt. Also blieb ich bei dieser Einstellung und erlaubte mir nicht, irgendetwas zu sehr zu analysieren.

»Andrew hat nicht … Er stand nicht wirklich auf Oralsex. Ich glaube, das Geräusch, das du gehört hast, war der Korken einer sehr fest verschlossenen Sektflasche.«

Bennett stützte seinen Kopf auf den Ellbogen. »Was zum Teufel soll das heißen? Er stand nicht *wirklich* auf Oralsex? Willst du damit sagen, dass er nicht gut darin war, dich zu lecken?«

»Nein. Ich sage nur, dass es nicht oft passiert ist. Also … so gut wie nie.«

»Aber es gefällt dir?«

Ich zuckte mit den Schultern. »Ihm aber nicht.«

»Und genau das ist in Kürze das Problem eurer Beziehung gewesen. Ich spreche nicht nur von Sex. Jeder Mann, der sich nicht überwinden kann, etwas zu tun, was er vielleicht nicht so sehr mag, um seiner Frau zu gefallen, hat ein Problem, das viel tiefer geht als Sex.«

Leider hatte Bennett hundertprozentig recht. In der Beziehung mit Andrew ging es immer darum, was Andrew wollte und brauchte. Er brauchte Ruhe, um seinen Roman zu schreiben, also verschoben wir das Zusammenziehen. Mir gefiel ein neues Restaurant, ihm nicht, also gingen wir nicht mehr hin.

Er brauchte Freiraum, und ich gab ihn ihm. Als er in den Ferien Skifahren wollte und ich an den Strand, kramte ich meine Wintersachen hervor, um ihn glücklich zu machen. Und das Schlimmste war: Gott, ich hatte wirklich etwas verpasst – Bennett hatte recht. Ich stand auf Oralsex.

Ich seufzte. »Du hast recht.«

Es war dunkel im Zimmer, aber ich konnte ihn lächeln sehen. »Ich habe immer recht.«

Bennett strich mit zwei Fingern über meinen Arm, von der Schulter bis zur Hand. Ich spürte es ernsthaft bis hinunter zu meinen Zehen, und ein sanftes Zittern überlief mich.

»Dein Körper ist so empfindsam.«

Ich legte meine Hände auf seine Bauchmuskeln und ließ sie über die festen Muskeln streichen. »Und deiner ist so ... *hart*.«

Er lachte, hielt mein Handgelenk fest und schob meine Hand ein Stück nach unten.

»Oh. Wow. Du bist ...«

»Überall hart.«

»Allerdings. Das ist nicht gerade eine lange Pause.«

Bennett machte eine verstohlene Bewegung, rollte sich auf den Rücken und zog mich auf sich. »Du musst die Zeit nutzen, bevor das Blut wieder in dein Gehirn strömt und du klüger wirst.« Er hob die Hüften an und drängte sich gegen meine fiebrig heiße Öffnung.

»Es fühlt sich an, als ob das Blut auch noch nicht wieder in dein Gehirn zurückgeflossen wäre.«

»Wie wäre es, wenn wir einen Pakt schließen?« Er ließ den Finger über meine Wirbelsäule nach unten gleiten und verlangsamte das Tempo, hörte jedoch nicht auf, als er meine Poritze erreichte. »Keiner von uns beiden denkt an irgendetwas, bis morgen die Sonne aufgeht.«

Ich strich mit meinen Lippen über seine. »Endlich etwas, worauf wir uns einigen können.«

Ich glitt aus dem Bett und schlich auf Zehenspitzen ins Bad. Auf dem Weg dorthin hob ich meine Handtasche auf, die ich gestern Abend neben der Tür hatte fallen lassen, und kramte mein Handy heraus. Sechs Uhr dreißig. Mein Flug ging um neun. Ich überprüfte meine E-Mails, um zu sehen, ob Marina Bennetts Reiseplan auch in Kopie an mich geschickt hatte, so wie sie meinen in Kopie an ihn geschickt hatte. Natürlich hatte sie mir seinen geschickt, als ich gestern beim Abendessen gewesen war. Also öffnete ich ihn, um zu sehen, ob wir auf denselben Flug gebucht waren. Doch das war nicht der Fall. Seiner ging aus irgendeinem Grund um elf. Der Gedanke, nicht mit ihm reisen, ihm nicht bei Tageslicht begegnen zu müssen, ließ mich eine seltsame Mischung aus Trauer und Erleichterung empfinden.

Ich band mein Haar zusammen und duschte schnell. Als ich mich zwischen den Beinen wusch, spürte ich einen Schmerz, der mich lächeln ließ. Wie oft hatten wir letzte Nacht Sex gehabt? Viermal? Fünfmal? War das überhaupt möglich? Wie oft auch immer, ich wusste mit Sicherheit, dass es mein persönlicher Rekord war. Andrew und ich hatten es noch nie auf diese Weise getrieben. Am Anfang gab es vielleicht ein oder zwei Nächte, in denen wir es zweimal getan hatten, aber in den letzten Jahren war es eher einmal pro Woche vorgekommen.

Meine Kleider lagen noch auf dem Boden, wo ich mich gestern Abend ausgezogen hatte. Doch als ich sie wieder anzog, sah es eher so aus, als hätte ich darin geschlafen. Und ich konnte meine Unterwäsche nicht finden. Also sammelte ich den Rest meiner Sachen ein, bestellte ein Uber und schüttelte Bennetts Klamotten aus, weil ich dachte, dass meine Unterhose vielleicht im Eifer des Gefechts zwischen seine Sachen geraten wäre.

Ich zuckte zusammen, als ich seine verschlafene Stimme hörte. »Suchst du was?«

»Shit.« Ich ließ meine Handtasche auf den Boden fallen. »Du hast mich erschreckt. Ich dachte, du schläfst.«

»Das hab ich auch. Aber ich bin aufgewacht, als du angefangen hast, meine Sachen zu durchwühlen.«

»Ich habe nicht deine Sachen durchwühlt. Ich habe nach meiner Unterwäsche gesucht.«

Er streckte einen Arm unter der Decke hervor und hielt mein Höschen hoch, das an seinem Finger baumelte. »Oh. Du meinst das hier?«

Ich lachte. »Wie zum Teufel kommt das zu dir?«

»Ich bin vor einer Stunde aufgestanden, um auf die Toilette zu gehen, nachdem du eingeschlafen warst, und habe es auf dem Rückweg mitgenommen.«

Ich wollte ihm den Slip aus der Hand reißen, aber er zog ihn zurück und schloss die Faust darum.

»Was machst du?«

Er führte den Slip an seine Nase und atmete tief ein. »Ah. Ich liebe den Geruch deiner Muschi.«

Meine Augen weiteten sich. »Das ist ein bisschen schräg, selbst für dich, Fox. Jetzt gib mir mein Höschen zurück. Ich muss den Flug erwischen.«

»Das geht nicht.«

»Du erwartest von mir, dass ich im Rock und ohne Unterwäsche nach Hause fliege?«

Er streckte seine Hand aus, schob sie unter meinen Rock und griff nach meinem Hintern. »Du solltest jeden Tag so zur Arbeit kommen.«

Ich kicherte. »Im Ernst, ich komme zu spät zu meinem Flug.«

»Du könntest deinen Flug umbuchen und mit mir den späteren nehmen.«

Daran hatte ich auch schon gedacht, aber ich brauchte ein wenig Abstand von diesem Mann, um wieder einen klaren Kopf zu bekommen. Bevor ich mir eine Ausrede einfallen lassen konnte, griff Bennett nach meiner Taille und zog mich zu sich herunter.

»Ich weiß, dass du etwas Freiraum brauchst«, sagte er. »Der Tanga ist meine Versicherungspolice. Ich behalte ihn, bis du bereit bist, mit mir zu reden. Dann bekommst du ihn zurück.«

»Was, wenn ich beschließe, dass ich nicht über letzte Nacht sprechen möchte?«

Er küsste mich auf die Lippen. »Dann bekommt Jonas deinen Slip.«

»Du spinnst doch.«

»Vielleicht. Aber ich wette, der Gedanke, dass er daran riecht, während er sich einen runterholt, gruselt dich noch etwas mehr, als wenn ich es tue.«

Ich schüttelte den Kopf. »Ich habe keine Zeit, mit dir zu streiten. Aber …« Ich ging zu seinem Kleiderstapel und fischte seine Brieftasche aus der Hosentasche, zog seine Visakarte heraus und ließ die lederne Brieftasche kurzerhand auf den Boden fallen. »… es gibt einen Victoria's Secret am Flughafen in L.A. Ich kaufe mir einen neuen Slip … und noch ein paar andere Sachen, wenn ich schon dabei bin.«

Bennett lächelte breit. »Mach nur. Vielleicht etwas mit Strapsen und ausgeschnittenen Höschen, damit du es nicht ausziehen musst, wenn ich dich nächste Woche auf deinem Schreibtisch vögele.«

27. Kapitel

Bennett

Es war nicht sie.

Ich steckte mein Handy zurück in die Hosentasche und versuchte, so zu tun, als wäre ich nicht enttäuscht, dass nur einer meiner Freunde gefragt hatte, ob ich heute Abend Lust auf einen Drink hätte.

Aber man kann sich nichts vormachen, oder?

An dem Nachmittag, an dem wir aus Los Angeles zurückkamen, war Annalise bereits weg, als ich endlich im Büro eintraf. Am Donnerstag hatte ich morgens eine Besprechung außerhalb des Büros, und als ich kam, war sie schon wieder weg. Marina sagte, sie hätte in letzter Minute einen Termin angenommen.

Am Freitag sah ich dann den gleichen Audi, den ich fahre, um zehn vor sieben Uhr morgens vor unserem Gebäude wegfahren, also schrieb ich ihr eine Nachricht. Ein paar Stunden später schickte sie eine kurze Antwort, in der sie sagte, sie sei früh gekommen, um ein paar Akten zu holen, und würde von zu Hause aus arbeiten.

Es war nicht ungewöhnlich, dass Mitarbeiter ein oder zwei Tage pro Woche im Home-Office arbeiteten – wir hatten flexible Arbeitszeiten und einen flexiblen Arbeitsort. Aber Annalise hatte das bislang noch nicht genutzt, und allmählich bekam ich das Gefühl, dass sie mir aus dem Weg ging.

Am Freitagnachmittag hatte ich keine Lust mehr und schickte ihr eine weitere Nachricht mit der Frage, ob sie mit mir etwas trinken gehen wollte. Es kam keine Antwort.

Jetzt war es Samstagnachmittag, und ich schaute jedes Mal wie ein Schulmädchen auf mein Handy, wenn es klingelte.

Ich beobachtete, wie Lucas den Preis auf der Unterseite eines Sneakers überprüfte, den er ins Auge gefasst hatte, und ihn ins Regal zurückstellte.

»Gefallen dir die?«, fragte ich.

»Ja.« Er zuckte die Achseln. »Die sind cool.«

»Warum probierst du sie nicht an? Du brauchst neue Sneakers vor unserer Disney-Reise in ein paar Wochen.«

»Die sind ganz schön teuer.«

»Bezahlst du sie?«

»Nein?«

»Warum zum Teufel überprüfst du dann die Preise?« Ich nahm den Schuh in die Hand und winkte dem Jungen in der gestreiften Foot-Locker-Uniform, der nicht viel älter als Lucas aussah. »Können wir die in einer Neun haben?«

»Klar.«

»Warte mal«, sagte ich zu dem Jungen. »Gefällt dir sonst noch etwas, Kumpel?«

Lucas antwortete nicht.

»Lucas?«

Immer noch nichts, also folgte ich seinem Blick zu dem, was seine Aufmerksamkeit gefangen hielt. Ich grinste und wandte mich an den wartenden Jungen. »Nur den einen, bitte.«

Die süße kleine Blondine, die Lucas nicht aus den Augen lassen konnte, sah auf und bemerkte, dass er sie beobachtete. Sie wurde nervös und winkte verlegen, dann drehte sie sich in die andere Richtung, um sich die Wand mit den Schuhen auf der anderen Seite des Ladens anzusehen.

Ich lehnte mich zu Lucas hinüber und flüsterte:»Sie ist süß.«

»Das ist Amelia Archer.«

»Magst du sie?«

»Jeder in der sechsten Klasse mag sie.«

»Ich dachte, du würdest deine Strategie ändern und nur noch die Hässlichen mögen?«

»Sie ist hübsch *und* nett. Aber sie will mit keinem der Jungs etwas zu tun haben.«

»Na ja, du wirst ja erst zwölf. Kinder fangen zu unterschiedlichen Zeiten an, sich füreinander zu interessieren. Vielleicht ist sie noch nicht so weit.«

»Nein, das ist es nicht. Vor einem Monat hat sie Anthony Arknow gesagt, dass sie Matt Sanders mag, und Anthony hat alle möglichen Gerüchte über sie verbreitet. Das hat er gemacht, weil er sie auch mag. Jetzt redet sie mit keinem der Jungs mehr.«

Die Freuden der Unterstufe.»Sie kriegt sich wieder ein. Warum gehst du nicht hin und sagst hallo? Zeig ihr die Sneakers, die du im Auge hast, und frag sie, ob sie ihr gefallen.«

Ich nahm den Turnschuh wieder aus dem Regal und hielt ihn ihm hin.»Ganz sicher. Du musst den Schritt wagen. Die Guten bleiben nicht lange allein. Sei einfach ihr Freund. Wahrscheinlich muss sie sehen, dass nicht alle Jungs Idioten sind.«

Ich lächelte.»Ich meine, das sind wir zwar, aber gib trotzdem dein Bestes.«

Lucas nahm mir den Schuh aus der Hand und überlegte. Ich hatte einen Stolzer-Onkel-Moment, als er sich ein Herz fasste und zu ihr ging. Ich beobachtete, wie seine anfängliche Unbeholfenheit nachließ und sich seine Schultern ein wenig entspannten. Innerhalb von ein oder zwei Minuten hatte er sie zum Lachen gebracht.

Er kam zurück und strahlte über das ganze Gesicht. »Sie ist wirklich nett.«

»Es schien ihr zu gefallen, dass du zu ihr gegangen bist.«

Er zuckte mit den Schultern. »Vielleicht. Mädchen sind verwirrend.«

Der Junge war viel klüger als ich in seinem Alter. Ich dachte, ich hätte sie alle durchschaut, bis ich achtzehn war und merkte, dass ich gar nichts wusste.

Ich nickte. »Verdammt richtig, das sind sie.«

Lucas bekam schließlich die hundert Dollar teuren Nikes. Außerdem kauften wir ein paar T-Shirts und Kunstsachen, die seine Großmutter nicht kaufen wollte, weil sie sagte, die Schule solle dafür sorgen, und dann fragte er nach Haargel und Deo.

Gel und Deo – er hatte eindeutig die Mädchen für sich entdeckt.

»Erwartest du einen Anruf?«, fragte Lucas, als wir auf dem Weg zum Auto über den Parkplatz des Einkaufszentrums gingen.

Ich sah auf das Telefon in meiner Hand. »Nein. Warum?«

»Weil du ständig nachsiehst.«

Ich schob das Telefon zurück in meine Hosentasche. »Hab ich gar nicht gemerkt.«

Der kleine Scheißer grinste. »Du wartest auf den Anruf von einem Mädchen.«

Es war schwer, ein Lächeln zu unterdrücken. Ich drückte auf den Autoschlüssel, und es piepte. »Steig in den Wagen, Casanova.«

»Wer?«

»Steig einfach ein.«

Mein Handy klingelte, als wir gerade vor Lucas' Haus hielten. Ohne darüber nachzudenken, zog ich es aus der Tasche und überprüfte den Namen. Lucas hatte offenbar meine Miene gedeutet.

»Du wartest doch auf eine Nachricht von einem Mädchen.« Er grinste.

Es hatte keinen Sinn zu lügen. »Ja. Tut mir leid, wenn ich abgelenkt war.«

Er zuckte mit den Schultern. »Warum rufst du sie nicht einfach an?«

»Es ist kompliziert, Kumpel.«

Lucas schnappte sich seine Einkaufstüten vom Rücksitz und öffnete die Autotür. Letztes Jahr hatte er mir gesagt, ich solle ihn nicht mehr bis zur Tür begleiten, also blieb ich jetzt nur im Auto und wartete, bis er im Haus war.

Er stieg aus, hielt sich mit einer Hand am Türrahmen fest und steckte den Kopf noch einmal zu mir herein. »Du musst den Schritt wagen, Kumpel. Die Guten bleiben nicht lange allein.«

Der kleine Scheißer hatte mich mit meinen eigenen Worten geschlagen.

28. Kapitel

1. Mai

Liebes Ich,

wir haben es geschafft! Unser erster Freund. Es hat nur sechzehn Jahre gedauert. Aber Nick Adler ist einfach umwerfend. Er trägt immer eine umgedrehte Baseballkappe, unter der sein wirres Haar überall herausschaut. Wir sind jetzt seit zwei Wochen zusammen. Und ... wir haben den ersten Schritt gemacht! Na ja, eigentlich hat Bennett den ersten Schritt für uns gemacht. Egal.

Normalerweise essen wir mit Bennett und ein paar anderen Kids zu Mittag. Nick sitzt am Tisch gegenüber von uns. Bennett hat uns immer wieder gesagt, wir sollten uns einfach zu ihm setzen – den ersten Schritt machen, aber wir waren zu feige. Eines Tages, als wir zu Nick hinüberschauten, rief Bennett: »Hey, Adler. Soph wird sich heute zu euch setzen, okay?« Nick zuckte mit den Schultern und sagte: »Klar.« Wir hätten Bennett am liebsten umgebracht. Wir waren so nervös, als wir zu ihm rübergehen mussten. Aber es hat geklappt. Nick und wir haben letztes Wochenende sogar was mit Bennett und Skylar – seiner neuesten Freundin – unternommen. Bennetts Freundin geht schon aufs College und ist echt hübsch. Sie war ganz nett.

Oh ... und wir mussten wieder umziehen. Mom und Lorenzo

*haben sich getrennt. Unsere neue Wohnung ist ziemlich klein,
aber wenigstens nicht so weit von der letzten entfernt.
Unser heutiges Gedicht ist Nick gewidmet.*

*Mein Herz hat vier Wände.
Er versuchte, sie zu erklimmen, fiel jedoch herunter.
Für dich zerbröckeln sie.*

*Dieser Brief wird sich in zehn Minuten selbst zerstören.
Anonym
Sophie*

29. Kapitel

Bennett

Scheiß drauf.

Bei der nächsten Ausfahrt fuhr ich vom Highway ab.

Ich schwöre, ich hatte mit der festen Absicht geduscht und mich angezogen, mit meinen Freunden downtown etwas zu trinken. Aber auf halbem Weg zum O'Malley's beschloss ich, meine Pläne zu ändern.

Und jetzt, wo ich näher kam, begann ich, wieder an mir zu zweifeln. Das Weingut Bianchi gehörte nicht nur ihren Eltern, sie waren auch Kunden.

Aber irgendwie war das nicht anders zu erwarten. Annalise war die letzte Person, hinter der ich her sein sollte. Warum sollte ich sie also nicht im Haus eines Kunden aufspüren? Was konnte da schon schiefgehen?

Alles.

Irgendetwas.

Aber ... Scheiß drauf.

Ich war eingeladen. Annalise hatte mir selbst gesagt, dass Margo eine Einladung an mich ausgesprochen hatte. Wenigstens schlich ich mich dort nicht ein.

Ich fuhr die lange unbefestigte Straße hinunter, als gerade die Sonne unterzugehen begann. Etwa ein Dutzend Autos parkten entlang der Straße vor dem Weingut, einschließlich des Zwillings meines Autos. Ich stellte den Wagen ab und überprüfte ein letztes Mal mein Telefon. Es wäre blöd, wenn sie mit einem Date hier wäre. Aber ich konnte mir nicht vorstellen, dass sie der Typ Frau war, die ein paar Nächte nachdem sie mit einem Mann geschlafen hatte, zu einem Date mit einem anderen Kerl ging.

Verdammt, ich *war* so ein Typ, aber nach der Nacht, die wir miteinander verbracht hatten, hätte ich das nicht gekonnt.

Ich betrat den Laden, als Margo Bianchi gerade aus dem Weinkeller kam.

»Bennett! Ich bin so froh, dass es dir besser geht und du doch noch kommen konntest.«

Dass es mir besser geht? Ich spielte mit. »Hat nur einen Tag gedauert.«

»Annalise und Madison sind unten. Ich hole nur noch ein Tablett mit Käse. Geh schon mal runter. Alle freuen sich über die neue Ernte.«

»Ich helfe dir erst mit dem Tablett.«

»Unsinn. Geh und amüsiere dich. Ich bin sicher, meine Tochter freut sich, dich zu sehen.«

Da wäre ich mir nicht so sicher. »Okay. Vielen Dank.«

Im Weinkeller standen vier Tische in Nischen auf der einen Seite, auf der anderen befand sich eine lange steinerne Bar. Ich überprüfte die Tische und sah Gesichter, die ich nicht kannte. Aber ich erkannte eindeutig den entblößten Rücken einer Frau, die auf dem vorletzten Hocker an der Bar saß. Da sie von mir abgewandt war, hatte sie keine Ahnung, dass ich hier war.

Ich atmete tief aus und ging zu ihr. Die Frau, die neben ihr saß, bemerkte meinen Blick und beobachtete mich. Ich hielt einen Finger an meine Lippen, während ich die andere Hand auf Annalises Rücken legte.

Ich beugte mich vor und flüsterte ihr ins Ohr. »Es ging mir wieder besser, darum dachte ich, ich komme doch noch.«

Sie wirbelte so schnell herum, dass sie schwankte und fast vom Stuhl fiel. »Bennett?«

Die Frau neben ihr hob eine Augenbraue. »Bennett? Wie der heiße Typ aus dem Büro?«

Ich streckte meine Hand aus. »Genau der. Bennett Fox. Freut mich, dich kennenzulernen. Ich nehme an, du bist Madison?«

»Das bin ich.« Madison sah zwischen uns beiden hin und her. »Na, das ist ja eine nette Überraschung. Ich wusste nicht, dass Bennett heute Abend zu uns stoßen würde.«

Annalise wirkte erschöpft. »Ich auch nicht.«

Madison schmunzelte und sah in Erwartung einer Antwort wieder zu mir. Ich entschied mich für die Wahrheit.

»Sie geht mir seit zwei Tagen aus dem Weg. Außerdem habe ich ihre Unterwäsche in meiner Tasche und dachte, dass sie sie vielleicht wiederhaben möchte.«

Ihre Freundin lachte und beugte sich vor, um Annalise auf die Wange zu küssen. »Ich mag ihn. Ich gehe jetzt mein Date suchen. Spielt ihr zwei schön.«

Ich glitt auf Madisons Platz neben Annalise und ließ meine Hand auf ihrem Rücken. »Du redest also mit deiner Freundin darüber, wie heiß ich bin?«

»Bilde dir bloß nichts ein. Das war das einzige Kompliment, das ich dir gemacht habe.«

Ich lehnte mich vor. »Wirklich? Sogar nach der letzten Nacht?«

Ihre Wangen färbten sich rosa. Gott, warum liebte ich das so sehr an ihr? »Dein Kleid gefällt mir.«

»Du weißt doch gar nicht, wie es aussieht. Ich sitze.«

Ich fuhr mit meinen Fingerknöcheln über die nackte Haut

auf ihrem Rücken. »So kann ich deine Haut berühren, ohne meine Hand unter deinen Rock schieben zu müssen. Es ist schon jetzt eines meiner Lieblingsstücke. Die Vorderseite zu sehen, ist nur noch das Tüpfelchen auf dem i.«

Der Farbton auf ihren Wangen vertiefte sich. Gott, ich wollte sie am helllichten Tag ficken, damit ich jede Schattierung ihrer Haut sehen konnte. Das war mit Sicherheit besser als Herbstlaub.

»Was machst du hier, Bennett?«

Ich nahm das Glas Wein, das vor ihr stand, und trank einen Schluck. »Margo hat mich eingeladen. Das hast du mir neulich beim Mittagessen selbst gesagt, schon vergessen?«

»Ja. Aber du hast nicht gesagt, dass du kommst.«

Ich sah ihr in die Augen. »Das hätte ich, wenn du mich zurückgerufen hättest.«

Sie wandte den Blick ab.

Jetzt erst entdeckte mich Matteo und machte viel Aufhebens um meine Ankunft. Er bot mir eine Reihe verschiedener Weine aus der diesjährigen Lese an und unterhielt sich noch eine Weile mit mir, bis Margo ihn mit einem breiten Lächeln wegzog, weil sie seine Hilfe bei der Eismaschine im Obergeschoss benötigte.

Annalise strich mit dem Finger über den Rand ihres Glases. »Wir haben gar keine Eismaschine.«

Ich grinste. »Anscheinend bin ich nicht der Einzige, der meint, dass wir ein paar Minuten allein zum Reden brauchen. Deine Freundin ist sofort verschwunden, als ich kam, und deine Mutter versucht, uns ebenfalls etwas Privatsphäre zu lassen.«

Sie hob ihr Glas an die Lippen. »Vielleicht stößt deine Gegenwart die Leute auch einfach ab.«

Ich lächelte. »Vielleicht. Aber was macht meine Gegenwart mit dir?«

Annalise drehte ihren Stuhl zu mir. Sie sah sich um – vermutlich, um zu sehen, wie privat unser Gespräch sein würde – und beugte sich dann näher zu mir.

»Ich habe mich neulich Nacht wirklich gut amüsiert.«

Ich hatte diesen Anfangssatz oft genug selbst benutzt, um zu wissen, worauf dieses Gespräch hinauslief. »Aber ...«, sagte ich an ihrer Stelle.

»Aber ... wir arbeiten zusammen. Oder besser gesagt, wir sind Konkurrenten, die in derselben Firma arbeiten.«

Ich beugte mich vor, um ihr ins Ohr zu flüstern, obwohl ich wusste, dass uns niemand hören konnte. Ich wollte einfach nur eine Gelegenheit haben, ihr näher zu sein.

»Hast du Angst, dass ich deine Geschäftsgeheimnisse aus dir herausvögele?«

Sie ahmte meine Bewegung nach und beugte sich vor, um mir ebenfalls ins Ohr zu flüstern. »Nein. Du etwa?«

Ich lachte. Wahrscheinlich hätte ich Angst haben sollen. Denn ich war mir ziemlich sicher, dass ich ihr alles zeigen würde, was sie wollte, wenn sie dafür heute Abend mit zu mir kam.

»Hör zu, ich lege alle meine Karten offen auf den Tisch. Seit zwei Tagen kann ich nicht aufhören, daran zu denken, in dir zu sein. Du bist noch dabei, über den Idioten hinwegzukommen. Ich bin nicht auf der Suche nach etwas Ernstem. In unserer Zukunft gibt es ein Verfallsdatum, ob es uns gefällt oder nicht – einer von uns wird nach Texas verfrachtet. Wir können den nächsten Monat über frustriert sein und uns im Büro gegenseitig nerven. Wir können diese Zeit aber auch damit verbringen, auf Foster, Burnett und Wren sauer zu sein, weil sie uns in diese Situation gebracht haben, während wir unseren Frust nachts auf produktive Weise aneinander auslassen. Ich plädiere für Letzteres.«

Sie saugte an ihrer Unterlippe und dachte eine Weile darüber nach. »Also, wenn ein Kunde, bei dem wir beide pitchen, mir tagsüber ein paar Insiderinformationen über die Richtung gibt, in die das Unternehmen sich orientieren will, und du dann herausfindest, dass ich sie nicht an dich weitergegeben habe ... wärst du nicht sauer?«

»Verdammt, doch, ich wäre stinksauer. Aber das ist ja das Schöne an unserer Situation. Ich wäre verdammt sauer, dass du mir gegenüber einen Vorteil hast. Am nächsten Morgen könntest du Schwierigkeiten haben zu gehen, wenn ich meinen Frust an dir ausgelassen habe. Seien wir ehrlich, das würde mir eine Ausrede geben, dir den Hintern zu versohlen, wovon ich seit dem ersten Tag, an dem ich dich gesehen habe, geträumt habe. Aber ich bin wettbewerbsorientiert, kein Arsch. Du kannst also darauf vertrauen, dass du auch etwas davon hast.«

Annalise schluckte. »Und wenn die Situation andersherum wäre? Wenn ich herausfinde, dass du etwas getan hast, was mich verärgert?«

»Dann werde ich dich lecken, bis du nicht mehr sauer bist. Und wahrscheinlich versuchen, dich am nächsten Tag wieder zu verärgern.«

Sie lachte. »Bei dir hört sich das so einfach an. Aber es ist wesentlich komplizierter.«

Ich nahm ihre Hände in meine. »Nun, es gibt einen Haken.«

»Und der wäre?«

»Es wird schwer für dich sein, dich nicht in mich zu verlieben.«

»Gott, du bist so ein Idiot.«

Ich beugte mich vor. »Ein Idiot, mit dem es ganz schön

funkt, ob du willst oder nicht. Also, was sagst du? Tagsüber kämpfen wir wie Feinde, nachts ficken wir wie Krieger?«

Sie sah mir in die Augen. »Ich hoffe wirklich, dass ich das nicht bereue.«

Ich machte große Augen. Ich hatte mich zwar darauf eingestellt, sie plattzureden, aber ich hatte nicht damit gerechnet, dass sie Ja sagen würde. »Am Ende des Tages bedauern wir nur die Dinge, die wir nicht getan haben. Also werde ich dafür sorgen, dass wir *alles* tun.«

Annalises Freundin kam wieder zu uns. »Ihr zwei seht aus, als hättet ihr es kuschelig.«

»Jetzt kommst du und unterbrichst uns? Wo warst du vor fünf Minuten, als ich kurzzeitig den Verstand verloren habe und mich auf den verrückten Deal eingelassen habe, den dieser Irre vorgeschlagen hat?«

Madison lächelte sie an. »Du kannst eine gute Dosis Verrücktheit gebrauchen. Außerdem geht uns nach fünfundzwanzig Jahren Freundschaft allmählich der Gesprächsstoff aus. Das liefert uns neues Material für unsere wöchentlichen Abendessen.«

Annalise beugte sich vor und küsste Madison auf die Wange. »Ganz bestimmt.«

Ich hatte Annalise von dem Moment an, in dem ich den Raum betreten hatte, für mich allein haben wollen. Nicht dass ich mich nicht gut amüsiert hätte – das hatte ich überraschenderweise. Ihre Freundin Madison war eine direkte Person, und ihr Date war auch ein anständiger Kerl.

Aber jetzt hatten sie sich gerade verabschiedet, und Annalise und ich standen allein vor dem Weingut, während sie wegfuhren. Der Staub, den ihre Reifen aufgewirbelt hatten, hatte sich noch nicht einmal gelegt, als ich ihr Gesicht in meine Händen nahm. Ich küsste sie zunächst sanft, aber ich konnte mich nicht beherrschen, und so dauerte es nicht lange, bis der Kuss leidenschaftlicher wurde.

Sie stöhnte in meinen Mund, und ich musste mich zwingen, von ihr abzurücken, bevor es zu spät war und ich sie an einem Baum vögelte, sodass ihre Eltern herauskommen und es womöglich sehen konnten.

Ich strich mit dem Daumen über ihre geschwollenen Lippen. »Komm mit zu mir.«

»Ich kann nicht.« Sie runzelte die Stirn. »Ich habe meiner Mutter gesagt, dass ich heute Nacht bei ihr bleibe. Morgen früh liefere ich mit ihr Gratisflaschen mit dem Wein der neuen Saison an einige ihrer größten Kunden aus. Matteo bereitet einen großen Brunch zu, und alle Erntehelfer und Arbeiter kommen zum Essen. Damit haben wir im ersten Jahr, als sie das Gut gekauft haben, angefangen, und es ist zu einer Tradition geworden.«

Das hörte sich gut an, aber ich war egoistisch und konnte nicht einmal meinen Schmollmund verbergen.

»Ohhhhhh ...« Sie strich mir über die Wange. »Du siehst aus wie ich, wenn ich an Weihnachten all meine neuen Spielsachen aufgemacht hatte und meine Mutter mich dann zwang, sie wegzuräumen, weil Besuch kam.«

Ich verschränkte meine Hände hinter ihrem Rücken. »Ich will unbedingt mit meinem neuen Spielzeug spielen.«

»Ich denke, wir sollten trotzdem ein paar Regeln festlegen«, sagte sie.

»Oh, oh. Regeln bringen mich immer in Schwierigkeiten.«

Sie lächelte. »Darauf möchte ich wetten. Aber ich denke, wir brauchen ein paar.«

»Was zum Beispiel?«

»Nun, ich denke, wir sollten nicht öffentlich machen, dass irgendetwas zwischen uns läuft. Nicht einmal unseren Freunden gegenüber.«

Ich nickte. »Klingt sinnvoll.«

»Und wenn wir außerhalb des Büros zusammen sind, reden wir nicht über Arbeitsprojekte, bei denen wir Konkurrenten sind.«

»Einverstanden.«

»Okay. Nun, das war einfach. Normalerweise bist du nicht so umgänglich.«

»Ich würde auch gern ein paar Regeln festlegen.«

Annalise hob eine Augenbraue. »Tatsächlich?«

»Ja.«

»Okay ...«

»Es sei denn, einer von uns beendet das Ganze vor dem Ende der Frist, bleiben wir monogam.«

»Das war für mich selbstverständlich. Aber gut, ich bin froh, dass du das geklärt hast. Sonst noch was?«

»Nimmst du die Pille?«

»Ja.«

»Dann lass uns auf die Kondome verzichten. Ich hatte vor ein paar Wochen meine jährliche Untersuchung. Ich bin sauber. Wenn es sich schon mit Kondom so gut in dir anfühlt, muss ich unbedingt herausfinden, wie es sich erst ohne anfühlt.«

Sie beugte sich vor, drückte ihre Brüste an mich und sah zu mir hoch.

»Nackt ... okay.«

»Wann ist der Brunch morgen zu Ende?«

»Wahrscheinlich um drei.«

»Komm danach direkt zu mir. Ich koche uns was zum Abendessen, und dich vernasche ich zum Dessert.«

Sie schaute unter ihren langen Wimpern hervor und fuhr sich mit der Zunge über die Oberlippe. »Und was ist mit meinem Dessert?«

Ich stöhnte auf. »Du machst mich fertig, Texas.«

30. Kapitel

Annalise

Ich betrachtete mit offenem Mund die Aussicht. Da Bennett und ich nicht weit voneinander entfernt wohnten, hatte ich angenommen, dass er auch auf knapp fünfzig Quadratmetern lebte und für die schöne Nachbarschaft auf Platz verzichtete. Aber in den West Hill Towers – zumindest in der Wohnung, in der ich mich gerade befand – wurde auf rein gar nichts verzichtet. Sein offener Küchen- und Wohnbereich war wahrscheinlich doppelt so groß wie meine gesamte Wohnung. Und wenn ich aus dem Fenster sah, sah ich das Nebengebäude. Bennett hingegen hatte einen millionenschweren Blick auf die Bucht und die Golden Gate Bridge mit den Bergen im Hintergrund.

Er brachte mir ein Glas Wein und stellte sich neben mich, während ich die Aussicht bestaunte. »Ähm … raubst du nebenbei Banken aus?«

Seine Mundwinkel zuckten, und er führte sein Weinglas zum Mund. »Ich bin zu hübsch, um ins Gefängnis zu gehen.«

»Sugar Mama?«

Er schüttelte den Kopf.

»Im Lotto gewonnen?«

Wieder Kopfschütteln. Er hätte mir einfach sagen können,

was dahintersteckte. Er kannte mich gut genug, um zu wissen, dass ich das Thema nicht auf sich beruhen lassen würde.

»Reiche Eltern? Du trägst doch teure Anzüge und Schuhe.«

»Mein Vater war Postbote, meine Mutter Sekretärin in einer Anwaltskanzlei.«

»Ich weiß, dass Männer im Durchschnitt mehr verdienen als Frauen in den gleichen Berufen, aber das ...« Ich deutete auf die Aussicht. »... das wäre ein bisschen verrückt.«

Bennett stellte sein Weinglas auf einem nahen Bücherregal ab, dann nahm er mir meins aus der Hand und stellte es daneben. Er legte die Arme um meine Taille. »Du hast mich zur Begrüßung nicht geküsst.«

»Ich war wohl von der Aussicht abgelenkt.«

Sein Blick wanderte an meinem Körper auf und ab. »Ich bin momentan auch ziemlich abgelenkt von der Aussicht.«

In meinem Bauch breitete sich ein warmes Gefühl aus.

Er beugte sich vor. »Küss mich.«

Ich verdrehte die Augen, als ob es eine Last wäre, diesen schönen Mann zu küssen, und beugte mich dann vor, um flüchtig über seine Lippen zu streichen. Doch als ich mich zurückziehen wollte, schob Bennett seine Hand in mein Haar und ließ mich nicht los. Aus meinem hastigen Kuss wurde weit mehr als nur ein »Begrüßungskuss«. Bennetts andere Hand glitt hinunter zu meinem Hintern, und er zog mich an sich. Ich spürte den Druck seiner Erektion an meinem Bauch.

Na, hallo.

Er unterbrach den Kuss, indem er meine Unterlippe zwischen seine Zähne nahm. Ich war atemlos.

»Hallo«, sagte ich.

Sein Mund verzog sich zu einem Lächeln, und er strich mir mein widerspenstiges Haar hinters Ohr. »Hey, Schönheit.«

Wir starrten uns an und grinsten wie zwei alberne Teenager, die gerade zum ersten Mal rumgemacht hatten. Bennett wischte mit seinem Daumen den verschmierten Lippenstift von meiner Unterlippe. »Ich hatte vor langer Zeit einen Unfall und habe eine hohe Entschädigung bekommen. Einen Teil des Geldes habe ich investiert, um diese Wohnung zu kaufen.«

Es dauerte eine Sekunde, bis ich begriff, wovon er überhaupt sprach. Sein Kuss hatte mich benommen gemacht.

»Oh. Tut mir leid, das zu hören. Ich hoffe, es wurde niemand schwer verletzt.«

Bennett reichte mir meinen Wein zurück. »Ich sehe besser nach den Nudeln.«

Während er in die Küche zurückging, schaute ich mich um. Die deckenhohen Fenster im Wohnzimmer bildeten die Dekoration seiner Wohnung, viel mehr brauchte er nicht. Seine Einrichtung war schön, dunkel und männlich, und er hatte einen riesigen gebogenen Fernsehbildschirm im Wohnzimmer.

Nur das Bücherregal vermittelte einen Eindruck davon, wer Bennett Fox wirklich war. Ich studierte die Titel – eine seltsame Mischung aus politischen Sachbüchern, Hardcover-Thrillern und einigen abgenutzten Comics. Es gab vier kleine gerahmte Fotos, zwei davon von Lucas – einmal in einem Fußballtrikot, und es fehlte ihm die Hälfte seiner Vorderzähne, das andere schien jüngeren Datums zu sein und zeigte ihn und Bennett auf einem Boot. Die beiden schienen eine sehr starke Bindung zu haben.

Auf einem weiteren Foto waren Bennett und eine ältere Frau zu sehen, vermutlich am Tag seines College-Abschlusses. Ich drehte mich um und sah, dass Bennett mich von der offenen Küche aus beobachtete.

»Deine Mutter?«

Er nickte.»Abschlussfeier von der Uni.«

Ich schaute mir das Foto genauer an und konnte die Ähnlichkeit erkennen.»Du siehst aus wie sie. Sie scheint sehr stolz zu sein.«

»Das war sie. In dem Monat, in dem ich mein Studium begonnen habe, geriet ich ein Jahr lang aus den Fugen und fiel aus. Sie hat ziemlich sicher nicht damit gerechnet, dass ich wieder in die Spur komme und mein Studium beende.«

»Oh, jetzt bin ich neugierig. Ich erwarte, dass ich irgendwann mehr über dieses verrückte Jahr erfahre.«

Bennetts Gesicht wurde ernst.»Es ist kein Jahr, auf das ich stolz bin.«

Da ich das Bedürfnis verspürte, das Thema zu wechseln, stellte ich das Foto seiner Mutter zurück und nahm das letzte Bild in die Hand. Es zeigte ein Mädchen, wahrscheinlich siebzehn oder achtzehn, das lächelnd an einem Auto lehnte. Sie war hübsch.

»Deine Schwester?«, fragte ich, obwohl ich mich erinnerte, dass er einmal erwähnt hatte, dass er Einzelkind sei.

Bennett schüttelte den Kopf.»Eine Freundin. Die Mutter von Lucas.«

Er hatte gesagt, Lucas' Mutter sei schon vor langer Zeit gestorben, also bedrängte ich ihn nicht. Stattdessen schaute ich nach unten und studierte das Foto. Ihr Sohn sah genauso aus wie sie.

»Wow, er ist wie ihr kleines Mini-Ich.«

Bennett kippte Wasser aus einem dampfenden Topf in die Spüle.»Er wird ein kleiner Klugscheißer, genau wie sie.«

Ich stellte das Foto wieder hin und ging zu den Barhockern, die auf der Wohnzimmerseite des Küchentresens standen, um ihm beim Kochen zuzusehen.

»Bist du gut?«

Er zog eine Augenbraue hoch. »Sag du es mir.«

»Lass die schmutzigen Gedanken, Fox. Ich habe mich aufs Kochen bezogen.«

»Meine Mutter ist Italienerin, also kann ich ein paar Sachen. Als ich aufgewachsen bin, hat sie ganztags gearbeitet. Immer sonntags bereitete sie fünf verschiedene Gerichte vor, die ich unter der Woche in den Ofen schieben sollte, da sie oft Überstunden machte. Ich leistete ihr Gesellschaft und half ihr. Irgendwann musste sie nicht mehr jedes Wochenende einen ganzen Tag lang in der Küche verbringen, weil ich ein paar Gerichte gelernt hatte und anfing, nach der Schule für uns zu kochen.«

»Das ist süß.«

»Aber meine Stärke ist das Dessert. Ich kann es kaum erwarten, dich mit dem zu füttern, was ich für später geplant habe.«

Und ... schon war es mit dem Süßen wieder vorbei. Obwohl ich seine einzigartige Kombination aus süß und verdorben liebte.

Als wir uns zum Abendessen setzten, roch es köstlich. Mir lief das Wasser im Mund zusammen, obwohl ich vor nicht allzu langer Zeit einen kompletten Brunch gegessen hatte. Ich nahm an, dass es gut war. Bennett war nicht der Typ Mann, der halbe Sachen machte. Aber ich hatte nicht erwartet, dass er bescheiden sein würde. Seine Spaghetti Carbonara waren nicht von dieser Welt.

»Das ist ... orgastisch.« Ich deutete mit der Gabel auf meinen Teller, nachdem ich meinen zweiten Bissen heruntergeschluckt hatte. »Madison würde dir fünf Sterne geben, wenn sie hier essen würde.«

Er lächelte, anstatt sich zu brüsten, wie er es sonst bei jeder Gelegenheit tat. »Danke.«

Ich hatte das Gefühl, dass Bennett außerhalb des Büros vielleicht ganz anders war als der Mann, den ich bei der Arbeit kennengelernt hatte – auf eine gute Art anders. Und aus irgendeinem Grund machte mich das nervös. Es war einfacher, sich eine Affäre mit dem heißen Idioten vorzustellen, mit dem ich arbeitete. Ich brauchte nichts zu finden, was mir an ihm gefiel außer seinem Körper.

»Und wie waren die Lieferungen heute und der Brunch?«

»Gut. Nur war ich stundenlang mit meiner Mutter im Auto gefangen, und das Einzige, worüber sie reden wollte, war, dass du gestern Abend bei der Verkostung aufgetaucht bist.«

Er grinste. »Sie hat einen guten Geschmack.«

Ich seufzte. »Wenigstens hat sie aufgehört zu fragen, ob ich etwas von Andrew gehört habe.«

Die Gabel in Bennetts Hand blieb auf halbem Weg zu seinem Mund in der Luft stehen. »Hast du?«

»Er hat mir am Abend nach unserem Abendessen im Hotel eine Nachricht geschickt, aber ich habe nicht geantwortet, und er hat sich nicht mehr gemeldet.«

Bennett stopfte sich eine Gabel voll Nudeln in den Mund. »Vergiss ihn. Trottel.«

Ich konnte mir ein Lächeln nicht verkneifen. Ich fand es toll, wie abwehrend er Andrew gegenüber von Anfang an gewesen war. »Egal. Wie war dein Tag?«

»Ich hatte letzte Nacht Probleme einzuschlafen, also bin ich spät aufgestanden. Ich war nur im Fitnessstudio und habe dann bis kurz vor deiner Ankunft gearbeitet.«

»Hast du öfters Probleme einzuschlafen?«

Er blickte von seiner Gabel auf, mit der er die Nudeln aufdrehte. »Nur wenn ich dicke Eier habe. Das war gestern Abend ein toller Kuss gewesen.«

»Könntest du nicht einfach …«

»Mir einen runterholen?«

»Ja, genau.«

»Hat nicht geholfen.« Der Gedanke, dass er sich meinetwegen selbst befriedigt hatte, gab mir einen Anflug von weiblicher Zuversicht.

»Wem sagst du das. Ich habe bei meiner Mutter geschlafen. Meine Hand funktioniert nicht halb so gut wie mein Vibrator.« Bennett ließ die Gabel mit einem lauten Klirren fallen. »Willst du damit sagen, dass du letzte Nacht masturbiert hast, während du an mich gedacht hast?«

Ich schenkte ihm ein aufreizendes Lächeln und nickte.

Fünf Sekunden später hatte Bennett mich von meinem Stuhl gehoben und warf mich über seine Schulter wie ein Feuerwehrmann. »Zeit fürs Dessert.«

Ich kicherte. »Aber wir haben noch nicht zu Ende gegessen.«

»Vergiss das Essen. Ich mach dich satt.«

»Das schmeckt sogar kalt«, sagte ich, den Mund voller Nudeln.

Ich hatte keine Ahnung, wie spät es war, aber die Sonne war längst untergegangen. Wir hatten den ganzen Abend im Bett verbracht, und nun reichten wir uns nackt in seinem Schlafzimmer eine Schüssel mit kalten Nudeln hin und her.

»Du bist leicht zufriedenzustellen.« Er wackelte mit den Augenbrauen. »Und das meine ich in mehrfacher Hinsicht.«

Es fühlte sich so an, als hätte Bennett kein Problem damit, mich zu befriedigen. Mein Körper war noch nie so empfänglich gewesen. Also, nicht dass ich schon mit so vielen Männern zusammen gewesen wäre, um zu experimentieren. Tatsächlich konnte ich sie an einer Hand abzählen – einschließlich des Mannes, der neben mir saß –, aber man sollte doch meinen, dass Andrew nach all den Jahren besser wusste, welche Knöpfe er drücken musste, als ein Typ, mit dem ich nur zwei Nächte verbracht hatte.

»Hast du ... Ist der Sex immer gut für die Frauen, mit denen du zusammen bist?«

Er hielt mit der Gabel auf halbem Weg zu seinem Mund inne. »Fragst du mich, ob ich gut im Bett bin? Denn seien wir mal ehrlich, kein Mann wird diese Frage *verneinen*, selbst wenn er eine Straßenkarte braucht, um eine Klitoris zu finden.«

Ich lachte. »Ich meinte nur, ob Sex für dich immer so ist?«

Er stellte die Nudelschüssel auf den Beistelltisch und kaute zu Ende. »Du willst wissen, ob Sex immer gut für mich ist, weil du dir nicht sicher bist, ob es an mir liegt, an uns oder ob der Trottel, mit dem du acht Jahre verschwendet hast, nur ein nutzloser Blindgänger im Bett war?«

»Irgendwie ... schon.«

»Es ist alles zusammen. Ich habe mich noch nie beschwert. Aber ich genieße es, wenn eine Frau zufrieden ist, genauso sehr, wenn nicht sogar mehr, als wenn ich selbst zufrieden bin. Also gebe ich mir Mühe, sie zu beobachten und herauszufinden, wie sie tickt.«

»Okay.« Irgendwie fühlte ich mich etwas niedergeschlagen.

Bennett legte zwei Finger unter mein Kinn und hob es an, sodass sich unsere Blicke trafen. »Du hast mich nicht ausreden lassen. Aber es gibt einen Unterschied zwischen gutem Sex und dem, was zur Hölle passiert, wenn ich in dir bin. Zwischen uns stimmt die Chemie, Texas. Und keine noch so große Aufmerksamkeit oder harte Arbeit kann das ersetzen. Also, meine Antwort ist, ja ... ich denke, dass der Sex für mich und die Frauen, mit denen ich zusammen war, befriedigend war. Aber was zwischen uns passiert? Nein, so ist es keinesfalls immer.«

Mein Herz flatterte ein wenig. »Okay.«

Er beugte sich vor und küsste mich auf die Wange. »Und um den letzten Teil deiner Frage zu beantworten: Du wurdest um etwas betrogen, Süße. Ich weiß nicht viel über den Trottel, außer dass er vorhatte, dich zu benutzen, und eine Frau nicht gern mit dem Mund befriedigt, die es offensichtlich genießt. Aber das reicht mir, um zu sagen, dass dieser Mistkerl egoistisch ist, und ja ... er war überhaupt nicht gut im Bett. Du wurdest also um etwas betrogen. Nach diesem Trottel ist es leicht, dich zufriedenzustellen.«

Bennett stand aus dem Bett auf, und zum ersten Mal konnte ich seinen nackten Körper von Kopf bis Fuß betrachten. Seine Schultern waren breit und kräftig, seine muskulösen Arme auch gut geformt, wenn er sie nicht beugte, und er hatte eher ein Eight- als ein Sixpack.

Und endlich konnte ich einen Blick auf die Tätowierung werfen, die ich an jenem Tag im Büro gesehen hatte –

IV II MMXI

mit einer dunklen Ranke, die sich um die Buchstaben schlängelte. Ich wusste, dass die römische Zahl I für eins und V für fünf stand, also wäre fünf minus eins der vierte Monat – der 2. April im Jahr 2011. Offensichtlich war das Datum wichtig, wenn er es dauerhaft auf seinen Körper eingebrannt hatte.

Bennett drehte sich um und hob die Schüssel mit den Nudeln auf, die wir uns geteilt hatten, und ich entdeckte eine lange Narbe, die an der linken Seite seines Bauches entlanglief. Sie begann unterhalb seines Brustkorbs und führte bis knapp unter den Bauchnabel. Seine Haut war von Natur aus gebräunt, sodass ich sie fast nicht bemerkt hatte.

»Ich brauche etwas zu trinken«, sagte er, ohne zu registrieren, dass ich den Spuren auf seinem Körper folgte, die sich wie

Hinweise anfühlten. »Willst du ein Wasser oder eine Limonade oder etwas anderes? Wein vielleicht?«

»Ich hätte gern ein Wasser. Danke.«

Als er zurückkam, trank ich die Hälfte der Flasche aus. Das schwere Atmen musste meine Kehle ausgetrocknet haben. Wir hatten nicht übers Übernachten gesprochen, also hatte ich keine Schlafsachen mitgebracht. Außerdem war ich gestern Abend spät ins Bett gegangen, um meiner Mutter nach der Party beim Aufräumen zu helfen, und heute Morgen früh aufgestanden, um ihre Lieferungen auszufahren. Offenbar waren mein Geist und mein Körper in Einklang, denn ich gähnte.

»Ich sollte wohl besser bald gehen.«

Bennett hatte eine Hand unter den Kopf gesteckt und lag lässig im Bett, als wäre er vollständig bekleidet und nicht splitternackt, sodass man alles sehen konnte. Er streckte die freie Hand aus und zog mich zu sich heran, wobei er meinen Kopf auf seine Brust legte. »Bleib hier. Ich weiß, dass du wahrscheinlich müde bist. Ich verspreche, dich schlafen zu lassen. Aber dann können wir morgen früh zusammen duschen.«

Ich lächelte und drückte meine Wange gegen sein Brustbein. »Ich habe nichts zum Anziehen dabei.«

»Hier wirst du nie etwas zum Anziehen brauchen.« Er streichelte mein Haar. »Ich würde sogar wetten, dass du meist nackt sein wirst, wenn wir bei mir sind.«

»Ich meinte für die Arbeit morgen.«

»Ich kann dich jetzt nach Hause bringen, um etwas zu holen, wenn du willst. Wenn nicht, kannst du morgen früh nach Hause fahren und dich fürs Büro umziehen. Ich gehe währenddessen laufen, damit du nicht das Gefühl hast, ich hätte einen unfairen Vorteil, wenn ich vor dir im Büro bin.«

Mein Kopf wollte widersprechen. Es wäre wahrscheinlich

das Beste, wenn wir nur herumalbern und keine Pyjamapartys veranstalten würden. Aber mein Körper war da ganz anderer Meinung.

»Das könnte ich tatsächlich machen – morgen früh bei mir vorbeifahren, meine ich.«

»Gut. Dann ist das ja geklärt. Ich stelle den Wecker extra früh für eine schöne lange Dusche.«

Mein Körper begann sich zu entspannen, und sein Körper anscheinend auch. Ich strich mit den Fingern über die wenigen Haare auf seiner Brust und folgte dann der Narbe auf seinem Bauch. Bennetts Muskeln spannten sich an, als er merkte, was ich tat.

Ich neigte meinen Kopf und sah zu ihm hoch. »Ist das von deinem Unfall?«

Er nickte. »Meine Milz wurde entfernt. Sie ist bei dem Aufprall gerissen.«

»Wow. Das muss ja ein heftiger Unfall gewesen sein.«

Der Muskel in seinem Kiefer spannte sich an. »Ja.«

»Wie alt warst du?«

»Zweiundzwanzig.«

Ich beugte meinen Kopf nach unten und küsste die Narbe, ich wollte eine Reihe von Küssen bis oben auf ihr verteilen. Aber Bennett hielt mich davon ab.

»*Nicht.*«

Ich erstarrte. »Okay.«

Ich lehnte meinen Kopf an seine Brust und kam mir plötzlich ziemlich blöd vor.

»Tut mir leid. Ich wollte dich nicht verärgern. Ich musste nur an etwas denken, das meine Großmutter immer gesagt hat. ›Narben sind die Karten der Geschichte, die wir erlebt haben‹.«

Bennett schwieg lange Zeit. Als er schließlich sprach, war

seine Stimme leise. »Nicht jede Narbe führt zu einer Geschichte mit einem glücklichen Ende, Annalise.«

»Okay«, sagte ich leise. »Tut mir leid.«

Während der nächsten Stunde sagte keiner von uns ein Wort. Ich fragte mich, ob er es bereute, dass er mich gebeten hatte zu bleiben. Obwohl ich erschöpft war, konnte ich nicht einschlafen. Ich dachte, es wäre vielleicht besser, wenn ich einfach nach Hause fuhr. Aber wenn er eingeschlafen war, wollte ich ihn nicht wecken.

»Bennett?« flüsterte ich.

Er reagierte nicht, also zog ich vorsichtig die Decke zurück und versuchte, das Bett nicht zum Wackeln zu bringen, um ihn nicht zu wecken. Ich hatte mich gerade aufgesetzt, als mich seine Stimme aufschreckte.

»Wohin gehst du?«

»Shit. Du hast mich erschreckt. Ich dachte, du schläfst schon.«

»Du wolltest dich rausschleichen?«

»Nein. Ähm ... Ja. Ich dachte, es wäre vielleicht besser, wenn ich nach Hause fahre.«

Er zog mich wieder an seine Brust und legte fest den Arm um meine Schulter. »Das wäre es nicht.«

»Bist du sicher?«

»Du bist ein nettes Mädchen. Eine freundliche Frau. Ich hab dich gern hier. Aber wenn ich dir sage, dass einige meiner Narben im Inneren nicht zu heilen sind, wirst du versuchen, mich zu heilen.«

»Und das ist falsch?«

»Manche Narben verdienen es nicht, geheilt zu werden. Aber das heißt nicht, dass ich will, dass du nach Hause fährst. Schlaf ein bisschen, Süße.«

31. Kapitel

Bennett

»Der Vorstand hat den letzten Kunden für eure Beurteilung ausgewählt«, sagte Jonas. »Es ist für euch beide ein neuer Kunde, also seid ihr damit vermutlich so zufrieden, wie es unter diesen Umständen möglich ist.«

»Das ist toll. Um was für einen Kunden handelt es sich?«, fragte Annalise.

Gleichzeitig löste sie die überschlagenen Beine und schlug sie erneut übereinander, sodass ich den Überblick über das Gespräch verlor. Es half auch nicht gerade, dass ich wusste, dass sie keinen Slip unter dem Rock trug. Nach einem stundenlangen Sexfest unter der Dusche war ich heute Morgen joggen gegangen, während sie nach Hause fuhr, um sich umzuziehen. Zufällig kamen wir genau zur gleichen Zeit am Büro an und mussten auf dem Parkplatz am Ende der Straße parken, anstatt wie sonst, wenn wir früher dran waren, nah am Gebäude.

Sie hatte mir aus dem Auto eine Nachricht geschickt und mich gebeten vorauszugehen, damit die Leute keinen Verdacht schöpften, wenn wir zur gleichen Zeit reinkämen. Ich hielt das für übertrieben, aber mir wurde schnell klar, dass es nur ein Vorwand war und sie einfach einen Moment für sich brauchte.

Die Türen des Aufzugs, in den ich eingestiegen war, schlossen sich gerade, als Annalise in die Lobby des Gebäudes spazierte. Anstatt den Aufzug fahren zu lassen und den nächsten zu nehmen, winkte sie und rief von der Tür aus: »Halten Sie bitte den Aufzug auf!«

Es waren bereits einige andere Leute in der Kabine, und eine Frau aus der Buchhaltung drückte den Knopf, um die Türen wieder zu öffnen.

»Danke.« Annalise stürmte herein und stellte sich neben mich. Ich versuchte, ihrer Bitte nachzukommen, dass niemand bei der Arbeit von uns erfuhr, nickte ihr nur zu und blickte nach vorn. Sie hingegen überschlug sich fast, um mich vor allen Leuten anzusprechen.

»Bennett.« Sie hielt mir eine braune Papiertüte hin. »Ich glaube, du hast beim Aussteigen auf dem Parkplatz etwas verloren.« Ihre Miene verriet nichts, aber ich sah das Funkeln in ihren Augen.

Was zum Teufel hatte sie vor? Ich nahm die Tüte, auch wenn ich sie nicht fallen gelassen hatte. »Ach ja. Danke.«

Auf unserer Etage verließ sie den Aufzug als Erste und bot mir einen schönen Blick auf ihre schwingenden Hüften, als ich ihr den Flur hinunter folgte. Neugierig geworden, ging ich in mein Büro und riss die braune Papiertüte auf. Oben auf dem zusammengeknüllten roten Spitzenstoff lag ein Zettel. Der Tanga war noch warm.

Lass dich davon heute nicht ablenken.
Oder davon, dass ich ihn im Auto ausgezogen habe.

Ich lachte und fand sie süß. Aber jetzt wurde mir klar, dass ich wirklich verdammt abgelenkt war. Lag es an mir, oder sah sie heute noch schärfer aus als sonst? Wie weit war das nächstgelegene Motel vom Büro entfernt? Ich fragte mich, ob sie in der Mittagspause Lust auf einen Quickie hätte.

Dieser Gedanke ging mir noch durch den Kopf, als Jonas den Namen des neuen Kunden genannt hatte – Pet oder so ähnlich. Aber Annalises veränderter Tonfall holte mich aus meinen Tagträumen zurück. Sie klang beunruhigt.

»Pet Supplies & More? Das Online-Unternehmen mit Sitz in San Jose?«

»Genau«, sagte Jonas. »Kennst du es?«

Sie warf einen Seitenblick zu mir und sah dann wieder zu Jonas. »Ja.«

Ich blinzelte. »Hast du dort schon mal gepitcht?«

Annalise schüttelte den Kopf und wandte sich an Jonas. »Trent und Lauren Becker, richtig?«

Jonas nickte. »Ja, das sind sie. Hast du schon mal mit ihnen gearbeitet?«

Irgendetwas an Annalises Reaktion war seltsam. Sie schien nicht begeistert zu sein, dass sie sie kannte, obwohl das ein klarer Vorteil sein konnte.

»Nein, habe ich nicht. Wie kam die Ausschreibung zustande?«

»Unser CEO bekam einen Anruf von ihrem CEO.«

»Ah. Okay. Lauren weiß vielleicht nicht einmal, dass ich hier arbeite – wegen der Fusion und so. Aber ich kann sie anrufen.«

»Warum du?« *Was für ein Spielchen treibt sie?*

»Weil ich sie kenne.«

Ich richtete meine Krawatte. »Offensichtlich nicht so gut, wenn sie dich wegen der Ausschreibung nicht angerufen hat und nicht einmal weiß, dass du hier arbeitest.«

»Ich mache den Anruf, Bennett. Zerbrich dir nicht deinen

hübschen Kopf. Ich werde nicht versuchen, dir Informationen vorzuenthalten. Aber wir beide wissen, dass es besser ist, wenn jemand mit einer Beziehung zum Unternehmen die Führung übernimmt als jemand ohne.«

»Ich denke, das hängt davon ab, wer kompetenter ist.«

Annalise warf mir einen bösen Blick zu und wandte sich dann an Jonas. »Ich war schon auf einigen Veranstaltungen mit Lauren und Trent.«

»Wenn du sie so gut kennst, warum hast du dann nicht schon vorher bei ihnen gepitcht?«

»Weil ich es damals noch für das Beste hielt, Geschäft und Privates voneinander zu trennen.«

Warum zum Teufel tat sie so geheimnisvoll? »Damals? Und jetzt ist es okay, mit ihnen Geschäfte zu machen? Was ist los, Annalise?«

Sie seufzte und sah mich an, bevor sie sich Jonas zuwandte. »Lauren ist die Schwester von meinem Ex. Das Unternehmen wurde vor sechzig Jahren von Laurens Großeltern gegründet. Aber jetzt leitet sie es hauptsächlich mit ihrem Mann. Ich kenne sie ziemlich gut. Andrew und ich waren acht Jahre lang zusammen.«

»Na, toll. Wir werden also anhand von drei Kunden beurteilt. Bei dem einen will ihr der Kreativdirektor an die Wäsche, und beim zweiten ist der Bruder der Inhaberin ihr schon an die Wäsche gegangen.«

»Bennett!«, schimpfte Jonas. »Du bewegst dich auf einem schmalen Grat. Ich weiß, dass dir dieser Job wichtig ist, und in einer perfekten Welt wäre der einzige Vorteil, einen Auftrag zu bekommen, der, dass das Angebot des anderen besser ist. Ich verzeihe dir also, dass du aufgewühlt bist. Aber ich sitze nicht hier und höre mir an, dass du so über Annalise sprichst.«

Ich stand abrupt auf. »Gut. Dann gehe ich. Sieht ja so aus, als würde Annalise sowieso den Pitch mit den Beckers leiten.«

»Das soll wohl ein Scherz sein!« Die Tür bebte, als Annalise sie hinter sich zuschlug.

Ich wischte mir mit den Händen über das Gesicht und knurrte: »Geh zurück in dein Büro. Ich bin nicht in der Stimmung, mich zu streiten, und ich habe zu arbeiten.«

Sie marschierte auf meinen Schreibtisch zu. »Du benimmst dich kindisch. Ich hatte offensichtlich keine Ahnung, dass dieser Pitch zustande kommen würde. Ich weiß nicht, worüber du so wütend bist. Ich habe bewiesen, dass ich fair spiele, wenn es um Kunden geht, zu denen ich eine Beziehung habe.«

»Eine Beziehung, ja?« Ich schnaubte. »Ich dachte, du hättest keine Beziehung mehr.«

Annalise zog die Augenbrauen zusammen, dann schien ihr etwas zu dämmern. Sie rückte näher an mich heran. »Geht es hier eigentlich um Andrew? Ich dachte, du wärst sauer, weil ich bei der Arbeit einen Vorteil habe.«

Unbekannte Gefühle rüttelten an meinem Käfig, und ich kam mir wie ein eingesperrter Löwe vor. Mein erster Instinkt war, mich aus dem Käfig zu befreien.

»Mit wem du vögelst, geht mich nichts an, es sei denn, du vögelst gleichzeitig auch mit mir.«

Sie sah verletzt aus. »Wen ich vögele, geht dich nichts an? Ich dachte, wir hätten beschlossen, dass keiner von uns mit jemand anderem vögeln würde.«

Ich wollte kein schlechtes Gewissen haben. Ich war sauer. *Scheiß Andrew.* Wenn sie nichts davon wusste, spielte dieser Trottel ganz offensichtlich irgendein Spiel. Das war kein Zufall.

»Er mag nicht gut darin sein, dich zu lecken, aber ich habe

heute Morgen herausgefunden, dass du ein kleiner Profi im Blasen bist. Ich bin sicher, du kannst dich für das Team einsetzen und auf die Knie gehen, um den Auftrag zu erhalten.«

Sie holte Schwung, um mich zu ohrfeigen, doch ich fing ihr Handgelenk auf, bevor sie zuschlagen konnte.

»Du kannst mich mal«, fauchte sie.

Ich setzte ein selbstgefälliges Lächeln auf. »Hab ich schon.« Sie hob die andere Hand und versuchte einen Schlag von links. Der war sogar noch leichter abzufangen.

»Du bist ein Arschloch.« Sie starrte mich wütend an, ihre Brust hob und senkte sich.

Als ich nach unten sah, bemerkte ich, dass sich ihre Nippel unter ihrer Bluse abzeichneten. Ich ließ meinen Blick dort verweilen, damit sie merkte, was meine Aufmerksamkeit fesselte, und sah ihr dann in die Augen.

»Offenbar stehst du auf Arschlöcher.«

»Fahr zur Hölle«, zischte sie.

»Da bin ich längst, Süße.«

Ihr Blick glitt zwischen meinen Augen hin und her, und ein verruchtes Lächeln spielte um ihre Mundwinkel. »Zumindest könnte das *Vögeln* mit Andrew zu etwas Produktivem führen. Ich weiß nicht, was ich mir dabei gedacht habe, meine Zeit mit dir zu verschwenden.«

Ich holte tief Luft und fühlte mich wie ein Stier, der Dampf aus der Nase abließ. Annalise wedelte mit einem roten Umhang in der verdammten Luft und forderte mich heraus. Dieser Gedanke – der Gedanke an einen roten Umhang – erinnerte mich daran, was sie mir heute Morgen gegeben hatte. Und vor allem, was sie nicht trug. Ich beugte mich zu ihr vor, sodass wir uns Auge in Auge gegenüberstanden. »Macht es dir Spaß, mit mir zu vögeln? Bist du jetzt gerade feucht für mich?«

Genau. Ich hatte den Verstand verloren. Mein Schwanz wurde hart, und ich musste sie berühren, egal, wie verrückt das auch erscheinen mochte.

Ihre Augen weiteten sich. Ich hielt immer noch ihre Handgelenke fest, zog sie hoch und hob ihre Arme in die Luft. Dann nahm ich beide Handgelenke in eine Hand und schob die andere Hand unter ihren Rock. Ihre Muschi war warm und weich. Wenn es die Hölle war, sich mit ihr zu streiten, war dies der Himmel.

Ich durfte ihr keine Chance geben, ihre Fassung wiederzuerlangen und mich aufzuhalten. Also legte ich ohne Vorwarnung los. Ich schob zwei Finger in sie hinein, und sie keuchte. Dann presste ich die Lippen auf ihre und schluckte das Ende eines Stöhnens hinunter, als ich meine Hand dreimal schnell in sie hineinpumpte.

Als sie ihren Rücken durchbog und sich an mich drängte, vermutete ich, dass es sicher war, ihre Handgelenke loszulassen. Ich führte sie an die Kante meines Schreibtisches und ließ mich auf die Knie fallen. Ich musste sie unbedingt schmecken. Es war mir nicht entgangen, dass wir uns gerade über ihren anti-oralen Ex gestritten hatten, und ich hatte mich entschieden, sie zu lecken.

Im Moment war mir verflucht egal, was das bedeutete, wenn es überhaupt etwas bedeutete. Das Einzige, was für mich zählte, war, dass sie kam. In. Meinem. Mund.

Ich stürzte mich geradezu auf sie – leckte und saugte, vergrub meine Nase so tief in ihr, dass sie anfing, mein Gesicht zu reiten. Manche Männer sagen, das Schärfste, was eine Frau tun könne, sei, schmutzig zu reden oder sich ihnen zu unterwerfen, aber offensichtlich hatten sie noch nie erlebt, wie eine Frau, die sie gerade hasste, an ihren Haaren zog und sie ritt.

Es. Gab. Nichts. Schärferes. Auf. Der. Welt.

Als ich mit zwei Fingern wieder in sie eindrang und kräftig an ihrer Klitoris saugte, wurde sie laut. Zum Glück erinnerte sich einer von uns daran, wo wir waren – mir war es offensichtlich scheißegal, schließlich befriedigte ich eine Frau auf meinem Schreibtisch, obwohl die Tür nicht abgeschlossen war –, doch ich hatte mich so weit im Griff, dass ich ihr mit der anderen Hand zumindest den Mund zuhielt.

Nachdem sie in sich zusammengesackt war, verlangsamte ich meinen Rhythmus, blieb aber auf den Knien, um noch ein paarmal von ihr zu kosten. Dann stand ich abrupt auf und wischte mir mit dem Handrücken über das Gesicht.

Annalise blinzelte ein paarmal, als käme sie von einem anderen Stern zurück, aber sie versuchte nicht, sich zu rühren. Offensichtlich hatte sie das Geräusch beim ersten Mal nicht gehört.

Ich zerrte sie auf die Beine und zog ihr mit einer schnellen Bewegung den Rock herunter. Sie sah verwirrt aus ... bis sie das zweite Klopfen an meiner Bürotür hörte.

32. Kapitel

Annalise

Verdammt!

Bennett hatte meinen Rock heruntergezogen, meine Bluse zurechtgerückt und mein Haar geglättet, bevor ich überhaupt merkte, was los war. Aber er war so sehr damit beschäftigt, mich in Ordnung zu bringen, dass er nicht bemerkt hatte, wie *er* aussah.

In Panik, als sich die Tür zu öffnen begann, griff ich den erstbesten Gegenstand, den ich finden konnte, und warf ihn auf die peinliche Situation.

Nur ... dass es zufällig ein großer Kaffee war.

Als er mein Ziel traf, löste sich der Deckel und der gesamte Inhalt ergoss sich gerade auf Bennetts Hose, als Jonas hereinkam.

»Was zum Teufel?«, schrie Bennett.

»Tut mir leid. Es ... das war ein Unfall.«

Jonas runzelte die Stirn und schloss die Tür hinter sich.

»Jetzt reicht es aber. Das ganze Büro kann hören, wie ihr euch streitet. Ihr hört euch an wie zwei streitende Katzen.«

Bennett öffnete die oberste Schublade, holte ein Bündel Servietten heraus und tupfte seine Hose ab.

»Es ist nicht so, wie du denkst«, erklärte ich. »Anfangs haben wir uns gestritten, ja. Aber dann ... haben wir einen für beide Seiten befriedigenden Weg gefunden, das Problem zu lösen. Wir wollten gerade gemeinsam den Kunden anrufen, als ich beim Griff nach dem Telefon Bennetts Kaffee umgeworfen habe.«

Jonas zwinkerte. Er sah aus, als ob er mir kein Wort glaubte. Doch dann sprang Bennett, der sich noch immer den durchnässten Schritt abwischte, mir zur Seite. »Wir kriegen das hin, Jonas. Ich habe mich für das entschuldigt, was ich in deinem Büro gesagt habe, und wir ... haben uns geküsst und versöhnt. Der Kaffee war ein Versehen.«

Jonas schaute zwischen uns beiden hin und her und wirkte immer noch nicht ganz überzeugt. »Vielleicht solltet ihr das außerhalb des Büros klären. Geht etwas trinken oder essen. Schließt Freundschaft. Das geht auf mich.«

»Etwas *essen*.« Bennett nickte. Ich bemerkte das Zucken um seine Mundwinkel, aber zum Glück schien Jonas es nicht zu bemerken. »Tolle Idee. Danke, Jonas.«

Unser Chef brummte etwas davon, dass er zu alt für diesen Mist sei, und ließ uns wieder allein in Bennetts Büro. Er schloss sogar die Tür hinter sich.

»Was zum Teufel?« Bennett zeigte auf seine durchnässte Hose. »Du hattest da eine feuchte Stelle.«

»Was?«

»Eine riesige feuchte Stelle. Du weißt schon, der Nieselregen vor dem Regenschauer. Und eine Erektion.«

»Und deshalb hast du mir einen vollen Kaffee auf den Schwanz geworfen, anstatt mir, ich weiß nicht, eine Akte oder so etwas zur Tarnung zu geben?«

Ich begann zu lachen. »Ich bin in Panik geraten. Es tut mir leid«

»Ich sollte wohl froh sein, dass er nicht mehr heiß war.«
Ich hielt mir den Mund zu, konnte mir aber ein Lächeln
nicht verkneifen. »Das war … absolut wahnsinnig.«
Bennett lächelte selbstgefällig. »Das war verdammt heiß.«
»Das darf nie wieder vorkommen.«
»Das wird auf jeden Fall wieder vorkommen.«
»Du hast dich wie ein Idiot benommen.«
»Wenn wir das nächste Mal streiten, werde ich dich auf den
Boden drücken und dich mit meinem Schwanz *füttern*. Genau
hier in diesem Büro. Bei unverschlossener Tür.«
Mein Magen flatterte nervös. Ich hatte keinen Zweifel daran,
dass er das tun würde. Und so verrückt es auch war, der Gedan-
ke erregte mich. Aber das durfte ich ihn nicht wissen lassen.
Ich strich meinen Rock glatt und trat einen Schritt zurück.
»Du schuldest mir eine Entschuldigung für das, was du heute
Morgen gesagt hast.«
Er grinste. »Ich dachte, ich hätte mich gerade bei dir ent-
schuldigt. Aber ich bin bereit, dir noch eine zu geben.«
»Ich meine es ernst, Bennett. Du kannst dich im Büro nicht
wie mein eifersüchtiger Freund aufführen.«
»Ich war nicht eifersüchtig.«
Meine Bemerkung schien ihn ehrlich zu verwirren. Glaubte
er tatsächlich, dass das, was gerade passiert war, etwas anderes
war als das gute alte eifersüchtige Verhalten eines Alphamänn-
chens? »Du warst nicht eifersüchtig? Worüber hast du dich
dann so aufgeregt?«
Er warf die Servietten, mit denen er sich die Hose abgewischt
hatte, in den Papierkorb. »Es ging um die Arbeit. Das Spielfeld
sollte für uns beide gleich sein.«
Ich musterte sein Gesicht. Gott, er hatte wirklich keine Ahnung. »*Aha.*«

Seine Schreibtischschublade stand noch offen, nachdem er die Servietten herausgenommen hatte. Ich griff hinein und bediente mich.

»Neue Superheldin?« Ich hob eine Augenbraue.

»Gib das her.« Bennett versuchte, mir den Notizblock mit den Kritzeleien aus der Hand zu reißen, aber ich hielt ihn aus seiner Reichweite.

»Kommt mir irgendwie bekannt vor.« Sein neuestes Kunstwerk zeigte eine Karikatur mit langen Haaren und riesigen Brüsten. Sie sah genau aus wie ich – mit einem Umhang natürlich.

Er trat näher heran und nahm mir den Block aus der Hand.

»Weißt du, welche Superkraft die hier hat?«

»Welche?«

»Die Macht, Leute in den Wahnsinn zu treiben.«

Ich setzte ein albernes Lächeln auf. »Du hältst mich für eine Superheldin?«

»Lass es dir nicht zu Kopf steigen, Texas. Ich zeichne eine Menge Karikaturen.«

Ich zeigte auf die Zeichnung mit der Superheldin, die mit gespreizten Beinen an einem Schreibtisch lehnte. Das Einzige, was fehlte, war Bennetts Kopf zwischen ihren Beinen.

»Ja. Aber nicht alle deine Fantasien werden Realität.«

Ich hatte den ganzen Tag überlegt, ob ich Bennett zu mir einladen sollte.

Was wäre gewesen, wenn mein Konkurrent ein sechzigjähriger, glücklich verheirateter Mann gewesen wäre und nicht ein einunddreißigjähriger, wahnsinnig scharfer Single, der mir heute Morgen zufällig drei Orgasmen verschafft hatte – zwei in der Dusche und den anderen auf seinem Schreibtisch?

Würde ich fair spielen? Oder verschenkte ich mehr, als ich sollte, weil ich eine Schwäche für Bennett Fox hatte? (Und vielleicht auch seine Härte mochte?) War es mir wichtig, *wie* ich die Schlacht gewann, solange ich sie gewann?

Leider war es mir wichtig. Und ich wusste, dass ich unterlegen war. In einem Verdrängungswettbewerb wie diesem würden die meisten Menschen jeden Vorteil nutzen, um den Krieg zu gewinnen. Aber es war mir wichtig, dass ich fair und ehrlich gewann. So war ich nun mal.

Um fünf Minuten vor vier ging ich also zu Bennetts Büro hinüber. Er steckte mit der Nase in Entwürfen, die er auf dem Tisch in der Ecke seines Büros ausgebreitet hatte.

Ich klopfte an die offene Tür. »Hast du eine Minute?«

Er hob und senkte die Augenbrauen. »Das kommt darauf an, was du vorhast.«

»Komm einfach in fünf Minuten in mein Büro.«

Ich drehte mich um und ging zurück in den Flur, und er erschien pünktlich.

Ich wies auf die Tür. »Schließ die Tür. Ich muss einen Anruf auf Lautsprecher machen.«

Bennett schmunzelte. »Aber sicher doch.«

Der Dummkopf dachte, ich hätte ihn zu einem Schäferstündchen eingeladen. Anstatt ihn aufzuklären, drückte ich auf den Freisprechknopf und wählte.

Die Assistentin antwortete nach dem ersten Klingeln. »Büro von Lauren Becker.«

Ich sah Bennett an. Er zog die Augenbrauen hoch.

»Hallo. Hier ist Annalise O'Neil, ich möchte Lauren sprechen. Wir haben vorhin einen Telefontermin für vier Uhr vereinbart.«

»Ja. Sie wartet auf Ihren Anruf, Annalise. Ich stelle Sie gleich durch.«

»Danke.«

Sie legte den Anruf in die Warteschleife, und mein Blick traf auf den von Bennett. »Ich werde dich schlagen, weil ich gut in meinem Job bin. Nicht wegen irgendetwas anderem.«

Bennett starrte mich an, seine Miene war undurchdringlich.

Zwei Sekunden später meldete sich Lauren. »Anna?«

Ich nahm den Hörer ab. »Ja. Hi, Lauren.«

»Wie geht es dir? Gott, es ist so lange her.«

»Das stimmt. Ich weiß nicht, ob du es weißt, aber ich arbeite jetzt bei Foster, Burnett und Wren. Die beiden Unternehmen haben fusioniert.«

Ich sah zu Bennett hoch, als ich ihre Antwort hörte.

»Oh«, sagte ich. »Okay. Ja. Ich war mir nicht sicher, ob Andrew es dir erzählt hat. Danke, dass du uns in die Ausschreibung eingeschlossen hast.«

Bennett spannte den Kiefer an, und ich unterdrückte einen Seufzer. Ich hatte keine Kontrolle darüber, wie das Geschäft zustande gekommen war, aber ich hatte die Kontrolle darüber, wie ich damit umging. Lauren und ich unterhielten uns eine Minute lang, dann räusperte ich mich.

»Ich hoffe, es macht dir nichts aus, aber ich habe einen Kollegen zu diesem Gespräch eingeladen. Er ist gerade reingekommen. Sein Name ist Bennett Fox.«

Nachdem sie gesagt hatte, dass sie keine Einwände habe, stellte ich das Telefon wieder auf Lautsprecher. Wir drei sprachen dann eine halbe Stunde lang über die Ausschreibung und darüber, was sie sich vorstellte. Gegen Ende unseres Gesprächs schlug ich vor, dass wir uns nächste Woche zum Abendessen treffen sollten, um die Dinge weiter zu besprechen.

»Das wäre toll. Ich weiß, dass Trent dich auch gern sehen würde.« Sie hielt inne. »Was ist mit Andrew? Soll ich fragen, ob er sich uns anschließen möchte.« Er hat erwähnt, dass es seit der Fusion nicht ganz leicht war und dachte, es wäre vielleicht ein guter Zeitpunkt für uns, endlich zusammenzuarbeiten.« Bennett schien sich genauso unwohl zu fühlen wie ich. »Wenn es dir nichts ausmacht, wäre es mir lieber, wenn du ihn nicht dazubittest. Wir sind nicht … Ich wusste nicht einmal, dass er mit dir über die Veränderung bei der Arbeit gesprochen oder dich gebeten hat, mich in die Ausschreibung einzubeziehen.«

Lauren seufzte. »Ja, verstehe.«

Ich hatte keine Ahnung, was ich von Bennett zu erwarten hatte, als ich auflegte, aber ich wusste, dass das, was ich bekam, aufrichtig war.

»Danke, dass du mich einbezogen hast.«

Ich nickte. »Gern geschehen.«

Èr machte ein paar Schritte auf meine Bürotür zu und drehte sich dann um. »Warum?«

Ich war mir nicht sicher, ob ich die Frage verstand. »Warum was?«

»Warum willst du fair und ehrlich gewinnen? Hat das mit dem zu tun, was zwischen uns ist?«

»Daran habe ich vorhin tatsächlich auch gedacht.« Ich lächelte. »Bilde dir nichts ein. Ich würde die Dinge genauso angehen, wenn du ein sechzigjähriger, glücklich verheirateter Mann wärst.«

»Wow.« Er schüttelte den Kopf. »Und ich dachte schon, du wärst ein guter Mensch. Aber du würdest dich von einem sechzigjährigen, verheirateten Kerl in seinem Büro lecken lassen?«

»Das habe ich nicht gemeint!«

Bennett zwinkerte mir zu. »Ich weiß. Aber lass uns so tun, als ob, damit ich nicht zugeben muss, dass du ein verdammt viel besserer Mensch bist als ich.«

33. Kapitel

Bennett

»Magst du *Star Wars*?«

Ich drückte SportsCenter auf stumm und schaute zu Annalise hinüber. Sie hatte drei verschiedene Zeitungen auf meinem Bett ausgebreitet. Ich zog es vor, mich auf CNN oder ESPN zu informieren, aber in den letzten Wochen hatten wir eine Samstagmorgenroutine entwickelt, die mir gefiel.

Wir hatten frühmorgens Sex, dann ging ich joggen, während sie uns Frühstück machte. Auf dem Heimweg holte ich drei verschiedene Zeitungen, und nachdem wir gefrühstückt hatten, schaute ich SportsCenter, während sie stundenlang Zeitung las.

Habe ich schon erwähnt, dass sie kochte und las, während sie eines meiner T-Shirts trug, ohne BH oder Unterwäsche darunter?

Ja also, das war mein Lieblingsteil.

Ich schob meine Hand unter den Saum des weißen T-Shirts, das sie trug, und streichelte ihren Oberschenkel. »Ich mag *Star Wars*. Ich gehöre nicht zu den Freaks, die als Yoda oder Chewbacca verkleidet auf einer jährlichen Freak-Convention herumlaufen, aber ich sehe mir die Filme an. Warum?«

Annalise zuckte mit den Schultern. »Nur so.«

Aber irgendetwas an ihrer Antwort – vielleicht weil sie zu schnell kam oder zu knapp klang – sagte mir, dass sie schwindelte. »Du bist doch nicht einer dieser Freaks, oder?«

Ihre Wangen färbten sich rosa. »Nein, bin ich nicht.«

Ich zeigte auf ihr Gesicht. »Versuch es gar nicht erst, Texas. Du bist schon eine halbe Tomate.«

Sie legte die Zeitung weg. »Gut. Ich habe mich früher gern als Prinzessin Leia verkleidet.« Ihre Stimme wurde leiser. »Und vielleicht manchmal als Aayla Secura und Shaak Ti.«

Ich lachte. »Wer?«

»Vergiss es.«

»Oh, nein. Du hast die Büchse der Pandora geöffnet. Jetzt, wo ich weiß, dass du ein *Star Wars*-Trottel bist, möchte ich wissen, womit ich es zu tun habe. Reden wir nur von Halloween-Kostümen, Brotdosen und dass du die gesamte klingonische Sprache auswendig gelernt hast, oder bist du ein total verrückter Fan, der sich verkleidet und auf Conventions geht?«

»Klingonisch ist *Star Trek*, nicht *Star Wars*.«

»Die Tatsache, dass du das weißt, sagt eine Menge.«

Annalise rollte mit den Augen. »Warum erzähle ich dir eigentlich so etwas?«

Ich lachte. »Okay. Ich werde dich nicht aufziehen, mein kleiner sexy Trottel. Warum fragst du?«

Sie deutete auf einen Artikel in der Zeitung. »Ich lese gerade über Filme, bei denen die Merchandising-Einnahmen den Umsatz an den Kinokassen übertroffen haben. *Star Wars* hat fast fünfunddreißig Milliarden mit Merchandising umgesetzt.«

»Ich schätze, du hast eine Menge potenzieller Kumpel da draußen im Trottelland.«

Sie schlug mir mit dem Handrücken auf den Bauch. »Halt die Klappe.«

»Du weißt, dass es bald ein neues Land in Disneyland geben wird: *Star Wars: Galaxy's Edge*.«

»Ja, ich weiß. Ich kann's kaum erwarten.«

Heute Nachmittag war mein jährlicher Ausflug mit Lucas zu Disney – sein Geburtstagswochenende war der einzige Ausflug mit Übernachtung, den Fanny mir erlaubte. Jedes Jahr fuhren wir am Samstagnachmittag hin und verbrachten den Abend und den ganzen nächsten Tag damit, die Fahrgeschäfte auszuprobieren. Lucas schrieb immer eine Liste mit Fahrgeschäften, die in dem Jahr neu waren, und dieses Mal hatte eines davon mit *Star Wars* zu tun.

»Fährst du bei Disney mit den Sachen?«, fragte ich.

»Ja, früher schon. Aber ich war schon seit Jahren nicht mehr dort.«

Ich hatte meine Reise mit Lucas nicht erwähnt, aber ich spielte schon die ganze Woche mit dem Gedanken, sie einzuladen. »Ich fahre heute Nachmittag mit Lucas zu Disney. Er hatte diese Woche Geburtstag, und wir machen jedes Jahr einen Ausflug.«

»Oh. Das ist ja wunderbar. Du machst so tolle Sachen mit ihm.«

Eigentlich hatte ich nie Frauen mit Lucas zusammengebracht, vor allem weil die Beziehungen, die ich hatte, nicht zu meinen wöchentlichen Besuchen bei ihm zu passen schienen. Ich führte Frauen zum Essen aus, wo sie schöne Kleider trugen, und dann brachte ich sie nach Hause, ich nahm sie nicht mit zum Angeln oder zum Gokart-Rennen. Aber Annalise und ich waren anders. Wir arbeiteten jeden Tag stundenlang zusammen, und wenn wir uns nicht gerade stritten oder vögelten, verstanden wir uns gut, wenn wir an solchen Vormittagen zusammensaßen und nichts taten.

Obwohl es erst seit einem Monat lief, hatte ich sie viel besser kennengelernt als irgendeine Frau, mit der ich sechs Monate lang zusammen gewesen war. Außerdem würde ihr das neue *Star Wars*-Fahrgeschäft gefallen, das sie hinzugefügt hatten. Also fühlte ich mich jetzt fast verpflichtet, sie einzuladen. Es war richtig.

Ich machte den stumm geschalteten Fernseher aus. »Warum kommst du nicht einfach mit?«

Sie sah genauso überrascht aus wie ich darüber, dass ich sie eingeladen hatte. »Zu Disney? Mit dir und Lucas?«

»Ja. Warum nicht? Du kannst dich auf dem neuen *Star Wars*-Fahrgeschäft austoben, und Lucas hat jemanden, mit dem er auf diese wild drehenden Dinger gehen kann.«

»Gehst du nicht auf solche Sachen?«

»Nope. In der achten Klasse wollte ich unbedingt mit Katie Lanzelli rummachen. Ich ging mit ihr zum Stadtfest und wollte auf dem Riesenrad mit ihr knutschen. Kurz bevor wir damit fahren wollten, bin ich auf das Gravitron gegangen. Nachdem ich ausgestiegen war, musste ich kotzen. Danach konnte ich ihr nicht mehr zumuten, mich zu küssen. Also habe ich an diesem Tag aufgehört, Karussell zu fahren.«

Annalise lachte auf. »Deine Perversion kennt keine Grenzen. Sie betrifft sogar deine Ausflüge zu Disney.«

»Was sagst du? Kommst du mit?« Ich ließ meine Hand an ihrem Bein nach oben wandern und streichelte die empfindliche Haut an der Innenseite ihres Schenkels, direkt neben ihrer Scham. »Ich müsste dir ein Einzelzimmer besorgen, wegen Lucas, aber vielleicht könnte ich eins neben meinem bekommen, sodass ich hinausschleichen kann, wenn er schläft, und in dich hinein.«

»Siehst du? *Pervers.* Alle Wege führen zu Sex.« Sie lächelte.

»Ich würde gern mitkommen. Aber bist du sicher? Ich möchte deine Zeit mit Lucas nicht stören.«

Je länger wir darüber sprachen, desto mehr gefiel mir die Vorstellung, dass sie mitkam. »Auf keinen Fall. Er wird sich freuen, wenn er sich mit jemand anderem als mir unterhalten kann. Glaub mir.« Ich sah sie an. »Außerdem möchte ich, dass du mitkommst.«

Annalises Gesicht hellte sich auf, sie strahlte förmlich, als sie nickte. Dann stieg sie auf mich, und ich strahlte ebenfalls.

»Welcher Komponist hat die Songs in den Filmen komponiert?«

»Das ist leicht. John Williams.« Annalise wischte sich mit einer Serviette die Streusel von der Lippe.

Lucas schaute auf sein Handy und wischte erneut. Seit wir heute Mittag ins Auto gestiegen waren, hatte er sie mit allen Online-Quizseiten, die er finden konnte, ausgefragt.

»Welche Farbe hatte das Lichtschwert von Luke Skywalker in den ersten beiden Filmen?«

»Blau.«

»Und in *Die Rückkehr der Jedi-Ritter*?«

»Grün.«

Ich schüttelte den Kopf. »Warum sollten sie die Farbe des Lichtschwerts ändern? Und vor allem, warum kennst du die Antworten auf diesen ganzen Mist?«

Annalise leckte einen Tropfen von ihrer Eiswaffel, und mein Schwanz zuckte – *mitten im verdammten Disneyland.*

»Er hat das blaue Schwert in einem Duell mit Darth Vader in Cloud City verloren. Es gab einen großen Aufruhr darüber, warum sein Lichtschwert in *Die Rückkehr der Jedi-Ritter* grün war. Auf den Original-Filmplakaten hatte er ein blaues Schwert in der Hand. Manche sagen, dass die Farbe geändert wurde, weil die Kampfszene vor einem blauen Himmel stattfand, andere meinen, dass es eine tiefere Bedeutung hat – etwa, dass die Filmemacher zeigen wollten, was Luke wirklich draufhat.«

Ich grinste. »Ah, ich verstehe. Sie wollten also die Eltern dazu bringen, mehr Lichtschwerter zu kaufen, indem sie die Farbe geändert haben.«

Lucas war fasziniert von Annalises *Star Wars*-Kenntnissen. Mir machte es nichts aus, nur herumzusitzen und den beiden zuzusehen – solange sie weiter an der Eiswaffel leckte. Ich war verdammt froh, dass wir nebeneinanderliegende Zimmer bekommen hatten.

Nachdem wir unser Dessert gegessen hatten, unternahmen wir noch ein paar Fahrten, bevor wir für heute Schluss machten. Es war ein verdammt langer Tag gewesen – zweimal Sex heute Morgen, ein langer Lauf, die Fahrt nach L.A. und dann noch eine Menge Fahrten, als wir hier ankamen. Aber während ich völlig erschöpft war, schienen Lucas und Annalise noch jede Menge Energie zu haben.

»Können wir in den Pool gehen?«, fragte Lucas, als wir an der Haltestelle unseres Hotels aus der Straßenbahn stiegen.

Ich blickte auf meine Uhr. »Es ist fast halb zehn.«

»Und?« Er runzelte die Stirn.

»Annalise hat wahrscheinlich nicht einmal einen Badeanzug dabei.«

Sie grinste. »Doch, habe ich.«

»Bitte!« Lucas schaute mich mit seinem Hundeblick an.

»Ich kann ihn mitnehmen, wenn du zu müde bist.«

»Nein, ist schon gut.« Ich zeigte auf Lucas. »Eine halbe Stunde. Mehr nicht.«

»Okay!«

Während Lucas zum Eingang des Hotels lief, raunte ich

Annalise zu: »Ich hoffe, es ist wenigstens ein Bikini, wenn ich schon in einen Disney-Pisseimer gehen muss.«

Ihr Lächeln funkelte. »Du kannst dich beschweren, so viel du willst, aber in deinen Augen sehe ich die Wahrheit. Du würdest alles tun, was der Junge von dir verlangt, und du liebst jede Minute, in der du ihm dabei zusiehst, wie er sich amüsiert.«

Sie hatte tatsächlich nicht ganz unrecht. Ohne nachzudenken, schob ich meine Hand in ihre, und wir gingen Hand in Hand zur Hotellobby. Das Verrückte daran war, dass ich gar nicht wusste, dass ich es getan hatte. Es fühlte sich einfach ... richtig an. Annalise schien es auch nicht zu bemerken, oder falls doch, dann sagte sie nichts.

Trotzdem ließ ich sie los, um die Tür zu öffnen, und schob die Hände anschließend in die Hosentaschen.

»Er ist ein toller Junge.«

Annalise und ich saßen uns im sprudelnden Whirlpool gegenüber, der nur wenige Meter vom Pool entfernt war. Ein paar Kinder hatten ein Wasservolleyballspiel organisiert, als wir nach draußen kamen, und Lucas gebeten mitzumachen. So hatten wir eine Pause vom kühlen »Pisseimer« und lagen im Whirlpool, den man erst mit achtzehn betreten durfte. Der Poolbereich war beleuchtet, sodass wir ihn aus der Ferne im Auge behalten konnten, er war jedoch weit genug weg, um nicht den Eindruck zu erwecken, dass wir auf ihn aufpassten.

»Ja. Trotz der Verrückten, die ihn aufzieht, ist aus ihm ein wirklich guter Junge geworden. Er ist ziemlich vernünftig.«

»Er schaut zu dir auf.«

Der Whirlpool hatte dazu beigetragen, meine Muskeln zu entspannen, aber diese Bemerkung verkrampfte sie wieder. »Ja.«

Annalise wurde still, und ich ahnte, worüber sie nachdachte.

»Darf ich fragen, wie alt er war, als seine Mutter starb?«

»Er war drei.«

»Wow.«

»Ja.«

»War sie ... krank?«

Ich hielt ihren Blick fest. »Autounfall.«

Ihr Blick fiel auf meinen Oberkörper. Sie war klug genug, um zwei und zwei zusammenzuzählen. Und ich wusste, dass sie mit sich rang, ob sie weiterfragen sollte.

Es war das Letzte, worüber ich sprechen wollte. Ich stand auf. »Es ist schon spät. Ich hole uns Handtücher, okay?«

Lucas schnarchte schon, als ich aus der Dusche kam. Der Tag war toll gewesen, aber die Erwähnung des Unfalls hatte mich runtergezogen. Ich setzte mich auf das Bett gegenüber von Lucas und beobachtete ihn beim Schlafen. Er sah jetzt genauso aus wie seine Mutter. Es war schwer vorstellbar, dass er in ein paar Jahren so alt wie sie sein würde, als sie ihn bekommen hatte. Das brachte mich auf den Gedanken, dass ich mit ihm über Kondome und Verhütung sprechen musste. Fanny würde das nicht tun. Zum Teufel, ich hatte das Gespräch auch schon mit ihrer Tochter geführt.

Das hatte ja sehr viel gebracht.

Mein Handy vibrierte auf dem Beistelltisch, also wischte ich darüber, um meine Nachrichten zu überprüfen.

Annalise: Tut mir leid, wenn ich neugierig war. Du bist still geworden, nachdem ich nach seiner Mutter gefragt habe. Ich wollte dich nicht verärgern.

Ich versuchte, sie zu beruhigen.

Bennett: Das hast du nicht. Ich bin nur müde. Der lange Tag muss mich eingeholt haben.

Ich bezweifelte, dass sie mir das abkaufen würde, aber zumindest würde sie mich nicht bedrängen.

Annalise: Okay. Danke, dass ich heute mitkommen durfte. Ich hatte viel Spaß. Gute Nacht.

Bennett: Gute Nacht.

Ich warf das Telefon zurück auf den Beistelltisch. In den acht Jahren seit jener Nacht hatte ich mit niemandem über den Unfall gesprochen – außer mit Polizisten und Anwälten. Nicht einmal der Psychiater, zu dem mich meine Mutter geschickt hatte, konnte mich dazu bringen. Lange Zeit dachte ich, je weniger ich daran dachte, desto leichter würde es sein, darüber hinwegzukommen. Bis vor Kurzem.

Sophies Tagebücher hatten einiges in mir aufgewühlt. Allmählich fragte ich mich, ob ich überhaupt darüber hinweggekommen war, indem ich es für mich behalten hatte, oder ob ich mich vielleicht nur befreien konnte, indem ich darüber sprach.

34. Kapitel

1. Januar

Liebes Ich,

wir sind traurig.

Bennett ist jetzt schon seit zwei Monaten weg. Er ist nur ein paar Stunden entfernt auf der UCLA, aber das könnte genauso gut am anderen Ende der Welt sein. Wir vermissen ihn. Sehr sogar. Er hat eine neue Freundin. Wieder einmal. Er sagt, sie studiert auch Marketing, und sie hängen die ganze Zeit zusammen ab, so wie wir früher.

Wir sind immer noch mit Ryan Langley zusammen, aber manchmal, wenn wir ihn küssen, denken wir an Bennett. Das ist wirklich seltsam. Ich meine, er ist Bennett, oder? Unser bester Freund. Aber wir können es nicht abstellen.

Das College ist nicht so toll. Ich hatte es mir anders vorgestellt. Aber es fühlt sich an wie ein weiteres Jahr Highschool, wenn man zu Hause wohnt – nur ohne Bennett. In meinen Kursen sind sogar ein paar Schüler, die schon auf der RFK High in meiner Klasse waren.

Alles ist gleich und doch so anders.

Wir haben einen Job in einem Friseursalon bekommen, wo wir die Anrufe entgegennehmen. Die Leute dort sind wirklich nett, und es ist ziemlich gut bezahlt. Wir hoffen, dass wir Geld sparen und uns

eine eigene Wohnung suchen können. Moms neuer Freund Aaron
ist ein Idiot und immer zu Hause.

Das Gedicht dieses Monats ist niemandem gewidmet.

Sie blickt zurück,
weil sie jetzt Angst vor der Zukunft hat.

Warum bist du nicht hier?

Dieser Brief wird sich in zehn Minuten selbst zerstören.

Anonym
Sophie

35. Kapitel

Bennett

Wie sehr wollte ich den Job?

Annalise war vor ein paar Stunden losgegangen, um sich mit Madison einen Drink zu gönnen. Da ich morgen früh einen Termin außerhalb des Büros hatte und mein Bett heute Nacht leer sein würde, war ich extra lange geblieben, um die Unterlagen für meinen Pitch bei Star Studios fertigzustellen, der bald anstand. Diese Woche war verdammt anstrengend gewesen, dabei war erst Mittwoch. Und am Freitag hatten wir noch ein Abendessen mit der Schwester dieses Trottels.

Ich nahm mir aus Marinas oberster Schublade den Schlüssel zu Annalises Büro, um ihr einige Skizzen auf den Schreibtisch zu legen. Beim Mittagessen heute hatte sie erwähnt, dass ihr kein Logo für einen Hersteller von Filzstiften für Kinder einfiel, der seine Produktpalette um professionelle Kunststifte erweitern wollte. Während ich bei einem anderen Projekt an einer Schattierung arbeitete, war mir eine Idee gekommen, die sich für ihren Kunden eignen könnte.

Annalise hatte den Kunden von Wren mitgebracht, sodass wir nicht in Konkurrenz zueinander standen – ich hatte keinen Grund, ihr nicht zu helfen.

Doch als ich meine Zeichnungen auf ihren Schreibtisch legen

wollte, fand ich dort das gesamte Konzept für ihren Star-Pitch: Storyboards, 3D-Logomodelle und eine dicke rote Mappe mit der Aufschrift RECHERCHE. Ich starrte auf die mit Bändern zusammengeschnürte Mappe – das mussten drei Zentimeter an verdammten Recherchen sein. Viel mehr, als ich gemacht hatte. Was könnte sie da drin haben? Mist, der ihr einen Vorteil verschaffen könnte.

Ich legte meine Zeichnungen auf ihren Stuhl und nahm die Mappe in die Hand. Das Ding hatte Gewicht.

Verdammt.

Das sollte ich nicht tun.

Aber was, wenn ich etwas übersehen habe?

Zwei Dinge wusste ich mit absoluter Gewissheit. Erstens, es wäre ziemlich schäbig, das zu tun. Und zweitens, wenn es andersherum wäre und Annalise meinen Schreibtisch mit dem ganzen Shit finden würde, würde sie sich umdrehen und schnell abhauen.

Aber ich konnte auf keinen Fall nach Texas ziehen.

Ich würde es nicht für mich tun, sondern für Lucas.

Es gab eine Ausnahme für das Verbot von beschissenem Verhalten, wenn der Zweck die Mittel heiligte, oder?

Was zum Teufel könnte sie hier drin haben? Im Ernst, dieses Ding musste drei Pfund wiegen. Vielleicht war da ein Ziegelstein drin? Oder ein Buch? Eine Ausgabe von *Marketing für Dummies*? Das könnte ich doch wenigstens überprüfen, oder? Es könnte mich beruhigen, wenn ich wüsste, dass mir nichts entgangen war.

Ich zog das rote Gummiband von der Mappe.

Gott, ich bin ein verdammter Idiot.

Ich legte die Mappe wieder auf den Schreibtisch und starrte sie noch einmal an.

Was, wenn es nicht Annalise wäre?

Sie hatte selbst gesagt, dass sie versuchte, die Person aus der Gleichung herauszunehmen, wenn sie entschied, wie sie handeln wollte. Ein sechzigjähriger, verheirateter Mann – ich war mir ziemlich sicher, dass sie so tat, als wäre das ihr Konkurrent. Was würde ich tun, wenn ich diese Datei mit potenziell hilfreichen Informationen gefunden hätte und der Konkurrent, gegen den ich antrat, ein sechzigjähriger Kerl und nicht Annalise wäre?

Ich würde gern denken, dass die Antwort auf diese Frage einige Diskussionen erforderte.

Aber ... wir wissen es alle besser, oder?

Ich stünde bereits am Kopierer und würde den ganzen Mist aus dieser Mappe kopieren.

Das war, kurz gesagt, der Unterschied zwischen Annalise und mir. Wenn sie in ihrem Kopf durchspielte, wie sie sich verhalten würde, stand sie immer auf der Seite dessen, was ethisch vertretbar war. Ich hingegen entschied mich für das, was mich meinem Ziel näher brachte.

Was zum Teufel hielt mich also auf?

Annalise und ihr verdammter ethischer Schwachsinn machten mir ein schlechtes Gewissen.

Stöhnend hob ich die Mappe auf, wickelte das Gummiband wieder darum und legte das Ding an seinen Platz zurück. Ich nahm meine Zeichnungen von ihrem Stuhl, zog die Tür hinter mir zu und ging dann in die Hocke, um die Zeichnungen unter der geschlossenen Bürotür durchzuschieben. Sie würde sie morgen früh finden, ohne zu wissen, dass ich in ihrem Raum gewesen war.

Mürrisch ging ich zurück zu Marinas Schreibtisch, um den Schlüssel zurückzulegen. Dabei fiel mir ein, dass ich ihr eine

Nachricht hinterlassen sollte, dass ich morgen früh nicht da sein würde. Der Termin war ursprünglich für den Nachmittag geplant gewesen.

Ich fand einen Stift und sah mich nach etwas zum Schreiben um. Neben ihrem Telefon lag einer dieser Mitteilungsblöcke mit drei kleinen, abreißbaren Mitteilungsblättern auf jeder Seite. Also schnappte ich mir den und begann, auf den untersten zu schreiben.

Aber der Durchschlag, der von der oberen Nachricht zurückgeblieben war, erregte meine Aufmerksamkeit, weil er Annalises Namen trug.

DATUM: 1.6.
UHRZEIT: 11:05 UHR
FÜR: Annalise
ANRUFER: Andrew Marks
PHONE: 415-555-0028
NACHRICHT: Er meldet sich auf deinen Anruf. Du kannst ihn jederzeit erreichen.

»Stimmt etwas nicht?« Annalise lehnte ihre Hüfte gegen den Tresen im Pausenraum.

»Gar nichts«, sagte ich und schenkte mir einen zweiten Becher Kaffee ein.

Sie verschränkte die Arme vor der Brust. »Also nur allgemein schlecht gelaunt?«

»Es war eine anstrengende Woche.«

»Ich weiß.« Sie schaute zur Tür und senkte die Stimme. »Deshalb wollte ich gestern Abend nett sein und dir bei mir was zum Abendessen kochen. Nur du hast nicht auf meine Nachricht geantwortet, und als ich dich heute Morgen in der

Halle getroffen habe, sahst du aus, als wolltest du mich beißen.«

Ich hob meinen Becher auf. »Du warst diejenige, die sicherstellen wollte, dass wir im Büro diskret sind. Hätte ich stehen bleiben sollen, um dich zu befummeln?«

Sie blinzelte. »Wie auch immer. Vergiss nicht, dass wir heute Abend um sechs mit Lauren und Trent im La Maison essen gehen.«

Ich schnaubte. »Kann es kaum erwarten.«

Annalise verstand meinen Sarkasmus richtig. Sie seufzte und drehte sich um, um aus dem Pausenraum zu gehen. An der Tür blieb sie stehen und drehte sich um. »Übrigens, vielen Dank für die Skizzen. Sie sind genau das, was ich brauchte. Ich bin einfach nicht darauf gekommen.«

Ich sah von meinem Becher auf, und unsere Blicke trafen sich. *Scheiß drauf.*

»Ich bin gestern Abend in deinem Büro gewesen, um sie dir auf den Schreibtisch zu legen. Da habe ich gesehen, dass dort deine Arbeit an der Star-Kampagne lag, also bin ich gegangen und habe sie dir unter der Tür durchgeschoben.«

Sie legte den Kopf schief und musterte mein Gesicht. »Du hast dir nichts angeschaut?«

Nachdem ich die Nachricht von ihrem Ex gefunden hatte, hatte ich überlegt, wieder hineinzugehen. Aber ich konnte es einfach nicht. *Feigling.* Ich schüttelte den Kopf.

Sie wirkte einen Moment abwesend, und ich hatte das Gefühl, dass sie versuchte, die Teile eines Puzzles zusammenzufügen.

Sie konzentrierte sich wieder auf mich. »Bist du sauer auf dich selbst, dass du *nicht* in meine Sachen gesehen hast?«

Ich verschränkte die Arme vor der Brust. »Ich habe mich ge

fragt, ob ich auch gegangen wäre, wenn es jemand anderes als du gewesen wäre.«

»Und…«

»Das hätte ich nicht getan.«

Annalises Blick wurde weich. »Also, vielen Dank. Bist du deshalb so mürrisch? Weil du mich *nicht* wie den Feind behandelt hast?«

»Erst nicht – bis ich den Schlüssel in Marinas Schublade zurücklegen wollte und eine Nachricht für dich entdeckt habe, dass dich jemand zurückgerufen hatte.«

Sie verzog das Gesicht. »Es ist nicht so, wie du denkst.«

»Dann weißt du also, was ich gerade denke?«

»Als ich Lauren neulich angerufen habe, um das Abendessen heute zu bestätigen, hat sie mir erzählt, dass Andrew mit uns essen wollte. Ich habe ihn angerufen, um ihn zu bitten, es nicht zu tun. Deshalb hat er mich zurückgerufen.«

Ich ging auf die Tür vom Pausenraum zu. »Egal.«

Annalise atmete laut aus. »Das nächste Mal kommst du einfach zu mir, wenn dich etwas bedrückt.«

Ich blieb in der Tür neben ihr stehen. »Oder vielleicht lasse ich mir beim nächsten Mal ein paar Eier wachsen und verschaffe mir einen Vorteil gegenüber der Konkurrenz.«

»Das tut mir leid. Ich dachte, die beiden bräuchten ein paar Minuten für sich. Meine Frau mischt sich gern in Dinge ein, die sie nichts angehen. Aber ich bin ein unterwürfiger Mann, also kämpfe ich nicht dagegen an.« Trent Becker hob sein Glas und prostete mir zu. »Meine Antwort lautet immer ›Ja, Liebes‹. *Und ein guter Scotch.*«

Ich hob mein Glas. »Hört sich gut an. Es ist sogar egal, wie die Frage lautet.«

Annalise und ich waren zur gleichen Zeit im Restaurant angekommen. Lauren und ihr Mann trafen ein paar Minuten später ein. Da die Kellnerin sagte, unser Tisch sei noch nicht fertig, hatte Trent mich gebeten, mit ihm an die Bar zu gehen und Getränke zu holen, während die Damen sich sofort in ein Gespräch vertieften.

»Lauren und Annalise haben eine persönliche Geschichte.«

Ich trank einen Schluck und sah über den Rand meines Glases zu Trent. »Andrew. Ich weiß.«

Trent hob die Brauen. »Sie hat es dir also gesagt.«

»Hat sie.«

Er nickte. »Klingt logisch. Besonders, da er derjenige war, der dieses Treffen ermöglicht hat.«

Das hier war ein Geschäftstreffen. Ich musste meine Meinung für mich behalten, aber da die Tür offen stand und ich einen Blick in den anderen Raum werfen konnte, konnte ich nicht widerstehen. »Seltsames Timing. Annalise ist seit Jahren im Marketing tätig. Trotzdem hat sie gesagt, ihr hättet nie darüber gesprochen, dass sie sich bei euch um einen Auftrag bewirbt.«

Trent sah sich um, dann beugte er sich vor. »Lauren denkt, die Sonne geht über ihrem Bruder auf und unter. Aber unter uns gesagt, ich halte ihn für einen aufgeblasenen egoistischen Idioten.«

Ich zog erstaunt die Augenbrauen hoch. Vielleicht würde dieses Abendessen doch nicht so schlecht werden.

»Nach dem, was Annalise erzählt hat, hast du wohl recht. Aber genau wie du behalte ich das für mich.« Ich hob mein Glas. »Und spüle meine Gedanken mit diesem Scotch hinunter.«

Trent lachte. »Annalise ist toll. Ich bin froh, dass wir ihr vielleicht ein paar Aufträge zuschanzen können. Ich hoffe nur, es hilft meinem lieben alten Schwager nicht, sich wieder bei ihr einzuschleichen. Soll er doch bei der schwedischen Stewardess bleiben, mit der er sich in den letzten Jahren ab und zu hinter ihrem Rücken getroffen hat.«

Mist.

Ach, was.

Ich wusste, dass der Typ ein Idiot war.

Acht Jahre, und er wollte sich immer noch nicht festlegen, das sagte mir, dass er sie verarscht hatte. Ich hatte nur den Grund nicht gekannt. *Was für ein Blödmann.*

Der Barkeeper brachte zwei Gläser Wein, und Trent und ich stritten darüber, wer die Rechnung bezahlen sollte. Nachdem ich gewonnen hatte, brachten wir die Getränke zu den Damen, die auf einer Bank in der Nähe des Empfangs saßen.

»Danke.« Annalise stand auf, als ich ihr das Glas reichte. Sie beugte sich mit einem besorgten Lächeln vor. »Alles in Ordnung?«

Ich lächelte aufrichtig. »Alles bestens.«

Das Abendessen mit Lauren und Trent erwies sich als überraschend angenehm. Wir redeten viel über ihr Geschäft, sie sprachen offen über ihre Höhen und Tiefen und schienen den Markt, den sie erreichen wollten, gut im Griff zu haben. Sie erzählten auch von dem hohen Budget, das sie für Web- und Fernsehwerbung vorgesehen hatten, was die Entscheidung des Vorstands nachvollziehbar machte, denjenigen zu belohnen, dessen Kampagne den Auftrag an Land ziehen würde.

»Und wer macht was?«, fragte Lauren keinen von uns im Speziellen. »Ist einer von euch für das Internet zuständig und einer fürs Fernsehen, oder so?«

In diesem Fall überließ ich Annalise die Führung. Es war ihre Entscheidung, wie sie es drehen wollte.

»Nicht wirklich. Wir haben Mitarbeiter in unserem Team, die auf Dinge wie Artwork, Text und Marktforschung spezialisiert sind. Mit ihnen werden wir zwei verschiedene Kampagnen entwickeln, die wir euch präsentieren.«

»Oh, wow. Okay.« Lauren lächelte. »Ich bin sicher, dass mir alles gefallen wird, was du dir ausdenkst. Wir hatten schon immer einen ähnlichen Geschmack.«

Und wieder einmal hätte Annalise mich in die Pfanne hauen können. Sie hätte nur erwähnen müssen, dass jeder von uns einen *eigenen* Pitch halten würde und sie sich denjenigen aussuchen sollten, der ihnen am besten gefiel. Zweifellos wäre dann ziemlich klar gewesen, wessen Vorschlag Lauren den Vorzug geben würde. Aber dadurch, dass Annalise es so dargestellt hatte, als wäre es eine Teamleistung, schaffte sie faire Verhältnisse.

Ich blickte zu ihr hinüber, und sie schenkte mir ein süßes Lächeln.

So verdammt schön. Und dieser Mist war ansteckend, denn ich lächelte zurück, und ich bin ganz sicher kein verdammter Lächler. Ich bin eher der Typ, der ein mürrisches Gesicht macht – vor allem, weil mich die meisten Menschen nerven. Ich wage sogar zu behaupten, dass meine Lippenwinkel stärker nach oben zeigten, seit ich Annalise kennengelernt hatte, als in den ersten dreißig Jahren meines Lebens.

Ich ließ meinen Blick wieder zu ihr schweifen, um sie erneut zu betrachten. Sie war einfach so verdammt moralisch und gut. Es machte mir Lust, später unmoralische Dinge mit ihr zu tun und sie zu verderben.

Ich wischte mir mit der Serviette den Mund ab und ließ sie dann *versehentlich* auf den Boden fallen. Als ich mich vorbeugte, um so zu tun, als wollte ich sie aufheben, schob ich unter der

Tischdecke eine Hand unter Annalises Kleid und beobachtete, wie sie zusammenzuckte, als mein Daumen über die warme Mitte zwischen ihren Beinen strich. Sofort schlug sie die Schenkel zusammen, und ich verlor fast das Gleichgewicht, als sie meinen Arm zwischen ihren Beinen einklemmte. Ich hustete und befreite meine Hand, wobei ich mich bemühte, nicht zu lachen.

Könnte ich sie jetzt irgendwie befingern und beobachten, wie sie dabei versuchte, mit der Schwester des Trottels über Geschäfte zu reden?

Sie warf mir einen warnenden Blick zu. »Bist du okay, Bennett?«

Ich richtete mich in meinem Stuhl auf und ließ meine Serviette auf den Tisch vor mir fallen. »Nur ein Ausrutscher.«

Bevor der Abend zu Ende war, *rutschte* mir noch ein paarmal diskret die Hand aus – das letzte Mal, um ihr in den Hintern zu kneifen, als wir hinter unseren potenziellen neuen Kunden her zum Ausgang des Restaurants gingen. Ihr Wagen wurde kurz vor meinem vorgefahren, also verabschiedeten wir uns und sahen ihnen beim Wegfahren zu.

Wenn sie hingesehen hätten, hätten Lauren und Trent wahrscheinlich noch im Rückspiegel sehen können, wie ich Annalise in meine Arme zog.

»Du hast dich heute Abend schlimm benommen.« Sie drückte ihre Handflächen gegen meine Brust.

Ich strich mit meinen Lippen über ihre. »Ich kann nicht anders. Ich möchte schlimme Dinge mit dir machen. Komm mit zu mir. Ich hab dich letzte Nacht in meinem Bett vermisst.«

Ihre Miene wurde weicher. »Ich habe dich auch vermisst.«

Ich konnte mich nicht erinnern, dass ich jemals jemanden vermisst hatte, außer Sophie. Und das war etwas ganz anderes, denn sie war wirklich weg. Und doch hatte ich Annalise nichts vorgemacht, ich hatte sie tatsächlich vermisst. Nachdem wir eine Nacht getrennt gewesen waren. Und sosehr mich der Gedanke erschreckte, die Vorstellung, sie heute Nacht nicht in meinem Bett zu haben, erschreckte mich noch ein bisschen mehr. Also ignorierte ich die Alarmglocken, die mich warnten, dass ich es zu weit trieb.

Der Wagendienst fuhr Annalises Auto vor.

»Ich folge dir«, sagte ich.

»Könnten wir heute bei mir übernachten? Ich habe vor zwei Monaten einen neuen Stuhl für mein Wohnzimmer gekauft, und der wird morgen früh geliefert.«

»Ja, natürlich.« Ich küsste sie auf die Stirn. »Solange ich in dir einschlafe und aufwache, ist es mir egal, wo wir sind.«

36. Kapitel

Annalise

»Shit-take.« Madison schüttelte den Kopf.

»Ähm ... Wie bitte?«

»Hast du den Kellner gerade nicht gehört? Er hat das Shiitake-Pilz-Spezial als *Shit-take* ausgesprochen und mich gefragt, wie ich meinen gebackenen Hummer zubereitet haben möchte. Ähm ... *fertig?*«

Ich gluckste. »Sorry. Ich war wohl für ein paar Sekunden in Gedanken.«

Madison führte ihr Weinglas an die Lippen. »Wahrscheinlich Erschöpfung, weil du jede Nacht von deinem neuen Liebhaber flachgelegt wirst.«

Ich seufzte. »Darf ich dir eine hypothetische Frage stellen?«

»Natürlich. Wenn du dich besser fühlst, wenn du so tust, als ginge es nicht um dich, dann nur zu. Schieß los.«

»Ja.« Ich hielt inne und überlegte, wie ich es formulieren sollte. »Wenn eine Frau mit einem Mann zusammen ist – der von Anfang an klargestellt hat, dass er keine langfristige Bindung will –, wäre es dann verrückt, wenn diese Frau einen guten Job mit einem Haufen Aktienoptionen und Geld aufgibt, nur weil der Mann es sich vielleicht doch noch mal überlegen könnte und später vielleicht doch mehr will?«

Madison runzelte die Stirn und stellte ihr Weinglas ab. »Ach, Süße. Du solltest ihn nur als Trostpflaster benutzen.«

Ich strich mit dem Finger durch das Kondenswasser auf meinem Weinglas. »Ich weiß. Und es hätte das perfekte Arrangement sein sollen. Ich meine, er ist ein narzisstischer, bindungsfeindlicher, chauvinistischer, arroganter Arsch.«

Madison rang die Hände. »Und natürlich hast du dich in ihn verliebt!«

Wir lachten.

»Aber im Ernst: Einer von uns wird in ein paar Wochen nach Texas versetzt. Wäre ich verrückt, wenn ich mir einen anderen Job suchen würde, damit wir beide eine Chance haben?«

»Über wie viel Geld reden wir hier?«

»Nun ja, ich habe Aktienoptionen, die in den nächsten drei Jahren auslaufen. Sie geben mir die Möglichkeit, zwanzigtausend Aktien zum Festpreis von neun Dollar zu kaufen. Es hängt also davon ab, was die Aktien wert sind, wenn sie frei werden.«

»Was sind sie jetzt wert?«

Ich verzog das Gesicht. »Einundzwanzig Dollar pro Aktie.«

Madisons Augen weiteten sich. »Das sind ... fast zweihundertfünfzig Riesen Gewinn?«

Ich nickte und schluckte.

Sie leerte den Rest ihres Weines. »So sehr magst du ihn.«

Ich nickte wieder. »Versteh mich nicht falsch, er ist all das, was ich ursprünglich dachte, aber es steckt so viel mehr dahinter. Er hat etwas Kindliches an sich, aber gleichzeitig ist er engagiert und verantwortungsbewusst seinem Patenkind gegenüber. Außerdem bringt er mich zum Lachen, selbst wenn ich wütend auf ihn bin. Und er hat ein gutes Herz, aber er will nicht, dass es jemand weiß. Ganz zu schweigen davon, dass er gut ausgestattet ist und damit umzugehen weiß.«

»Wie denkt Bennett über all das?«

Ich schüttelte den Kopf. »Wir haben nicht darüber gesprochen.«

»Nun, ich denke, dieses Gespräch solltet ihr führen, bevor du überlegst, deine Karriere und so viel Geld wegzuwerfen.«

»Die Sache ist die ... ich glaube nicht, dass wir schon so weit sind. Und ich kann mir nicht vorstellen, dass er damit einverstanden ist, dass ich alles aufgebe, um eine Chance zu haben, dass er es sich noch mal überlegt. Ich bin mir sogar ziemlich sicher, dass er sich sofort wieder in seine kleine Kiste verkriechen würde, in der er die meiste Zeit eingesperrt ist, wenn er wüsste, was ich denke. Irgendetwas lässt ihn vor Beziehungen zurückschrecken. Aber ich weiß nicht, was es ist.«

»Meinst du nicht, dass das an sich schon ein rotes Tuch ist? Dass du nicht einmal weißt, was ihn dazu gebracht hat, gegen eine Beziehung zu sein?«

»Doch, natürlich! Und ich weiß, es klingt lächerlich, es überhaupt zu erwägen. Aber ... ich mag ihn wirklich, Mad.«

»Weißt du, manchmal ist es schwer, die Dinge in einer neuen Beziehung klarzusehen. Die Menschen suchen dort oft Sicherheit und Trost, wenn sie das gerade verloren haben – und das kann zu Bindungen führen, die mehr mit der *Beziehung* als mit der eigentlichen Person zu tun haben.«

»Darüber habe ich nachgedacht. Aber ich glaube nicht, dass ich versuche, Andrew oder das, was wir hatten, zu ersetzen.«

Madison schien nicht überzeugt zu sein. Ich hatte damit gerechnet, dass sie mir sagen würde, ich sei verrückt, weil ich überhaupt in Erwägung zog, einen tollen Job und Geld für die Chance auf einen Mann aufzugeben – zumindest anfangs. Aber jetzt, wo sie sich tatsächlich nicht für meine Ideen und Gedanken begeisterte, dämpfte das auch meine Begeisterung.

Ich wechselte das Thema und versuchte, den Rest des Abends zu genießen. Obwohl es einen Grund gab, warum diese Frau seit mehr als zwanzig Jahren meine beste Freundin war: Sie durchschaute meinen Schwachsinn. Als wir das Restaurant verließen, umarmte sie mich besonders lange.

»Wenn du ein narzisstisches Arschloch liebst, werde ich es auch lieben. Wenn du dich entscheidest, deinen Job für die Liebe aufzugeben, kannst du auf meiner Couch schlafen und vier Abende pro Woche mit mir zu meinen Arbeitsessen kommen, wenn du pleite bist. Ich bin für dich da, egal, was passiert. Ich wollte deine Gefühle nicht schlechtmachen. Ich wollte dich nur beschützen, meine Freundin. Ich vertraue auf dein Urteilsvermögen. Du kannst mehr Geld verdienen und einen neuen Job finden.«

Sie rückte von mir ab und legte mir die Hände auf die Wangen. »Du hast Zeit. Du wirst es herausfinden.«

Ich spürte, wie mir die Tränen kamen, und zog sie erneut in meine Arme. »Danke.«

Ich hatte beschlossen, Bennett keine Nachricht zu schreiben, bevor ich hier auftauchte. Aber jetzt, wo ich vor seinem Haus stand und zu seinem dunklen Fenster hinaufblickte, fragte ich mich, ob das eine schlechte Idee war. Es fühlte sich an wie ein Booty Call, etwas, das ich noch nie gemacht hatte. Tatsächlich hatte ich in den acht Jahren, in denen Andrew und ich zusammen waren, nicht ein einziges Mal daran gedacht, unangemeldet bei ihm aufzutauchen. Wir hatten einfach nicht diese Art von Beziehung – was mir bis heute Abend nie seltsam vorgekommen war.

Aber hier stand ich nun; also scheiß drauf. Es hatte keinen

Sinn zu überdenken, womit ich mich gerade noch wohlgefühlt hatte, und Vergleiche zu meiner letzten Beziehung zu ziehen.

Ich holte tief Luft und öffnete die Tür zu seinem Gebäude, dann drückte ich auf den Summer mit der Aufschrift Fox und wartete, während ich mit den Nägeln auf das Metall des Briefkastens darunter tippte.

Ich zuckte zusammen, als seine Stimme durch die Sprechanlage drang. »Ja?«

Er klang so mürrisch, dass ich unwillkürlich lächeln musste. »Lieferung für einen Mr Fox.«

Ich hörte das Lächeln in seinen Worten. »Eine Lieferung, hm? Was hast du für mich?«

»Worauf auch immer du Lust hast.«

Der Summer ertönte, und die Tür ging auf, noch bevor ich das letzte Wort gesagt hatte. Ich grinste und fühlte mich schwindlig.

Doch als der Aufzug nach oben fuhr, begannen *andere* Gefühle die Oberhand zu gewinnen. Mein Körper begann zu kribbeln, und mein Herzschlag beschleunigte sich. *Mein erster Booty Call.* Kein Wunder, dass die Leute so eine große Sache daraus machten.

Als ich aus dem Aufzug trat, lehnte Bennett mit nacktem Oberkörper im Türrahmen. Er war Selbstbewusstsein und Lässigkeit in Person, und seine Augen funkelten, als er sah, wie ich auf ihn zuging.

Er nahm eine Strähne meiner widerspenstigen Haare zwischen Daumen und Zeigefinger und spielte damit. »Worauf auch immer ich *Lust* habe? Das ist eine ziemlich große Aussage für ein kleines Mädchen.« Seine Stimme war so verdammt tief und rau – ich liebte sie.

Ich wurde unruhig und spürte, wie die Elektrizität in der

Luft um uns herum knisterte. Ich versuchte, mich zusammenzureißen, richtete mich kerzengerade auf und sah zu seiner beeindruckenden Gestalt hoch.

»Ich bin hier, oder?«

Bennetts Mund verzog die Lippen zu einem lasziven, verruchten Grinsen. »Das bist du.«

Ich schrie auf, als er mich hochhob. Doch meine Beine schienen zu wissen, was sie zu tun hatten, bevor mein Verstand sie einholte. Sie legten sich um seine Taille und verschränkten sich hinter seinem Rücken, als er mich in seine Wohnung trug. Er versiegelte meine Lippen mit einem Kuss, während er mit einer Hand meine Haare fasste und meinen Kopf so neigte, wie er ihn haben wollte.

Ich war völlig in den Kuss versunken und hatte keine Ahnung, dass wir uns überhaupt bewegt hatten, bis mein Rücken auf die weiche Matratze traf. Irgendwie schafften wir es, uns fast vollständig auszuziehen, ohne je den Kontakt zu unterbrechen. Bennett zog mir den Tanga aus, und ich atmete heftig und stoßweise.

Er strich mir die Haare aus dem Gesicht. »Eine letzte Chance ... *Worauf auch immer* ich Lust habe? Bist du dir sicher?«

Ich nickte, obwohl ich jetzt ein wenig nervös war.

Sein verruchtes Grinsen kehrte zurück, als er zu seinem Nachttisch hinübergriff und etwas aus der Schublade holte. Er hielt eine Flasche mit Gleitmittel hoch. »Voll. Brandneu. Ich habe es heute Abend auf dem Heimweg gekauft, falls sich die Gelegenheit ergibt. Wir sind auf einer Wellenlänge, Süße.«

Er neigte den Kopf, um einen meiner Nippel zwischen die Zähne zu nehmen. Er zog daran, bis ich den Rücken durchbog, dann schloss er seine Lippen um die geschwollene Spitze und saugte sanft daran. Als er den Kopf hob, um wieder meine Lippen zu küssen, keuchte ich wie ein wildes Tier.

Er rollte sich von mir herunter und legte sich neben mich, und der Verlust seiner Wärme trieb einen kühlen Luftzug über meinen Körper. Ich bekam eine Gänsehaut an Stellen, von denen ich nicht einmal wusste, dass man dort eine bekommen konnte. Als ich hörte, wie er die Flasche mit dem Gleitmittel öffnete, zuckte ich zusammen.

»Ich nehme an, du bist eine anale Jungfrau. Habe ich recht?« Meine Augen weiteten sich. Ich nickte, denn es wäre mir unmöglich gewesen, etwas zu sagen.

Er küsste mich noch einmal sanft, dann legte er einen Arm um meine Taille und drehte mich auf den Bauch, als wäre ich eine Stoffpuppe. »Auf alle viere, meine Schöne.« Er hob den Arm und führte mich.

Mein heftiges Atmen erfüllte die Luft um uns herum. Bennett kniete sich hinter meinen aufgerichteten Hintern, und ich fühlte mich, als könnte ich vor Nervosität und Vorfreude explodieren. Er beugte sich vor und küsste sich von meinem Hintern meine Wirbelsäule hinauf bis zu meinem Hals, dort knabberte er an meinem Ohr. Sein Körper schmiegte sich an meinen, und ich spürte, wie sein Schwanz gegen meinen Hintern stieß.

»Wir machen ganz langsam. Ich werde dir nicht wehtun. Vertrau mir.«

Ohne dass es mir bewusst gewesen wäre, war ich angespannt, und die Wärme und Fürsorge in seiner Stimme halfen meinem Körper, sich ein wenig zu entspannen.

Bennett kniete sich hinter mich, und ich spürte, wie kleine Perlen warmer Flüssigkeit auf meinen Hintern fielen. Jeder Tropfen steigerte meine Vorfreude. Quälend langsam folgten sie dem natürlichen Weg zwischen meine Pobacken. Es war das

Lustvollste, was ich je in meinem Leben erlebt hatte. Meine Zehen begannen zu kribbeln.

»Herrgott«, stöhnte er. »Das ist verdammt scharf.«

Als das Gleitmittel meine Schamlippen erreichte, rieb Bennett es in mich ein, massierte meinen Kitzler und streichelte meine Pforte. Er beugte sich über meinen Körper und benutzte seine andere Hand, um meinen Kopf in dem Moment für einen Kuss zu sich zu drehen, als seine Finger in mich eindrangen. Lust durchflutete meinen Körper, als er murmelte: »Ich möchte in jedem Teil von dir gleichzeitig sein.«

Er bewegte seine Hüften und ersetzte seine Finger durch seinen Schwanz. Das Gleitmittel und meine Erregung ließen ihn mit Leichtigkeit in mich eindringen. Er bewegte ein paarmal die Hüften und versank tief in mir, bevor er sich wieder hinter mir auf die Fersen setzte.

Als ich spürte, wie er mit der Fingerspitze meinen Anus umkreiste, verkrampfte sich mein Körper sofort.

»Entspann dich. Ich werde dich nicht drängen. Das ist alles, was ich heute Abend versuchen werde. Ich verspreche es dir. Vertrau mir.«

Ich schloss die Augen und versuchte, mit ein paar tiefen Atemzügen die Spannung in mir zu lösen. Bennett ließ mir ein wenig Raum und glitt ein paarmal langsam in mich hinein und wieder heraus, bevor er es erneut versuchte. Beim zweiten Mal fühlte es sich immer noch fremd an, aber ich akzeptierte es und ließ es geschehen. Er massierte mich und schob im Gleichklang mit seinen Hüften langsam seinen Finger in mich hinein. Schließlich entspannte ich mich und begann, mich mit ihm zu bewegen, drängte mich sogar an ihn und kam seinen Stößen entgegen. Ich war schockiert, wie gut sich das anfühlte.

Ich verlor mich in dem Gefühl, erfüllt zu sein und diesem

Mann etwas so Besonderes zu geben. Meine Arme und Beine begannen zu zittern, mein Körper bebte in Erwartung des Tsunamis, der mich zu durchströmen begann.

»Bennett …«

Er pumpte härter und schneller, zog gleichzeitig seinen Finger zurück und schob ihn dann wieder in mich hinein. Als ich mich genug entspannte, nahm er einen zweiten Finger hinzu. Das genügte, um mich zum Höhepunkt zu bringen. Ich kam heftig und laut und gab Geräusche von mir, die mir vollkommen fremd waren. Als ich dachte, ich würde zusammenbrechen, legte Bennett einen Arm um meine Taille, um mich zu halten, und pumpte noch fester in mich hinein. Mit einem gierigen Knurren beugte er sich vor, vergrub seinen Kopf in meinem Haar und ergoss sich in mir.

Wir waren beide schweißgebadet, als wir auf dem Bett zusammensackten. Bennett, der sich seines Gewichts bewusst war, rollte sich schnell von meinem Rücken herunter, und wir rangen beide um Atem.

Mein Haar klebte an meiner Wange. Ich schob es weg und rollte mich auf den Rücken. »Wow.«

Bennett stützte sich auf einen Ellbogen und blickte auf mich herab. Er beugte sich vor, um mich sanft zu küssen, dann strich er mit seinem Daumen über meine Unterlippe. »Zum Glück ist dein Ex ein Vollidiot und hatte keine Ahnung, was du magst.«

Ich lächelte selig. »Ich glaube, ich wusste es selbst nicht.«

Er küsste mich erneut. »Es ist mir ein Vergnügen, dir dabei zu helfen, das herauszufinden.«

»Ich hatte gerade meinen ersten Booty Call.« Ich wackelte mit den Augenbrauen.

Bennett lachte. »Das hast du verdammt richtig gemacht.«

37. Kapitel

Bennett

Zufrieden. In der letzten halben Stunde hatte ich hier gelegen und versucht herauszufinden, wann ich das letzte Mal dieses Gefühl gehabt hatte. Wenn mich jemand vor ein paar Monaten gefragt hätte, hätte ich gesagt, dass ich es jedes Mal spürte, wenn ich Sex hatte – diese Entspannung nach dem Orgasmus, die den ganzen Körper erfasst. Aber ich hätte mich geirrt.

Das war *befriedigt*. Mir war bis jetzt nicht klar, dass es überhaupt einen Unterschied zwischen *Befriedigung* und *Zufriedenheit* gab. Aber es gab einen – einen verdammt großen. *Satt* ist das Gefühl, das man nach einem guten Essen hat, wenn man hungrig war. Oder wenn man verdammt geil ist und Erlösung erfährt, die einem das Leben aus den Knochen saugt. Klar, ich war in diesem Moment ausgelaugt, nicht dass wir uns da falsch verstehen. Und ich fühlte mich auch befriedigt. Aber ich war nicht *satt*. *Befriedigt* stillt einen Hunger, der immer wiederkehrt. *Zufriedenheit* gibt einem das Gefühl, dass man nichts mehr braucht. *Nie mehr*.

Und das ist echt beschissen.

Doch in diesem Moment war es mir völlig egal, wie verkorkst ich mich fühlte. In der Tat, in der letzten halben Stunde hätte ich eigentlich pinkeln müssen. Aber ich tat es nicht, weil ich Angst hatte, dass dieses Gefühl wieder weg sein könnte, wenn meine Füße den Boden berührten. Annalises Kopf ruhte auf meiner Brust, während ich ihr Haar streichelte. Ihre Finger malten einen kleinen Kreis auf meinen Bauch.

»Darf ich dich etwas fragen?« Ihre Stimme war leise.

»Ja. Ich kann noch mal. Beweg deine Hand nur kurz ein wenig weiter nach unten.«

Sie kicherte und gab mir einen Klaps auf den Bauch. »Das wollte ich nicht fragen.« Sie hielt inne, und ihre Stimme wurde ernst. »Aber könntest du es wirklich noch einmal tun? Wir haben es schon zweimal gemacht, seit ich hier bin.«

Ich nahm ihre Hand und drückte sie auf meinen Schwanz. Ich war immer noch halb erregt von der letzten Runde.

»Hm … Ich glaube, du könntest ein Problem haben. Er sollte ab und an mal ganz entspannt sein, weißt du.«

»Nun, da wir über meinen Schwanz sprechen, weiß er es und ist noch wacher, wenn du also eine richtige Frage hast, solltest du sie besser schnell stellen. Dein Mund wird in einer Minute zu voll sein, um zu sprechen.«

Annalise stützte ihren Kopf auf ihre Faust, die auf meiner Brust ruhte. »Was glaubst du, was passieren würde, wenn wir keine Frist hätten, die abliefe?«

Ich erstarrte. »Wie meinst du das?«

»Was wäre, wenn wir weiter zusammenarbeiten würden und einer von uns nicht bald umziehen würde? Meinst du, es wäre dann in einem Jahr noch so zwischen uns?«

Ich wollte ihre Gefühle nicht verletzen, aber ich musste ehrlich sein. Normalerweise kamen die Worte aus meinem Kopf, aber dieses Mal fühlte es sich an, als würde das Wort aus meinem Herzen herausgerissen.

»Nein.«

Sie schloss die Augen und nickte. »Okay.«

Mist.

Sie drehte den Kopf und legte ihn zurück auf meine Brust. Einige Minuten später spürte ich Nässe auf meiner Haut.

Verdammt. Verdammt.

Sie weinte. Ich schloss die Augen und atmete ein paarmal tief durch. Dann drehte ich uns um, sodass sie auf dem Rücken lag und ich von Angesicht zu Angesicht mit ihr sprechen konnte. Ich wischte eine Träne mit meinem Daumen weg, und sie richtete den Blick über meine Schulter, anstatt mir in die Augen zu sehen.

»Hey. Sieh mich an.«

Ich fand es schrecklich, den Schmerz in ihren Augen zu sehen, als sie mich anschaute. Schmerz, den ich verursacht hatte.

»Die Antwort hat nur mit mir zu tun, nicht mit dir. Du bist ...«

Ich war selten um Worte verlegen. Aber ich hatte keine, um genau zu beschreiben, was ich von ihr dachte. Doch ich wusste, dass es wichtig war, dass meine Botschaft ankam. Sie hatte gerade eine beschissene Langzeitbeziehung hinter sich, und sie musste wissen, was sie war.

»Du bist *alles*, Annalise. Ich habe in meinem Leben zwei Arten von Frauen kennengelernt: jede Frau da draußen. Und dich.«

»Dann verstehe ich nicht ...«

»Du hast mich gefragt, wenn die Dinge anders wären, ob wir das in einem Jahr noch tun würden. Ich will ehrlich sein. Wir würden es nicht tun. Aber ich will nicht, dass du denkst, ich wäre nicht der größte Glückspilz, wenn ich dich so lange in meinem Bett behalten dürfte. Denn das wäre ich. Aber manche

Menschen sind einfach nicht für eine lange Beziehung geschaffen.«

»Warum nicht?«

Die Wahrheit war, dass *sie es nicht verdient hatten*. Aber das konnte ich Annalise nicht sagen. Sie würde jede Minute der Zeit, die uns noch blieb, versuchen, mir das Gegenteil zu beweisen.

Ich sah weg, denn ich konnte ihr nicht in die Augen sehen und lügen. »Weil ich gern Single bin. Ich mag meine Freiheit, es gefällt mir, niemandem Rechenschaft ablegen zu müssen und keine Verantwortung zu haben. Du willst Kerzen und Blumen am Valentinstag, und du verdienst es, das zu bekommen.«

Sie schluckte und nickte. Ich beschloss, dass es an der Zeit war, dem Ruf der Natur zu folgen. »Ich gehe auf die Toilette und hole mir etwas zu trinken. Willst du auch etwas?«

»Nein danke«, flüsterte sie traurig.

Leider hatte ich mich nicht geirrt. Als meine Füße den Boden berührten, war das Gefühl von Zufriedenheit längst verflogen.

Anschließend mied sie mich tagelang.

Und ich ließ sie gewähren. Wir stritten uns nicht und waren auch nicht sauer aufeinander. Wenn wir uns auf dem Flur begegneten, setzten wir ein falsches Lächeln auf, und sie erfand einen Termin, zu dem sie schnell musste und von dem ich wusste, dass sie ihn nicht hatte, weil ich die Einträge in ihrem Kalender verfolgte. Doch ich sprach sie nicht darauf an. Es hatte keinen Sinn.

Langsam hatte ich das Gefühl, dass unsere Beziehung ihren natürlichen Lauf genommen hatte und die beste Sexnacht meines Lebens sich als ihr Abgesang herausstellte. Wahrscheinlich war es das Beste so – ein wenig Abstand zwischen uns zu bringen, würde die Dinge einfacher machen. Unsere Präsentationen bei Star waren nächste Woche, und die Präsentation bei Pet Supplies war für den Beginn der darauffolgenden Woche vorgesehen. Welchen Sinn hatte es, die Dinge am Laufen zu halten?

Doch ich konnte mich nicht zurückhalten.

Ihre Tür war geschlossen, aber ich wusste, dass sie noch im Büro war. Wir waren die Einzigen, die am Donnerstagabend um kurz vor neun Uhr noch im Büro waren. Außerdem war ich verdammt hungrig.

Nachdem ich den Kühlschrank durchstöbert hatte, klopfte ich an ihre Tür.

»Herein.«

Ich hielt ein verpacktes Sandwich in der Hand. »Hast du Hunger? Ich teile mit dir.«

Sie seufzte. »Bärenhunger.«

Ich ging zu ihrem Schreibtisch und reichte ihr ein halbes Erdnussbutterbrot mit Gelee. Annalise leckte sich über die Lippen und nahm es, hielt jedoch auf halbem Weg zu ihrem Mund inne. »Warte … das ist doch wirklich deins, oder?«

Ich grinste. »Iss es einfach. Ich komme morgen früher ins Büro und ersetze es.«

Sie blickte sehnsüchtig auf das Sandwich hinunter und dann wieder zu mir. »Das ist von Marina, stimmt's?«

Ich biss die Hälfte meiner Hälfte in einem einzigen riesigen Bissen ab und sprach mit vollem Mund. »Mmmmm. Es ist so verdammt gut.«

Ihre Mundwinkel zuckten, aber sie biss trotzdem in ihre Hälfte. »Du verdirbst mich.«

»Ich dachte, es macht dir Spaß, dass ich dich verderbe.« Ich legte den Kopf schief. »Aber dafür scheinst du in den letzten Tagen zu sehr beschäftigt gewesen zu sein.«

Annalises Lächeln verblasste. »Oh. Tut mir leid. Ich bin ..., in Arbeit ertrunken.«

Ich warf einen Blick auf ihren Schreibtisch. Ihr Laptop war zugeklappt, und ein Stapel Akten war dort ordentlich aufgeschichtet.

»Sieht aus, als würdest du gerade fertig werden.« Ich fing ihren Blick auf. »Heißt das, du hast heute Abend Zeit?«

Sie starrte mich ein paar Herzschläge lang an und hob dann eine Hand, um ihren Mund zu bedecken, während sie ganz offensichtlich so tat, als müsse sie gähnen. »Ich bin wirklich völlig geschafft. Vielleicht einen anderen Abend.«

Ich wusste, dass sie log, noch bevor sie errötete, aber ich ließ sie trotzdem vom Haken.

Ich nickte. »Ja. Klar. Ich bin auch müde.«

Ich hatte nicht gelogen. Ich *war* müde.

Trotzdem ging ich nicht nach Hause.

Stattdessen ging ich in die schäbige Bar, die dem Büro am nächsten lag, und bestellte einen doppelten Scotch. Und dann noch einen. Und noch einen. Bis der Barkeeper mir sagte, er werde mir nur dann einen letzten Drink geben, wenn ich ihm mein Handy geben würde.

Ich warf es auf den Tresen und lallte: »Das ist ein teurer Drink. Aber nur zu ... behalte es. Gib mir einfach das verdammte Ding.«

Der Barkeeper nahm mein Handy in eine Hand und schenkte mir mit der anderen einen Drink ein. Er hob eine Augenbraue. »Wie ist ihr Name?«

»Annalise.« Ich lachte wie irre. »Oder Sophie. Such dir was

aus.« Ich prostete ihm zu, und die Hälfte meines Drinks schwappte auf den Tresen. »Und sie sieht verdammt gut aus mit einem Cowboyhut.«

»Von welcher reden wir? Annalise oder Sophie?«

»Annalise. Wunderschön, Mann. Einfach wunderschön.« Ich nahm einen großen Schluck von meinem Drink.

»Das ist sie ganz bestimmt. Ich rufe dir ein Uber. Wohin fährst du nach diesem Drink?«

»Sie denkt, ich bin ein Arsch.«

Der stoische Barkeeper seufzte. »Ich bin mir ziemlich sicher, dass sie damit recht haben könnte. Zu welcher Adresse fährst du, Kumpel?«

»Ich verdiene sie nicht.«

»Da bin ich mir sicher. Was ist mit der Adresse?«

Ich kippte den Inhalt meines Glases hinunter. »Bist du verheiratet?«

Er hielt seine linke Hand hoch. »Sechzehn Jahre.«

»Woher wusstest du, dass du sie liebst?«

»Wenn du mir eine Adresse gibst, damit ich dieses verdammte Uber anrufen kann, sage ich dir, woher ich es wusste.«

Ich ratterte die Adresse herunter. Er tippte sie in mein Telefon und schob es dann über die Theke zu mir. »Kennst du das Sprichwort: *Wenn du etwas liebst, lass es frei, und es wird zu dir zurückkommen?*«

»Ja.«

Er schüttelte den Kopf. »Nun, das ist totaler Quatsch. Wenn du eine Frau liebst und sie freilässt, könnte sie mit Herpes zurückkommen. Also überwinde dich und mach die Sache klar, bevor du eine Geschlechtskrankheit bekommst.« Er machte eine Pause. »Dein Uber ist in vier Minuten hier, also solltest du deinen betrunkenen Hintern jetzt nach draußen bewegen.«

»Da wären wir.« Die Stimme des Fahrers riss mich aus dem Schlaf. Ich kauerte auf dem Rücksitz und musste auf der kurzen Fahrt eingeschlafen sein.

Ich nickte. »Ja. Danke, Mann.«

Ich brauchte ein paar Versuche, aber es gelang mir, den Türgriff zu finden und das verdammte Ding zu öffnen. Ich stolperte sogar hinaus, ohne aufs Gesicht zu fallen. Der Uber-Fahrer war wohl weniger beeindruckt von meiner Leistung, denn er blieb nicht in der Nähe, um zu sehen, wie ich es zur Tür schaffte. Er drückte das Gaspedal durch, um zu verschwinden, bevor ich auch nur die drei Schritte bis zum Bordstein schwanken konnte. Aber ich winkte ihm trotzdem zum Abschied.

Irgendwie schaffte ich es bis zur Haustür. Wenn sich zweihundertzwanzig Pfund nach vorn lehnen und kurz davor sind umzufallen, bringt das zum Glück auch eine Menge Schwung mit sich. Fünf Minuten lang versuchte ich, den Schlüssel ins Schloss zu bekommen, aber das verdammte Ding wollte nicht passen. Ich dachte schon, jemand hätte an meinem Haus das verdammte Schloss ausgetauscht.

Ich trat einen Schritt zurück und blinzelte auf die Tür, um das Schloss besser erkennen zu können. Doch dann schwang sie auf.

Was zum Teufel?

Ich stolperte zurück und blinzelte ein paarmal.

»Was zum Teufel machst du da?« Fanny zog ihren Bademantel enger um sich.

War ich zum falschen Haus gefahren?

Verdammt.

Vielleicht nicht.

»Ich wollte ihr nicht wehtun.« Ich schwankte hin und her. »Ich wusste nicht, was sie empfindet.«

»Es ist nach Mitternacht. Ich sollte die verdammte Polizei rufen.«

Ich sah zu Boden und schluckte den Kloß in meinem Hals hinunter. »Es tut mir leid. Es tut mir so verdammt leid.«

Wie oft hatte ich das vor acht Jahren gesagt. Damals halfen diese Worte keinem von uns. Aber was hatte ich erwartet? Vergebung? Vergebung änderte nichts an der Vergangenheit.

»Willst du, dass ich dir sage, dass es okay ist? Das ist es nicht. Lucas hat mir von der Frau erzählt, die du mit zu Disney genommen hast. Du willst, dass ich deine Entschuldigung annehme, damit du ohne schlechtes Gewissen dein Leben weiterführen kannst? Ist es das, worum es hier geht? Meine Tochter kann ihr Leben nicht mehr weiterführen, oder?«

Nein, das kann sie nicht. Ich schüttelte den Kopf. »Es tut mir leid.«

»Weißt du, was eine Entschuldigung bewirkt?«

Ich sah auf und begegnete ihrem wütenden Blick. »Was?«

»Nichts.«

Bevor ich ein weiteres Wort sagen konnte, schlug sie mir die Tür vor der Nase zu.

38. Kapitel

1. Dezember

Liebes Ich,

wir sind schwanger.

Nicht gerade das, was wir geplant hatten, oder?

Es ist eine lange Geschichte, aber es ist passiert, als wir vor zwei Monaten mit Mom nach Minnetonka gefahren sind. Erinnerst du dich an den süßen Typen, den wir in der Bar kennengelernt haben, als wir uns rausschlichen, nachdem Mom schlafen gegangen war?

Ja, genau. Das ist er.

Er schien so ein netter Kerl zu sein.

Bis wir bei ihm zu Hause auftauchten, um ihm zu sagen, dass wir in der zweiten Woche schwanger sind, und …

… seine Frau die Tür öffnete.

Seine Frau! Dieser Idiot hatte gesagt, er hätte noch nicht einmal eine Freundin!

Wir haben es Mom noch nicht gesagt. Sie wird nicht begeistert sein.

Der einzige Mensch auf der Welt, der es weiß, ist Bennett. Am Tag nachdem ich es ihm gesagt hatte, ist er über das Wochenende nach Hause gekommen, um sich zu vergewissern, dass es uns gut geht. Wir taten so, als wäre es so. Aber in Wirklichkeit geht es uns nicht gut.

Insgeheim wünschte ich mir, wir würden Bennetts Baby austragen. Er wäre so gut zu uns und so ein guter Vater. Ich liebe ihn wirklich – anders als beste Freunde einander lieben sollten. Dieses Gedicht ist Lucas oder Lilly gewidmet.

Es donnert
am Himmel sammeln sich dunkle Wolken
eines Tages wird die Sonne wieder scheinen

Dieser Brief wird sich in zehn Minuten selbst zerstören.
Anonym
Sophie

39. Kapitel

Bennett

Es fühlte sich an, als hätte sich ein Spielmannszug in meinem Schädel eingerichtet.

Das dumpfe Hämmern steigerte sich zu einer regelrechten Percussion-Jamsession, sobald ich versuchte, meinen Kopf vom Kissen zu heben.

Was zum Teufel habe ich gestern Abend getrunken?

Und wie spät ist es?

Ich tastete auf meinem Nachttisch nach meinem Telefon, aber es war nicht da. Ich drehte mich auf die Seite, öffnete ein Auge und blinzelte in einen Lichtstrahl, der durch die Jalousien hereinfiel.

Gott. Ich schützte meine Augen. *Verdammt, tut das weh.*

Ich zwang mich, aus dem Bett aufzustehen, ging ins Bad, holte drei Tylenol aus dem Medizinschrank und schluckte sie trocken hinunter. Auf dem Rückweg fand ich mein Handy auf dem Boden im Schlafzimmer, neben den Kleidern, die ich gestern getragen hatte.

08:45. *Mist.* Ich musste meinen Hintern ins Büro schleppen. Dennoch kletterte ich zurück ins Bett. Bevor ich mich auf den Weg machen konnte, musste erst das Tylenol wirken. Ich wischte über mein Telefon, um Jonas eine E-Mail zu schicken und ihm mitzuteilen, dass ich mich verspäten würde, aber stattdessen sah ich, dass ich jede Menge verpasster Anrufe hatte. Zwei von Fanny heute Morgen und drei von Annalise gestern Abend.

Was zum Teufel will Fanny? Ein Anruf von ihr hatte nie etwas Gutes zu bedeuten.

Ich wollte gerade auf *Ignorieren* klicken, als nach und nach die Erinnerungen an die letzte Nacht zurückkehrten.

Zu viel Scotch.

Uber.

Bei Lucas' Haus aufgekreuzt und vor Fanny zu Kreuze gekrochen.

Annalise vom Gehweg vor Fannys Haus aus angerufen.

Ich schloss die Augen. *Herrgott noch mal.*

Ich hatte sie geweckt, um mich zu entschuldigen.

Und um ihr zu sagen, dass ich sie schön fand.

Und klug.

Und lustig.

Und…

Dass ich sie vögeln wollte, mit einem Cowboyhut auf dem Kopf und in Pumps, seit sie das erste Mal mit ihrem sexy kleinen Hintern in mein Büro gestapft war und zurückgeschlagen hatte.

Fuck.

Ich verbrachte die nächsten Minuten damit, ein paar entspannende Atemzüge zu tun, die nicht wirkten, und drückte dann auf *Rückruf* bei Annalises verpasstem Anruf. Ich musste mich bei ihr entschuldigen, bevor ich mich mit Fanny beschäftigte.

Sie hob nach dem ersten Klingeln ab. »Wie geht es dir an diesem schönen Morgen?«

Ich stöhnte. »Als wäre ich von einer Dampfwalze überrollt worden und der Mistkerl hätte sich geweigert, zurückzufahren und den Job zu beenden.«

Sie lachte. »Nun, ich bin froh, dass es dir gut geht. Ich habe mir schon Sorgen gemacht. Ich dachte, du wärst nicht in der Stimmung für deinen Morgenlauf, aber neun Uhr ist ja schon wie Mittag für dich.«

»Ja.« Ich rieb mir mit der freien Hand übers Gesicht. »Hör zu. Es tut mir leid wegen gestern Abend.«

»Schon okay. Nicht schlimm. Ich habe dich letzte Woche angerufen, um Sex mit dir zu haben. Du hast ein Recht auf ein oder zwei betrunkene Anrufe.«

Ich lächelte schwach. »Danke. Kannst du mir einen Gefallen tun und Jonas Bescheid sagen, dass ich später komme? Sag ihm, dass ich heute Morgen von zu Hause aus arbeite, um die Star-Präsentation fertigzustellen oder so.«

Nachdem ich aufgelegt hatte, hörte ich Fannys Nachricht auf der Mailbox ab. Es überraschte mich nicht, dass sie nicht halb so verständnisvoll war, wie Annalise es zu sein schien. Aber ich musste meinen Arschtritt hinter mich bringen. Also drückte ich bei ihrem Namen auf *Zurückrufen*, in der Hoffnung, dass sie vielleicht nicht rangehen würde.

Pustekuchen.

Fanny schrie mich fünf Minuten lang an, ohne auch nur ein einziges Mal Luft zu holen.

»Wenn du dich bei jemandem entschuldigen willst, entschuldige dich bei Lucas.«

Ich schloss die Augen. »Habe ich ihn geweckt?«

»Natürlich. Und offenbar hat der kleine Lauscher zugehört. Er wollte wissen, was du falsch gemacht hast, dass du dich entschuldigst.«

Verdammt. »Was hast du ihm gesagt?«

»Ich habe ihm gesagt, er solle wieder ins Bett gehen und wir würden heute nach der Schule darüber reden.«

»Das kannst du nicht machen, Fanny. Das darf nicht von dir kommen. Er muss es von mir hören.«

»Dann wirst du wohl bald ein Gespräch mit ihm führen müssen.«

Ich fuhr mit den Fingern durch mein Haar. »Er ist zu jung. Es wird ihn zu sehr verletzen.«

»Daran hättest du vor acht Jahren denken sollen. Vielleicht hättest du dann ein bisschen besser aufgepasst.«

»Fanny...«

»Ich sage ihm, dass du mit ihm sprichst, wenn ihr euch nächstes Wochenende seht.«

»Aber...«

Erneut schnitt sie mir das Wort ab. »Und wenn du es nicht tust, werde ich es tun.«

Klick.

40. Kapitel

Bennett

»Viel Glück.«

Annalise hatte beide Hände voll, darum öffnete ich ihr die Tür zum Konferenzraum.

»Danke.« Sie legte ihre Präsentationsunterlagen auf dem langen Tisch ab. »Auch wenn ich mir sicher bin, dass du es nicht wirklich so meinst.«

Zum ersten Mal seit Tagen lächelte ich aufrichtig. Ich meinte es wirklich ernst, auch wenn ich mir wünschte, ich würde es nicht tun. Alles wäre viel einfacher, wenn ich nicht wollte, dass sie Erfolg hatte.

Ich hatte gerade meine Präsentation für Star beendet, und ihr Team legte eine Pause ein, während ich meine Sachen aufräumte und Annalise sich auf ihren Auftritt vorbereitete.

»Wie ist es gelaufen?«, fragte sie.

Ich hatte einen Volltreffer gelandet, aber ich wollte sie nicht verunsichern. Anstatt schadenfroh zu sein, wie es mein normales unausstehliches Ich wäre, zuckte ich mit den Schultern.

»Ganz okay, denke ich.«

Sie sah mich skeptisch an. »Nur *okay?*«

Ich blickte auf die Uhr. »Sie kommen erst in zwanzig Minuten zurück. Willst du einen Probelauf mit mir machen?«

»Du meinst, ich soll dir meine Konzepte zeigen?«

»Klar.« Ich zuckte mit den Schultern. »Meinen Auftritt habe ich gehabt. Ich kann keine deiner Ideen klauen, selbst wenn ich es wollte.«

Annalise nagte an ihrer Unterlippe. »Klar. Warum nicht? Normalerweise bin ich nicht so nervös, aber aus irgendeinem Grund macht mir das hier ein bisschen Angst.«

Sie baute alles auf und führte mich durch ihre Präsentation. Ich sah zu und war fasziniert, wie sie sichtlich nervös begann und es dennoch schaffte, sich durchzubeißen und eine tolle Präsentation abzuliefern. Mein Gefühl sagte mir, dass ihre Konzepte nicht so gut ankommen würden wie meine, aber ich wollte ihr Ego stärken und sie nicht verunsichern, also machte ich ihr ein Kompliment.

»Gute Arbeit. Deine Farben haben einen Bezug zu denen der Muttergesellschaft, und doch hast du eine völlig neue Identität für Star geschaffen.«

Sie wuchs ein wenig. Also machte ich weiter.

»Und der Slogan gefällt mir. Auch das Wortspiel ist clever.«

»Danke.« Annalise begann, misstrauisch zu werden, also reduzierte ich die Schmeicheleien auf etwas, das eher meinem üblichen Stil entsprach.

»Und dein Arsch sieht phänomenal aus in diesem Rock.«

Sie verdrehte die Augen, aber ich sah das kleine Grinsen, das sie zu verbergen versuchte. Mein Job hier war erledigt, ihr wackeliges Selbstvertrauen gestärkt.

Jonas betrat den Konferenzraum. »Bist du bereit, Annalise?«

Sie schaute zu mir und dann zu Jonas und lächelte. »Klar.«

Auf dem Weg aus dem Konferenzraum beugte ich mich vor, um meiner Gegenspielerin einige Abschiedsgedanken zuzuflüstern. »Wie wäre es mit einer kleinen Wette? Wenn ich gewinne, beugst du dich später über meinen Schreibtisch. Wenn du gewinnst, kniest du dich darunter.«

»Mensch, was für ein Preis für mich.«

Ich lächelte. »Viel Glück, Texas.«

Später am Tag klopfte Jonas an meine offene Bürotür. »Hast du einen Moment Zeit?«

Ich warf meinen Bleistift auf den Schreibtisch und war froh über die Ablenkung. Meine Konzentration war den ganzen Nachmittag über beschissen gewesen. »Komm rein.«

Er schloss die Tür hinter sich – etwas, das Jonas nicht oft tat. Er nahm auf dem Besucherstuhl auf der anderen Seite meines Schreibtischs Platz und seufzte.

»Wie lange kennen wir uns jetzt schon? Zehn Jahre?«

Ich zuckte mit den Schultern. »Ungefähr.«

»In all dieser Zeit habe ich dich noch nie so gestresst gesehen wie in den letzten ein, zwei Wochen.«

Damit hatte er recht. Mein verdammter Nacken schmerzte vor Verspannungen, schon wenn ich morgens aufwachte.

»Es steht eine Menge auf dem Spiel.« *Viel mehr, als bei diesem Wettbewerb jemals auf dem Spiel stehen sollte.*

Jonas nickte. »Deshalb erzähle ich dir das heute im Vertrauen. Ich bin es dir schuldig, dich so schnell wie möglich von deinem Elend zu befreien, nachdem du all die Jahre so hart für mich gearbeitet hast.«

Worauf wollte er hinaus? »Okay …«

Er lächelte halbherzig. »Ich habe mit dem Team von Star gesprochen, bevor sie vor einer Weile abgereist sind. Sie nehmen deine Kampagne. Es war die einstimmige Entscheidung des gesamten Teams.«

Eigentlich hätte ich mich freuen und feiern sollen, aber stattdessen fühlte sich der Sieg hohl an. Ich zwang mich zu einem glücklichen Lächeln. »Das ist ja großartig.«

»Das ist nicht die einzige gute Nachricht. Billings Media hat mir auch inoffiziell mitgeteilt, dass sie vorhaben, mit deinem Pitch zu arbeiten. Sie haben sich auch an unseren CEO gewandt und ihn wissen lassen, dass sie von deiner Arbeit in den letzten Jahren beeindruckt waren. Ich habe sie nicht darum gebeten, das zu tun. Sie haben es von sich aus getan, weil du hart arbeitest.«

»Wow. Okay.«

»Ich glaube, ich muss dir nicht sagen, was das bedeutet. Der Vorstand wird formell über alle Personalumstrukturierungen und Kündigungen im oberen Management abstimmen, aber das ist nur noch eine Formalität. Du hast zwei von drei Pitches gewonnen, also ist der dritte gar nicht mehr nötig. Du bleibst, wo du bist, Bennett.« Jonas schlug sich aufs Knie und nutzte es zugleich, um sich abzustützen und aufzustehen. »Annalise wird in das Büro nach Dallas versetzt. Aber wir warten mit der Bekanntgabe der Neuigkeit bis nach den Präsentationen von Pet Supplies.«

Ich rieb über den Knoten in meinem Nacken. »Danke, dass du mir Bescheid gesagt hast, Jonas.«

Auf dem Weg nach draußen ließ er die Tür hinter sich offen.

Ich hatte gewonnen.

Ich hatte alles, was ich vor zwei Monaten gewollt hatte. Dennoch hätte ich mich nicht unglücklicher fühlen können. Ich fragte mich, ob ich überhaupt jemals gewusst hatte, was ich eigentlich wollte. Denn jetzt konnte ich mir nicht vorstellen, etwas zu wollen, das Annalise über anderthalbtausend Meilen weit weg beförderte.

Eine Stunde später starrte ich immer noch ins Leere, als

Annalise in ihrer Jacke vorbeikam. »Danke für den Probelauf heute Nachmittag. Dadurch ist meine Präsentation glatter abgelaufen.«

Ich nickte. »Kein Problem. Freut mich, dass es gut gelaufen ist.«

Ihre Lippen verzogen sich zu einem skeptischen Lächeln. »Na klar. Jedenfalls treffe ich mich jetzt mit Madison in einem nepalesischen Restaurant – was auch immer das ist. Bleibt es dabei, dass wir morgen Abend zusammen essen?«

Ich hatte ganz vergessen, dass sie bei sich für mich kochen wollte.

»Klar. Klingt gut.« *Es könnte eine der letzten Nächte sein.*

Annalise kramte ihre Schlüssel aus der Handtasche und legte den Kopf schief. »Ist alles okay?«

»Ja. Ich bin nur müde.«

»Na, dann ruh dich heute Abend aus.« Sie grinste. »Denn morgen bei mir wirst du keine Ruhe bekommen.«

41. Kapitel

1. April

Liebes Ich,
es ist so weit.
In den letzten Monaten, seit Lucas und ich bei Bennett eingezogen sind, war ich so glücklich wie nie zuvor in meinem Leben. Aber heute Morgen, als ich Bennett lachen und mit Lucas spielen sah, habe ich mich endgültig entschieden. Wir waren in vielerlei Hinsicht schon wie eine Familie. Vielleicht könnte er mich auch so lieben, wie ich ihn liebe?
Er hat gerade eine Beförderung in seinem neuen Job bekommen – nach nur einem Jahr. Er hat sich jetzt besser eingelebt.
Ich muss es wenigstens versuchen. Ich muss ihm sagen, was ich jetzt schon so lange fühle.
Was soll schon passieren?
Ich kann mich nicht erinnern, wann ich das letzte Mal so aufgeregt war. Wenn ich nächsten Monat schreibe, wird hoffentlich etwas Lebensveränderndes zwischen Bennett und mir passiert sein. Dieses Gedicht ist Bennett gewidmet.

Zwei hochgewachsene Reben
eine fest um die andere geschlungen
umranken oder erdrosseln sich

Dieser Brief wird sich in zehn Minuten selbst zerstören.
Anonym
Sophie

42. Kapitel

Bennett

Ich konnte wieder nicht schlafen. Erinnerst ihr euch an »Das verräterische Herz« von Edgar Allan Poe? Wahrscheinlich habt ihr es in der Schule gelesen. Nein? Nun, hier ist die Kurzversion: Ein Typ tötet einen anderen Typen und versteckt dessen Leiche unter seinen Dielenbrettern. Immer wieder hört er den Herzschlag des Toten unter den Dielen, weil ihn sein Gewissen plagt. Entweder das, oder der Typ ist einfach verrückt – ich war mir nie sicher. Wie auch immer, das bin ich – mit einer kleinen Änderung. Ich erlebe »Das geruchsschwere Herz« von Bennett Fox. Ich hatte mich die halbe Nacht hin und her gewälzt. Mein Kissen hatte so intensiv nach Annalise gerochen, dass ich aufgestanden war und das Bett abgezogen hatte, nachdem ich zwei Stunden lang vergeblich versucht hatte einzuschlafen. Ich schnappte mir auch ein Ersatzkissen, das ich hinten in meinem Schrank verstaut hatte – ein Kissen, das Annalise noch nie angerührt hatte –, und warf die störende Bettwäsche in den Flur.

Ein regelmäßig wiederkehrender Duft. Wie ein Herzschlag.

Bumm-bumm.

Auf einer nackten Matratze liegend, mit einem nicht bezogenen Kissen roch ich sie *immer noch*. Es war rein physikalisch nicht möglich. Aber ihr Duft war kein bisschen schwächer geworden. Ich schlug mit der Faust auf das Kissen, um es aufzulockern.

Bumm-bumm.

Schließlich stand ich auf und durchsuchte das verdammte Zimmer. Sie musste irgendwo eine Flasche Parfüm vergessen haben. Ich holte alles aus den Nachttischen, roch an der Flasche mit dem geruchlosen Gleitmittel und sah unter dem Bett nach. Kein verdammtes Parfüm.

Aber überall dieser Duft.

Bumm-bumm.

Am nächsten Morgen war ich äußerst verlangsamt. Wenigstens war Samstag, sodass ich nicht ins Büro musste. Obwohl mir das lieber gewesen wäre als der Gedanke, heute mit Lucas zu reden. Ich musste ein Sadist sein, oder war es ein Masochist? Ich verwechselte diese beiden Begriffe immer. Egal, wie man es nannte, der Zeitpunkt schien ein beschissener Zufall zu sein. Ich war im Begriff, genau die beiden Menschen in meinem Leben zu verletzen, die mir tatsächlich etwas bedeuteten.

Fanny empfing mich mit finsterem Blick an der Tür. Ich hätte nicht begeisterter sein können, als sie nichts sagte, mir die Tür vor der Nase zuschlug und in ihrer gewohnt freundlichen Art die Treppe hinaufschrie.

Lucas war wie immer fröhlich. Er kam heraus, und wir spulten unser übliches Begrüßungsritual ab.

Dann zog er die Nase kraus und sah mich an. »Bist du krank oder so?«

»Nein. Warum?«

Er hüpfte mit einem Riesensprung die zwei Stufen der Veranda hinunter. »Du siehst fertig aus. Und du bist neulich mitten in der Nacht am Haus aufgetaucht und hast dich nicht besonders gut angehört.«

»Ja. Das tut mir leid. Ich wollte dich nicht aufwecken.«

Er zuckte mit den Schultern. »Grandma sagte, du wolltest mit mir über etwas sprechen.«

Ich holte tief Luft und ließ den Atem entweichen. »Ja. Wir müssen heute etwas besprechen.«

Nachdem wir ins Auto gestiegen waren und uns angeschnallt hatten, drehte sich Lucas um und blickte auf den Rücksitz. »Keine Angelruten?«

Ich schüttelte den Kopf. »Heute nicht, Kumpel. Ich will dir was zeigen.«

Er runzelte die Stirn. »Okay.«

Während der Fahrt zum Bootshafen versuchte ich, Smalltalk zu machen, aber es fühlte sich total gezwungen an. Als ich einparkte, bekam ich feuchte Hände. Vielleicht war es doch keine so gute Idee, mit ihm über seine Mutter zu sprechen. Er war noch ziemlich jung. Fanny wollte vermutlich Geld dafür haben, dass sie den Mund hielt. Es könnte den Inhalt meines Bankkontos kosten, aber im Moment schien es mir eine gute Investition zu sein. *Es aufzuschieben wäre das Beste für Lucas – er ist noch zu jung.*

Gerade als mir dieser Gedanke in den Sinn kam, streckte Lucas mit einem riesigen Gähnen die Arme über den Kopf. In seinen Achselhöhlen sprossen Haare.

Ja, ja. Netter Versuch. Diese Diskussion hätte er wahrscheinlich schon vor Jahren verdient gehabt, aber ich war zu egoistisch gewesen.

Wir fuhren auf den Parkplatz, und Lucas schaute aus dem Fenster auf die Bucht und den nah gelegenen Steg. Ein paar Leute angelten von den Felsen aus.

»Wo sind wir?«, fragte er. »Warum haben wir keine Angelrute mitgenommen?«

»Weil es heute ums Zuhören geht. Komm, ich will dir einen Ort zeigen.«

Wir gingen den Steg hinunter. Als wir uns unserem Ziel näherten, hörte ich das Geräusch und lächelte.

»Hast du das Geräusch gehört?«, fragte ich.

»Ja. Was ist das?«

»Das ist die Wellenorgel. Das war der Lieblingsort deiner Mom, als wir Teenager waren. Sie hat mich immer hierhergeschleppt.«

Die Wellenorgel war eine wellenaktivierte akustische Skulptur an der Bucht. Sie war größtenteils aus den Trümmern eines abgerissenen Friedhofs errichtet worden und sah eher wie eine antike Ruine als wie ein Kunst- und Musikausstellungsstück aus. In den behauenen Granit- und Marmorteilen waren etwa zwanzig Orgelpfeifen aus PVC und Beton verlegt, die Klänge erzeugten, die von der Wasserbewegung unter ihnen herrührten.

Lucas und ich setzten uns auf die zerklüfteten Felsen gegenüber und lauschten den leisen Geräuschen.

»Es ist nicht wirklich Musik.« Er verzog das Gesicht.

Ich lächelte. »Das habe ich auch immer zu deiner Mutter gesagt. Aber sie sagte, ich höre nicht gut genug zu.«

Lucas konzentrierte sich eine Minute lang und versuchte, etwas anderes zu hören als das Geräusch, das man mit einer Muschel am Ohr erzeugte. Er zuckte die Achseln. »Es ist okay. Mit einer Angelrute wäre es besser.« Ich war seiner Ansicht.

Ich war immer ein Typ gewesen, der sagte, was ihm durch den Kopf ging, aber ich wusste nicht, wie ich in das Gespräch einsteigen sollte, zu dem ich ihn hergebracht hatte. Anscheinend wusste Lucas, dass ich etwas auf dem Herzen hatte.

Er hob einen kleinen Stein auf und warf ihn ins Wasser. »Führen wir jetzt das Bienchen-und-Blümchen-Gespräch oder was?«

Ich lachte. »Das hatte ich heute nicht vor. Aber wenn du willst, können wir.«

»Tommy McKinley hat mir schon alles darüber erzählt.«

»Ist Tommy der pickelige Junge, der wie ein Hamster riecht, mit dem wir vor ein paar Monaten im Kino waren? Der, der seine eigenen Schnürsenkel zusammengebunden hat und umgefallen ist?«

Lucas lachte. »Ja, das ist Tommy.«

Oh, wir mussten dieses Gespräch unbedingt führen. »Ich schätze, Tommys Erfahrung mit Mädchen ist ungefähr gleich null. Warum reden wir also nicht nächste Woche darüber? Heute wollte ich mit dir über deine Mom reden.«

»Was ist mit ihr?«

Plötzlich wurde mir schwindelig. Wie sollte ich diesem Kind, das ich liebte, sagen, dass ich sein Leben ruiniert hatte? Mein Mund wurde trocken.

»Du weißt, dass deine Mutter und ich beste Freunde waren, oder?«

»Ja. Auch wenn das komisch ist. Wer will schon als Junge mit einem Mädchen befreundet sein?«

Ich lächelte schwach. Es gab keinen einfachen Weg, diesem Jungen etwas zu beichten. Lieber wäre mir, es würde eine riesige Welle über den Felsen schwappen und mich ins Meer reißen, als dieses Gespräch zu führen. Aber ich schaute zu Lucas hinüber, der wartete.

Wie ein Feigling blickte ich nach unten. »Du weißt, dass deine Mom bei einem Autounfall gestorben ist.«

»Ja.« Er schüttelte den Kopf. »Ich kann mich aber nicht wirklich daran erinnern. Nur daran, dass viele Leute zu uns nach Hause gekommen sind.«

Ich nickte. »Ja. Eine Menge Leute haben deine Mutter sehr lieb gehabt.«

Als ich erneut schwieg, fragte er: »Ist es das, was du mir sagen wolltest?«

Ich blickte auf und sah in Lucas' Augen, die voller Unschuld und Vertrauen waren – Vertrauen, das er seit elf Jahren in mich gesetzt hatte, Vertrauen, das ich nun zu zerstören drohte.

»Nein, Kumpel. Ich muss dir etwas über den Unfall erzählen.«

Er wartete.

Danach war es unmöglich, den Korken wieder in die Flasche zu stecken. Ich nahm einen letzten tiefen Atemzug.

»Ich hätte dir das schon vor langer Zeit sagen sollen. Aber du warst zu jung, oder ich hatte zu viel Angst, es dir zu sagen, oder vielleicht beides.« Ich schaute weg, dann wieder zu Lucas, um ihm den Schlag zu versetzen. »Ich war derjenige, der in der Nacht des Unfalls das Auto gefahren hat. Deine Mutter und ich hatten gerade einen heftigen Streit und ... Es hatte stark geregnet. Ein großer Baum hätte längst zurückgeschnitten werden müssen und verdeckte teilweise ein Stoppschild. Ich sah es erst, als wir schon fast daran vorbeigefahren waren. Ich trat auf die Bremse, aber die Straße war nass ...«

Sofort veränderte sich der Ausdruck auf Lucas' Gesicht. Es schien eine Ewigkeit zu dauern, bis bei ihm angekommen war, was ich gesagt hatte. Aber als er es endlich begriffen hatte, stand er auf.

»Verbringst du deshalb so viel Zeit mit mir?« Seine Stimme war voller Schmerz, und je länger er sprach, desto lauter wurde er. »Fühlst du dich schuldig, weil du meine Mutter umgebracht hast? Deshalb kommst du mich alle zwei Wochen besuchen und bezahlst meine Großmutter?«

»Nein. Überhaupt nicht.«

»Du bist ein Lügner!«

»Lucas …«

»Lass mich einfach in Ruhe!« Er rannte los und lief den Steg hinunter.

Ich rief ein paarmal nach ihm, aber als er ein Stück den Weg hinunter stehen blieb, um Steine aufzuheben und ins Wasser zu werfen, dachte ich, es wäre besser, ihm etwas Freiraum zu lassen. Normalerweise regte er sich nicht auf, wenn er über seine Mutter sprach, aber das, was ich ihm erzählt hatte, war schwer zu verdauen, riss wahrscheinlich alte Wunden auf und schlug neue.

Den Rest des Nachmittags sprach Lucas nicht mehr mit mir. Aber er bat mich auch nicht, ihn früher nach Hause zu bringen. Also tat ich es nicht. Stattdessen kaufte ich im Laden eine billige Angel und etwas Ausrüstung und fuhr mit ihm an einen See zum Angeln. Wenn ich etwas fragte, knurrte er eine Ein-Wort-Antwort. Es war ein gewisser Trost für mich zu wissen, dass er mich auch dann nicht völlig ignorierte, wenn er verärgert und wütend war.

Als wir uns seinem Haus näherten, wusste ich, dass er mir keine Zeit lassen würde, um mit ihm zu reden, sobald wir angekommen waren. Er würde sofort aussteigen, sobald ich anhielt, und die Tür hinter sich zuschlagen. Verdammt, in seinem Alter hätte ich das Gleiche getan. Deshalb nahm ich in den letzten fünf Minuten den Fuß vom Gaspedal und sagte ihm meine Meinung.

»Ich verstehe, dass du wütend auf mich bist. Und ich will nicht, dass du jetzt mit mir redest. Aber du sollst wissen, dass ich nie Zeit mit dir verbracht habe, weil ich mich schuldig fühle. Fühle ich mich schuldig wegen dem, was passiert ist, und wünschte ich, es wäre anders gewesen? Jeden verdammten Tag. Aber das ist nicht der Grund, warum ich dich besuche. Ich besuche dich, weil ich deine Mutter geliebt habe, als wäre sie meine Schwester gewesen.« Ich schluckte, und meine Stimme brach. »Und ich liebe dich von ganzem Herzen. Du kannst mich für das, was passiert ist, hassen, wenn du willst. Das habe ich verdient. Aber es gibt nichts Ehrlicheres in meinem Leben als das, was ich mit dir habe, Lucas.«

Wir hielten vor seinem Haus, und ich drehte kurz meinen Kopf weg, um mir heimlich die Tränen wegzuwischen. Lucas schaute zu mir herüber, starrte mir lange in die Augen, dann drehte er sich um und stieg wortlos aus dem Wagen.

43. Kapitel

Annalise

»Bist du sicher, dass es dir gut geht?«

Ich nahm Bennett den Teller ab, der vor ihm stand. Er hatte kaum etwas gegessen.

»Ja. Nur müde.« Er rieb sich den Nacken.

»Hat dir das Hähnchen nicht geschmeckt?«

»Doch, es war großartig. Ich ... ähm ... habe vorhin mit Lucas etwas gegessen. Ich habe nicht nachgedacht. Tut mir leid, dass ich nicht aufgegessen habe, nachdem du dir so viel Mühe gegeben hast.«

Ich stellte unsere Teller in die Spüle und forderte Bennett auf, seinen Stuhl ein Stück vom Tisch zurückzuschieben. Dann setzte ich mich auf seinen Schoß und strich über sein Haar.

»Das ist in Ordnung. Es macht mir überhaupt nichts aus. Du scheinst heute Abend einfach ... ganz woanders zu sein.«

»Tut mir leid.«

»Hör auf, dich zu entschuldigen.« Ich stand auf und reichte ihm die Hand. »Komm. Du bist müde, und du reibst dir den Nacken, seit du hier bist. Ich massiere dir die Verspannung weg.«

Bennett nahm meine Hand, und ich führte ihn in mein Schlafzimmer. Er zog sich die Schuhe aus und setzte sich auf die Bettkante.

Ich ging ins Bad und griff nach der halb leeren Flasche Baby-öl, die ich unter dem Waschbecken aufbewahrte, um meine trockene Haut zu pflegen. »Zieh dein Hemd aus, damit ich keine Flecken draufmache.«

Als er mir dabei zusah, wie ich meine Hände mit Öl ein-schmierte, und keine anzüglichen Bemerkungen machte, wuss-te ich, dass ihn mehr als nur Nackenschmerzen und Müdigkeit plagten. Ich kniete mich hinter ihn und begann, das Babyöl in seine Haut zu massieren. Sein Kinn sank auf die Brust, während ich mit meinen Fingern die Muskeln bearbeitete.

»Du hast keine Witze gemacht. Du bist *total* verkrampft. Das ist ein einziger Riesenknoten hier hinten.«

Bennett stieß einen Laut aus, der eine Mischung aus Lust und Schmerz war, als ich meine Finger tiefer in sein Fleisch grub.

»Fühlt sich das gut an?«

Er nickte.

Nachdem ich die Muskeln in seinem Nacken gelockert hatte, dachte ich, ich lockere einen weiteren Muskel. Also griff ich um seine Brust herum und löste seinen Gürtel, während ich ihn auf den Nacken küsste. Dann kletterte ich vom Bett und stellte mich zwischen seine Beine, bevor ich mich auf die Knie sinken ließ.

Das Geräusch des Reißverschlusses von Bennetts Jeans hallte durch den Raum. Ich griff in seine Hose und umfasste seinen Schwanz, woraufhin er einen lauten zittrigen Atemzug aus-stieß. Ich dachte, es sei ein Zeichen, dass er die Kontrolle verlor, aber als ich aufblickte, sah ich, dass seine Augen geschlossen waren und ein gequälter Ausdruck auf seinem Gesicht lag.

»Bennett?« Ich zog mich zurück. »Was ist los?«

Er öffnete die Augen. »Nichts.«

»Sag mir nicht, dass nichts ist. Du siehst total aufgewühlt aus.«

Er stand auf und entfernte sich ein paar Schritte von mir. »Es tut mir leid.«

»Hör auf, das zu sagen. Was ist los mit dir?«

Ich wartete ruhig darauf, dass er etwas sagte, aber er atmete einfach weiter tief und gleichmäßig ein und aus. Es schien, als würde er versuchen, sich zusammenzureißen, die Kontrolle wiederzuerlangen.

Bennett fuhr sich mit der Hand durch die Haare. »*Fuuuuuck!*«

Er klang wütend, aber ich spürte, dass er auf sich selbst wütend war, nicht auf mich.

»Sprich mit mir.«

Er ging ein paarmal auf und ab und setzte sich dann wieder auf die Bettkante, stützte den Kopf in die Hände und raufte sich die Haare.

Ich kniete mich vor ihn. »Bennett?«

Ich beobachtete, wie sich sein Adamsapfel bewegte, als er schluckte. Und dann begannen seine Schultern zu zittern. Zuerst dachte ich, er würde lachen – auf eine irre Art, weil er sonst zusammenbrechen und schluchzen würde.

Aber dann sah er auf.

Und ich bemerkte, dass Tränen in seinen Augen standen.

Mir blieb das Herz stehen.

Er lachte nicht, er weinte stumm vor sich hin – und tat alles in seiner Macht Stehende, um sich zu beherrschen.

»Oh Gott, Bennett. Was ist denn los? Was ist passiert?«

44. Kapitel

Annalise

Ich hielt ihn fest.

Seine Schultern bebten so lange, dass ich auf das Geräusch vorbereitet war, als es endlich kam. Es war ein ohrenbetäubender, herzzerreißender, niederschmetternder Laut. Ich hatte keine Ahnung, was so viel Schmerz verursachen konnte. Aber ich wusste, dass ich ihm etwas davon abnehmen wollte.

Ich rieb ihm den Rücken, streichelte sein Haar, versicherte ihm mit zärtlichen Worten, dass alles gut werden würde. Was auch immer es war, dieser Schmerz hatte sich über lange Zeit aufgebaut. Er war nicht neu, nicht die Art von Schmerz, die entsteht, wenn man jemanden unerwartet verliert. Oder wenn man plötzlich herausfindet, dass der Mann, den man zu kennen glaubte, nicht der Mann war, in den man sich verliebt hatte. Der Schmerz, der aus Bennett herausbrach, hatte sich jahrelang aufgestaut – wie ein Vulkan, der nach hundert Jahren Ruhe ausbrach und dessen Feuer plötzlich Hunderte Meter hoch in die Luft schoss.

Ich fing an, mit ihm zu weinen, auch wenn ich keine Ahnung hatte, worüber wir weinten. Es war einfach zu anrührend, um zuzusehen und nicht selbst in Tränen auszubrechen. Wir hielten uns lange gegenseitig fest.

»Es wird alles wieder gut«, flüsterte ich. »Es wird alles wieder gut.«

Schließlich ließ Bennetts Beben nach. Ich war mir nicht sicher, ob es daran lag, dass ich ihn getröstet hatte, oder ob er einfach keine Tränen mehr hatte. Er atmete ein paarmal tief ein und aus und lockerte den Griff um mich.

Sein Gesicht war an meinem Hals vergraben gewesen. Ich wollte ihn ansehen, aber ich hatte etwas Angst, dass ich, sobald ich den Schmerz in seinen Augen sah, wieder weinen musste, auch wenn es ihm gut ging.

Als sich unsere Atmung wieder normalisiert hatte und wir beide nicht mehr weinten, räusperte ich mich heiser. »Soll ich dir etwas zu trinken holen? Ein Wasser oder etwas anderes?«

Bennett schüttelte den Kopf und hielt ihn gesenkt, damit ich ihn nicht sehen konnte, hob jedoch eine Hand zu meinem Gesicht.

Er drückte seine Handfläche an meine Wange und flüsterte: »Danke.«

»Jederzeit.« Ich lächelte traurig, nahm seine Hand von meinem Gesicht und führte sie an meine Lippen. »Jederzeit.«

Er hob den Kopf und lehnte seine Stirn an meine. Seine Augen waren geschwollen und gerötet, aber das schwache Lächeln, das er zustande brachte, war echt. »Danke für das Angebot. Aber ich hoffe, das war das erste und letzte Mal, dass du das gesehen hast.«

Er klang schon wieder mehr wie Bennett.

»Willst du darüber reden?«

Er sah hoch. »Noch nicht.«

»Okay. Du weißt ja, wo du mich findest, wenn du so weit bist.«

Er grinste traurig. »In Texas?«

Ich lachte. »Junge, das hat ja nicht lange gedauert. Und ich dachte schon, du wärst nett zu mir, nachdem ich so nett zu dir war. Ich hätte es besser wissen müssen.«

Bennett hob mich hoch und überraschte mich, indem er mich schwungvoll am Kopfende des Bettes absetzte, nah dem Kopfteil. Er kletterte auf mich. »Willst du damit sagen, dass ich dir einen Gefallen schulde?«

Ich nickte und grinste von einem Ohr zum anderen. »Vielleicht mehr als einen.«

Er grinste. »Nun, damit fange ich besser gleich an.«

Sein Gesicht wanderte wieder zu meinem Hals, nur diesmal weinte er ganz eindeutig nicht. Wir schmiegten uns aneinander. Vor nicht einmal zehn Minuten waren wir beide noch emotionale Wracks gewesen, und jetzt hatten sich diese Gefühle in Verlangen und Sehnsucht verwandelt.

Bennett küsste mich leidenschaftlich, voller Zärtlichkeit und Hingabe. Unser Verlangen füreinander war nie ein Thema gewesen, aber dieser Moment fühlte sich aus irgendeinem Grund anders an. Als er den Kuss unterbrach, um mich auszuziehen, blickte er auf mich herab, als wäre ich der einzige Mensch auf der Welt. Das Lächeln, das ich auf seinem Gesicht sah, als er in mich eindrang, berührte mich zutiefst. Ich spürte tief in meinem Herzen, dass sich etwas verändert hatte. Dann bestätigte er dieses Gefühl, indem er zum allerersten Mal mit mir Liebe machte.

»Ich habe Lucas heute Abend die Wahrheit über mich erzählt.«

Es war stockdunkel im Zimmer. Ich war gerade dabei gewesen wegzudämmern und nicht sicher, ob ich ihn richtig verstanden hatte. »Die Wahrheit?«

Ich spürte sein Nicken, auch wenn ich es nicht sehen konnte.

Mein Kopf lag in seiner Schulterbeuge, und er strich sanft über mein Haar, während er weitersprach.

»Sophie war meine beste Freundin. Die Leute fanden es seltsam, dass wir so viel Zeit miteinander verbrachten, aber nicht zusammen waren. Sie war wie die kleine Schwester, die ich nie hatte, auch wenn wir gleich alt waren. Wir waren neunzehn, als sie mit dem Kind eines Losers schwanger wurde. Ihre Mutter warf sie raus, sie blieb eine Weile bei mir in meinem Zimmer im Wohnheim und kehrte dann wieder nach Hause zurück. So ging es jahrelang hin und her. Aber nachdem ich meinen Abschluss gemacht hatte, hielt sie es zu Hause mit Fanny nicht mehr aus. Wir zogen zusammen in eine Wohnung, damit wir uns die Kosten teilen konnten und ich ihr mit Lucas helfen konnte, wenn sie abends zur Kosmetikschule ging.«

Er hielt inne, und ich wartete schweigend, bis er bereit war fortzufahren.

»Eines Abends kam sie früher vom Unterricht nach Hause. Lucas schlief bereits in seinem Zimmer. Ich hatte eine Frau in unserem Gebäude kennengelernt, und wir trafen uns ab und zu. Sophie erwischte uns in meinem Zimmer beim Sex.« Er atmete tief aus. »Ich weiß nicht einmal mehr den Namen der Frau. Jedenfalls ist Sophie ausgeflippt, weil sie meinte, Lucas hätte uns dabei erwischen können, und wir stritten uns heftig. Am nächsten Abend setzte sie Lucas bei ihrer Mutter ab, anstatt ihn bei mir zu Hause zu lassen, als sie zur Schule ging. Oder zumindest dachte ich, dass sie zur Schule ging. Ein Kumpel von mir rief später am Abend an und sagte, er sei in einer Bar und Sophie sei auch dort und ziemlich betrunken. Also fuhr ich hin, um sie abzuholen. Es war eine beschissene Nacht, es goss in Strömen, und ich erwischte sie beim Knutschen mit einem Drecksack von Biker. Es gab eine große Szene – der

Biker wollte mich verprügeln, aber ich holte sie da raus, bevor sie etwas Dummes tun konnte.«

Er holte noch einmal tief Luft.

»Im Auto ging unser Streit weiter, und dann hat Sophie mich geküsst.«

»Sie hat dich geküsst?«

»Ich dachte erst, sie sei nur betrunken. Ich schob sie von mir weg und sagte, sie solle mit dem Bullshit aufhören. Aber dann fing sie an zu weinen. Und es kam alles heraus. Sie sagte mir, dass sie seit Jahren in mich verliebt war. Offenbar ging es am Abend zuvor nicht darum, dass sie mich mit einer Frau erwischt hatte, während Lucas schlief, sondern darum, dass sie Gefühle für mich hegte.«

»Oh, wow. Und du hattest keine Ahnung?«

»Überhaupt nicht. Wie ein verdammter Idiot habe ich nichts davon gemerkt. Bis lange danach. Und ich habe gar nicht gut reagiert. Ich habe ihr gesagt, das sei lächerlich, und sie sei wie meine kleine Schwester.«

»Autsch.«

»Ja. Das kam nicht so gut an. Sie war ziemlich aufgebracht, also dachte ich, ich bringe sie besser nach Hause.« Er zögerte. »Aber dort sind wir nie angekommen. Ich übersah ein Stoppschild, weil ein paar Bäume vom Regen nach unten hingen, und dann kam ein Sattelzug. Wir gerieten ins Schleudern, und das Auto überschlug sich ein paarmal.«

Ich drehte mich auf den Bauch. »Oh mein Gott, Bennett.«

Er schüttelte den Kopf. »Ich hätte nicht fahren dürfen, während ich so aufgewühlt und wütend war, nicht bei Nacht, schlechter Sicht und nassen Straßen.«

Ich fasste mir an die Brust. Die Geschichte selbst war herzzerreißend, aber dann erinnerte ich mich daran, was er vorhin gesagt hatte. »*Ich habe Lucas heute Abend die Wahrheit gesagt.*«

»Wusste Lucas nichts davon?«

Er nickte. »Nicht bis heute Nachmittag. Es ist eine lange Geschichte, aber Sophie hat ihre Tagebücher aufbewahrt, und ihre Mutter hat sie kürzlich gelesen. Fast hätte Lucas sie auch gelesen. Der letzte Eintrag stammt von dem Tag vor ihrem Tod, darin stand, dass sie mir ihre Gefühle gestehen wollte. Ihre Mutter wusste, dass wir uns in der Nacht von Sophies Tod gestritten hatten, aber als sie die Tagebücher las, wurde ihr klar, worüber wir uns wohl gestritten hatten. Fanny mochte mich von Anfang an nicht und gibt mir zu Recht die Schuld an dem Unfall.«

Er seufzte. »Sie lässt mich nur in Lucas' Leben, weil ich sie finanziell unterstütze. Lucas und ich haben beide eine Abfindung bekommen, weil der Baum hätte gefällt werden müssen und der Trucker zu schnell gefahren ist, aber seine Abfindung ist in einem Treuhandfonds angelegt, und Fanny bekommt nur einen monatlichen Zuschuss zu seinen Lebenshaltungskosten. Ich wusste, dass ich ihm irgendwann sagen muss, dass ich gefahren bin. Ich dachte nur, ich könnte damit warten, bis er etwas älter wäre.« Er schüttelte den Kopf. »Das Lesen dieser Tagebücher hat eine Menge Gefühle aufgewühlt. Bei uns beiden.«

Ich schloss die Augen. »Oh Gott, Bennett. Es tut mir so leid. Und das hast du ihm heute alles erzählt? Offenbar ist es nicht gut gelaufen?«

»Er hätte mir auch sagen können, dass er mich nie wiedersehen will. Es hätte also schlimmer kommen können.«

Man musste kein Psychiater sein, um zu begreifen, warum Bennett keine Beziehungen hatte. Eine Frau, die er sehr mochte, hatte ihm in der Nacht, in der sie bei einem Autounfall ums

Leben gekommen war, gesagt, dass sie in ihn verliebt war – ein Unfall, der sich ereignete, während er am Steuer saß, ein Unfall, wegen dem er offensichtlich eine Menge Schuldgefühle hatte. Im Nu fielen die fehlenden Puzzleteile von Bennett Fox an ihren Platz. Ein komplexer Mann mit seelischen Narben, die viel tiefer gingen als die äußeren, die vom Unfall herrührten.

»Er wird sich schon wieder einkriegen. Er ist ein kluger Junge, und in der kurzen Zeit, die ich mit euch beiden verbracht habe, war klar, wie viel ihr euch gegenseitig bedeutet. Ich bin mir sicher, er war einfach nur geschockt. Es muss sich wie ein großes Geheimnis angefühlt haben, das ihm vorenthalten wurde.«

»Er denkt, ich verbringe nur so viel Zeit mit ihm, weil ich mich schuldig fühle für das, was ich getan habe. Und ehrlich gesagt habe ich auch eine Menge Schuldgefühle. Aber das war nie der Grund, warum ich weiter in Lucas' Leben sein wollte.«

Wir schwiegen eine ganze Weile. Ich musste das, was er mir erzählt hatte, erst einmal verarbeiten, und Bennett brauchte offensichtlich Abstand. Aber zuerst … musste ich noch eine Frage stellen.

»Bennett?«

»Hmm?«

»Hast du jemals mit jemandem darüber gesprochen? Ich meine, über die *ganze Geschichte*. Was Sophie dir bedeutet hat, was sie dir in der Nacht ihres Todes gesagt hat und welche Beziehungen du seitdem hattest – oder welche Beziehungen du nicht hattest?«

Er schüttelte den Kopf.

»Danke, dass du es mir erzählt hast. Ich weiß, es war ein langer Tag, aber du sollst wissen, dass ich gern alles über Sophie hören würde. Wenn du so weit bist.«

Er sah mir in die Augen. »Warum? Warum willst du etwas über sie erfahren?«

»Weil sie offensichtlich jemand ganz Besonderes für dich ist. Sie ist die Mutter des Jungen, den du liebst, und ob es dir bewusst ist oder nicht, sie hat dazu beigetragen, dich zu dem Mann zu machen, der du heute bist.«

45. Kapitel

Annalise

Ich las den Brief, den ich an Jonas geschrieben hatte, ein zweites Mal. Ich war noch nicht so weit, ihn ihm zu geben. Aber ihn zu schreiben, brachte mich einen Schritt weiter. Es fühlte sich richtig an, als würde ich eine Jeans anprobieren, die mir schon lange nicht mehr gepasst hatte, und plötzlich ging der Reißverschluss zu. Es war lange her, dass sich etwas in meinem Leben so angefühlt hatte, als würde es passen.

Mein Telefon klingelte, also faltete ich den Brief schnell in einen Umschlag und verstaute ihn in meiner Schublade. Ich nahm an, dass es Bennett war, der zwei Büros weiter wartete und mich zur Eile antreiben wollte, weil ich vor mindestens einer halben Stunde gesagt hatte, ich sei in zehn Minuten fertig.

»Annalise O'Neil.« Ich sang fast in den Hörer.

Doch als ich aufblickte und das Telefon zwischen Schulter und Ohr hielt, stand Bennett in der Tür. Ich lächelte.

Bis die Stimme am anderen Ende der Leitung in den Hörer drang.

»Anna? Hey. Ich dachte mir, dass du vielleicht noch im Büro bist.«

Andrew.

Ich weiß nicht, warum, aber ich geriet in Panik. »Ähm ... Ja, ich bin noch da. Warte einen Moment.« Ich drückte das Telefon an meine Brust und sprach mit dem Mann, der mich gerade von der Tür aus anstarrte. »Es ist meine Mutter. Ich brauche nur ein paar Minuten.«

Bennett nickte. »Lass dir Zeit. Gib mir deine Schlüssel. Ich fahre dein Auto vor, damit wir deine Präsentationsunterlagen einladen können, wenn du fertig bist.«

Ich fischte in meiner Handtasche und hoffte, dass er nicht bemerkte, wie mir die Röte ins Gesicht kroch. Glücklicherweise schien es ihm nicht aufzufallen. Er nahm die Schlüssel und küsste mich auf die Stirn, bevor er mein Büro verließ. Ich wartete und lauschte auf seine Schritte, bis sie in der Ferne verklangen, und auf das Geräusch der sich öffnenden und schließenden Eingangstür.

Dann hob ich das Telefon wieder an mein Ohr.

»Hallo. Was ist denn los? Ist alles in Ordnung?«

»Ist es gerade ungünstig?«

Ich setzte mich. War es jemals ein günstiger Zeitpunkt, wenn ein Ex aus heiterem Himmel anrief? »Ich wollte gerade aufbrechen. Was gibt's?«

»Wie ich sehe, arbeitest du immer noch zu lange«, kommentierte er, aber ich war nicht in der Stimmung für Smalltalk.

»Ich will gerade zum Abendessen. Ich muss mich also beeilen, Andrew. Was ist los?«

»Abendessen wie bei einem Date?«

Das nervte mich, und ich schnaubte. »Ich muss wirklich los.«

»Okay. Okay. Ich wollte dich nur wissen lassen, dass ich morgen zu dem Abendessen mit Lauren und Trent dazukomme.«

»Warum?«

»Weil ich dich sehen will.«

»Wozu?«

Andrew seufzte. »Bitte, Annalise.«

»Das ist ein Geschäftsessen. Soweit ich weiß, interessierst du dich nicht für euer Familienunternehmen.«

»Ich bin immer noch Aktionär. Und ich habe dort in den letzten Monaten ausgeholfen, die Texte für den Katalog überarbeitet und so etwas.«

Seine Eltern hatten immer gewollt, dass er im Familienunternehmen mitarbeitete, aber Andrew hatte die Nase gerümpft, als sie ihm vorschlugen, dort eine Rolle zu übernehmen, die mit dem Schreiben zu tun hatte. Alles andere als Literatur war unter seiner Würde.

»Gut. Wie auch immer. Ich muss los.«

»Ich freu mich, dich zu sehen.«

Das beruhte *nicht* auf Gegenseitigkeit. »Bis dann, Andrew.«

»Hast du etwas von Lucas gehört?«

Bennett strich mir über die Schulter. Wir befanden uns in unserer Post-Sex-Einschlafposition – ich lag in seinem linken Arm, den Kopf auf seiner Brust, und er streichelte meine Schulter, während wir uns unterhielten.

»Ich habe ihm heute Nachmittag eine Nachricht geschickt, um ihn daran zu erinnern, dass ich am Freitag vor der Schule vorbeikomme, um mich zu verabschieden. Er fährt mit Fanny direkt nach Unterrichtsende nach Minnetonka. Ich finde es schrecklich, dass er dreieinhalb Wochen weg ist, wenn die Stimmung zwischen uns so angespannt ist. Ich hätte Fanny stärker dazu drängen sollen, dass ich es ihm erst sage, wenn er zurück ist.«

»Vielleicht tut ihm der Abstand gut – vielleicht merkt er, dass er dich vermisst.«

»Hm, ich weiß nicht.«

»Hat er dir geantwortet?«

»Ein Wort: gut.«

Ich lächelte. »Das ist besser als nichts. Er wird nachgeben. Er braucht nur etwas Freiraum.«

Bennett küsste mich auf den Scheitel. »Bist du nervös wegen morgen Abend?«

Weil ich ein schlechtes Gewissen hatte, dachte ich sofort, er meinte, dass ich Andrew sehen würde, obwohl ich nicht erwähnt hatte, dass er mit Lauren und Trent zu meiner Präsentation kommen würde.

»Nein«, blaffte ich.

Er lachte. »Du bist wirklich eine miserable Lügnerin. Ich muss nicht einmal dein rotes Gesicht sehen, um zu wissen, dass du schwindelst.«

Jetzt wäre die perfekte Gelegenheit gewesen zu erwähnen, dass Andrew an dem Meeting teilnahm. Doch das tat ich nicht. Ich wusste, dass es ihn aufregen würde, und er hatte in letzter Zeit schon genug Stress.

Als Andrew vorhin angerufen hatte, war ich sofort in Abwehrhaltung gegangen. Ich war immer noch wütend darüber, wie es zwischen uns zu Ende gegangen war, und ich wollte nicht, dass er versuchte, sich wieder bei mir einzuschmeicheln – falls er das überhaupt wollte. Wut war leichter zu bewältigen. Aber je mehr ich darüber nachdachte, desto mehr dachte ich, dass ein Treffen mit Andrew vielleicht genau das war, was ich brauchte.

Vor ein paar Wochen hatte ich zwar mit dem Gedanken gespielt zu kündigen, aber es erschien mir irgendwie lächerlich, so viel für einen Mann zu riskieren, der eigentlich kein Interesse an einer Beziehung hatte. Doch nach dem letzten Wochenende – nachdem Bennett mir anvertraut hatte, was mit Lucas'

Mutter passiert war – war ich mir nicht mehr sicher, dass er kein Interesse an einer Beziehung hatte. Er hatte einfach nicht das Gefühl, dass er Glück *verdiente*. Er trug eine Menge unangebrachter Schuldgefühle mit sich herum. Ich brauchte ein Zeichen, dass es richtig war, meinem Herzen zu folgen. Vielleicht würde ein Treffen mit Andrew mir die Gewissheit geben, dass meine Gefühle für Bennett nicht nur dazu dienten, über Andrew hinwegzukommen. Ich musste sicher sein, dass meine Gefühle echt und nicht nur ein Hirngespinst waren.

Bennett gähnte. »Du wirst das toll machen.«

Ich hatte fast vergessen, dass wir immer noch über den morgigen Abend sprachen. »Danke. Bist du bereit für deine Präsentation?«

»Fast.«

»Was glaubst du, wann der Vorstand uns seine Entscheidung mitteilt?«

Bennett hörte auf, meine Schulter zu streicheln. »Ich weiß es nicht. Ziemlich bald vermutlich.«

Das bedeutete, dass ich weniger als eine Woche Zeit haben würde, um herauszufinden, ob Bennett und ich durch mehr als anderthalbtausend Meilen getrennt sein würden.

»Deine Ideen waren wirklich toll.«

Ich hatte aus dem großen Erkerfenster in Laurens und Trents Wohnzimmer geblickt, und als ich mich nun umdrehte, sah ich Andrew mit einem Glas Wein in jeder Hand auf mich zukommen. Er hielt mir eins hin.

»Nein danke. Ich fahre.«

Er lächelte. »Dann gibt es mehr für mich. Mein Auto ist in der Werkstatt, also hat Trent mich auf dem Heimweg vom Büro abgeholt.«

Ich nickte.

Andrew war ziemlich ruhig gewesen, als ich vor dem Abendessen meine Ideen präsentiert hatte, und auch beim Essen selbst hatte er sich zurückgehalten.

Ich nahm mir eine Minute Zeit, ihn zu betrachten. Er trug ein Hemd mit offenem Kragen, eine dunkle Jeans und Halbschuhe. Und er hatte sich einen kleinen Bart stehen lassen, was mich überraschte. Eigentlich überraschte mich sein ganzes entspanntes Aussehen.

»Du siehst anders aus«, sagte ich.

Er nippte an seinem Wein. »Ist das gut oder schlecht?«

Ich musterte ihn erneut. »Gut. Du siehst entspannt aus. Ich glaube nicht, dass ich dich jemals mit einem Bart gesehen habe, außer wenn du mehrere Tage lang am Stück geschrieben hast.«

Er nickte. »Du hast immer gesagt, dass du mich mit Bart magst.«

Das stimmte. Ich mochte es, wenn er einen Bartschatten hatte. Aber er nicht ... darum hatte er nie einen gehabt.

Ich blickte über meine Schulter in Richtung Küche. Lauren und Trent hatten darauf bestanden, aufzuräumen und mich nicht mithelfen zu lassen. Aber sie waren schon eine Weile weg.

Andrew trank mehr von seinem Wein und beobachtete mich über den Rand seines Glases hinweg. »Ich habe sie gebeten, uns ein wenig Zeit zum Reden zu geben.«

»Oh.« Ich nickte. Ich fühlte mich plötzlich unwohl und wandte meine Aufmerksamkeit wieder dem großen Fenster zu. Es hatte den ganzen Abend geregnet. »Es regnet ziemlich da draußen.«

Andrew hielt seinen Blick auf mich gerichtet. »Ist mir gar nicht aufgefallen.«

Er ging zu einem Beistelltisch und stellte sein Weinglas ab.

Als er zurückkam, trat er etwas näher zu mir. »Du siehst heute Abend wunderschön aus.«

Ich sah zu ihm hinüber, und unsere Blicke trafen sich. Die Wärme seines Lächelns versetzte mich in eine längst vergangene Zeit zurück. Wir waren einmal glücklich gewesen. Früher war mir bei diesem Lächeln warm ums Herz geworden – so wie jetzt, wenn ich Bennett lächeln sah. Nur dass Bennetts Lächeln noch so viel mehr bei mir auslöste. Wärme und Aufregung. Und obwohl nichts darauf hindeutete, dass seine Gefühle für mich über die körperliche Anziehungskraft hinausgingen, fühlte ich mich geliebt und umsorgt.

Andrew streckte die Hand aus und schob mir die Haare aus dem Gesicht. Seine Finger strichen über meine Haut. Die Berührung fühlte sich warm und weich an, war aber nur ein Abklatsch dessen, wie es sich anfühlte, wenn ich in Bennetts Nähe war. Bennett konnte mir in einer Besprechung einen Bleistift reichen, und die zufällige Berührung unserer Finger entflammte meinen Körper. Andrews Berührung erinnerte eher an eine kuschelige Decke – sie war mir vertraut. Ich konnte mich nicht mehr daran erinnern, wann Andrew und ich das letzte Mal entflammt gewesen waren. Waren wir das jemals gewesen? Oder hatte ich mich nur in der mir vertrauten Sicherheit eingerichtet?

Er lehnte sich ein wenig näher zu mir. »Ich vermisse dich, Anna.«

Ich starrte ihn an. Seine Lippen waren nah, und sein vertrauter Duft umfing mich. Und doch … hatte ich kein Verlangen, ihn zu küssen. *Nichts.*

Ein Lächeln umspielte meine Lippen. Ich freute mich, nichts zu empfinden, und in diesem Moment fasste ich einen Entschluss. Ich würde das Risiko mit Bennett eingehen.

Andrew verstand nicht, was in mir vorging, und beugte sich vor, um mich zu küssen.

Ich legte rasch die Hände auf seine Brust und hielt ihn gerade noch rechtzeitig auf, bevor unsere Lippen sich trafen. »Nein. Ich kann nicht.«

In diesem Moment kamen Lauren und Trent aus der Küche zu uns. Ich trat einen Schritt zurück, um Abstand zwischen Andrew und mich zu bringen, bevor sie zu uns ins Wohnzimmer traten.

»Fertig aufgeräumt.« Lauren lächelte. »Und Trent hat heute Abend nur einen einzigen Teller zerbrochen.«

Trent legte eine Hand auf den Rücken seiner Frau. »Ich denke immer, dass sie mich nicht mehr zum Abwaschen zwingt, wenn ich noch einen kaputt mache. Aber sie kauft einfach immer welche nach und zwingt mich, ihr zu helfen.«

Ich war dankbar für die Unterbrechung. Außerdem wollte ich plötzlich von hier verschwinden und Bennett auf dem Heimweg überraschen. Wir hatten heute Abend etwas zu feiern, auch wenn er keine Ahnung hatte, was vor sich ging.

»Vielen Dank für das Abendessen. Es war köstlich.«

»Danke«, sagte Lauren. Sie sah ihren Mann an. »Deine Ideen haben uns beiden gefallen. Um ehrlich zu sein, glaube ich, dass wir uns die andere Präsentation gar nicht anhören müssen.«

»Das ist sehr nett. Aber ich möchte auf jeden Fall, dass ihr die Kampagne bekommt, die euch am besten gefällt, also wartet vielleicht noch mit eurer Entscheidung, bis ihr am Montag Bennetts Präsentation gesehen habt.«

Außerdem könnte ich euch bitten, mit mir zu einer neuen Firma zu wechseln, wenn ihr euch für meine Ideen entscheidet. Ich brauche mindestens ein paar Tage, um meinen Lebenslauf an ein paar Firmen zu schicken.

Trent nickte. »Klar. Natürlich.«

»Ich hoffe, ihr nehmt es mir nicht übel, aber ich muss jetzt aufbrechen. Draußen regnet es in Strömen, und ich möchte nicht auf überschwemmten Straßen unterwegs sein.«

»Oh. Natürlich«, sagte Lauren. Ihr Blick wanderte zu ihrem Bruder und dann wieder zu mir.

»Könntest du mich mitnehmen?«, fragte Andrew. »So müssen Lauren und Trent bei diesem Wetter nicht raus.«

»Hm ...« Ich konnte nicht einfach Nein sagen. Andrews Haus lag direkt auf meinem Heimweg, und da draußen war es ziemlich ungemütlich. »Klar. Kein Problem.«

Vielleicht war das gut so. Wir hatten die Tür einen Spalt offen gelassen, und es war endlich an der Zeit, sie zu schließen und uns zu verabschieden. Ich konnte ihm auf dem Weg sagen, dass ich jemanden kennengelernt hatte. Es war das Richtige, nach acht Jahren. Und ich wollte nicht, dass es zwischen Lauren und mir zu Spannungen kam, wenn wir zusammenarbeiten sollten.

Wir vier verabschiedeten uns. Es war ein seltsames Gefühl, das Haus mit Andrew zusammen zu verlassen – wir hatten hier so oft als Paar zusammen gegessen. Gemeinsam rannten Andrew und ich zum Auto. Aber der Regen kam von der Seite, und wir waren beide durchnässt, als wir die Türen hinter uns zuschlugen.

»Verdammt.« Andrew schüttelte seine Arme. »Es regnet wirklich.«

Ich wischte mir das Wasser aus dem Gesicht und startete den Motor. »Ja, furchtbar.«

»Willst du, dass ich fahre?«

Bei diesem Wetter zu fahren, war das Letzte, was ich wollte. Aber das spielte keine Rolle. »Nein, alles in Ordnung. Danke.«

Ich schaute in den Rückspiegel, atmete tief durch und flüsterte:

»Ich sehe nach entgegenkommenden Autos«, bevor ich den Wagen in Gang setzte. »Ich fahre vom Bordstein weg.«

»Das ist eines der Dinge, die ich am meisten vermisst habe.« Ich hörte das Lächeln in Andrews Stimme, konzentrierte mich aber weiter auf die Straße. Es goss, wie ich es noch nie erlebt hatte, und die Straßen waren bereits überflutet.

»Ich weiß nicht, ob es ein Kompliment oder eine Beleidigung ist, dass du das am meisten vermisst hast.«

Ich klammerte mich so stark an das Lenkrad, dass meine Knöchel weiß hervortraten, und fuhr in Richtung Highway. Die Scheiben beschlugen, und als ich in den Seitenspiegel schaute, um auf den Highway aufzufahren, konnte ich durch das beschlagene Seitenfenster nur verschwommenes Licht erkennen. Die Sicht nach hinten war wegen der beschlagenen Heckscheibe auch nicht viel besser. Also drückte ich den Knopf, um mein Fenster herunterzufahren und besser sehen zu können. Doch gerade als ich das tat, fuhr ein Auto vorbei und schickte einen großen Schwall Wasser durch mein offenes Fenster direkt auf mein Gesicht.

Reflexartig trat ich auf die Bremse. Das führte jedoch dazu, dass ich auf der Auffahrt ins Schleudern geriet. Ich riss das Lenkrad herum, und der Wagen geriet außer Kontrolle.

Er zog nach rechts, in Richtung des fließenden Verkehrs auf dem Highway, und ich riss das Lenkrad nach links.

Danach geschah alles in Zeitlupe.

Wir begannen, uns zu drehen.

Ich verlor jegliche Orientierung.

Vor meinen Augen blitzten Lichter auf.

Und mir wurde klar, dass das daran lag, dass wir auf die Gegenfahrbahn geraten waren.

An der Highwayauffahrt.

Eine Hupe ertönte.

Das Auto, das uns entgegenkam, wich nach rechts aus.

Aber es war nicht genug Platz für uns beide.

Ich machte mich auf den Aufprall gefasst.

Er rammte uns.

Es war laut, und der Wagen wurde heftig erschüttert.

Mein Körper wurde nach links geworfen, dann nach rechts.

Andrew schrie meinen Namen.

Dann wurde alles wieder ruhig.

Gerade dachte ich, dass vielleicht alles noch gut gegangen wäre.

Und dann …

… wurden wir ein zweites Mal gerammt.

46. Kapitel

Bennett

Ich fuhr ein paar Minuten zu früh vor dem Haus von Lucas und Fanny vor und blickte zum zehnten Mal seit gestern Abend auf mein Handy. *Immer noch nichts.* Ich hatte Annalise eine Nachricht geschickt, um zu erfahren, wie ihre Präsentation gelaufen war, und keine Antwort erhalten. Selbst wenn sie früh nach Hause gekommen und ins Bett gegangen wäre, wäre sie jetzt bestimmt schon wach. An den meisten Tagen war sie um sieben im Büro. Nachdem ich keine Antwort erhalten hatte, war ich die ganze Nacht unruhig gewesen. Womöglich lag das aber auch an der Situation mit Lucas und daran, dass ich mich nun für drei Wochen von ihm verabschieden musste, nach allem, was letztes Wochenende passiert war.

Ich steckte mein Handy zurück in die Tasche, sah zum Haus von Fanny und Lucas hinauf und atmete tief durch, bevor ich aus dem Auto stieg.

Fanny öffnete mir wie üblich gutgelaunt die Tür.

»Er könnte etwas Taschengeld für seinen Urlaub gebrauchen.«

Ich schüttelte den Kopf. *Was? Dann gib ihm was.* »Gut. Ist er fertig?«

Sie schlug mir die Tür vor der Nase zu, und ich hörte sie schreien: »Lucas! Setz deinen Hintern in Bewegung!«

Mein Herz schlug heftig, als ich seine großen Füße die Treppe hinuntertrampeln hörte. Ich hatte keine Ahnung, was ich tun sollte, wenn der Junge nicht einlenkte. Meine Handflächen wurden feucht.

Die Tür schwang auf, und Lucas trat heraus und setzte seinen Rucksack auf.

Mit den Händen in den Hosentaschen machte ich einen Schritt auf ihn zu. »Hey.«

Er hob das Kinn an. »Hey.«

Das ist ein Anfang.

»Bist du bereit?«

Er nickte, und wir stiegen in mein Auto. Ich startete die Zündung und versuchte, Smalltalk zu machen. »Freust du dich auf Minnetonka?«

Lucas verzog das Gesicht, als hätte er etwas Übles gerochen.

»Würdest du dich freuen?«

Da hatte er nicht ganz unrecht. »Mach mal das Handschuhfach auf. Nimm den braunen Umschlag heraus. Ich habe dir gestern Abend ein paar Informationen über die Seen dort ausgedruckt. In der Nähe deines Ziels gibt es ein paar gute Angelstellen. Da ist auch etwas Bargeld drin, damit du Köder und so was kaufen kannst.«

Er nahm den Umschlag und steckte ihn in seinen Rucksack. »Danke.«

Auf der kurzen Fahrt zu seiner Schule redeten wir weiter, aber es war eine gestelzte Unterhaltung, die im Wesentlichen darin bestand, dass ich sprach und er *Ja, Nein* oder *Danke* sagte.

Es hätte viel schlimmer sein können, dachte ich.

Als wir vor seiner Schule ankamen, waren wir immer noch ein paar Minuten zu früh dran, also fuhr ich an den Bordstein und stellte den Wagen ab.

»Hör zu, Kumpel ...« Ich räusperte mich. »... wegen dem, was ich dir letzte Woche erzählt habe.«

Lucas sah nach unten, machte aber keine Anstalten, aus dem Auto auszusteigen.

Also fuhr ich fort. »Es tut mir leid. Es tut mir leid, dass der Unfall passiert ist. Es tut mir leid, dass ich es dir erst jetzt gesagt habe. Aber das war nie der Grund, warum ich Zeit mit dir verbracht habe.« Ich fuhr mir mit den Fingern durch die Haare. »Ich bin für dich da. Wenn du etwas Zeit brauchst, nimm sie dir. Sei böse auf mich wegen des Unfalls. Sei wütend auf mich, weil ich zu lange gebraucht habe, um mit dir zu reden. Zum Teufel, ich bin selbst wütend auf mich wegen allem. Aber ich werde weiterhin jede zweite Woche hier sein, wenn du zurückkommst, so wie immer, weil ich dich lieb habe – und obwohl ich mich wegen vielem schuldig fühle, hat diese Schuld nichts mit der Zeit zu tun, die wir zusammen verbringen.«

Lucas blickte zu mir herüber, und unsere Blicke trafen sich für eine kurze Sekunde. Dann griff er nach unten und hob seinen Rucksack auf. Er öffnete die Autotür und machte Anstalten auszusteigen, hielt dann aber inne und brummte: »Okay.«

Ich wartete, bis er die Schule betrat, ehe ich losfuhr. Ich hatte mich so viele Jahre davor gefürchtet, es ihm zu sagen, aber wir würden es schaffen. Es würde dauern, sein Vertrauen zurückzugewinnen, aber gemeinsam würden wir es schaffen.

Und es war das erste Mal, dass ich glaubte, vielleicht, nur vielleicht, könnte ich es auch schaffen.

Wo zum Teufel ist sie?

Ich ging direkt zu Annalises Büro, um ihr von Lucas zu erzählen, aber ihre Tür war zu, und es brannte auch kein Licht.

Ich ging zu Marina, um sie zu fragen, ob sie heute etwas von ihr gehört hatte, und wählte unterwegs ihre Nummer. Marina hatte ebenfalls nichts von ihr gehört, und mein Anruf landete erneut auf der Mailbox.

Um elf Uhr machte ich mir ernsthaft Sorgen. Es war eine Sache, wenn sie mich abwimmelte, aber nicht zu erscheinen oder in der Firma anzurufen? Irgendetwas stimmte da nicht. Ich ging bei Jonas' Büro vorbei, aber er war in einer Besprechung, also bat ich seine Assistentin, mich anzurufen, sobald er fertig war. Ich hatte wohl an die fünfzigmal die Wahlwiederholung gedrückt, bis Jonas endlich aus dem Konferenzraum kam.

Er betrat mein Büro, ohne anzuklopfen, und warf einen Umschlag auf meinen Schreibtisch. »Du konntest es einfach nicht lassen, was?« Er war *stinksauer.*

»Wovon redest du?«

»Ich habe dir anvertraut, dass der Vorstand dich hierbehalten würde. Und du konntest es kaum erwarten, es Annalise unter die Nase zu reiben, stimmt's?«

Ich hob die Hände. »Ich habe keine Ahnung, wovon du sprichst. Ich habe Annalise nichts erzählt.«

»Worum geht es dann in diesem Brief?« Er richtete den Blick auf den Umschlag.

Ich öffnete ihn und las.

Lieber Jonas,

hiermit möchte ich meine Position als Kreativdirektorin bei Foster, Burnett und Wren kündigen und dich bitten, mein Arbeitsverhältnis fristgerecht in vierzehn Tagen zu beenden. Ich habe sehr gern für dich gearbeitet und weiß die Gelegenheit zu schätzen, die du mir geboten hast, aber ich möchte in San Francisco bleiben und andere Ziele verfolgen.

Hab vielen Dank.

Annalise O'Neil

Ich hielt ihm das Papier hin. »Was zum Teufel ist das?«

»Sieht aus wie eine Kündigung.«

»Wann hat sie dir das gegeben? Warum sollte sie kündigen?«

Jonas stemmte die Hände in die Hüften. »Vermutlich hat sie gekündigt, weil sie in San Francisco bleiben möchte – wie sie schreibt. Aber niemand außer uns beiden wusste, dass sie diejenige ist, die versetzt wird. Sie muss das irgendwie herausgefunden haben.«

»Also, von mir hat sie das nicht. Hat sie dir das heute Morgen gegeben?«

»Ich habe es in ihrer Schublade gefunden, als ich nach den Unterlagen suchte, die ich für das Meeting brauchte, zu dem sie heute nicht erschienen ist.«

Irgendetwas stimmte nicht. Annalise würde nicht einfach kündigen. Auch wenn sie sauer wäre, würde sie nicht einfach einem Meeting mit einem Kunden fernbleiben. Sie war stolz darauf, dass sie immer fair und professionell handelte. Und warum sollte sie nicht mit mir über so etwas sprechen?

Ich las den Brief noch einmal, ließ ihn dann auf meinen Schreibtisch fallen und nahm meine Jacke von der Stuhllehne. »Ich muss los.«

Ich war bereits an der Tür zu meinem Büro, bevor Jonas etwas einwenden konnte. »Wo willst du hin?«, rief er mir hinterher.

»Ich will herausfinden, was zum Teufel hier passiert.«

»Annalise?« Ich klopfte erneut an ihre Tür, obwohl ich mir ziemlich sicher war, dass sie nicht zu Hause war. Ich hatte überall geklingelt, bis jemand den Summer für die Haustür betätigt und mich hereingelassen hatte. Dann war ich zu ihrer Wohnung gestürmt, bevor ich hinausgeschmissen wurde. Ihr Auto stand nicht in der Nähe, und aus der Wohnung war kein Laut zu hören. Trotzdem klopfte ich noch lauter an die Tür.

Schließlich öffnete der Nachbar von gegenüber. Er wiegte eine Katze in den Armen, so wie die meisten Menschen ein Baby wiegen würden. »Ich glaube, sie ist letzte Nacht nicht nach Hause gekommen.«

»Ach?«

Er kraulte der Katze den Bauch, woraufhin diese laut schnurrte. »Sie sollte gestern Abend Frick und Frack für mich füttern. Ich habe die Dosen auf dem Tisch stehen lassen, aber sie sind noch da.« Er schaute auf die Katze hinunter und sprach zu ihr, nicht zu mir. »Mr Frick hier hat mir verziehen, aber Mr Frack will nicht einmal aus seinem Zimmer kommen. Ich habe Glück, dass mein Flug heute Morgen nicht verspätet war, sonst wären meine Babys verhungert.«

Verhungert? Ich schüttelte den Kopf. *Egal.* »Wann haben Sie sie das letzte Mal gesprochen?«

»Gestern Morgen, als ich ihr meinen Schlüssel gegeben habe.«

Ohne ein weiteres Wort drehte ich mich um und ging zurück zur Treppe.

Der Katzenfreak rief mir hinterher. »Wenn Sie sie sehen, sagen Sie ihr, dass sie Frick und Frack eine Entschuldigung schuldet.«

Ja, genau. Das ist bestimmt das Erste, was ich ihr sagen werde.

Ich saß vor ihrem Haus im Auto, das in zweiter Reihe geparkt war, und versuchte herauszufinden, was zum Teufel passiert war. Sie war gestern Abend nicht nach Hause gekommen und hatte gekündigt, ohne mit mir darüber zu sprechen. Im Grunde *hatte* sie neulich abends von der Arbeit gesprochen. Na ja, in gewisser Weise. Sie hatte mich gefragt, ob ich glaubte, dass wir nächstes Jahr noch zusammen wären, wenn nicht einer von uns nach Texas umziehen müsste. Und ich hatte Nein gesagt. Ich hatte sie verletzt, aber war sie so wütend auf mich, dass sie gekündigt hatte, ohne es mir zu sagen?

Das hätte ich nicht gedacht.

Obwohl ...

Sie war neulich abends so ruhig gewesen. Ich hatte sie sogar ein paarmal gefragt, ob alles in Ordnung sei. Sie hatte gesagt, sie sei nur nervös wegen der Präsentation von Pet Supplies. Mein Bauchgefühl sagte mir, dass sie mehr beschäftigt hatte. Jetzt, wo ich darüber nachdachte, war sie seit dem Anruf ihrer Mutter so ruhig gewesen. Ich war aber nicht weiter in sie gedrungen.

War es ein Zufall, dass sie gestern Abend mit der Schwester ihres Ex zu Abend gegessen hatte? Vielleicht erinnerte es sie daran, dass alle Männer Mistkerle waren.

Trotzdem wäre sie doch gestern Abend wenigstens nach Hause gekommen.

Es sei denn ...

Ich schüttelte den Kopf. Nein, da würde sie nicht hingehen. Sie wusste jetzt, was für ein Trottel dieser Typ war.

Oder etwa nicht?

Aber wo zum Teufel *hatte* sie letzte Nacht geschlafen?

Ich startete den Wagen und kramte mein Handy aus der Tasche. Keine verpassten Anrufe. Keine Nachrichten. Frustriert drückte ich noch einmal auf die Wahlwiederholung, bevor ich zurück ins Büro fuhr. Vielleicht war sie bei der Arbeit aufgetaucht, während ich weg war. Wahrscheinlich waren wir auf dem Highway aneinander vorbeigefahren. Sie hatte gestern bei Lauren und Trent übernachtet, und ihr Handy hatte den Geist aufgegeben. Es hatte ziemlich stark geregnet, und sie fuhr ohnehin nicht gern Auto. Das klang logisch.

Ja, genau das war passiert.

Ich beschloss, dass es so gewesen sein musste, warf mein Handy auf den Beifahrersitz und legte den Gang ein, wobei ich vergaß, dass ich bereits die Wahlwiederholung gedrückt hatte. Deshalb war ich verwirrt, als eine Männerstimme aus den Lautsprechern meines Autos ertönte.

»Hallo?«

Ich runzelte die Stirn und wartete auf den Rest der Werbung im Radio.

»Hallo?«, sagte die Stimme erneut.

Schließlich bemerkte ich das leuchtende Handy auf dem Beifahrersitz. *Verdammt.* Das Smartphone hatte sich per Bluetooth mit dem Auto verbunden, und jemand meldete sich über die Freisprechanlage. Aber wen zum Teufel hatte ich aus Versehen angerufen?

»Wer ist da?«, fragte ich.

»Andrew. Wer ist da?«

Ich erstarrte. *Was zum Teufel?* Ich nahm das Handy in die Hand. Auf dem Display stand Annalises Name, und darunter wurde die Dauer des Gesprächs angezeigt.

»*Wo ist Annalise?*«

»Sie ist im Bett. Sie schläft. Kann ich Ihnen irgendwie helfen?«

Das Blut in meinen Adern brodelte. »Ja. Hol Annalise an das verdammte Telefon!«

»Wie bitte?«

»Du hast mich verstanden. Hol Annalise ans Telefon.«

Klick.

»Hallo?«

Stille.

Ich schrie lauter. »Hallo?«

Dieser Idiot hatte aufgelegt.

Mist.

Fuck.

»*Fuuuuuck.*«

Ich drückte die Wahlwiederholung. Diesmal klingelte das Telefon nicht einmal, sondern der Anruf ging direkt auf die Mailbox. Also drückte ich erneut die Wahlwiederholung.

Und noch mal.

Und noch mal.

Ich rief immer wieder an, landete aber jedes Mal direkt auf der Mailbox. Dieser Wichser drückte entweder auf Anruf ablehnen, oder er hatte ihr Telefon ausgeschaltet. Auf jeden Fall hinderte er mich daran, mit Annalise zu sprechen.

47. Kapitel

Bennett

Über Stunden saß ich an meinem Schreibtisch und durchlebte alle möglichen Gefühle.

Wut.

Wie konnte sie mir das nur antun ... uns? Wusste sie nicht, was ich für sie empfand?

Nein, das tut sie nicht.

Warum? Weil ich eine zu große Pussy war, um es ihr zu sagen.

Verleugnung.

Wahrscheinlich gab es eine völlig logische Erklärung für das alles. Vielleicht hatte sie sich mit Andrew zu einem geschäftlichen Meeting getroffen – irgendetwas, das mit Pet Supplies & More zu tun hatte. Vielleicht hatte Lauren ihren Bruder miteinbezogen und wollte, dass Annalise ihm heute Morgen ihre Präsentation vorstellte.

Ja, das war es wohl. So war es wahrscheinlich.

Nur dass sie im Bett lag, als er an ihr verdammtes Telefon gegangen war.

In *seinem* verdammten Bett.

Nicht in meinem, wo sie hätte sein sollen.

Und warum? Weil ich zu feige war, um zuzugeben, dass ich *Angst* hatte, uns ernsthaft eine Chance zu geben. Sie war mutig genug gewesen, mir diese verdammte Frage zu stellen. Doch ich hatte den feigen Ausweg gewählt.

Immer wieder musste ich an das Gespräch von neulich abends denken.

»Was wäre, wenn einer von uns nicht bald umziehen würde? Meinst du, es wäre dann in einem Jahr noch so zwischen uns?« Und meine blödsinnige Antwort. *»Weil ich gern Single bin. Ich mag meine Freiheit, es gefällt mir, niemandem Rechenschaft ablegen zu müssen und keine Verantwortung zu haben.«*

Nun, du hast bekommen, was du wolltest, du Idiot.

Verhandeln.

Wenn ich nur mit ihr reden könnte, könnte ich es in Ordnung bringen. Ich wusste, dass sie mehr für mich empfand. Ich hatte in ihren Augen gesehen, wie sehr es sie verletzt hatte, als ich sagte, dass wir in einem Jahr nicht mehr zusammen sein würden, selbst wenn die Dinge im Büro anders wären.

Ich hatte versucht, mir einzureden, dass ich meine Freiheit mochte, obwohl ich Annalise die ganze Zeit über nicht gehen lassen wollte.

Weil ich Angst hatte.

Verdammte Pussy.

Ich musste mit ihr reden – ich musste zu der Wohnung dieses Idioten fahren und ihm in den Arsch treten, wenn das nötig war, um sie zu sehen. Sie würde mir eine Chance geben. Was wir hatten, war echt.

Oder etwa nicht?

Woher zum Teufel sollte ich das wissen? Ich hatte nie etwas Reales in meinem Leben gehabt, außer den Gefühlen, die sie mir gab.

Wir könnten anderthalbtausend Meilen voneinander getrennt sein – einer von uns in Texas und der andere hier –, und es wäre egal. Denn die räumliche Entfernung würde nichts an den Gefühlen in meinem Herzen ändern.

In meinem Herzen.

Fuck.

Ich ließ den Kopf an die Lehne zurücksinken, blickte zur Decke meines Büros und atmete tief durch.

Ich bin in sie verliebt.

Verdammt.

Verliebt.

Wie zum Teufel war das passiert?

Ich hatte keine Frau mehr geliebt seit …

Sophie.

Und man sieht ja, was passiert war, als ich das letzte Mal einer Frau nahegekommen war. Sophie hatte keine Gelegenheit zu erfahren, wie es war, zurückgeliebt zu werden. Warum sollte ich das tun?

Ich hatte es nicht verdient, von einer Frau wie Annalise geliebt zu werden.

Ich hatte Sophies Liebe nicht verdient.

Ich hatte auch Lucas' Liebe nicht verdient.

Und doch hatte er mir seine Liebe irgendwie geschenkt. Und ich war egoistisch genug, sie zu nehmen.

Meine Gedanken wirbelten wild durcheinander.

Annalise empfand mehr für mich; das wusste ich irgendwo tief drin in meinem schwarzen Herzen.

Aber ich hatte nicht das Geringste getan, um ihr zu zeigen, was ich empfand. Ich musste es ihr sagen, aber mehr als das, ich musste es ihr zeigen.

Ihr verdammter Ex hatte jahrelang das eine gesagt und das andere getan. Wenn ich eine Chance hatte, um sie zu kämpfen, musste sie sehen, dass ich mehr als nur Worte hatte.

Ich hoffte nur, dass es noch nicht zu spät war.

Jonas wollte sich gerade auf den Weg machen, als ich an seine Tür klopfte. Während ich mich ihm gegenüber in einen Stuhl fallen ließ, stellte er seine Aktentasche wieder ab. Er setzte sich, nahm die Brille ab und rieb sich die Augen.

»Was ist los, Bennett?«

Ich schüttelte den Kopf. »Ich habe Mist gebaut mit Annalise.«

Jonas atmete tief aus. »Was hast du getan?«

»Mach dir keine Sorgen. Nicht, was du vielleicht denkst. Ich habe ihre Präsentation nicht sabotiert oder in irgendeiner Weise geschummelt. Und ich habe ihr nichts von der Entscheidung über unsere Positionen erzählt.«

Er nickte. »Okay. Also, was ist passiert?«

»Du kennst doch das Fraternisierungsverbot der Firma?«

Jonas schloss die Augen und runzelte die Stirn. Mehr brauchte ich nicht zu sagen.

»Du hast also den Job gewonnen, aber die Frau verloren.«

»Ich habe es verkehrt herum gemacht.«

»Wie willst du es wieder hinbiegen?«

Ich dachte, ich wäre nervös, aber plötzlich war ich ganz ruhig. Ich zog den Umschlag aus der Innenseite meines Sakkos, beugte mich vor und legte ihn auf Jonas' Schreibtisch. Er blickte darauf hinunter und dann mit traurigem Lächeln zu mir hoch.

»Ich nehme an, das ist deine Kündigung?«

Ich nickte.

»Hast du mit Annalise gesprochen?«

»Ich konnte sie nicht erreichen.«

»Und trotzdem gibst du mir das jetzt? Was ist, wenn du den Job verlierst und die Frau trotzdem nicht zurückbekommst?«

Ich stand auf. »Das ist keine Option.«

Jonas öffnete seine Schublade, nahm den Umschlag mit Annalises Kündigungsschreiben heraus und reichte ihn mir.

»Die obere linke Schublade von ihrem Schreibtisch. Lag ganz oben. Ich habe das nie gefunden.«

Ich tauschte mein Schreiben gegen ihres aus. »Danke, Jonas.«

»Ich hoffe, du bekommst die Frau.«

»Das hoffen wir beide, Chef. Du und ich.«

Ich hatte ihre Mailbox vollgequatscht. Jedes Mal, wenn ich jetzt anrief, erhielt ich direkt die Nachricht, dass die Mailbox voll sei. Ich atmete scharf aus und lehnte meine Stirn gegen das Lenkrad. Seit halb fünf saß ich vor ihrem Haus. Jetzt war es fast acht, und immer noch gab es kein Zeichen von ihr. Ich wurde von Minute zu Minute unruhiger. Aber irgendwann würde sie schon nach Hause kommen.

Ich wartete eine gefühlte Ewigkeit. Jedes Mal, wenn ein Licht am Ende der Straße auftauchte, wartete ich voller Ungeduld und hoffte, dass es ihr Auto war. Aber jedes Mal fuhr es vorbei. Bis schließlich ein Scheinwerferpaar im Rückspiegel langsamer wurde und sich in die Parklücke hinter mir stellte. Aber ich wurde wieder enttäuscht, denn ich sah ein Toyota-Logo auf einem Geländewagen. *Nicht sie.*

Frustriert ließ ich die Schultern sinken. Eine Minute später gingen die Scheinwerfer aus, und ich hörte, wie eine Tür geöffnet und geschlossen wurde. Ein Mann war aus dem Geländewagen ausgestiegen und ging auf die Tür von Annalises Haus zu.

Zuerst dachte ich mir nichts dabei. Doch dann bellte ein Hund, und der Mann drehte den Kopf, sodass ich einen Blick auf sein Profil erhaschen konnte. Mein Herzschlag beschleunigte sich. Er sah aus wie Annalises Stiefvater Matteo.

Ich fuhr das Beifahrerfenster herunter, beugte mich vor und rief seinen Namen. »Matteo?«

Der Mann drehte sich um. Es dauerte ein paar Sekunden, bis er registrierte, wer ich war, aber dann kam er auf mich zu, und ich stieg aus dem Auto. »Bennett?«

Ich nickte. »Weißt du, wo Annalise ist?«

»Im Krankenhaus. Ihre Mutter ist bei ihr. Ich bin nur gekommen, um ein paar Sachen für sie zu holen.«

»Im Krankenhaus?« Mir war schlecht. »Was ist passiert?«

Matteo runzelte die Stirn. »Das weißt du nicht? Sie hatte einen sehr schweren Autounfall.«

48. Kapitel

Annalise

Wegen des ganzen Tumults öffnete ich blinzend die Augen. Meine Lider fühlten sich so schwer an. Genau wie meine Arme und Beine.

Ein Alarm, den ich in der Ferne gehört hatte, begann lauter zu piepen. Eine Frau in Blau trat zu mir und schaltete den verstörenden Lärm aus. Ich hörte sie sprechen, aber es klang gedämpft, als ob ich unter Wasser wäre oder so.

»Sie braucht Ruhe. Wenn Sie sie aufregen, lasse ich Sie beide vom Sicherheitsdienst vor die Tür setzen.«

Ich hörte eine Männerstimme etwas murmeln, oder vielleicht war es auch mehr als eine Männerstimme, ich konnte es nicht genau sagen. *Wenn ich nur ein bisschen mit den Füßen strampeln würde, könnte ich wahrscheinlich an die Oberfläche gelangen und besser hören.* Ich versuchte zu treten, aber ich konnte nicht genug Schwung bekommen. Die Frau in Blau legte ihre Hände auf meine Beine und unterband die schwache Bewegung, die ich zustande brachte.

»Ruhig. Ruhen Sie sich aus, Miss Annalise. Lassen Sie sich von diesen Jungs nicht aus der Ruhe bringen. Gott hat dieser Krankenschwester einen Mund und eine Menge Rückgrat gegeben, um Besucher rauszuschmeißen, wenn es nötig ist.«

Eine Krankenschwester. Sie war Krankenschwester.

Ich versuchte zu sprechen, aber mein Mund war verschlossen. Ich hob meinen Arm, um nach dem zu greifen, was ihn blockierte, aber ich konnte ihn nicht höher als ein oder zwei Zentimeter vom Bett heben. Die Krankenschwester rückte näher und brachte ihr Gesicht dicht an meins.

Sie hatte lockiges schwarzes Haar, schokoladenbraune Augen und Lippenstift an ihrem Vorderzahn, wenn sie lächelte. »Sie sind im Krankenhaus.« Sie strich mir übers Haar. »Sie haben eine Maske über dem Mund, damit Sie besser atmen können, und die Medikamente machen Sie schläfrig. Verstehen Sie das?«

Ich nickte schwach.

Wieder blitzten ihre Zähne auf, und ich starrte auf den Lippenstift. *Jemand sollte ihr das sagen.*

»Sie haben zwei Besucher hier an Ihrem Bett, Miss Annalise. Ihre Eltern und eine Freundin sind draußen im Wartezimmer. Soll ich den Jungs sagen, dass sie Sie ausruhen lassen sollen?«

Ich schielte auf die andere Seite des Bettes, und zwei Gesichter beugten sich vor.

Bennett?

Andrew?

Ich sah die Frau wieder an und schüttelte den Kopf.

»Wie wäre es, wenn wir sie nacheinander zu Ihnen schicken?«

Ich nickte mit dem Kopf.

Sie sprach zu den Männern und dann wieder zu mir. »Wollen Sie, dass Andrew Sie jetzt besucht?«

Ich bewegte meine Augen, um sein Gesicht zu sehen, schaute dann wieder die Krankenschwester an und schüttelte den Kopf.

Sie lächelte. »Gut. Denn der andere sah aus, als würde er mir den Kopf abreißen, wenn ich ihn wegschicke.«

Wenig später war Bennett an meiner Seite, sein Gesicht jetzt dort, wo das der Frau gewesen war. Er nahm meine Hand in seine; sie war warm und umschloss fest meine Finger.

»Hey.« Er beugte sich vor und küsste mich auf die Stirn. Unsere Blicke trafen sich. »Da ist ja mein schönes Mädchen. Hast du Schmerzen?«

Schmerzen? Ich glaubte nicht. Ich konnte nicht einmal meine Zehen spüren. Ich schüttelte den Kopf.

»Ich habe mit deiner Mutter gesprochen. Sie sagte, du wirst wieder gesund. Kannst du dich an den Unfall erinnern?«

Ich schüttelte den Kopf.

»Du hattest einen Autounfall. Es hat gestürmt und geregnet, und du bist beim Auffahren auf den Highway ins Schleudern geraten.«

Die Erinnerungen kehrten blitzartig zurück. Es hatte so stark geregnet. Ich war auf die Bremse getreten. Die hellen Lichter. Die Scheinwerfer. Der laute Knall. Von einer Seite zur anderen geworfen. *Andrew.*

Ich versuchte, meine Hand zu heben, um die Maske von meinem Gesicht zu nehmen.

Bennett verstand, was ich vorhatte. »Die musst du vorerst dranlassen.«

Ich runzelte die Stirn.

Er beugte sich zu unseren vereinten Händen und küsste meine Hand. »Ich weiß. Den Mund zu halten ist eine Herausforderung für dich.« Er grinste. »Aber ich habe verdammt viel zu sagen, und ich habe keine Ahnung, wie lange ich hier mit dir allein sitzen kann, darum ist das ganz gut für mich.« Sein Gesicht wurde ernst, und er blickte kurz weg und holte tief Luft.

»Ich habe gelogen.«

Sein Blick kehrte zu mir zurück. Er brauchte keine Worte, um meine Frage zu verstehen.

Er drückte meine Hand und rückte näher. »Als du mich gefragt hast, ob wir in einem Jahr noch zusammen wären, wenn nicht einer von uns nach Texas ziehen würde, habe ich Nein gesagt. Ich sagte, ich sei gern Single und wolle meine Freiheit. Aber die Wahrheit ist, ich hatte Angst. Ich hatte Angst, dass ich alles versaue, wenn wir zusammenbleiben. Du hast es nicht verdient, noch einmal verletzt zu werden und ...«

Bennett hielt inne, und ich beobachtete, wie er versuchte, seine Gefühle herunterzuschlucken. Als er wieder aufblickte, standen Tränen in seinen Augen. »Du verdienst es nicht, noch einmal verletzt zu werden, und ich habe keine Liebe verdient.«

Es brach mir das Herz, ihn diese Worte sagen zu hören. Er verdiente so viel Gutes in seinem Leben.

Bennett schloss die Augen und fasste sich, um fortzufahren. »Aber ich habe es satt, mich darum zu kümmern, was ich verdiene oder was du verdienst – denn ich bin so egoistisch, dass es mir vollkommen egal ist, dass ich dich nicht verdiene. Ich werde jeden Tag hart daran arbeiten, der Mann zu werden, *den* du verdienst.« Er lächelte und strich mir mit der Hand über die Wange. »Ich liebe dich.« Seine Stimme brach. »Ich liebe dich verdammt noch mal, Annalise.«

Wir wurden von der Krankenschwester im blauen Kittel unterbrochen. Sie beugte sich von der anderen Seite des Bettes über mein Gesicht. »Ich gebe Ihnen nur ein paar Medikamente in Ihre Infusion. Die machen Sie vielleicht ein bisschen müde.«

Oh, gut. Jemand hat ihr gesagt, dass sie Lippenstift auf den Zähnen hatte. Ich sah zu, wie sie mir Medikamente in den Infusionsschlauch spritzte. Ich drehte mich wieder zu Bennett um, aber meine Lider wurden noch schwerer. *So, so schwer.*

Bennett war auf dem Stuhl neben mir zusammengesackt und schlief tief und fest.

Ich sah mich um. Es war ein anderer Raum als der, in dem ich vorhin gewesen war. *Oder nicht?* Oder hatte ich das andere Zimmer geträumt – das große, fensterlose mit einem Dutzend Betten, in dem ich nur durch einen Vorhang auf beiden Seiten von den anderen Patienten getrennt gewesen war? Jetzt war ich allein in einem großen Raum mit einer Tür, abgesehen von dem Mann, der neben mir schlief. Und ein Fenster hinter ihm zeigte mir, dass es Nacht war.

Mein Nacken fühlte sich steif an, also versuchte ich, meinen Kopf von einer Seite zur anderen zu bewegen. Das leichte Rascheln der Decke weckte den schlafenden Riesen.

Er lächelte und lehnte sich vor. »Hey. Du bist wieder wach.«

Ich hob meinen Arm, um nach meiner Maske zu greifen, aber Bennett hielt mich auf. »Nimm sie noch nicht ab. Ich rufe die Krankenschwester. Sie haben die Dosis des Beruhigungsmittels herabgesetzt, aber sie wollten erst deine Atmung und deine Vitalwerte überprüfen, bevor sie es ohne Maske versuchen. Okay?«

Ich nickte. Er verschwand und kam eine Minute später mit einer Krankenschwester zurück.

Diese kannte ich noch nicht. Sie hörte mein Herz ab, maß meinen Blutdruck und beobachtete den Monitor einen Moment lang.

»Sie machen das toll. Wie geht es Ihnen?«

Meine Rippen taten höllisch weh, aber ich nickte, um zu sagen, dass ich mich trotzdem gut fühlte, und deutete auf die Maske.

»Wollen Sie die abnehmen?«

Ich nickte erneut.

»Okay. Ich hole Ihnen ein bisschen zerstoßenes Eis. Wenn wir sie abnehmen, werden Sie einen sehr trockenen Mund von der Beatmung während der letzten drei Tage haben.«

Drei Tage? So lange war ich schon hier drin?

Als die Krankenschwester zurückkam, stellte sie einen Styroporbecher mit einem Löffel auf das Tablett neben meinem Bett, griff dann um meinen Kopf herum und löste das Band, das meine Maske in Position gehalten hatte. Sie nahm sie ab und wartete in der Nähe, wobei ihr Blick zwischen dem Monitor und mir hin und her wanderte.

»Atmen Sie ein paarmal tief durch.«

Zuerst öffnete ich den Mund weit, um meinen verkrampften Kiefer zu dehnen, dann folgte ich ihrer Anweisung. Mein Gesicht war wund, besonders meine Nase.

Sie hörte noch einmal meinen Brustkorb ab und schlang sich dann ihr Stethoskop um den Hals. »Sie klingen gut. Wie fühlen Sie sich?«

Ich führte mühsam die Hand zu meinem Hals. Meine Stimme krächzte ein leises »*Trocken*«.

»Okay. Nun, wir müssen es langsam angehen. Aber ich behalte Ihre Werte von der Schwesternstation aus im Auge und gebe Ihnen beiden ein wenig Zeit.« Sie wandte sich an Bennett. »Ein oder zwei Löffel auf einmal. Das sollte helfen, ihre Kehle zu befeuchten.«

Die Tür hatte sich noch nicht geschlossen, da hatte Bennett schon das Eis in der Hand und führte den Löffel zu meinem Mund. Ich hätte über seinen Eifer gelacht, wenn meine Seite nicht so geschmerzt hätte.

Er löffelte mir etwas zerstoßenes Eis in den Mund, beugte sich dann vor und drückte seine Lippen auf meine. »Du hast ein ziemlich langes Nickerchen gemacht. Endlich gestehe ich dir meine Gefühle, und daraufhin schläfst du erst mal zwölf Stunden.«

Ich hatte fast vergessen, was er vorhin gesagt hatte. Aber als er mich daran erinnerte, fiel mir jedes Wort wieder ein, kristallklar. Aber ich wollte es noch einmal hören. Also gab ich mir alle Mühe, eine verwirrte Miene aufzusetzen. »Gefühle?«

Bennetts Augen weiteten sich. »Du weißt nicht mehr, dass ich dir gestern mein Herz ausgeschüttet habe?«

Ich schüttelte den Kopf, aber ich konnte mein Lächeln nicht verbergen, und er merkte es.

»Du verarschst mich, oder?«

Mein Lächeln wurde breiter. »Ich möchte es noch einmal hören.«

Bennett stand auf und kletterte ganz vorsichtig zu mir ins Bett. »Ach ja? Welchen Teil willst du denn hören?«

»Alles.«

Ein Lächeln erschien auf seinem hübschen Gesicht und glättete einige der Sorgenfalten. Er strich mit dem Mund über mein Ohr. »Ich liebe dich.«

Ich grinste. »Noch mal.«

Er lachte. »Ich liebe dich, Annalise O'Neil. Ich liebe dich, verdammt noch mal.«

Nachdem ich ihn dazu gebracht hatte, es ein Dutzend Mal oder öfter zu sagen, klärte mich Bennett über meine Verletzungen auf. Die Schmerzen in meiner Brust waren auf eine gebrochene Rippe zurückzuführen. Ich hatte nicht einmal den Gips an meinem linken Handgelenk bemerkt, der von einer gebrochenen Elle herrührte, und offenbar hatte ich überall Beulen und Blutergüsse. Das Schlimmste war, dass einer meiner Lungenflügel zum Teil kollabiert gewesen war, woraufhin man mir mit einer Nadel die Luft an der Außenseite der Lunge abgesaugt hatte. Sie hatte sich daraufhin von allein wieder aufgeblasen. Im Grunde hatte ich verdammtes Glück gehabt. Je länger ich wach blieb, desto mehr Dinge fielen mir wieder ein. Ich erinnerte mich daran, dass Mom, Matteo und Madison hier gewesen waren. Und auch Andrew. Er hatte zwei blaue Augen und einen Verband auf der Nase, aber er hatte gesagt, es ginge ihm gut.

»Sind alle nach Hause gefahren?«

Bennett nickte. »Ich habe deiner Mutter und Matteo versprochen, sie anzurufen, wenn sich etwas ändert. Sie werden gleich morgen früh zurück sein. Madison hat gedroht, mich umzubringen, wenn ich ihr nicht alle paar Stunden eine Nachricht schicke.« Er fütterte mich mit mehr zerstoßenem Eis. Es fühlte sich so gut an in meinem wunden Hals. »Sie kann ziemlich furchteinflößend sein.«

»Was ist mit Andrew? Hast du dich vorhin mit ihm in meinem Zimmer gestritten?«

Das Lächeln auf Bennetts Gesicht verblasste. »Ich habe ständig versucht, dich anzurufen. Als ich endlich durchkam, ging er ran. Und der Mistkerl sagte mir, du lägst im Bett. Er hat nicht erwähnt, dass du im Krankenhaus bist oder so. Dann hat er aufgelegt.«

Oh Mann. »Du musst gedacht haben ...«

Sein mahlender Kiefer war Antwort genug.

»Du dachtest, ich wäre zu ihm zurückgegangen?«

»Ich wusste nicht, was ich denken sollte.«

»Wie hast du herausgefunden, was passiert ist?«

»Ich habe vor deiner Wohnung campiert. Irgendwann ist Matteo aufgetaucht.«

Moment mal ... »Wann hast du dann mit Andrew gesprochen?«

Bennett zuckte mit den Schultern. »Ich weiß nicht. Mittags. Vielleicht gegen eins?«

»Aber du hast vor meinem Haus gewartet, obwohl du dachtest, ich wäre zu Andrew zurückgegangen?«

Er legte eine Hand auf meine Wange. »Ich wollte dich nicht verlieren, ohne um dich zu kämpfen.«

Das ließ mein Herz aufgehen. »Du hättest mich zurückgenommen, selbst wenn ich ...«

Bennett legte mir einen Finger auf den Mund und brachte mich zum Schweigen. »Sprich es nicht einmal aus. Ich will nicht einmal wissen, warum du mit ihm im Auto warst. Sag mir einfach, dass alles in Ordnung ist und es nicht wieder vorkommt.«

»Mit Andrew ist nichts passiert. Ich habe ihn nach Hause gefahren, weil er sagte, sein Auto sei in der Werkstatt. Er war bei Lauren zum Abendessen.«

Bennetts ließ den Kopf sinken. »Herrgott. Danke. Verdammt. Denn ich habe meinen Job gekündigt. Du hast mich hier in San Francisco an der Backe.«

Ich machte große Augen. »Was? Warum solltest du das tun?«

»Weil ich dich nicht nach Texas ziehen lasse.«

»Äh ... ich glaube, du bist etwas vorschnell. *Du* bist derjenige, der nach Texas ziehen würde, weil *ich* gewinne.«

Bennett verdrehte die Augen und strich mir das Haar aus dem Gesicht. »Ja, da hast du wahrscheinlich recht. Aber so oder so, wir bleiben jetzt beide hier.«

49. Kapitel

Bennett

»Du sollst dich doch ausruhen.« Ich warf meine Schlüssel auf den Küchentresen und stellte eine Tüte mit Lebensmitteln ab.

Ich war für ein paar Stunden ins Büro gegangen, während Annalises Mutter sie zu einer Nachuntersuchung gebracht hatte.

»Mir geht es gut. Ich mach das schon. Der Arzt hat gesagt, es geht mir super.« Annalise bückte sich, um einen Topf unten aus dem Schrank zu holen. Der Blick auf ihren Hintern war spektakulär, aber ich wollte nicht, dass sie sich anstrengte. Ich schlang meine Arme um ihre Taille und hob sie aus dem Weg.

»Lass mich.«

Sie seufzte, als ich den Inhalt des Schranks auf den Tresen packte, damit sie sich das heraussuchen konnte, was sie brauchte.

»Weißt du, ich muss sowieso allein zurechtkommen. Du musst dir einen neuen Job suchen, und ich sollte wahrscheinlich zurück in meine Wohnung gehen. Ich bin jetzt schon fast zwei Wochen hier, und du wirst mich bald satthaben.«

Ich strich ihr eine Haarsträhne aus dem Gesicht. »Der Arzt hat gesagt, dass du es langsam angehen lassen sollst, weil deine Lunge sich noch erholen muss. Du bist noch nicht so weit, dass du die drei Treppen in deinem Haus schaffst. Du brauchst einen Aufzug.«

Ich hatte Annalise dazu gebracht, mit zu mir zu kommen, nachdem sie aus dem Krankenhaus entlassen worden war. Sie hatte eingewilligt, weil ich ihr keine andere Wahl gelassen hatte. Aber sie wurde von Tag zu Tag kräftiger, und schon bald würde sie wieder nach Hause ziehen können, wenn auch noch nicht heute. Ich wollte sie einfach hier haben.

»Ich könnte eine Zeit lang bei meiner Mutter wohnen. Sie hat ein Gästezimmer im ersten Stock.«

Ich schob einen Finger unter ihr Kinn und hob es an, sodass sich unsere Blicke trafen. »Hast du genug von mir?«

Sie legte ihre Hände auf meine Wangen. »Gott, nein. Wie kann ich genug von dir haben, wenn du mich von vorn bis hinten bedienst und mir in der Badewanne die Haare wäschst, damit mein Gips nicht nass wird?«

»Warum willst du dann weg?«

»Das will ich doch gar nicht. Aber ich will auch nicht zu lange hierbleiben, Bennett. Ich kann jetzt schon wieder so einiges machen, und abgesehen von der Treppe gibt es keinen Grund, warum ich noch hierbleiben sollte.«

Ich schüttelte den Kopf. »Keinen Grund? Wie wäre es, wenn du hier sein *möchtest*?«

Sie wurde weicher. »Natürlich möchte ich das. Aber du weißt, was ich meine.«

Ich hob sie hoch und setzte sie auf den Küchentisch, sodass wir auf Augenhöhe waren. »Nein, eigentlich nicht. Also lass uns reden. Gefällt dir meine Wohnung?«

Sie sah sich um und betrachtete das Wohnzimmer und die Aussicht. »Dagegen wirkt meine Wohnung wie ein Drecksloch. Es ist deprimierend, meine Wohnung zu betreten, nachdem ich deine verlassen habe.«

»Die Wohnung gefällt dir also. Und der Mitbewohner?«

Sie beugte sich vor und drückte ihre Lippen auf meine. »Er verwöhnt mich. Außerdem stellt sein Anblick, wenn er nur mit einem Handtuch bekleidet aus der Dusche kommt, die Aussicht auf die Golden Gate Bridge in den Schatten.«

Ich wickelte ihren Pferdeschwanz um meine Hand und presste ihren Mund auf meinen, als sie versuchte, sich zurückzuziehen. Sie gab nach, als ich meine Zunge zwischen ihre üppigen Lippen schob. Ich küsste sie lange und leidenschaftlich, und mein Herz fühlte sich wieder erfüllt an.

In den letzten Wochen war ich glücklicher als je zuvor in meinem Leben gewesen. Ich wollte nicht, dass das aufhörte. Der Kuss war die Gewissheit, die ich brauchte.

»Gut.« Ich zog kurz an ihrem Pferdeschwanz. »Also abgemacht. Du ziehst bei mir ein. Ich beauftrage ein Umzugsunternehmen, am Wochenende deine Sachen herzubringen.«

Annalises Augen weiteten sich. »Was?«

»Dir gefällt die Wohnung besser als deine. Du bist heiß auf deinen Mitbewohner.« Ich zuckte mit den Schultern. »Warum willst du also gehen?«

»Fragst du ... fragst du mich gerade, ob ich dauerhaft bei dir einziehe?«

Ich sah zwischen ihren Augen hin und her. »Ich will, dass du hier bist, wenn ich morgens aufstehe und wenn ich abends ins Bett gehe. Ich will, dass deine vier verschiedenen Zeitungen über unser Bett verteilt sind und deine unzähligen Schuhe unseren Kleiderschrank füllen. Ich will, dass du meine T-Shirts trägst, um uns Frühstück zu machen, wenn du dich wieder fit genug fühlst, und ich will, dass du unter mir liegst und auf mir liegst, auf dem Boden unseres Schlafzimmers kniest und ans Kopfende gefesselt bist, während ich dich zum Nachtisch vernasche.« Ich hielt inne. »Ist das klarer?«

Sie nagte an ihrer Unterlippe. »Erst muss ich dir noch etwas sagen.«

Ich verspannte mich. »Was?«

Sie rieb ihre Nase an meiner und schlang ihre Arme um meinen Hals. »Ich liebe dich, Bennett Fox.«

Ich ließ meinen Kopf sinken und atmete kräftig aus. »Willst du, dass ich einen Herzinfarkt bekomme? Erzählst mir, du müsstest mir etwas sagen? Ich dachte ... Ich weiß nicht einmal, was ich dachte. Aber es hörte sich nicht gut an.«

Annalise lachte. »Tut mir leid.«

Ich blinzelte. »Ich verzeihe dir. Warum hast du überhaupt so lange gebraucht, um mir das zu sagen? Du hast mich wochenlang auf die Folter gespannt.«

Sie packte mein T-Shirt mit zwei Fäusten und zog mich zu sich. »Ich wollte erst von den Schmerzmitteln und den Medikamenten runter sein, die mich so müde gemacht machen, damit du keinen Zweifel daran hast, dass ich es wirklich ernst meine.«

Ich wich zurück. »Du hast die Medikamente abgesetzt? Hat der Arzt gesagt, dass das okay ist?«

Sie blickte nach unten und strich mit ihrem Fingernagel über meinen Arm. Dann schaute sie unter ihren Wimpern mit dem schärfsten Nimm-mich-Blick zu mir hoch. »Er hat auch gesagt, dass es okay ist, *alle Aktivitäten* wieder aufzunehmen. Ich muss es nur langsam angehen lassen.«

Ich hatte eine leichte Erektion, seit ich zur Tür hereingekommen war und gesehen hatte, wie sie sich nach vorn gebeugt hatte. Ich brauchte eine Bestätigung, bevor ich mir große Hoffnungen machte. Es waren verdammt lange drei Wochen seit ihrem Unfall vergangen. »*Alle* Aktivitäten?«

Sie hob und senkte die Augenbrauen. »Alle.«

Der Küchentresen hatte die perfekte Höhe, und in dieser

Position würde ich sie nicht erdrücken. Außerdem verschwendete ich keine Zeit mit dem Gang ins Schlafzimmer. Ich griff nach ihrem Hintern, zog sie an den Rand der Arbeitsplatte und drückte meinen wachsenden Ständer zwischen ihre Beine. Ich spürte die Hitze ihrer Scham durch meine Hose und stöhnte auf.

Hatte ich erwähnt, dass es schon *drei* Wochen her war?

»Das Richtige wäre wahrscheinlich, jetzt mit dir Liebe zu machen. Aber langsam und zärtlich wird noch etwas warten müssen, denn ich brauche dich hart und schnell, bevor ich ruhig genug bin, um langsam zu machen.«

Sie fuhr mit ihrer Zunge über meine Unterlippe und biss dann unerwartet zu. »Harte Arbeit für mich.«

Innerhalb von zwei Sekunden hatte ich ihr die Kleidung vom Leib gerissen. Ich saugte an ihren herrlichen Nippeln und biss zu, bis sie einen Laut von sich gab, der eine Mischung aus Stöhnen und Aufschrei war. Gott, ich hatte sie verdammt vermisst. Es vermisst, in ihr zu sein. Es vermisst, mich so tief in ihr zu vergraben, dass mein Sperma den Weg nicht mehr nach draußen finden konnte. Es war surreal, wie sehr ich diese Frau wollte. Diese Frau *brauchte*. Mich nach dieser Frau *sehnte* – selbst als ich es nicht gewollt hatte.

Als ich sie küsste, murmelte ich an ihren Lippen: »Ich liebe dich, verdammt noch mal.«

Ich spürte das Lächeln, auch wenn ich es nicht auf ihrem Gesicht sehen konnte. »Ich liebe dich auch, verdammt.«

Ich küsste jedes Stück ihrer Haut, das ich erreichen konnte, während ich den Reißverschluss meiner Hose öffnete. Als meine Boxershorts zu meiner Hose auf den Boden fielen, stieß meine Erektion gegen ihren Unterleib.

Es kostete mich jedes Quäntchen Willenskraft, langsam zu

machen. Ich stand auf und sah ihr in die Augen. »Geht es dir gut? Bekommst du genug Luft?«

Sie reagierte, indem sie zwischen uns hinunterschaute, mit ihrem Daumen über die glitzernde Spitze meines Schwanzes fuhr und dann ihren Finger zu ihren Lippen führte, um daran zu lecken. »*Mmmm ... alles gut.* Und bei dir?«

Ich stöhnte, umfasste meinen Schwanz und führte ihn vorsichtig zwischen ihre Beine – sie war herrlich nass. Ich hatte das Gefühl, gleich zu kommen, bevor wir überhaupt angefangen hatten, stieß in einem langen, harten Stoß in sie hinein und küsste sie voller Leidenschaft, bis ich anfing, mir über ihr schweres Atmen Sorgen zu machen.

Sie lächelte zu mir hoch, keuchte, schien aber bester Dinge zu sein. Ich fühlte mich ganz genauso, als ich begann, mich zu bewegen – langsam und gleichmäßig –, ohne ihren Blick loszulassen, während ich immer wieder in sie hinein- und aus ihr herausglitt.

Gott, diese Frau. Ich hatte mein halbes Leben damit verbracht, der Liebe eine Million Hindernisse in den Weg zu stellen. Doch als ich Annalise kennenlernte, zeigten mir all diese Hürden nur, dass sie es wert war, jede einzelne von ihnen zu überwinden.

Ich versuchte, mich zurückzuhalten, und schloss fest die Augen, um nicht zu sehen, wie schön sie aussah. Aber als sie meinen Namen wie ein Gebet flüsterte, wie konnte ich da *nicht* hinsehen.

»Bennett. *Oh Gott.* Bitte.«

Es gab kein schöneres Geräusch, als wenn die Frau, die man liebte, den eigenen Namen stöhnte. Außerdem war es verdammt sexy. Das war's. Ich konnte mich nicht länger beherrschen.

Meine Stöße wurden schneller, und ich begann, sie immer

härter zu ficken. Jeder Muskel in meinem Körper spannte sich an, während sie sich um mich zusammenzog und ihre Nägel sich in meinen Rücken gruben, als ihr Orgasmus kam. Zu sehen, wie mein Schwanz in sie hinein- und wieder aus ihr herausglitt, war ein atemberaubender Anblick. Aber zu wissen, dass sie mich liebte, machte es noch viel süßer. Gott weiß, warum zur Hölle sie mir ihr Herz geschenkt hatte, aber ich hatte nicht die Absicht, es jemals zurückzugeben.

Als ihr Körper anfing zu erschlaffen, brauchte ich nur ein paarmal zu pumpen, um meine eigene Erlösung zu finden. Ich küsste ihre Lippen und schloss sie in meine Arme, wobei ich darauf achtete, nicht zu viel Druck auf ihre Brust auszuüben.

Als ich meine Wange an ihren Kopf lehnte, war ich fast zufrieden. *Fast.* Nur eine Kleinigkeit störte mich.

»Ich habe kein eindeutiges Ja als Antwort gehört.«

»Wie lautete noch die Frage?«

»Ob du bei mir einziehst?«

Annalise zog den Kopf zurück. »Aber was soll ich dann mit dem schönen Cowboyhut machen, den du mir am zweiten Tag geschenkt hast, wenn ich hier in Kalifornien bleibe?«

»Ich stelle mir schon seit Monaten vor, wie du dieses Ding trägst und mich reitest. Du wirst ihn oft tragen.«

Sie kicherte, aber sie würde noch früh genug herausfinden, dass das kein Witz war. Ich konnte es kaum erwarten, sie als Cowgirl zu sehen.

»Heißt das Ja?«

»Ja. Ich ziehe bei dir ein.« Ich hielt das Lächeln zurück, das sich auf meinem Gesicht ausbreiten wollte, als sie den Zeigefinger hob. »Allerdings unter einer Bedingung.«

Ich zog eine Augenbraue hoch. »Eine Bedingung?«

Sie nickte. »Ich übernehme die Hälfte der Kosten. Wenn

man bedenkt, dass ich die Einzige bin, die bald einen Job haben wird, möchte ich die Hälfte bezahlen … oder mehr, wenn ich es mir leisten kann, während du dir einen neuen Job suchst.«

Auf keinen Fall würde ich sie irgendetwas bezahlen lassen – jedenfalls nicht im herkömmlichen Sinne.

»Ehrlich gesagt suche ich nicht nach einem Job.«

Sie runzelte die Stirn. »Warum nicht?«

»Weil ich etwas Besseres im Sinn habe.«

»Okay …«

»Und ich hatte gehofft, dass du vielleicht auch an einer neuen Stelle interessiert wärst.«

Sie legte den Kopf schief. »Eine neue Stellung? Lass mich raten … auf dem Rücken oder auf allen vieren?«

Ich grinste und gab ihr einen Nasenstüber. »Das habe ich nicht gemeint – aber deine schmutzigen Gedanken gefallen mir.«

»Du drückst dich ziemlich vage aus, Fox. Spuck es aus. Was ist los?«

»Ich werde meine eigene Agentur gründen. Und ich möchte, dass du mit mir zusammenarbeitest.«

Epilog

Annalise

Heute vor zwei Jahren war ich am Boden zerstört gewesen. Ich zündete die letzten beiden Kerzen an und dämpfte das Licht im Wohnzimmer. *Perfekt.*

Im Kamin brannte ein Feuer, der Tisch war mit dem Porzellan gedeckt, das mir meine Mutter bei meinem Auszug geschenkt hatte, zwei Dutzend Kerzen sorgten für romantische Stimmung, und ich hatte Bennetts Lieblingsessen im Ofen. Lächelnd schaute ich mich um. *Endlich* würde dieser Mann am Valentinstag ein Date mit einer Freundin haben.

Letztes Jahr hatte ich einen besonderen vierzehnten Februar geplant, aber wie die meisten Dinge, seit ich Bennett Fox kannte, verlief unser Abend nicht wie erwartet. An jenem Morgen erhielten wir einen Anruf von Lucas. Er war im Krankenhaus bei seiner Großmutter. Sie war nicht ansprechbar gewesen, als er aufgewacht war, und er hatte den Notruf gewählt. Es stellte sich heraus, dass sie einen Schlaganfall erlitten hatte.

Eine Woche später verstarb sie im Schlaf, noch auf der Intensivstation. Und unser Leben nahm wieder einmal eine unerwartete Wendung.

Vor *zwei* Jahren hatte mich mein Freund, mit dem ich acht Jahre zusammen gewesen war, am Valentinstag abserviert.

Heute zog ich mit einem Mann, den ich zugleich lieben und erwürgen könnte, einen Teenager auf. Und doch war ich noch nie so glücklich gewesen.

Am Tag nach Fannys Tod beantragte Bennett beim Gericht das vorläufige Sorgerecht für Lucas. Ein paar Monate später beantragten wir das dauerhafte Sorgerecht. Ich drängte darauf, dass Lucas einen Therapeuten aufsuchte, da ich befürchtete, dass ihm der Verlust der zweiten Frau in seinem Leben, die ihn aufgezogen hatte, zu schaffen machen würde. Als sein Vormund begleitete Bennett ihn zu einigen Sitzungen, und schließlich ging er auch selbst ein paarmal allein zu dem Berater, um seine anhaltenden Schuldgefühle wegen des Verlusts von Sophie zu verarbeiten. Das hatte ihnen beiden sehr gutgetan.

Ich nahm das gerahmte Foto auf dem Bücherregal im Wohnzimmer in die Hand und fuhr mit dem Finger über Sophies lächelndes Gesicht. »Mach dir keine Sorgen. Sie sind glücklich. Ich kümmere mich gut um deine Jungs.«

Im Laufe des letzten Jahres hatte ich immer wieder Trost in Gesprächen mit ihr gefunden – wenn Lucas sich aufspielte oder wenn Bennett mich mit seiner ständigen Überfürsorglichkeit zur Verzweiflung trieb. Ich hatte das Gefühl, dass ich ihr für das schöne Leben, das ich heute hatte, ewig zu Dank verpflichtet war, und das sagte ich ihr oft.

Ich hörte den Schlüssel im Schloss und lehnte mich über den Küchentresen, während ich darauf wartete, dass mein verrückter Mann hereinkam. Er öffnete die Tür, und sogleich glitt sein Blick zu meinem Dekolleté, das ich offen zur Schau stellte. Er warf seine Schlüssel auf den Tresen und stellte zwei Tüten ab. Sein Blick zuckte zweimal zu meinen Augen und wieder hinunter zu meinem Dekolleté, bevor er überhaupt bemerkte, dass die Wohnung mit Kerzen erleuchtet war.

»Wo ist Lucas?«

»Er schläft bei seinem Freund Adam«, sagte ich und neigte schüchtern den Kopf.

Ein verruchtes Grinsen glitt über Bennetts Gesicht. Er ging mit einem so entschlossenen Blick auf mich zu, dass sich auf meinen Armen eine Gänsehaut bildete. Ich musste mich anstrengen, um still zu stehen und mich nicht vor Vorfreude zu winden.

Er schlang einen Arm um meine Taille und zog mich an sich, während der andere meinen Nacken umfasste. »Ich werde dich so laut schreien lassen, dass die Nachbarn vielleicht die Polizei rufen.«

Sein Kuss raubte mir den Atem. Ich hatte keinen Zweifel daran, dass er seine Drohung wahr machen wollte.

Seitdem wir Vollzeiteltern eines Teenagers waren, mussten wir unser Sexleben zu Hause ein wenig zurückschrauben. Während wir vorher überall in der Wohnung Sex gehabt hatten – an der Wand, auf dem Wohnzimmerboden, auf der Küchentheke, in der Dusche –, mussten wir uns nach dem Einzug von Lucas ein wenig einschränken, und das galt auch für die Lautstärke.

Aber das hielt Bennett nicht auf – er wurde einfach kreativer. Er schickte die gesamte Belegschaft früher nach Hause, damit wir im Büro hemmungslosen Sex haben konnten. Das geschah meist, nachdem wir beide uns über den Umgang mit einem Kunden gestritten hatten. Wir waren jetzt zwar im selben Team, aber eine hitzige Meinungsverschiedenheit machte meinen Mann immer noch scharf. Manchmal brachte ich ihn genau aus diesem Grund absichtlich auf die Palme.

»Wie lief das Treffen mit Star heute?«, fragte ich. »Hast du Tobias von mir gegrüßt?«

Bennetts Augen funkelten.

Versteht ihr? Genauso. Einer der einfachsten Wege, ihn aufzubringen, war, den eifersüchtigen Löwen zu wecken. Es war ein wunder Punkt, dass Star es sich in letzter Minute anders überlegt und sich für meine Kampagne entschieden hatte. Tobias hatte die anderen überzeugt, dass es der richtige Weg sei, und das hatte die Eifersucht in Bennett nur noch weiter geschürt. Ach, und übrigens, Pet Supplies & More hatte sich auch für meine Kampagne entschieden. Das bedeutete, dass ich zwei von dreien gewonnen hatte und Bennett die Cowboystiefel hätte anziehen müssen. Aber am Ende ging alles gut aus. Ich hatte meine beiden neuen Kunden und eine ganze Reihe anderer mitgenommen, als ich Foster, Burnett und Wren verließ und für die Fox Agency arbeitete.

»Du bittest geradezu darum, morgen komisch zu laufen, nicht wahr, Texas?«

Der Spitzname war geblieben.

Ich lächelte. »Alles Gute zum Valentinstag, mein Schatz. Wir haben deinen Fluch durchbrochen.«

Bennett zog die Brauen zusammen.

»Du hattest noch nie ein Date mit einer Freundin am Valentinstag, schon vergessen?«

»Ah. Es ist Valentinstag.« Er lächelte schelmisch. »Das hatte ich ganz vergessen. Tut mir leid, deine Pläne durcheinanderzubringen.« Er sah sich im Zimmer um. »Sieht aus, als hättest du dir viel Mühe gegeben. So eine Schande.«

Ich runzelte die Stirn. Hatte er den Valentinstag vergessen? Andere Pläne?

»*Wirklich?* Wir haben das ganze Haus für eine Nacht für uns, und du hast am Valentinstag etwas vor?«

»Tut mir leid, Süße.«

Was für eine Enttäuschung. Der Deckel des Topfes, in dem ich das Nudelwasser aufgesetzt hatte, klapperte. Offenbar kochte hier gerade nicht nur ich.

Ich ging um Bennett herum in die Küche, schnappte mir einen Topflappen, drehte die Herdplatte herunter und hob den Deckel an, um den Dampf abzulassen. Aber je mehr Sekunden vergingen, desto mehr ärgerte ich mich, dass Bennett mir den gut geplanten Abend verdarb. Ich hatte ihm sogar Geschenke besorgt, die ich ihm jetzt nicht mehr geben wollte.

Da ich mich nie zurückhielt und keinem Streit mit ihm aus dem Weg ging, knallte ich den Deckel auf den Tresen und beschloss, ihm mitzuteilen, wie wütend ich war.

Doch als ich mich umdrehte, stand er nicht mehr da.

Sondern kniete.

Ich schnappte überrascht nach Luft.

Bennett hielt eine schwarze Samtschachtel in der Hand und schmunzelte. »Du wolltest mich gerade zur Schnecke machen, stimmt's?«

Mein Herz schlug wie wild. Ich bedeckte es mit meinen Händen. »Natürlich. Warum musst du mich auch so ärgern?«

Er streckte die Hand aus und nahm meine Hand. »Du hast all das gemacht, weil ich noch nie ein Date mit einer Freundin am Valentinstag hatte. Ich hoffe, dass das weiterhin so bleibt und ich stattdessen ein Date mit meiner Verlobten haben werde.«

Mir traten Tränen in die Augen.

Er drückte meine Hand, und ich merkte, wie die Schachtel in seiner anderen zitterte. Mein selbstbewusster Erzfeind, der sich in die Liebe meines Lebens verwandelt hatte, war nervös, weil er mir einen Antrag machen wollte. Unter seinem harten Äußeren steckte ein Mann mit einem riesigen weichen Herzen –

deshalb hatte er so lange so viel gelitten und eine Mauer errichtet, damit es nicht wieder brach.

Bennett schluckte, und der amüsierte Ausdruck auf seinem Gesicht wich Ernsthaftigkeit. »Als ich dich kennenlernte, war ich kaputt, und ich wollte nicht repariert werden. Du hast mein Auto demoliert, versucht, mir meinen Job wegzunehmen, und mich ein Arschloch genannt, und das alles innerhalb weniger Stunden, nachdem du ins Büro gestolpert bist. Ich habe mir alle Mühe gegeben, dich zu hassen, denn irgendwo tief in meinem Inneren wusste ich, dass du eine Bedrohung für mein Bedürfnis, unglücklich zu sein, warst.

Als ich dich beleidigt habe, hast du mich zu einem Meeting mitgenommen, obwohl du meine Konkurrentin warst und allein hättest hingehen können. Als ich mich lächerlich gemacht habe, indem ich dir sagte, dass deine Mutter mich anbaggert, hast du mich ermutigt, zum Abendessen zu bleiben. Als Lucas' Großmutter starb, warst du es, die sofort gesagt hat, dass wir ihn bei uns aufnehmen sollten. Du hättest davonlaufen können, aber so bist du nicht. Du bist eine schöne Frau, aber die wahre Schönheit, die du ausstrahlst, kommt aus deinem Inneren.«

Er schüttelte den Kopf. »So eine selbstlose Liebe verdiene ich nicht. Ich kann mir nicht vorstellen, wie ich dich verdient habe. Aber wenn du mich lässt, möchte ich den Rest meines Lebens versuchen, nur halb so gut zu sein wie das, was du irgendwie in mir siehst.«

Warme Tränen liefen mir über das Gesicht.

»Annalise O'Neil, ich möchte jeden Tag mit dir im Büro streiten und mich jede Nacht in unserem Bett mit dir versöhnen. Ich möchte deinen Bauch mit kleinen Babys mit wilden blonden Haaren füllen, die genauso aussehen wie du und unser

Haus mit Glück überfluten. Ich möchte mit dir alt werden. Willst du also aufhören, meine Freundin zu sein, und mir stattdessen die Ehre erweisen, am Valentinstag meine Verlobte zu werden?«

Ich ließ mich auf den Boden fallen und stieß ihn fast um, als ich meine Arme um seinen Hals schlang. »Ja. Ja.« Ich überschüttete sein Gesicht mit Küssen. »Ja. Ja, ich will dich heiraten.«

Bennett hielt uns fest und presste seine Lippen auf meine. Seine Daumen wischten mir die Tränen aus dem Gesicht. »Danke, dass du mich geliebt hast, als ich mich selbst gehasst habe.«

Mein Herz gab einen großen Seufzer von sich. So ist das mit der Liebe. Wir verlieben uns nicht in die perfekte Person; wir verlieben uns trotzdem, obwohl der andere nicht perfekt ist.

»Ich liebe dich«, sagte ich.

Er hob meine Hand und steckte mir einen wunderschönen Diamanten im Smaragdschliff an den Finger. »Ich habe dich nicht kommen sehen, Texas. Ich habe dich nicht kommen sehen.«

»Das ist okay.« Ich lächelte. »Denn jetzt wirst du mich auch nicht mehr gehen sehen.«

Dank

An euch – die *Leserinnen und Leser*. Danke, dass ihr diese Reise mit mir gemacht habt und Bennett und Annalise in eure Köpfe und in eure Herzen aufgenommen habt. Nachdem es eine so große Auswahl an Büchern gibt, fühle ich mich geehrt, dass viele von euch mich schon so lange begleiten. Vielen Dank für eure Treue und Unterstützung.

An Penelope: Ich könnte mir nicht vorstellen, ohne dich an meiner Seite zu schreiben. Danke, dass du es jeden Tag mit meinem neurotischen Ich aushältst. Ich kann es kaum erwarten zu erfahren, was unser nächstes Abenteuer ist!

An Cheri: Danke, dass du die beste Assistentin bei Signierstunden bist, die man sich wünschen kann! Und dafür, dass du immer da warst, um mich zu unterstützen. Bücher haben uns zusammengebracht, aber die Freundschaft hat uns für immer verbunden.

An Julie: Danke für deine Freundschaft, Inspiration und Stärke.

An Luna: Du bist normalerweise die erste Person, mit der ich mich jeden Morgen unterhalte, und ich kann immer darauf zählen, dass du meinen Tag mit einem Lächeln beginnst. Danke für deine Freundschaft und Unterstützung.

An meine fantastische Facebook-Lesergruppe Vi's Violets: Danke für den Enthusiasmus und die Begeisterung, die ihr jeden Tag aufbringt. Eure Ermutigung ist meine tägliche Motivation!

An Sommer: Danke, dass du meine Worte in wunderschöne Cover verpackst. Deine Designs erwecken meine Bücher zum Leben!

An meine Agentin und Freundin Kimberly Brower: Vielen Dank für alles, was du tust, und dafür, dass du immer mehr tust, als nötig ist. Es gibt keine Agentin, die so kreativ und aufgeschlossen für Neues ist wie du.

An Jessica, Elaine und Eda: Danke an das Lektorats-Dreamteam! Ihr macht meine Geschichten und *mich* besser.

An Mindy: Danke, dass du mich organisierst und alles zusammenhältst!

An alle Bloggerinnen und Blogger: Ich habe es schon vor Jahren gesagt, aber es gilt auch heute noch: Ihr seid der Klebstoff der Buchwelt – ihr haltet Autoren und Leser zusammen und arbeitet unermüdlich daran, eure Leidenschaft für Bücher zu teilen. Danke, dass ihr euch die Zeit nehmt, meine Geschichten zu lesen, durchdachte Rezensionen zu schreiben und Grafiken zu teilen, die meine Bücher zum Leben erwecken.

Alles Liebe
Vi

Unsere Leseempfehlung

384 Seiten
Auch als E-Book erhältlich

384 Seiten
Auch als E-Book erhältlich

368 Seiten
Auch als E-Book erhältlich

384 Seiten
Auch als E-Book erhältlich

400 Seiten
Auch als E-Book erhältlich

368 Seiten
Auch als E-Book erhältlich

400 Seiten
Auch als E-Book erhältlich

416 Seiten
Auch als E-Book erhältlich

Dirty & Romantic:

Die prickelnden Liebesromane von Bestsellerautorin Vi Keeland.